美国黑镜

Dark Mirror

Edward Snowden and the American Surveillance State

巴顿·格尔曼
(Barton Gellman)
著
/
思齐 译

中信出版集团 | 北京

图书在版编目（CIP）数据

美国黑镜 /（美）巴顿·格尔曼著；思齐译 . -- 北京：中信出版社，2021.3

书名原文：Dark Mirror: Edward Snowden and the American Surveillance State

ISBN 978-7-5217-2471-4

Ⅰ. ①美… Ⅱ. ①巴… ②思… Ⅲ. ①纪实文学—美国—现代 Ⅳ. ① I712.55

中国版本图书馆 CIP 数据核字（2020）第 249580 号

美国黑镜

著　　者：[美] 巴顿·格尔曼
译　　者：思齐
出版发行：中信出版集团股份有限公司
（北京市朝阳区惠新东街甲 4 号富盛大厦 2 座　邮编　100029）
承 印 者：天津丰富彩艺印刷有限公司

开　　本：880mm × 1230mm　1/32　　印　　张：13　　字　　数：336 千字
版　　次：2021 年 3 月第 1 版　　印　　次：2021 年 3 月第 1 次印刷
京权图字：01-2020-5922
书　　号：ISBN 978-7-5217-2471-4
定　　价：69.00 元

谨以此书献给我的孩子

阿比盖尔、米迦、莉莉和本杰明

目　录

前　言

我：你是如何做到的？你是如何获取所有的信息并携带那些信息跨越国境的？

斯诺登：只需要比对手聪明一点儿就可以做到。

我：这里你指的是美国国家安全局（NSA）。

斯诺登：对的。一步一个脚印，你就能勇攀高峰。之后你可以把这个故事讲出来。

2013 年 6 月 9 日

本书是为了回应爱德华·斯诺登那天向我发起的一项挑战，就在那一天，他向世人公开了自己的身份。这次对话后不久，就在美国提出引渡斯诺登之前，他从香港的藏身之处逃跑了。临走时他对我说的话实际上是在向我发起挑战，而不是对我做出承诺。他没打算向我讲述他的故事，至少没打算告诉我故事的全部。所以，本书的内容是基于我自己的调查和访问。

本书不是写斯诺登的，或者说不完全是在写他。“9·11”恐怖袭击事件之后，美国政府开始相信，要想监控敌人的一举一动，就得先把监控的目标转向自己的国民。本书讲述的，是在“9·11”恐怖袭击事件之后崛起的一个监控型国家。与几乎每个人都切身相关的数字公地被新型电子监控手段入侵，所有人都被卷入众多潜在的风险之中。按照这种思路，接下来政府打着公众名号的所作所为就绝不能为公众所知晓。监控与保密总是相伴相生。

情报机构一旦摆脱了旧有约束，就仿佛置身于一面单面镜背后。监视者可以透过镜子清清楚楚地看到我们的一举一动，而我们对于镜子背后的他们却丝毫不知。本书书名中的“黑镜”正是暗指这面镜子，在位于美国马里兰州米德堡的美国国家安全局总部，我们可以看到这面镜子的“真身”。这座由深蓝色反光玻璃覆裹的 11 层办公大楼俨然像一个“法拉第笼”，能够屏蔽一切电磁波干扰，保护大楼里那些监视者的秘密不被外泄。

是斯诺登让我们得以看到那些监视者的存在。他以一种极为悲壮的方式背叛了自己的雇主，向世人揭示了一个庞大的全球监控机制的存在。美国国家安全局曾在其战略文件中将这个时代称为“信号情报发展的黄金时期”，正是因为斯诺登，人们才得以记录其背后的起源。如今，海量的人际互动已经转向数字领域。美国国家安全局投入了所需的资金和技术，旨在从全球通信网络“主动脉”中批量、无差别地搜集信息。单单将美国国家安全局的所作所为称为“大规模监控”，未免有些过于简单，我在本书中将详细探讨这一概念。但毫无疑问，该机构已将上亿局外人纳入自己的监控网络。传统意义上境外间谍活动和境内间谍活动之间的界限已经逐渐模糊，而两者之间的区别正是美国隐私法的基础。尽管斯诺登披露的信息引发了长达几年的激烈的公共辩论，但美国法律和社会至今依然没有因为这些信息而做出根本性的改变。

本书还存在另外一种更为私人的叙事角度，那就是面对这一美国情报史上影响最大的公开泄密事件，我作为直接与斯诺登沟通并从他那里获取信息的三名记者之一的亲身经历。这本来并不在我最初的写作计划之中。这不符合我的行事习惯，而且我作为专门讲述他人故事的人，所接受的职业训练也不允许我这么做。多年来，我一直在试图回避一些问题。但我逐渐意识到，我应该直面这些问题。

斯诺登为何会选择我？我凭什么认为自己可以相信他？在美国反情报当局的眼皮子底下，我们是如何通信的？我们见面的具体地点是在莫斯科的哪里？为何在斯诺登爆料之前，我的名字就已经出现在美国国家安全局的文件中？政府是否曾经试图阻止我讲出这些故事？我是如何决定哪些秘密信息要发表，哪些秘密信息要保留？是谁给了我做出这一选择的权利？

做我这一行的，之前从未有人手握上万份当代机密文件。作为一名新闻工作者，我面对如此海量的信息却不能使用现代先进的计算机设备来处理。国外的情报机构试图非法侵入我的账号和设备。据我所知，美国国家安全局局长曾试图发动一场突袭，来夺取我的笔记和文件。有关斯诺登的这些文件，有的我认为永远不应得见天日，有的则为我提供了一些线索，而我如果要去按图索骥，就难免会使我的那些线人身陷险境。更糟糕的是，当我收到斯诺登的邮件时，我背后没有任何新闻机构可以依靠。那时距离我离开《华盛顿邮报》已有三年时间。虽然后来我决定暂时回到《华盛顿邮报》工作，但在那之前，我必须独自做出决定，并且要独自承担背后的高风险。我只能随机应变。其间，我犯了一些错误，有些错误甚至现在已羞于回顾。在这本书中，我希望能够真实地再现幕后的调查报道场景。

斯诺登是一个非常复杂的人物，远非传统意义上典型的“英雄”或“叛徒”。有时，他是一个不错的伙伴：有趣且世俗，思维敏捷、兴趣广泛、自学成才。有时，他又顽固不化、妄自尊大、吹毛求疵。我们的关系发展可谓一波三折。他知道我不会加入他的阵营，也从未指望我站在他那一边。在这一点上，他对我的态度完全不同于他对待另外两位记者——劳拉·珀特阿斯和格伦·格林沃尔德。我们不断试探彼此的底线：我作为一名记者，总是想要挖掘更多信息，而他作为一名特定主张的倡导者，认为自己措辞稍有不慎就可能会危及自身事业。在我试图写下第一篇报道时，因为没有接受他提出的条件，他便和我断了联系，但这种状态仅仅持续了一小段时间。后来，他认为我加害于他，我们又有几个月不再联系。“我不确定我是否能完全相信你会站在我这边，但这并不影响我选择与你对话，”在 2013 年秋我们恢复通信后，他告诉我，“我只是相信你会如实报道。”

在那之后，我两次前往莫斯科与他会面，我们开始了漫长的对话。其间，我们靠酒店提供的类似美国快餐的食物充饥。就连吃东西时，他都体现着一名工程师的思维逻辑：要先吃冰激凌，因为汉堡不会融化。我在纽约和普林斯顿时，他也曾几次到访，不过都是派遥控机器人前来，他通过这台机器人观察、聆听、表达，还会让机器人在我屋子里晃悠。偶尔，我们会通过由信得过的懂技术的朋友搭建的反监控渠道进行视频沟通。但大部分时候，我们还是以他最熟悉的领域中最安全的方式进行交流——通过加密、匿名的链接进行线上聊天。只要操作恰当，这种方式是最难被拦截的。

在我们的沟通过程中，只要是私人问题，无论与谈论的话题多么相关，通常都被视为禁区。我第一次前往莫斯科见他时，曾试图了解他与俄罗斯政府的关系。我问他：“你现在住在这里，有接受俄罗斯政府的资助吗？你有没有被问到供职于美国情报机构的经历？”斯诺登指责我与那些批判他的人并无二致。他用了一些理论术语向我解释了在他那个岗位上的人通常所做的事情。

“我跟俄罗斯政府没有任何关系，”最后，他突然说，“你不应该总是纠结于这一类的问题。”

“我不知道这一情况，只有问了你之后我才知道。”

“这种事情是不可知的，你这就相当于让我证明上帝是不存在的。”

“不，我只是让你简单地陈述你没有看到过燃烧的荆棘[①]。”

“我正在这么做，我正在……从假设意义上。”

从假设意义上，因为这整个话题是非公开的。直到后来情况发生改变，他依旧拒绝直接回答我的问题。这样的对话我们进行了几十次，一轮又一轮，涉及几十个话题。需要说明的是，我没有找到任何理由可以相信斯诺登是为俄罗斯政府服务的，美国官方也从未声称握有其他证据。据斯诺登的一位家人透露，斯诺登在上小学时就已经被测出智商属于天才级别。当我问起此事时，他一如既往地闪烁其词。

我认为，读者有权预先知道一点：在我看来，斯诺登的功远大于过，尽管我已经准备好（但他还没有准备好）接受一个结果——他的爆料必然会导致情报信息的丢失。电子监控作为一种工具极其强大，同时也出奇地脆弱。它的价值就在于要在目标毫不知情的情况下捕捉信息。因为目标一旦有所警觉，就可能会变更通信渠道，甚至会销声匿迹一段时间。为避免这种情况发生，美国国家安全局内部形成了一种极度低调的氛围。鉴于美国国家安全局的英文缩写是 NSA，有人因此戏称其为“No Such Agency”（查无此局）或者“Never Say Anything”（闭口不谈）。从操作性角度来看，全面保密带来的似乎全是益处。然而，当技术的进

---

① “燃烧的荆棘”出自《圣经》中的典故：上帝从燃烧的荆棘中向摩西显现，荆棘被烈火燃烧，却丝毫没被烧毁。上帝以此异象显现神迹，让摩西坚定信仰，相信上帝的神力。作者在此处引用这一典故，旨在告诉斯诺登只需说出眼见的事实，无须证明。——译者注

步使得监控的范围拓展至关乎每个人日常生活的数字领域，美国国家安全局就越过了选民赋予其的权力界限。在自由社会里，秘密情报的界限已经发生改变。这有待人们展开公共辩论。

如果没有斯诺登，人们根本不可能展开这一辩论，而这一辩论又是非常有必要的。即使那些对斯诺登持最严厉批判态度的人中，也不乏赞同上述观点者。“我知道，这个世界因为爱德华·斯诺登而发生了极大的改变。”在针对泄密事件展开的一次漫长且深刻的讨论中，美国联邦调查局（FBI）前局长詹姆斯·科米曾这样告诉我，“在我看来，相比他所造成的损失，他所带来的成果更容易衡量，但我希望我们不要因沉迷于这些成果而忽视了一个事实，那就是他造成的损失尚且不可估量。”

在本书接下来的内容中，我们将会讲述斯诺登不会讲述或者不曾讲述的故事，有一些甚至在他 2019 年出版的回忆录中也不曾谈及，还有一些是彻底与他无关的事情。我花了数百小时与斯诺登进行对话，还花了数百小时与美国这一监控体系的设计者、操作人员、用户、反对者和持保留意见者进行沟通，然后基于这些资料形成本书的内容。除此之外，本书中还会披露一些新的内容，其中有的来源于机密档案，有的来源于独立调查的结果，还有的来源于之前记者的笔记（事后看来，这些笔记中隐含了一些新的信息）。

本书核心的内容围绕权力展开。信息是控制权的必备要素。保密和监控总是相互交织，决定着信息的流向。“谁知道什么”基本上代表着“谁控制谁”。公民有能力对政府追责吗？他们可以自由地保护自己不受不合理的监控吗？在今天，有没有人可以直接划清界限，规定哪些部分“外人勿扰”，然后将这一原则坚持到底？

本书有一个最初的素材，它源自斯诺登事件发生之前。2011 年，我有一次在硅谷有机会与谷歌的时任 CEO（首席执行官）埃里克·施密特同台。他问我："难道你不想要有一天可以直接问自己的安卓手机：'我的车钥匙在哪？'""天哪，并不想。"我告诉他。也许我正身在俱乐部，酒保帮我保存着车钥匙，而我正躺在楼上某个房间里呼呼大睡。我很高兴用手机记录自己生活中的一切，但我并不想要谷歌知道这一切。施密特发现我的私生活明显比他的要精彩（对此我表示怀疑）。他告诉我，他还发现，安卓用户甚至想要不用自己开口，手机就能为其奉上所需的信息。我承认，这种技术实在是太了不起了。这就像是随身带着蝙蝠侠的管家阿尔弗雷德，只不过这个阿尔弗雷德并不是为我工作。他随时跟随着我，记录我的信息，但会把这些信息全部发送给谷歌。我问施密特，未来有没有可能允许我直接用现金购买谷歌的服务，而不用同意被监控。他对于我的用词提出异议，但很坦诚地回答了我。他说，那不是他们的商业模式。直至斯诺登事件爆发，没有人能实现这种模式。

在我与施密特同台之前，我就已经开始担忧该如何处理自己在日常生活中所产生的废弃数字信息，而且这种状态已经持续了一段时间。在工作中，我想知道的大部分内容都是各种各样的秘密。"9·11"恐怖袭击事件之后，美国政府采取更加强力的措施，威慑那些为我提供秘密信息的线人，使他们的身份暴露，并且对他们进行了惩罚。

出于自我防卫的需要，我开始学习电子设备操作安全技术。我开始习惯使用加密技术和匿名代理。我像个毒贩一样，用现金购买了一次性手机，然后意识到要把自己常用的手机关机，这样它才不会和一次性手机的行迹重合。手机商店里带有时间戳的监控录像难道不会使我暴露吗？也许会，如果真的有人这么用心去查的话。只更换SIM（用户身份识别）卡就可以吗？手机本身的硬件标识符会追踪我的行迹吗？前一个问题的答案是：不可以。后一个问题的答案是：会。我就像是爱丽丝掉进了兔子洞，越陷越深，逐步走上一条荒诞不经的道路。任何一名理智的新闻工作者都知道，自己不可能彻底“隐身”。

正当我开始怀疑自己花费的这一番工夫是否值得时，一个自称Verax（拉丁语，意为“说真相者”）的人出现了。他发给了我一个加密密钥、一个识别信号，还有一种双向验证方法，我之前从未见识过这么聪明的方法。这就像老式的漫画广告：“If U Cn Rd Ths Msg...”（若你能读到此信息……）我满怀欣喜地发现，自己可以读懂这条信息，甚至之前的疑惑也随之打消。“我很欣赏你对操作安全，尤其是数字环境下的操作安全的重视。”Verax在下一条信息中写道，“很多记者在这一方面的意识还极为淡薄，这就导致他们所关注的对象和他们的意图都直白地暴露在强大的敌人面前……有人告诉我你在这方面已经相当精通。”

事实并非如此。在这方面，我只是略通皮毛，是Verax引导我更加深入。之后，我们开始通信。

第1章

潘多拉

当我还处于睡梦中时，收件箱里来了一封邮件。几个小时过后，我看到了这封邮件。也许我本应该对此置之不理，但无奈旧习难改。昨晚我们已经将通信通道关闭，不是因为我们知道它被发现了，而是因为我们无法知道它是否已被发现。这些电子邮件的账号都是匿名的、加密的，独立于我们日常的网络生活。我只能说，在现有技术条件下，它们已被隐藏到最深的程度。这种想法曾经让我稍感安心。

那是 2013 年 5 月中下旬，距离劳拉 · 珀特阿斯首次联系我已经过去近 4 个月。珀特阿斯是一名独立电影制作人，之前她联系我主要是想就一名私密线人的事情咨询我的意见。后来我知道，这个人就是 Verax，他向珀特阿斯提供了一条关于美国政府实施监控行动的神秘线索。珀特阿斯和我决定一起一探究竟。就在前一天晚上，我们悬了几个月的心终于落下。Verax 发来了证据，真真切切地就在我们眼前。他的故事是真实的，我们所面临的风险不再停留于猜测，而是真实存在的。联邦调查局和美国国家安全局负责监管国内治安的“Q Group”工作组势必不惜投入大量资源调查此次泄密事件。在我的职业生涯中，我第一次觉得，美国当局很有可能会试图夺取我的笔记和文件。毫无疑问，我们很快也会成为国外情报机构的关注对象。

珀特阿斯和我决定两天之后再见面。在那之前，任何事情都要先缓一缓。而这一计划没能坚持一个晚上。第二天一早我登录邮箱，以为应该不会有邮件。但时间戳显示，与我分开后不到4个小时，珀特阿斯就给我发了一封邮件。她肯定没怎么睡好，我也是。但当我看到她的邮件主题时，我瞬间清醒。那是我们的私密暗号，意思是“紧急”。破译之后，这条信息的内容非常简短：

> 我真的需要给你看一些东西。
>
> 你会想要看的。

奇怪，这太奇怪了。就在昨天我们刚看过那些东西之后，又有东西要给我看？昨天晚上，Verax发过来的是一份绝密资料，是美国国家安全局在一个月前刚更新过的一份演示文件。已经过了午夜，珀特阿斯和我仍旧站在小小的笔记本电脑屏幕前，试图弄懂文件中的那些术语。文件的核心内容已经非常明了：在一个化名“棱镜”（PRISM）的项目之下，美国国家安全局正从雅虎、谷歌、微软、脸书等公司的上万个用户账号中提取数据。该文件共有41张幻灯片，还有长达8 000字的演讲者笔记，阐述了该项目的法理基础和操作细节。如果这份文件是真的（它看起来确实是真的），那么它向我们展示的是极为罕见的东西——一份针对美国境内开展的情报活动的近乎实时的权威记录，而这一情报活动的范围远远超出了其公认的界限。

当我们终于决定要去休息一下时，珀特阿斯告诉我，这份材料她只理解了差不多10%。我最多也就理解了一半，但我并没有因此觉得羞耻。记者本来就不可能知道所有的答案，我们应该知道的是如何找到答案，如何检验证据并且寻找更多证据。打造一则新闻可能需要一些时间，但我们已经具备了基石。

我这么想着。但珀特阿斯明显被一些事情吓到了，不然也不至于打破我们发邮件的准则。一切猜测都是无用的。我并没有从她发来的信息中读出任何的话外之音。我猜，可能是好消息也可能是坏消息。但在这个阶段，任何意料之外的事情都让人坐立难安。因为一旦发生意料之外的事情，就意味着我对于我们的处境并不了解。几周以来，我一直在推演可能发生的事件，推测下一阶段的报道可能的发展路径和可能会遇到的障碍。我必须找到其他的信息提供者，并在确保他们的安全的前提下与他们取得联系，以验证文件的真实性，了解背景情况。我随时都有可能搞砸这一切——暴露 Verax 的身份，误信虚假信息，误解短信内容，泄露某些信息，从而在无意中对别人造成伤害。我脑海中的规划路线一旦稍有差池，就可能会导致无法预见的麻烦。

已经没有更多的时间来规划了。Verax 已经按下了启动键。我们已有文件在手，但不知道何时能够了解整件事情的经过。其间任何插曲都可能带来危险。Verax 拒绝透露自己的住址，但我们知道他已经不去上班了。一旦他的雇主注意到他失踪的事，那么他的人身自由和人身安全都将面临极大的风险。届时，当局就会发现他的所作所为，可能会抢先获悉整件事情的来龙去脉。当然，到那时我们的直接沟通渠道都会被关闭。

我们想一窥一个庞大的监控体系的真面目，而与此同时我们又试图逃过该体系的监视目光。我们自知这种状态不会持续太久，但我们想尽一切办法为自己争取更多的时间。珀特阿斯那天早上给我发那封紧急邮件时，她身在曼哈顿下城翠贝卡区，而我身在曼哈顿上城，我俩之间的直线距离仅为 6 英里①。但她是通过匿名中继的方式发送的，使这封邮件在世界范围内绕行了上千英里才到达我的邮箱，从而隐藏了真正的发件地址。当我登录邮箱时，我也采用了同样的方法。我们用现金购买了一

① 1 英里 ≈1.609 千米。——编者注

些便宜的笔记本电脑，并使用安全保护工具仿造了它们的硬件地址和网络地址。珀特阿斯、Verax 和我将所说的每个字都加密。我们从不使用电话联系。每一次的联系都会留下痕迹，这一点无可避免，但我们会故意留下一些虚假的痕迹。

在我动身前往下城之前，我又收到了一封邮件。与上一封邮件一样，主题看似极为平常，实则意为“紧急”。我打开之后，看到邮件内容已经加密，密文如下：

——BEGIN PGP MESSAGE——

hQIOA7RnVIVebwveEAgA7OBO1qtnQ1mdDTZwU4el1ZbfF57dLNIb0

UxeunqK8q9Zoo9a0iHGjVreqo0YKip/IpX7rohHmA/T038jjgnsF9E6hNa

hg1ZWcBRabfOxGUxu8Gzxk5H9m+k0dHCqg6EVwAoIWunkghc6jG2p/

seNFNCR36vjgCy2BuF47Jc0oKgc[. . .]

——END PGP MESSAGE——

我插入了一个 U 盘，里面是我的私钥，这是一个用来解密邮件内容的小小的数字文件。我输入了两个密码，一个用来挂载 U 盘，另一个用于启用私钥。解密之后，珀特阿斯的邮件内容只有短短几个字。

你需要做好心理准备，天哪！

到底发生了什么？我取消了去华盛顿的航班，急忙赶到地铁站，迅速跑下楼梯。坐上前往下城的地铁后，我将手机电池取出。智能手机是绝佳的追踪工具，除此之外，它还是一个很好的遥控传声器，前提是你知道如何开启这一功能。

我第一次见劳拉·珀特阿斯时，距离 2010 年圣诞节只剩三天。她突然出现在我位于华盛顿广场附近的办公室，没有任何预兆。我们的一个共同好友卡伦·格林伯格一直说我俩应该见一见。卡伦在纽约大学法学院开了一个政策讨论沙龙，气氛十分活跃。我从《华盛顿邮报》辞职后，卡伦为我提供了一个研究员职位。迎接我的除了新的办公室，还有迈克尔·希恩留给我的一个咖啡杯，他曾经就职于美国国防部，后来又回到国防部。杯子的侧面印着一个面带微笑的方下巴二战大兵，手里端着咖啡，旁边印着大兵的话：“闭上你的臭嘴行不行？”早在 1944 年左右形成的保密文化，永不过时。

我甚至都没有想到要问珀特阿斯，她是怎么绕过楼下的保安和楼上难搞的接待员直接进入我的办公室的。那天晚上，我才知道我错过了一场“好戏”。“我很抱歉，当时为了找到你，我吓到卡伦的员工了。”她在邮件中写道。

要说珀特阿斯的报道能够获得大众信任，这一点儿也不令人惊讶。她具有超于常人的毅力，46 岁就曾获奥斯卡提名，并且荣获皮博迪奖[①]，常常只身一人扛着摄像机穿越战区。她在政治立场上属于激进派。外界对其评价是“热情”和“坚韧不拔”。她在波士顿附近长大，后来去学做厨师，之后转向电影制作。她的突破性作品《伊拉克，我的祖国》(*My Country, My Country*）记录了处于美国占领下的伊拉克人民建立民主制度的失败尝试。美国公共电视网（PBS）前段时间刚刚播出了她的新作《誓言》(*The Oath*)，这部作品中穿插讲述了本·拉登的前保镖和司机的故事，他们是一对姻亲兄弟，前者现在是也门的一名出租车司机，后者仍被美国军方关在关塔那摩监狱。

① 皮博迪奖是以严肃著称的美国广播电视文化成就奖，是全球广播电视媒体界历史最悠久、最具权威的奖项。——译者注

我与珀特阿斯的相识源于《伊拉克，我的祖国》所带来的负面影响。这部纪录片于2006年首次上映，在随后的4年里，珀特阿斯每次出入美国国境都会被海关留下接受审问，其行李每次都会被搜查。美国海关和边境巡逻部门官员会在不说明任何缘由的情况下将她滞留几个小时。他们会逐页翻看她的笔记，拷贝她存储卡中的视频文件，有时还会“扣押”（这仅仅是一种好听的说法）她的电子设备。她后来回忆称，有一年夏天在纽约的肯尼迪国际机场，那些人“没收了我的笔记本电脑、摄像机、底片和手机”，直到41天之后才归还。至少有一次，他们承认对她的笔记本电脑进行了全面取证，将所有信息逐一拷贝以供永久保存和使用，除此之外还会恢复已经删除的文件。

这一切都让我觉得很震惊。美国政府给出的借口竟然是：电脑和手机就如同钱包或旅行包，都只是“容器”。基于这种奇怪的逻辑，夺取、拷贝、保存数十万私人文件和专业文件，就无异于搜查人们行李箱里有没有未申报的苏格兰威士忌。长期以来的先例是，美国宪法第四修正案中有关“合理根据”的要求不适用于边境搜查，理由是海关当局需要充分的自由活动空间，以抵御国家安全威胁，强制执行海关法规。美国政府发表了一份更宽泛的声明，更加挑战着公民的常识和基本权利。政府辩称，边境搜查根本不存在“不合理”一说，因为海关工作人员可以随意搜查和扣押入境物品，完全不需要任何理由。这一声明的内容就连乔治王时代都未必能接受，联邦法官却刚开始质疑其合理性。

珀特阿斯之前就听说，在我以前的编辑室同事眼中，我极度重视隐私，是个会将所有的笔记都加密，还会设置虚假网络账号的异类，甚至连睡觉的时候可能都会戴着用锡纸做的帽子，以屏蔽恶意无线电波。对我来说，采取这些防护措施的必要性显而易见。记者和其他人一样，接受了互联网的馈赠，却忽视了其代价。使用手机、浏览网页、发邮件、发信息都会留下一长串的数据痕迹，其中就包含有关我们的通信对象、通信时间、见面地点、通信内容的信息。不断变更的法律条款和日新月异的技术使政府有更多机会访问这些数据宝库，而不会受到太多监督。大型私企的雇主会在公司层面部署类似的监控设备，以方便随时监督自己的雇员。我们的一些调查对象会雇用私人侦探挖掘我们的通信记录，以防止我们获取有关他们的更多信息。尽管我们作为记者都会承诺绝不透露自己的秘密线人，但我们日常生活中所产生的废弃数字信息正在为敌人拔除我们的线人提供可乘之机。多年以来，我总是把笔记放在其他任何人，包括我信任的上司都看不到的地方。正如安全分析师格雷厄姆·克鲁雷所说，“云”的另一种表达就是“别人的电脑”。当你把信息放在“云”端，你就放弃了对信息的控制权。

珀特阿斯想知道如何自我防卫。一般情况下，面对这种咨询，我会先询问她想要保护什么，以及她认为自己所面对的敌人是谁。珀特阿斯已经知道，自己所面对的对手是世界级的。这听起来不甚乐观，但即使是美国政府也要谨慎考虑投入的时间、金钱和稀缺的技术资源，它不可能对监控名单上的每个对象都倾尽全力。到目前为止，针对珀特阿斯的监控还不需要投入太多，因为她出入各地所携带的都是裸数据。她可以通过对数据进行加密来提高对手监控自己的成本。同时，至于她那台被拷贝的笔记本电脑，她是否更改了邮箱和网络账号的密码？答案是肯定的。

那天晚上，我发给了她一份“有关深入阅读的简要说明”。事实上，尽管我一再克制自己，结果仍未能如愿。这封邮件内容长达上千字，充满了用字母组合表示的软件工具（比如 GPG、TrueCrypt、OTR、SOCKS proxies、Tor）的链接和使用方法。回想起来，不难理解我以前的同事为何很少向我寻求这方面的建议。

我向珀特阿斯推荐的很多方法都起源于20世纪90年代的“密码朋克”，这是一个由愿景家和技术专家组成的崇尚自由（因此无领导）的集体。在互联网诞生之初，密码朋克就着手保护互联网不受审查、监控等各种异常的国家控制手段影响。美国“感恩至死”（Grateful Dead）乐队的前作词人、电子边界基金会联合创始人约翰·佩里·巴洛作为其中一名密码朋克，写就一份独立宣言，警告大多数政府（被称为“令人厌倦的钢铁巨人”）：“我们不欢迎你们的加入。”埃里克·休斯在《密码朋克宣言》中宣布了一项行动计划：“我们深知，必须要有人来写软件以保护隐私。只有亲自动手，我们才能保护隐私，所以我们决定要写这样的软件。”

他们确实这样做了。他们写出了可以有效运作的软件，并且供人们免费使用。就连研发了洋葱路由（可使用户实现在网络上匿名沟通的软件）的美国海军研究实验室也对外发布了这一软件和其底层代码，以供大众免费使用。该实验室所发表的一篇突破性技术论文中这样写道：“保护隐私不仅意味着要隐藏通信的内容，而且要隐藏通信双方的身份信息。”

有了这些工具，任何人都隐藏在简练的密码学数字运算背后，可以放心地在网络上读写信息或与人沟通，而不用担心受到审查，不必心存忧虑。每个人都可以做到这一点，但几乎没有人会去做。“麻瓜”不会使用巫师的魔法来处理问题。我们很少听到有人谈论这一神秘领域，更少人有动力或耐心去学习使用这些工具。而我却如同书呆子般从中收获了某种乐趣，而且作为一名日常报道秘密外交政策、情报和战争的记者，我有很强的动机这样做。我从2006年开始使用GPG，它是电子邮件加密和文件加密的绝佳工具。在那之前不久，在一起针对时任副总统迪克·切尼的幕僚长的刑事案件中，《时代周刊》杂志不顾一名记者反对，将该记者的笔记递交检察官。在我心中，GPG 的开发者和一直以来的维护者沃纳·科克是对公民社会做出巨大贡献的人。

但不得不说，GPG 的操作非常难，即使是这一领域的专家，面对篇幅堪比中篇小说的用户指南，也常常败下阵来。它本来可以用两千字有余的篇幅，就把这个堪比罗伯特·史蒂文森笔下杰基尔和海德的故事讲清楚的。这个笑话也许本身就已说明问题，但我没有更好的建议可以提供给珀特阿斯。也许我能提供给她的最好的建议就是："你也许应该咨询一个更有经验的人。"我在此必须要说明的是，现在更容易操作的工具已经被发明出来了，虽然它们也并非毫无难度。

2013 年 1 月 31 日，珀特阿斯通过邮件告诉我她要经过纽约，那时距离她最初向我咨询已经过去两年了。我们就是从这时候开始合作调查美国国家安全局背后的故事。

"接下来几天，你有时间一起喝杯咖啡吗？"她问道，"我想要咨询你一点儿事。"这一看似平常的邀请，其实暗含深意。之后她又给我发了一条加密信息，让我不要带手机去。两天后，我们在一家名为 Joe 的小小的咖啡吧见面了，地方是我挑的。她冲着店内拥挤的桌子做了个鬼脸，然后建议我们换个地方。之后我们又换了两个地方，最后还是她找到了一个较为私密的场所。我意识到肯定有什么事情发生了。在服务员把我们点的食物和饮品送上来之前，珀特阿斯一直在跟我闲聊。出于习惯，我拿出了一个 Moleskine（鼹鼠皮）笔记本。只见她摇了摇头，于是我把笔记本收起来了。她说，一个匿名线人找到她，称自己是美国情报体系的一员。当时，珀特阿斯并没有告诉我，他们早在 5 天之前就已经开始交流了。据这个匿名线人讲述，美国国家安全局打造了一个监控机器，其监控范围之广和力度之大足以威胁到美国的民主制度。他可以提供证据，但还没到时候。

这一开场听起来似乎不甚乐观。现在回想起来，我当时一直保持一张“扑克脸”，根据我以往的经验，对于那些不乏妄想的线人而言，很少有比情报阴谋更有诱惑力的消息了。自我在上一本书中写到未经授权的美国本土监控行为之后，我收到了无数封字迹潦草难认的信件，我的语音信箱也已经爆满。珀特阿斯的线人听起来似乎没那么不靠谱，但也许他提供的是另一类线索，很多记者将这类线索归为“如果是真的则非常重要”。这类线索听起来颇有道理，具备新闻价值，前提是它是真的，但从本质上而言，它又根本无处查证。我能够想象那人所说的证据是什么样的，但可能需要法院传票、窃听设备才能得到。那些文件可能有重大价值，但你可能要为此赌上自己的职业生涯。

我想要提醒珀特阿斯，然后突然意识到自己不应该这么做。这是个不好的习惯。就像警察和出庭律师一样，记者总觉得自己对于真相有种特殊的直觉。那时的我也难免受这种想法影响，但它始终是缺乏科学依据的。在对照试验中，专业调查者区分真相与谎言的成功率并不比通过掷硬币的方式来区分的成功率高。当然，我并没有什么好吹嘘的。很多年里，我相信了一些不该相信的东西，因此错过或忽视了很多与我以往经验不符的真相。最令人不安的一次失败经历发生于 1995 年 6 月，在约旦河西岸地区的一个山顶，我采访了一个名叫伊加尔·阿米尔的以色列定居者。那时，阿米尔其实已经在跟踪以色列总理伊扎克·拉宾。5 个月后，他终于找到机会足够靠近拉宾，并且朝着拉宾的后背开了两枪。而我在跟阿米尔交谈时，并没有感觉到他有任何异样。他那些暗含深意的话语当时被我当作常见的套话。他称拉宾为叛徒，还冲一个写着“奥斯陆协议”的洞口撒尿。在我看来，这就是他表达抗议的方式，这在像他那样的宗教民族主义者中是很常见的事情。我以前见过成百上千名像他那样的人，我这样想着。

我最终没有开口，又咬了一口汉堡，让珀特阿斯得以继续说。那时的我哪怕开一个小玩笑，都可能把场面搞砸。我所认识的珀特阿斯，对于那些使命感不如自己强的同事往往持严肃批判态度。随着我们的谈话继续，我开始对她说的内容产生兴趣。那名线人并没有向珀特阿斯亮出所有的底牌，而珀特阿斯对我也有所保留，但可以看出，这名线人能够很熟练地使用信号情报和通信网络语言。我发现他似乎不太会使用华丽的辞藻，但珀特阿斯说他在描述事实时文字表达非常精准。他并不避讳说“我不知道”，这一点让我和珀特阿斯都略感欣慰。还有一件小事也增加了我们对他的信任度，那就是他常常会在不经意间将通俗易懂的语言切换成行话。往往只有业内人士才会这样，而且是很难假装出来的。

珀特阿斯希望我能识别出其中一些术语。我有听说过“无界线人”（BOUNDLESSINFORMANT）吗？没有。但是我喜欢他说话的语调，真诚中透露着不自量力，雄心勃勃中带着一丝危险的气息。那我听说过 SSO 吗？我当时非常确定，它指的是“特殊来源行动组”（Special Source Operations），跟美国国家安全局使用某些友好企业控制下的设备有关。那名线人口中的 DNR、CNO 又代表什么呢？一头雾水。我脑海中所能想到的就只有“不予急救”“海军作战部部长”，这显然错得离谱。（后来我才了解到其真实含义分别是“被叫号码识别”和“计算机网络作业”。）NSANet 呢？这个我知道。它是指美国国家安全局的全球性内部网络，可使 3 万名员工都连接到共享的情报部门资源，例如类似维基百科的“绝密”参考网址。

珀特阿斯的这名线人究竟是他自己口中所声称的一名真正的“吹哨人”，还是用公共记录冒充内部信息的骗子，或者是一个兜售虚假阴谋的情报分析师，抑或是一名误解了某些无伤大雅的信息的一知半解的官员？我告诉珀特阿斯，我觉得自己有办法缩小他的身份范围。我之前曾写过一本有关时任副总统切尼的书《垂钓者》，在为这本书搜集资料的过程中，我了解到一些关于美国国家安全局的细节信息，但我在书中并未提及。因为在当时的我看来，这些细节要么太偏技术性，要么超出了我当时的理解能力，要么与我所写的内容不甚相关。如果我所了解的这些信息，这名线人也知道，那就足以说明问题了。如果他能填补一些信息空白，或者基于充分的理由纠正某些错误信息，那就更好了。

珀特阿斯问我，在这个故事水落石出之后，我是否考虑借助一些合力因素。她说，出版物和影片的形式可以互为补充。当时我俩谁都没有明确表态，但我对这一提议很感兴趣。每次与线人交流之后，我们的疑虑都会打消一些。到那年春天时，我和珀特阿斯已经成为搭档。我在5月初给她的一封邮件中写道：凡事都要提供书面证据。此时的我已经迎来人生的关键时刻。

我写道：如果这个人说的不是真相，“那我就太意外了”。

当珀特阿斯介绍我和Verax认识时，Verax对我是持怀疑态度的。他不愿意相信我的前雇主《华盛顿邮报》，那是我作为记者的职业生涯起步的地方。他对于《华盛顿邮报》的了解主要来自其言论版，上面发表的特约专栏文章和代表该机构本身立场的社论曾谴责维基解密，敦促美国在伊拉克发动战争，还为小布什总统围绕“全球反恐战争”所采取的其他（在他看来）非常过分的行径进行辩解。Verax想要通过不止一种声音来讲述他的故事，而且希望这些声音之间是对立的。他心里已经有了人选。珀特阿斯用以往的实际行动证明了自己是一个怀疑论者，而且她曾是战时当权派的关注对象。她曾拍摄一个关于美国国家安全局的一名批判者的短片，正是该短片引起了Verax的注意。《卫报》专栏作家格伦·格林沃尔德则因坚定不移地对抗当前的国家安全体制及其拥护者而树立起了自己的形象。然而，经过了几个月的努力，Verax 发给格林沃尔德的所有邮件以及随信附上的有关加密的视频教程都石沉大海。

在这个故事中，我不属于完全的局外人。我曾是一家主流媒体的正式员工，我没有佯装会加入 Verax 的阵营或者支持他的事业。此外，在此之前，我已经多年致力于调查有关美国本土监控的事宜。Verax 在考虑接受我时，主要基于两点：首先，我很适合做这件事，经过多年的调查，我已做好充分准备去挖掘、报道那些文件背后隐含的信息；其次，只要如实将新的揭秘信息报道出来，影响力就足以问责政府。

也许是有意刺激我，Verax 暗示，他认为只有像格林沃尔德那样英勇无畏的异议者才能够揭露真相。这确实刺激到我了。我对格林沃尔德略有了解，在 2010 年举行的一场名为“宪法与国家安全”的讨论会上，我作为主持人，曾试图稍微缓和他的立场，但失败了（在此之前，我几乎从未与如此固执己见的嘉宾同台过）。我告诉 Verax，格林沃尔德确实非常聪明，他不惮于揭穿那些伪善者的面孔。他要求所有的官方声明都要有据可依，这一点我非常佩服。但他和他的对手有一个共同点，那就是他们关注的事实和依据都是有选择性的。我认为，只关注那些能证明自己论点的事实，这应该是诉讼律师的行为，而不是一名记者应该做的。

我向 Verax 提出的核心论点事关公共辩论中的信息生命周期。格林沃尔德对于我这种主流派嗤之以鼻。但不知道他有没有想过，他不遗余力地谴责的那些罪恶行为是如何被发现的？有关酷刑、秘密监狱、本土监控、国家安全密函被滥用等问题，包括伊拉克大规模杀伤性武器的真相，他是如何知晓的？其中大部分信息都是由像我这样的新闻从业者首次向大众揭露，并对其背后真相深入调查跟进。当然，还有一些其他行业的个人或组织发挥了关键作用。比如，红十字国际委员会（ICRC）等非政府组织（以及《纽约书评》，正是该杂志发表了红十字国际委员会的机密报告）用不容争辩的事实向世人揭示了关塔那摩监狱的状况。从司法观察（Judicial Watch）到美国公民自由协会（ACLU）等公益诉讼机构，均向政府施压，使其交出秘密会议记录以及虐囚的照片。这些信息反过来促使哥伦比亚广播公司（CBS）的《60 分钟时事杂志》节目和《纽约客》杂志去挖掘更多更新的内幕信息。通过在社交媒体上展开的众包调查与分析，美国中央情报局（CIA）的秘密引渡航班及其目的地信息被曝光，这就为《华盛顿邮报》独家报道有关美国的秘密海外监狱这一新闻铺平了道路。公共辩论的确会受大众观点的影响，但若不是因为事实的力量，公共辩论根本无从展开。传统新闻机构开展的耐心的、专注的调查报道是不可或缺的。

对于我为自己辩护的理由，Verax 表示接受。他担心的是我会在明确无疑的事实上含糊其辞。他怎么能确保我不会故意削弱事件的影响力，或者出于美国政府的要求而直接不予发布？我以前也曾遇到同样的问题。这给我的感觉很奇怪，好像是在问我一般会编造出多少事实。我想说，我以往的工作记录就可以说明一切，但我知道，他没办法去证实这些东西。要说我的工作记录经得起任何人的查验，未免过于自大了。即使 Verax 一字一句地研究我曾写的东西，他也很难发现我是否曾故意隐瞒部分事实。我以往的报道也许能够提供有力的间接证据，但我始终无法提供直接证据来证明我的中立立场。

Verax 开门见山地问我了一些基本的原则性问题。我为什么会选择做这一行？我如何定义成功？我迫不及待地想要开始向他提问，但是我首先无法回避他的问题。我告诉他，我之所以觉得新闻工作很有意义，是因为真相具有极为重要的价值。即使再容易犯错的人也看得出，真相是由我们所发现的零星的线索拼凑起来的，随着我们不断发现更多的线索，我们会修正之前的真相。我相信，无论是在选民投票站，还是在市场竞争中，在一切需要做决策的场合，只有公开透明才能保证权力不被滥用。我告诉 Verax，我不喜欢牵涉个人恩怨，但毫不夸张地说，当局已经不爽我很久了。

接着，我开始讲述我在高中时期那个流产的报纸记者生涯。当时，校长禁止在校报上发表一篇新闻，但我还是发了。她就把我给解雇了，并将我们印出的报纸全都给烧掉了。几天之后，秉着一种初生牛犊不怕虎的劲头，我和另外两个编辑一起召开了一场记者招待会，宣布要以校长违反美国宪法第一修正案为由提起诉讼，即“格尔曼诉瓦克尔案”。宾夕法尼亚东区联邦地区法院负责审理该案件。

“这太扯了，太好笑了！”Verax 写道。

那件事让我意识到，我们是多么容易被打败。费城学区故意拖延时间，直到我毕业后才承认宪法赋予了我们出版权。校长还在我的大学入学申请文件中加入了一张有意抹黑我的纸条，后来又声称不小心将纸条弄丢了，这样一来，尽管我有知晓她所写内容的合法权利，但也无从行使。无论从何种意义上来说，这一次我们都输了。然而，这次事件让我坚定了自己的职业选择，并让我至今关注权力的使用和滥用问题。后来，这成为我最喜欢向别人讲述的故事之一，尤其是附上《费城询问报》（*Philadelphia Inquirer*）上刊登的一张我的照片，照片中的我留着当时热门电视剧《欢迎归来，科特》（*Welcome Back, Kotter*）中流行的发型。

了解了这些之后，Verax 开始转向一些具体的问题。他问道，我有何种证据可以证明，我现在能够顶住来自政府的压力？我感觉这像是求职面试，但是无所谓。这时候就不得不提到我写的那本关于迪克·切尼的书，书中讲述了这位美国前副总统曾试图掩盖的一些事情，他还因此在电视节目上表达了对我这本书的不屑。我在书中花大量篇幅介绍了联邦调查局使用国家安全密函调走了数十万美国民众的信息记录，而这些人都是清清白白的，没有任何行为不当的嫌疑。司法部向国会写了一份长达 10 页的信件，指控我有意“歪曲真相，弄虚作假”，后来又不得不撤回该信件。在那之前两年，美国中央情报局就已经开始大肆诋毁我所做的有关美军在伊拉克搜寻大规模杀伤性武器事件的报道的真实性。曾实名攻击我的戴维·凯，在三年之后若无其事地告诉我，其实他当时就知道那篇涉事报道是真的。再早一些时候，时任国务卿马德琳·奥尔布赖特的高级助理把我从她的专机上赶了下来，因为我在文章中提到了一些机密外交通话，而这与其在公开声明中的口径不符。（我的这一行为引起了某位高层的不满。）在我刚刚成为美国国防部通讯记者的那一年，海湾战争结束之后，我写了一篇头版文章，揭露了落在伊拉克境内的炸弹中有 93% 并不是国防部发布的视频中所描述的“智能炸弹”，其中 2/3 的炸弹都未能击中目标。结果，空军参谋长梅里尔·A. 麦克皮克将军在公开场合声称，要把我放在一片空地上，让我尝尝被“傻瓜炸弹”袭击的滋味。

“我真的很想报道这件事，”5 月 18 日，我告诉 Verax，“我认为它非同小可。”他应该会同意的。此时，我的主流媒体出身不再是他所顾虑的因素，而会成为他选择我的原因。如果一家主流报纸“获得这一事件的独家报道权，并投入相关资源追踪报道”，我写道，“你会收获在其他任何地方都无法收获的东西”。

> 你可以自由决定应该在全球发布哪些内容。但在此之前要留出一点时间，以确保发布的文件遵循这样一个逻辑框架：这件事是真的，且已经过我们核实；它看起来很复杂，但我们会提供具体解

释；接着是介绍事件背景和为什么这一事件应该作为新闻被发布。

Verax反驳称，我根本没有权力承诺这一点。在他看来，无论我出于何种目的，一家新闻出版机构都不可能顶得住来自政府的威胁。“我担心的是你们的编辑、他们的律师，以及所牵涉的其他相关人士，”他写道，“我怕机构出于谨慎考虑，会将事件降级，而不顾公众利益。”

“就我的实际经验来说，你说的这种情况根本不存在，”我回复道，“你根本不了解我们这个行业。”

我离开《华盛顿邮报》确实是一段不甚愉快的经历，但是不可否认，在那儿工作的21年里，它一直为我提供支持。我曾亲眼看到或亲耳听到长期担任《华盛顿邮报》总编辑的小伦纳德·唐尼直面反驳咄咄逼人的内阁秘书、两位情报机构的头儿，还有一位国家安全顾问。还有一些更高级别的人员之间的交锋，可惜我没有亲眼见识过。《华盛顿邮报》会尊重每一方的观点，认真倾听每一方的言论，但它会做出自己的判断。针对有些内容是否适合出版，我曾两次与唐尼持不同意见。那两次都很惊险，我一不小心就可能酿成大错。

我不确定这些话是否说服了Verax。他依旧对我的能力持怀疑态度，但怀疑就已足够。他以一个工程师的思维逻辑，找好退路，建立冗余路径，以确保自己的故事能够为大众知晓。即便我不报道这一事件，珀特阿斯和格林沃尔德也会向他人讲述。他后来告诉我，他的计划完全不存在“单点故障”①。如果我们三个都去跟进这则新闻，在他看来，就自然而然地会形成分工，各有侧重。我告诉Verax，到整件事即将水落石出的那一天，我不会就报道的内容与格林沃尔德协调。没关系，他说，你

① 单点故障，是指系统中一点失效，就会让整个系统无法运作的部件。——译者注

们各自的角色和技能是互补的。

Verax 在写给珀特阿斯和我的便条中宣布了自己的决定，并以美国国家安全局常用的编码方式给我起了一个代号。

> 就这么定了！如果这位记者（此后代号为 BRASSBANNER）想要加入，我表示欢迎。

在珀特阿斯和我的想象中，这名线人应该已经人过中年，或许更大一些。其文字表达，不管我们如何理解，都不像是出自一名女性；从其了解的信息面来看，他应该已经工作过很长一段时间。即使如此，我们对于他的姓名、所属机构、工作内容仍一无所知。对于我来说，这越来越成为一个严重的问题。

珀特阿斯让我保证，在未经 Verax 同意的情况下，我不会去尝试调查他的身份。我当然不会这么做。在原则层面，这种行为会严重破坏我们之间的信任；在实践层面，当调查这名线人的相关信息时，我很可能会将他置于险境。美国国家安全局或者其他相关方可能已经知道我们正在谈论这一事件。究竟有谁在背后监控着，我根本无从知晓。哪怕我只是在谷歌浏览器上搜索一条小小的线索，当局都有可能从中挖出更多信息。

“我不会试图揭露线人的身份。”我在 2013 年 5 月 7 日写给珀特阿斯的邮件中写道，但我希望他主动向我们坦白自己的身份，而且要尽快。他开始计划主动提供有关自己身份的信息，这是一个非常了不起的承诺，但前提是要在这一事件引发广泛的公共辩论之后。他知道，一旦泄密者的身份曝光，所有的注意力都会转移到他身上。从我的立场来看，我需要在整个事件水落石出之前就知道他的身份。

就在同一天，我写信给 Verax 和珀特阿斯：

我会尽我所能地证实文件的真实性。但通常来看，我只能证明其中的一部分。也许我可以找其他线人来证实，确实有这样一份日期和标题相符的文件存在，或者证实文件中的一点或几点，或者证实基本的事实，而不指向具体的文件。

总而言之，除非我可以完全独立地确认文件的真实性，否则我很难相信信息的最初来源。

从事国家安全报道20余年，这将是我第一次在对信息来源一无所知的情况下进行报道。我并不是说我会放弃报道。这取决于我能够发现多少事实……但我非常想知道我可以做些什么来说服你。

此时的我如履薄冰。我刚刚与Verax建立起沟通渠道，还存在极大的不稳定性。通常情况下，我不会这么着急向对方施压。毕竟他还没有向我提供任何东西，我何苦冒这么大风险？但是，如果我不这么做的话，要想获知全部真相可能会冒更大的风险。我们都不敢奢望Verax会有一个好结局。任何一种意外情况发生，都可能使他随时与我们失联，而且毫无征兆。他可能会被捕，可能会被未知机构以非正当程序抓起来，可能会被迫隐藏踪迹，还可能会获得庇护，但前提条件是保持沉默。他觉得自己可能会遇害。无论是哪种情况，届时Verax对于我们而言都会彻底消失。如果我不尽快问出一些核心信息，那么我很可能以后就没有机会问了。

当我问到Verax的姓名时，他选择了避而不答，但他并未阻止我问一堆其他细节问题。这是一段不同寻常的采访经历，我们的交流是非同步的，而是通过发电子邮件和网络聊天的方式一来一往，但这一过程存在一个核心漏洞：我正在试图证实一份我尚未亲眼见过的文件。截至当时，根据Verax提供的解释，该文件可以证明美国国家安全局能够登录美国那些知名公司的用户网络账号。我每次会发给他一二十个问题。

我开门见山地提出："我凭什么相信你能接触到那些机密材料，更不用说相信你能保证材料的真实性？"言辞并没有特别圆滑，我希望能够营造一种直白的沟通氛围。我发现，坦率直言并不会令他不满。他列出了一些禁止询问的问题，主要是关于他自己和他亲近的人。但只要涉及他口中的事实，他随时都会试图证明。

"我之所以能够直接接触这些文件，是因为我的职位，"他回复道，"我知道它们是真的，因为它们有访问权限限制，是由内部创建的，并且都带有相应的标记。我之前就已经说过，当你看到它的那一刻，其真实性不证自明。"

我告诉他，一张纸质文件本身并不能说明太多东西。只有该文件所揭露的东西才能成为新闻。在我能够相信它所揭露的东西是事实之前，我还需要了解更多的信息。

文件出自谁之手？起草该文件是出于何种目的？文件上是否有一些"印记"（首字母缩写或印戳）来证明它已经历一系列的审批程序？Verax手中是否有该文件的接收者名单？有多少人拥有该文件的访问权限？是什么赋予了该文件权威性？一则重大新闻所基于的文件倘若是虚假的，结果无疑将是灾难性的，而如果该文件只是一个底层员工的草稿、已经被拒的提案，或者是关于一个早就被废除的试点项目的备忘录，结果并不会好多少。如果文件中所声称的事实是错误的怎么办？1948年，《芝加哥论坛报》曾以"杜威击败杜鲁门"为头版标题，但事实上是后者宣誓就职。

"假设这份文件是真实的，其内容是准确的吗？"我问道，"里面是否包含一些虚假的声明、误导性报道或者重大疏漏？"Verax说他不能担保每一页的内容都是准确无误的，但根据他的亲身体验，文件中的内容和美国国家安全局的规章制度、培训内容、信息采集系统、数据存储库都是对得上的。他说，这文件并非过时的备忘录，也不是废弃的草稿，它是针对正在采取的行动所做的一份总起性概览，由顶层负责人起草，并且近期刚刚更新过。每一个军事组织都会有一个类似的"命令简介"，Verax说，其中一个目的是"展示项目的必要性，从而申请预算"。

我试图慢慢转向有关他的个人问题。这篇报道一出，无疑会招致反击，线人及其信誉都会遭受攻击，到时候我可经受不起任何意料之外的状况。

"如果当局推测出线人的身份，或者声称已经知道线人的身份，并采取一系列手段诋毁线人信誉，我应该事先预料到他们会采取哪些手段？当局为了摧毁线人的信誉，是否会选择公布或者隐瞒一些事情？"

他是否曾被政府部门开除公职？没有。是否曾滥用药物？没有。是否曾酒后驾车？"我滴酒不沾。"他回答道。过了一会儿，他告诉我，总是纠结于这些有关他的问题没有意义。他预料到自己的人品很可能会受到攻击。"你没有能力保护我的身份不被发现，但如果你能够帮助我把真相公之于众，我就认为这是一项公平交易。"他写道，"最后，不要把太多注意力放在我身上：比性格特征更重要的是行为活动。"

我写道，人们会说你不遵守程序，如果你真的对于该项目持强烈反对态度，那你曾通过哪些行为来表示抗议呢？后来，在最初的报道发布之后，他告诉我他曾经反复向美国国家安全局的同事和主管提出自己的顾虑。对于这一点，我无从考证。美国国家安全局的官员告诉我，没有任何证据能证明斯诺登曾以项目违法或违规为由提出申诉，但他们不排除斯诺登曾私下向同事表达自己的疑惑。显而易见，斯诺登并未提起任何官方申诉程序。我那时候还不知道斯诺登是承包商雇员，而不是政府公务人员，因此也不知道他可能不受到《吹哨人保护法案》的保护，这是一项不久前刚刚通过的总统指令，但保护的对象较为局限。在我们第一次沟通的过程中，他不断强调一切申诉都只是徒劳："吹哨人"一旦试图向领导者或机构发起挑战，结局往往都是惨败。我不知道政府或其他任何大型机构的成员怎么会一本正经地否认这一点。

"IC 曾花费大量的时间练习如何拔除内部抗议者和避开监察，人们只需要看看前人提出抗议的后果，就知道这是一条什么样的道路。"他说道，这里的 IC 指的是情报界。

面对不法行为的指控者，我经常会问他们，被指控者曾提出何种最有力的反驳。这有助于我检验信息来源，同时可以使我为采访被指控者做好准备。"当美国政府发现我手中有这份文件时，他们会做出何种行为，你将会如何回应？"我写道。

"政府通常会给出的理由是：该项目是经过法律授权的，它对于国家安全至关重要，对于敏感内容或与企业的合作关系，他们会不予置评。我认为，他们不会试图质疑文件本身的真实性，因为要想伪造文件，首先得有机会了解项目的细节。"

"如果当局声称一旦文件全部或者部分泄露，将会损害国家安全，那么他们最有可能给出何种理由？其声明会有何不妥？"

Verax 预测，政府会给出的理由是：一旦有新闻爆出，"将会使得政府与企业的合作关系遇冷"。后来他的预测被证明是准确的。

这个答案我觉得还不够。有关国家安全受到威胁这一点，真的没有更多要说的吗？我问道，他难道不担心这份文件一旦泄露，会导致"一些策略、技巧、程序或技术被曝光，从而将使外国情报人员获利"吗？

这一点激怒了他，他再一次暗示对我的职业价值观表示怀疑。"我有点担心，记者所接受的职业训练使他们觉得赋权精英阶层可以不惜牺牲大众固有的隐私权，并以守护这一行为逻辑为己任。"他写道，"这还需要反驳吗？”

当然，我说。

被激怒的Verax最终做出了让步。在后来成为一名公众人物之后，他的言辞变得更为谨慎，再不愿做出类似的让步。他承认，这份文件一旦被曝光，确实会造成一些损失。但他辩称，这样做带来的益处是无可比拟的。“确实，亲爱的USG（美国政府）的那些TTP（战术、技术、过程）将会被曝光，可能会使外国政府受益，但该文件一旦被曝光，无疑会惠及更广大的民众。”他写道。外国政府“已经知道美国国家安全局策反了大型电信企业，如果有能力它们也会这么做”，但“无辜被牵连”的民众丝毫不知道自己已经被卷入大规模监控行动中。正因如此，互联网企业不会受到任何外部施压去保护民众。“我不相信，相比信息控制、全面监控、永久奉行黩武主义，身份不明的个人会给国家安全造成更大的威胁。”他接着说道。

后来我逐渐认识到，这种语调代表他已经极度愤怒。在接下来的几个月甚至几年里，这种语调一旦出现，就意味着需要暂时中止话题，改天再说。我们沟通时所使用的链接是暂时性的。他随时可能关闭沟通渠道，然后彻底消失。尽管如此，有时候我还是会选择忽略这些迹象，继续施压。有一天，我追问了他很多问题，最后他回复我：“你明知道我不会回答这些问题，你是故意用这些问题来激怒我吗？”

5月20日，棱镜项目简报的出现，结束了我们之间的这种假设性问题。第二天，一切彻底发生改变。

做好心理准备。

天哪！

这不像是我所认识的珀特阿斯。她给我发的第一封紧急邮件至少还有一些实际性内容：我们需要见面。这第二封紧急邮件单纯让人肾上腺素飙升。当我赶往下城区，到达她所下榻的酒店时，只见她房间里一片狼藉。床上和地板上几乎到处都是设备、衣物、纸张。她显然一晚上没睡，也没有换衣服，脸上的表情令我有些捉摸不定。她的震惊是显而易见的，但似乎还有一些其他的情绪。欢欣？惊慌？不可置信？我不记得我进门的时候她有没有说什么，我只记得，她冲我摇了摇头，挥了挥手，“你自己看吧，我不知道该怎么说”。

Verax 又给我们发过来一个文件包，比第一次发过来的文件要大，而且是大得多。里面有三个数字保险库，每一个都有单独的密码，而且一个嵌套着另一个，就像是俄罗斯套娃。最外层的保险库标签为“Pandora”（潘多拉），它里面嵌着的保险库标签为“Verax”，“Verax”里面的保险库标签为“Journodrop”。我将最后一个密码输进去之后，弹出了一个状态窗口，接着加密文档开始解密，文本在屏幕上飞速闪现又飞速消失，让人来不及看清内容。这一操作持续了很长一段时间，结束之后，我们得到了一共 8GB（吉字节）的新文件。我曾在一篇报道中做过这样一项运算：1GB 的文件往往有上万页，如果里面不包含各种各样的图表，则页数会更多。

我试着点击了一个名为“fisa”的文件夹，这 4 个字母是 Foreign Intelligence Surveillance Act（《外国情报监控法案》）的缩写。这个文件夹里面包括 2 个文件夹，我点开了上面的那个，结果发现它里面又包括 11 个文件夹。就这样，文件夹里套文件夹，我持续打开每层文件夹里的第一个文件夹，于是又看到 6 个文件夹，接着是 14 个文件夹，再接着是 21 个文件夹。我大概浏览了一下这些文件夹的名称，发现里面有 Word 格式的备忘录、纯文本文件、幻灯片、PDF 文件、Excel 表格，还有图片。

此时我的心情无以言表，我从未用平板电脑一次性处理这么大体量的信息。我要如何审查这些信息，如何防止信息被窃，如何在报道中涵盖如此大量的信息？我熟知如何用传统的调查方法来搜寻真相：我会通过公开的文献资料和背景访谈，了解事件大概的来龙去脉；面对难以攻克的终极目标，我会采用迂回战略，从外围入手，先采访周边线人，然后逐渐接近核心人物。后来，我开始再次采用这种方法。这种方法奏效了，但太费事了。我无法批量验证这些机密文件，比如一次性验证几十个甚至上百个文件。我也不可能把整个档案资料放在网络上通过众包的方式获取调查信息，这种方式在某些情况下很有效，但当公共安全面临未知的风险时，它就不再适用了。即使 Verax 想利用这种方式（事实上，他果断拒绝了，因为觉得这种方式过于草率），我也绝对不会同意。

这份档案的规模本身就已经在部分程度上印证了其真实性。这些年里，我见识过一些伪造文件，其中有些相当有说服力。有些人伪造文件单纯是为了恶作剧，有些人则是别有用心，但谁有能力伪造出这么大数量的文件呢？花费大量工夫伪造这些文件有什么意义呢？从理论上说，比较有可能的是一堆真文件中掺杂了个别伪造文件。我需要提防这一点。尽管如此，我对于 Verax 的信任日益加深。珀特阿斯当天下午还要赶飞机，我们没有太多时间讨论。她把这份名为“潘多拉”的档案拷贝了一份，把原文件留给了我，我带着它回了家。

这是只有好莱坞电影中才会出现的“泄秘”事件：不知从何处突然冒出的身份不明的线人，带来了一条震惊世人的独家新闻。现实中的新闻界，这种情况实在是极为罕见，以至很难让人们相信其真实性。通常情况下，我都是从零碎的信息中挖掘出优秀的新闻报道，为我提供这些零碎信息的往往是与我打过多年交道的人，或者是通过可信的人际关系网络接触到的人。我就是通过他们每个人为我提供的部分信息，来获知那些我无法直接全面了解的事件。

这份档案的规模究竟有多大，我无从得知。它里面包含多少个文件？这个数字本身并没有太大意义，但试图找出它使我暂时转移了注意力，平复了心绪。这一过程的艰难程度出乎我的意料。我无法直接通过点击鼠标计算出这几百个文件夹中的文件数量。最后，我不得不求助于电脑命令行，我打开命令行终端，试图回忆起命令行语法。我已经记不清楚这些，于是去谷歌上搜索了一下，最后输入以下命令：

```
find . -type f | wc – l
```

通过 Unix 系统下简练的计算机语言，我命令电脑进行了盘点，在当前的档案中查找用户文件，不必列出文件名称，只计算出文件的数量。按下回车键之后，我起身站了起来，此时的我坐立难安。时间一分一秒地过去，没有显示任何结果。当我用手去触碰键盘，想看看电脑是否出问题时，终端界面向上滚动了一行，显示出了结果：

```
51662
```

我坐了下来。等等，好吧，我刚刚肯定是输错了命令，我心里想着。鉴于我使用的是“气隙系统”电脑，长期没有连接互联网，于是我决定换另一台笔记本电脑，并且去网上搜索了一种更准确的计算方法。我尝试了 5 种不同的方法，并且添加了选项，以过滤掉隐藏文件、临时目录和其他的系统垃圾，每次最终得出的结果都超过了 5 万。

此时的我开始焦虑不安，随手从架子上拿起了一沓普通的打印纸。要是将这份档案打印出来，将会是何种场景？好吧，我手上拿的是标准的1令纸，有500张，大约2英寸[①]厚。假设每份文件的内容只有一页纸（这是不可能的，但为简化起见），打印出来就需要5万张纸，也就是100令，这些纸摞起来得高达约17英尺[②]（用2乘以100，再除以12），大约相当于3个我的高度。当然，其中大部分文件的内容都不止一页。我最初打开的5个文件的页数分别为57、4、188、16、356。

我本应该准备更充分的，为什么会觉得这么茫然无措？我曾多次写作有关保密事件的新闻报道。作为一名军事和外交记者，这是不可避免的。我的硕士研究生毕业论文（那已经是很多年前的事情了），就是对“保密、安全与知情权”这一政治学说进行语法分析。我曾两次在普林斯顿大学开堂授课，讲授的内容就是关于这一主题，而且曾在美国海军学院和斯坦福大学胡佛研究所的教师研讨会上就这一主题展开讨论。在此之前，我从没有拿到过任何一份当代机密文件的完整文本，更不用说像这样一个资料库。其他人也没有拿到过，至少我所在的行业是这样，所涉及的文件规模如此之大更是闻所未闻。我知道，这并非美国历史上最大规模的保密信息泄露事件。维基解密在3年前曾公开25万份美国外交电文。但那次事件中所涉文件的保密等级都属于秘密或机密。而我当前拿到的这份档案里几乎每一项都带有“绝密”标记，大部分都属于“敏感隔离信息”（SCI），很多文件中都包含代号、操作警示和代表着额外限制的访问权限。

最初的几个小时里，我的工作毫无系统性可言。我就随机点开并浏览了一些文件。我看到很多技术性资料，比如网络图、数据表、进度报告，以及一些法律意见书、行动简报、目标名单、预算，还有几十个用代号标记的收藏网站的统计数据。其中大部分的术语和代号我都看不懂，

① 1英寸≈2.54厘米。——编者注
② 1英尺≈0.305米。——编者注

直到我看到一个带有以下标记的文件：

TOP SECRET//STLW//COMINT//ORCON//NOFORN

作为保密信息，最后三个标签具有一定的通用性。它们分别代表：这份文件讨论的内容有关通信情报的来源与方法；美国国家安全局作为发起机构，控制着通信情报的流通；该文件仅限国内公民访问。引起我特别注意的是第二个标签 STLW。我知道这个代号！它代表的是 STELLARWIND（“星风”计划），就是 2001 年下半年由时任美国副总统迪克·切尼发起的未经授权的本土监控项目。迪克·切尼和他的幕僚长共同构思了这一计划，由时任美国国家安全局局长迈克尔·海登负责实施，并找来美国司法部的一名律师为其提供法律依据，最后将计划打包交由时任美国总统小布什签字。在我的上一本书《垂钓者》中，我花了两章的篇幅介绍了“星风”计划，但我始终不清楚它是如何运作的。2012 年，我曾写邮件给珀特阿斯，谈论她拍摄的有关美国国家安全局前官员比尔·宾尼的短片，比尔曾称“星风”计划严重威胁了公民隐私。“真希望我能知道一些内部细节，可以佐证他所说的话，”我写道，“这件事把我逼疯了，我花了漫长的时间试图弄清楚这个计划的历史和现状，最终还为此断送了自己的职业生涯。”

如果说我这一生中曾遇到过“白鲸”，那无疑就是指这件事。我曾经记叙了小布什政府内部的历史性争论，它曾差点导致政府官员集体辞职，但我一直未能获悉这件事的全部真相。而今，它毫无征兆地再次出现在我的电脑上。有关该事件的概况我已基本清楚了，其内部细节随时等待我打开文件去一探究竟。这份档案为一篇重大新闻提供了素材，根据我第一天的了解，其中还包括一些其他的新闻素材。还有一些信息，我很清楚不可能公之于众，有些信息我真希望自己没有看到，但又有些庆幸自己看到了——其中有针对那些非常明确的危险分子所采取的持续行动，还有一些一线特工人员的照片。

我不禁咒骂了几句。我需要一名律师。我需要升级自己的安全设备。我需要有一家新闻机构作为背后支撑。我需要找到一种安全的途径联系到其他的专家和线人。我需要寻求达夫娜的建议，她是一名伟大的记者，也是我的此生挚爱，但我不知道怎么说才能不违反保密约定。我在公寓里思索着，此时的我已经异常焦虑，但又无法解释这一切。

在希腊神话里，“潘多拉”意味着“被赋予一切”。潘多拉的魔盒一旦被打开，就再也无法关上。Verax 为他的这份档案取名“潘多拉”，寓意正在于此，档案一旦公布于众，就无法撤回。他可能不记得这个神话的后半部分了。在这个古老的神话故事中，潘多拉的魔盒释放出了所有的邪恶，这些邪恶纷纷降临人间。Verax 想要将足够多的信息公之于众，以引发势不可当的公共辩论。无论是从个人观点，还是从职业视角出发，我都认为“潘多拉”档案所带来的影响是利大于弊的，但从没有类似的“潘多拉魔盒”被打开过。

有些人在拆开一个复杂的礼物时，往往第一反应是寻找用户指南。我在第一次接触“潘多拉”档案时，直接忽略了用户指南。这不能怪 Verax，他在顶层目录中留下了两个文本文件，文件名称还特意用了大写字母，分别是“README_ FIRST”（首先阅读）和“README_SECOND”（其次阅读）。好在后来，我还是注意到了它们。

第二个文本文件概括性地介绍了这份档案涵盖的主题，以及文件夹的组织结构。第一个文本文件是一份简介和宣言，共有 1 041 个单词，开头就像是一段正在进行的对话：“在未来它会以追溯的方式被更改，目的就是损害我的信誉，我没有不良记录，也从未与人结仇。”一开头就营造了紧张的氛围，且言语缺乏逻辑，而基于之前的沟通，我认为 Verax 应该是用词较为讲究的。几年之后，Verax 告诉我，他是在匆忙之中写下这两个说明性文件的，当时的他正要离开位于夏威夷的家，虽然还没有登上那驾彻底改变他人生轨迹的飞机，但此时的他已无法回头。为了打破美国国家安全局的防御体系，他使出了最后一招。这招无疑会很快引起审计系统的注意。他留下了一份说明，在浮夸的言辞背后，是一个孤身承受巨大压力的年轻人。

> 在此之前，我一直过着舒适且安逸的特权生活，这种生活是由统治阶级一手打造的，人们一旦拥有就再难舍弃。随着我不断向前，并逐渐了解到美国政策背后的危险真相——美国政策旨在将秘密的、不可抗拒的权力集中在不负责任的少数人手里，我开始受困于人性之弱点。我开始暗中与这些政策对抗，人性的自私让我心生恐惧，不断质问自己，一个人不惜放弃自己所珍视的一切，只为激起一点儿水花，这是否值得。现在，我已经有了自己的答案。
>
> 我唯一的动机就是使公众知晓，美国政府打着公众的名义做了哪些事情，尤其是做了哪些对公众不利的事情。美国政府与附庸国（主要是五眼联盟[①]其他成员，即英国、加拿大、澳大利亚、新西兰）密谋，打造了一个隐秘的、遍布世界各地的监控体系，没有人能从中逃脱。他们通过保密和谎言，使本土的监控体系避开国内民众的监管，一旦密谋行动泄露，他们就过分强调对民众的保护，以

① 五眼联盟是二战后英美多项秘密协议催生的多国监听组织，由美国、英国、澳大利亚、加拿大和新西兰的情报机构组成，组织内部实现情报信息的互联互通。——译者注

平息民众的怒火，但他们所提供的保护极为有限，且有选择性。我以亲身经历告诉你们，这些保护可以在顷刻间被剥夺。

在这份说明的最后，他附上了个人的真实身份信息。这是一项令人震惊的举动，他给予了我们绝对的信任，将自己完全交到我们手上。节奏一如往常地把握在他手中，但他总会在我需要的时候提供我所需要的东西。Verax 就此退出，他的另一重身份从幕后走到台前。

爱德华·约瑟夫·斯诺登，社会安全号码：×××-×××-×××
美国中央情报局内部化名“戴夫·M. 丘奇亚德”
机构身份编号：2339176
美国国家安全局前高级顾问，以企业员工身份作为掩护
美国中央情报局前外勤人员，以外交人员身份作为掩护
美国国防情报局前讲师，以企业员工身份作为掩护

现在我们知道了他的名字。但还有很多问题困扰着我们。什么样的人会甘冒如此风险？什么样的人会甘愿独自承担这种决定带来的后果？怎么会有人能够避开全球监控系统而成功脱身？

第2章

心　跳

斯诺登：这件事并非人人都能做到，但也并非只有超级大反派才能做到。你只需要关注系统的运作方式，而这本身就是你的工作。

2013 年 12 月

关上车窗，将收音机的声音调大，爱德华·斯诺登驾驶着他那辆崭新的本田型格汽车，向北行驶在 750 号高速公路上。这里是夏威夷州火奴鲁鲁，他的目的地是位于怀帕胡的一个地下堡垒。堡垒的入口看起来就像坐落于郊区停车场的一处矿井，当地人习惯称它为“地洞”，美国国家安全局的员工则习惯称其为“隧道”，因为他们要穿过此处进入地下。这是 2012 年 3 月的时候，斯诺登来到库尼亚地区安全作战中心上班，距离这里半个小时车程有一家芭斯罗缤冰激凌店，美国前总统奥巴马曾在那个店里打过工。尽管斯诺登联系上记者是几个月之后的事情，但此时的他已经位于人生的重要转折点。

斯诺登将自己的手机锁在车里，冲保安亭亮出自己的证件，走过一道防护门，这道门长期用铰链卡住，哪怕世界末日降临也已经无法关闭。整座建筑都因年数太久而破败不堪。在 20 世纪 40 年代早期，由于担心珍珠港事件再次上演，军事工程师建造了一些巨大的地下空间用于组装飞机。但直到战争结束，这里的生产活动都没有展开。于是，库尼亚基地就变成了一个不受待见的“遗产”。后来，它的用途不断变化，先后被用作海军军械库、空军掩体、陆军野外工作站、美国海军太平洋舰队的后备指挥中心。1993 年，美国国家安全局入驻这里，将其改造成为专门负责监听、监视亚洲的情报中心。这里本来是被设计作为临时性场所，但直到 2007 年才破土重建。直到 5 年后，斯诺登来到这里时，据同期在此工作的人回忆，这里仍然处于一片混乱的局面，重建工作一直没有完工。

走下一条大约 400 米的斜坡之后，斯诺登来到一处旋转闸门，这是一种双门互锁门禁系统，他进入闸门之后，只有扫描了自己绿色的外包员工工牌，并且在键盘上输入正确的个人识别密码，才能走出闸门。闸门另一边的建筑规模十分庞大。那天早上，斯诺登穿过“隧道”，进入一片广阔的区域，那里布满了格子间、网络机柜、安装着密码锁的办公室，还有一排排长长的开放式办公桌。这里一共有三层，每层的面积都有一个足球场那么大，容纳了上千名员工，他们头顶上的日光灯管，连起来可长达数英里。“那里就像是詹姆斯·邦德电影里坏蛋的老巢，除了光照条件比较差，”斯诺登告诉我，“那里的人比你想象的要多得多。记得有一次消防演习，我都被那里的人数惊呆了。”

不满的情绪日渐滋生。斯诺登对于这种严格的指令体系心生叛逆并非始于库尼亚，也未能终于库尼亚。他最冒险的一次行动发生在到这之后的第二年。在库尼亚东北方向 5 英里的地方新建了一个以约瑟夫·J. 罗彻福特命名的指挥中心，斯诺登在该中心侵入了美国国家安全局的文件系统。斯诺登从效忠美国政府转向效忠美国人民，并非一蹴而就，而是经历了数年的利弊权衡。到他离开美国中央情报局时，奋起反抗的想法才逐渐转化成具体的计划。

回到多年以前，正是从青少年时期到20岁出头这段时间，斯诺登所掌握的技能、所形成的价值观和强烈的自我意识，为其未来成为全球公众人物奠定了基础。他从高中辍学后，给自己制订了一个学习计划，主要学习计算机网络、平面设计、中国功夫，同时对天马行空的动漫世界、角色扮演、电子游戏也有所涉猎。这一切造就了他追求卓越的性格和黑白分明的道德观，特别看重个人的美德和非凡的技能。后来，他发现了一条进入美国陆军特种部队的捷径。于是，他放下手中的游戏手柄，换上军装，拿起武器。他在部队非常努力，直至后来在一次训练中不幸受伤。他通过考取一系列证书获得了工程师资质，尽管他从没有完整地听完那些课程。再后来，他来到了库尼亚。就是在这里，斯诺登开始使用Verax这一身份（除此之外，他还有很多身份），也是在这里，他开始探入美国国家安全局的防御体系。

“我开始逐渐有所行动。”那是一个炎热的夏夜，我们在莫斯科进行了长达9个小时的访谈，当访谈接近尾声时，他短暂地卸下防备，向我回忆起当时的场景。

“你说的这句话似乎包含两层含义，”想到之前他曾多次拒绝谈论这个话题，我颇为谨慎地说道，“一层含义是指，你就是从那里开始搜集资料，并从系统中将资料提取出来，就此走上不归路；另一层含义是指，你是从那里开始与记者联系。”

“事实上，这不过是整个过程中的一个小节点，”斯诺登回答道，“它见证的是一种观念的转变，从‘有些事情需要有人去做’变成‘我要开始去做一些事情’。”

我试图往下追问，但斯诺登避而不谈了。

后来，他在一封邮件中写道：“你这是在让我明确表态，说出自己是否曾做出政府口中的那些犯罪行为。”还有一次，我想知道他是如何带走如此多文件的，于是提出了一些疑问，他便指责我的问题不像是主流媒体应该关注的，倒像是通俗小报才会关心的。“很明显，你提出这一问题是出于个人兴趣，出于好奇心，但你要学会克制自己。当你只需要权衡利弊时，知道这些细节有什么用呢？”

尽管如此，他还是忍不住透露出一丝得意。

“我不知道以后会不会有人关心我是如何做到这一切的，”他说道，“我只能说，这一过程极为复杂，所有操作都是在极为受限的环境下进行的，需要十分谨慎，容不得一丝差错。”

斯诺登被调去夏威夷是出于对其身体健康状况的考虑，这使得他刚好有机会来为自己的情报生涯画上一个句点。之前他供职于美国情报机构的承包商——戴尔高级解决方案组（Dell Advanced Solutions Group），并被派去美国中央情报局担任技术顾问。工作期间，他曾在几个月里先后数次出现眩晕的症状，但都不甚严重，直到后来有一次与他的老板通电话时突然癫痫发作，情况非常严重。根据最新的诊断结果，斯诺登不能再从马里兰州开车到弗吉尼亚州的兰利（美国中央情报局所在地）上班，否则就会被视为违法。于是，戴尔将他调到位于世界另一端的夏威夷岛，理论上来说，在那里他可以骑自行车上班。斯诺登在怀帕胡租了一间平房，原本打算骑自行车上班，但当地人提醒他，大庄园路的北边有一些视线不良的弯道，经常发生交通事故。他去考察了一下上下班的路线，认为自己开车上下班比较安全，尽管夏威夷州的法律规定，6个月内有癫痫发病史者不得驾车。一如往常，他做好应急计划，将自己的判断置于规则之上。如果他感觉自己要发病，就往马路东侧的沟里开，这样就不会危及他人生命。斯诺登已经熟悉那种奔波的感觉，之前在兰利工作时，他曾以美国中央情报局技术官员的身份被派往瑞士，后来又以戴尔员工的身份被派往日本，为美国国家安全局工作。库尼亚的工作对于他来说，部分程度上是为了放松身心。

到来年春天的时候，斯诺登已经感到非常无聊，觉得一切都没有意义。此前，他跟戴尔签订的合同是在美国国家安全局的国家威胁行动中心（NTOC）担任分析师一职，主要工作职责是和该机构的军职和文职人员一起，负责预测、侦察并挫败外国黑客试图对美国政府网络系统发起的攻击。就在前去就职的途中，斯诺登却因公司内部的政治势力斗争而被解除了这一职务。该职务的总承包商加州分析中心（CACI）踢走了分包商戴尔的员工，换成了自己的员工。当斯诺登得知这一变化时，他已经打包好行李并办理了船舶托运。作为补偿，戴尔在信息共享办公室的夏威夷技术小组（代号HT322）为他安排了一个相对清闲的临时岗位。他的工作职责就是配置和维护涉密网络服务器，对每个账号实施访问限制。

相比他原本要入职的那个岗位，这个补偿性的岗位薪水更高，但工作内容极度无聊。几周之内，他就已经能够通过计算机自动完成大部分的工作内容，比如编写运维脚本以及一些其他的日常性工作。而此前，他的前任都只能手动完成这些工作。斯诺登告诉我，大部分时候，他每天只需要最多半个小时就能保证微软SharePoint服务器稳定地运行。偶尔，他会被叫去做一些非常基础的技术支持工作。美国国家安全局内部并非人人都是计算机高手，很多人都还差得远呢。2012年8月，位于米德堡总部的一名同事遇到了一个难题：不知道什么原因，她无法打开从夏威夷发出的文件。于是，她向系统的帮助台发送了一条紧急请求。8月24日，一名较资深的员工抱怨称，这条请求已经“躺在那里一个多星期了，没人处理”，有人就把它发给了斯诺登。斯诺登当天就给那名同事发去了解决方案，这条邮件链自此一发而不可收。直到 8 月 30 日，他才写下最后的文字："从程序列表中选择 'Word Pad' 程序，选中左下方的 '始终使用选择的程序打开这种文件' 复选框，然后点击 'ok'。"斯诺登花了整整 6 天的时间，写了几千字，才彻底解决了那名同事的疑惑。

在空闲时间，斯诺登开始浏览自己管理下的文件目录。这并非他日常工作所需的操作，但也绝非明令禁止的行为。对于 SharePoint 服务器上的任何文件，斯诺登都有实施阅读、编写、复制或删除操作的有效权限。他在美国国家安全局的经理，一名职业文职人员，很快就扩展了斯诺登的访问权限。经理发现目前的工作对于斯诺登而言完全是大材小用，于是安排他去业务更加繁忙的 Windows 网络部门做帮手。严格来说，斯诺登新增的工作职责超出了联邦承包工作相关条例的范围。戴尔对此也许并不知情，但对于斯诺登超出合同约定的工作内容，戴尔根据工作时长向美国国家安全局计费。在美国国家安全局内部，这种私下的工作安排是稀松平常的事情，一般哪里有需要就会把员工调去哪里，倘若员工每增加一项工作内容都要体现在合同里，确实也不太现实。斯诺登早在 19 岁时就已经是经微软认证的系统工程师，并且有实际的网络管理经验。他的上级当然不想白白浪费他这些技能。到 4 月时，斯诺登就已经位列库尼亚 Windows 服务器工程部门的"超级用户"名单，仅有极少数人能够进入这一名单。他超越了普通用户账号所受的限制，能够深入网络内部，改变其基本的运作方式。后来，美国国家安全局的首席技术官隆尼·安德森表示，该机构的"系统管理员分为三个级别，分别是一级、二级和三级"。斯诺登已经成为最高级别的管理员，拥有"特许访问权"（PRIVAC）。在这个"隧道"里，他可以自由访问任何一台拥有 IP 地址的 Windows 机器。

他告诉我，"我还同时还在支援 Linux 系统小组"。这里他所说的

Linux 是一个与 Windows 相对的操作系统，被广泛应用于计算机网络。“因此你就知道，我拥有 Linux 系统工具、相关资格证书、虚拟服务器等一切东西。所以，基本上，我可以访问一切事物，可以访问所有的数据共享，可以访问所有的服务器，我熟悉所有的基础设施。”

然后，他就遇到了名为“心跳”（Heartbeat）的项目。在接下来的几个月里，他通过这个项目打开了通往“绝密 / 敏感隔离信息”（TS/SCI）网络的通道，这些网络的范围远远超出库尼亚，跨越太平洋，超越了美国国家安全局本身的数字边界。这时的斯诺登尚未到而立之年。

2001 年 12 月 29 日，就在斯诺登到达夏威夷的 10 年之前，美国知名科技博客网站 Ars Technica 上的论坛中加入了一个新的声音，他称自己为 TheTrueHOOHA。Ars 一词源自拉丁语，意为“科技艺术”。Ars Technica 经常举办一些网上沙龙，一些精通计算机的“怪咖”和他们的崇拜者会在此谈论一切有关数字化的东西。在斯诺登成为一个家喻户晓的名字之后，Ars Technica 网站的用户和编辑发现了一些间接证据，表明 TheTrueHOOHA 就是斯诺登。很多年里，斯诺登对此既未承认也未否认。最终，在我们第二次面对面访谈时，他承认了这一早年身份。他告诉我，从原则上来说，他不喜欢这样做。任何人都应该有匿名发言的自由，而不用担心当时或者之后会因为这些发言而被追责。

青少年时期的斯诺登所选择的这一代号背后隐含着他一系列的主张。他了解一些东西，他拥有自己的态度，他喜欢煽动局势，挑起风波。TheTrueHOOHA 这个代号是他借用了军队俚语“HOOAH”（但他拼错了这个单词），指代的是“除了‘不’之外的任何意思”。他将自己描述为一个“18 岁的富有攻击性、妄自尊大、自命不凡的家伙”。这个即便到后来仍旧不乏自嘲精神的年轻人对自己的评价可谓相当准确。那时的斯诺登住在马里兰州埃利科特城，距离南部的米德堡大约半个小时的车程。他的文字中透露着略显刻意的博学、青少年的尖刻，还充满了正义的怒火、慷慨的建议，同时也不乏正统的自由主义论调。

斯诺登在 Ars Technica 网站第一次发帖时，就宣告了对自主性的渴望。他希望自己所使用的技术能够完全由自己控制。“这是我第一次发帖，还请多包涵，”他在一开始就写道，“我面临的困境是：我想做自己的主人。请问我需要什么？”只要是该网站的用户，一眼就能看懂他所说的意思：斯诺登想要自己搭建一个能够运行网站或者分发数字化文件的网络服务器，而不想要简单地租用现成的服务器。

截至目前，斯诺登已经多年混迹于不同的电子论坛，曾使用过各种古怪的代号，例如 Shrike、Belgarion 等，后来便都不再使用。他精通计算机，也展现出了自己的精通。但在计算机网络连接的实现方法和途径方面，他还是个新手。他对于所有的答案都想要刨根问底：“我需要知道如何让它识别一个命令，并发送恰当的文件，或者服务器是如何实现任何操作的。”但他又不甘心放低姿态向别人请教。如果需要去学习一个全新的领域，他就会去下载相关指南并将其彻底研究透彻。“我希望能够尽可能自给自足，”他写道，“我渴望了解一切，我想这里会有个别大师能够与我感同身受。”

在发现他心意已决、不可更改后，Ars Technica 网站上的那些同伴开始指导他做一系列准备工作。有人给他提供了硬件采购清单以及一些技术指南的链接，还有人提供了极其详细的域名系统解读、动态主机配置协议，还有其他很多很多东西。斯诺登无比兴奋。“看到有人在意我的项目，我简直激动不已，根本冷静不下来。”他在凌晨 2 点零 8 分时写下这些文字，“哦，这真是纯粹的极客的涅槃。”

斯诺登的父母在他这个年纪时就已经结婚了，而且这对校园小情侣都有了稳定的工作。斯诺登是他们的第二个孩子，全名为爱德华·约瑟夫·斯诺登，于1983年6月21日出生于北卡罗来纳州伊丽莎白市。斯诺登的父亲名叫小朗尼·G.斯诺登，名字来源于斯诺登的祖父，并且追随后者的脚步进入了海岸警卫队，后来晋升至准尉。斯诺登的母亲伊丽莎白，人们习惯称她为温迪，是联邦政府的一名官员。1992年，斯诺登举家北上，搬到马里兰州的克罗夫顿，9岁的斯诺登戴着与其年龄不太相符的大眼镜，剪了个锅盖头，一头棕色的头发总像是很久没洗的样子。他总是与父母的朋友们谈论一些较为成熟的话题，每每逗得他们大笑。然而，他所就读的克罗夫顿伍兹小学的老师总是听不清他在说什么，因为他说话的语速很慢，而且故意像南方人那样拖长腔调。他们还因此误认为斯诺登存在发育障碍。据斯诺登的一名家人透露，在学校组织的智商测试中，斯诺登使用斯坦福－比奈量表测出的智商为155，超过了全球99.97%的人，另外两项测试的结果也相差不大。虽然智商作为智力的代名词，一直饱受争议，但一名测试者告诉斯诺登的母亲："只要他想学，没有什么是他学不会的。"

斯诺登的姐姐杰西卡的智商测试结果与斯诺登不相上下，后来她成为联邦司法系统的一名研究员。杰西卡在学校的时候曾跳过一级，但成绩依然是全A。斯诺登并未追随姐姐的脚步，他不愿意花时间在那些他觉得没意思的课程上，他对任何事物的兴趣都很难持久，成绩排名也较为靠后。据亲朋好友说，斯诺登从三岁起就对阅读如饥似渴，且注意力高度集中，这在同龄孩子身上是极罕见的。在他上小学的那几年，他在祖母家睡着的时候脸上还经常盖着一本打开的《世界图书百科全书》。他的各科成绩分布不均，喜欢的课程能得最高分，不喜欢课程有的得B，有的得C，甚至更差。1998年秋，在阿伦德尔高中读高二的斯诺登得了很严重的疱疹，不得不在家待了4个月。后来接到学校通知，得知自己需要留级，于是他拒绝再回学校读书。几年之后，斯诺登在一份自我介绍中写道："公立教育系统向我展示了它恶劣、尖锐的一面，它背弃了我。"这话反过来说，同样成立。

待在家的那段时间，这个15岁的少年使用Telnet等命令行工具，浏览有趣的互联网域。有一天，他成功进入了洛斯·阿拉莫斯国家实验室的网络系统。洛斯·阿拉莫斯国家实验室是隶属于美国能源部的一家研究机构，其从事的研究项目中部分是涉密的。斯诺登使用了一项被称为"目录遍历"的初级技术，发现该实验室使用了密码来保护员工门户，但子目录是没有受到任何保护的。他在实验室的电话主机上留了言，报告了这一安全漏洞，然后就焦急地等待看它被修复。大约两周之后，斯诺登的妈妈在家里接到了一通电话，电话那端是一个极为冷静的声音："你好，这里是洛斯·阿拉莫斯国家实验室。请问斯诺登先生在吗？"对方要找的是爱德华·斯诺登，而不是小朗尼·斯诺登。在进行了一番详细的询问之后，电话那端的人问斯诺登是否在找工作。

时至今日，美国政府内部仍有人对斯诺登嗤之以鼻，说他不过是一个连高中都没毕业的人、一个低级别的雇员，工作技能一般，根本就不懂他自己所披露的那些保密信息。这种评价是有失真实的。如果这评价是真的，那就太尴尬了。毕竟美国国家安全局的核心使命就是"信息控制"——利用他人的秘密来影响局势，而斯诺登这样一个不求上进的人就是利用这一点，搅得美国国家安全局天翻地覆。从斯诺登的角度来看，这个故事就更有趣了：一个在班级里成绩倒数的年轻人，不愿意遵守常规，不在意大学学位，将大把时间消耗在游戏机上，从没有像他的（一些）前辈那样恪尽职守、奋力上进，却直接拿到了6位数的薪水。不过，从另一个角度看，这是一个自学成才的博学者，誓要充分发挥自己的天分，不断打破传统障碍，走出了自己的一片天地。

童年时期的斯诺登有一个典型特点，那就是热衷于拆解难题，然后对各部分进行剖析，从而弄清楚其内在运作机制，然后再自由发挥，重塑问题。他擅长发现一些隐含的突破口，这就是一名黑客的典型思维架构，不光适用于机器，还适用于日常生活中。具体来说，就是抛弃“常规”路径：当面前的门被关上时，试着从旁边打开一扇窗；跳过不必要的步骤；如果有其他的方法能够加快进度，就不必一步一步完全按照指示来；尽量将那些单调的工作交给机器来完成，或者找到完成任务的更高效的方法；只要能够为己所用，任何产品、流程都可以重写或者加以修改；不吝向别人分享自己的诀窍。

斯诺登很多的生活诀窍都是灵光一闪的结果。当然，有些诀窍并没有什么用。16 岁那年，疱疹好了之后，他被安妮·阿伦德尔社区学院录取，成为那里的一名非全日制学生。他自认为找到了一条获得高中学历的相对容易的捷径。他通过研究相关规定，发现自己只要有社区学院的学分，就能够申请 GED（高中同等学力证书），因此就不必去上那些无聊的课程，可以想学什么就学什么。在他父母看来，他好像是在完全随机地选择课程：心理学导论、武术、太阳系、会计学原理。他的代数和几何成绩特别突出，三角学学到中途放弃了，转去学日语，后来又去学中文，化学成绩勉强得了个 C。父亲告诉他：“我花钱送你去社区学院不是为了让你去玩的。”父亲曾多次督促斯诺登要把精力放在核心课程上。对于斯诺登对相关规定的解读，马里兰州教育局不为所动，要求他必须参加 GED 考试才能申请学历。直到 2002 年 6 月，他才通过了这项考试，获得了高中同等学力。倘若他当初按照学校要求在高中留级一年，应该也是这个时间毕业。斯诺登在高中几乎只待了一年，但他的写作成绩排名前 5%，社会科学成绩排名前 4%，科学、数学、文学和艺术成绩排名均为前 1%。

小朗尼 · 斯诺登觉得自己的儿子连大学都没上，肯定找不到工作。他不相信斯诺登整天在网上闲逛就能够获得所需的技能和证书。而据斯诺登的同辈人透露，斯诺登对自己的发展道路有异乎寻常的信心。斯诺登这一代人属于数字原生代，像同时代的其他人一样，他自幼就学会利用互联网思考、辩论、工作，而那时候大部分美国人还没有掌握基础的发邮件的技巧。1998—2003 年，也就是斯诺登 15~20 岁期间，他一点点积累起自己的计算机技术知识。

2002 年 2 月，斯诺登报名了一个非常昂贵的私人课程，是有关 Windows 系统工程的，这使他获得了后来职业生涯中最受用的一项技能。约翰斯 · 霍普金斯大学下属的一个营利性计算机职业教育学院收取了他的学费，并且没有要求他出具相关工作经历、之前的培训经历，甚至没有要求查看他的高中学历证书，斯诺登在一个月之后才拿到这个证书。小朗尼 · 斯诺登对儿子的这一举动完全不能理解。怎么会有人在没有掌握任何基础知识的情况下，就直接去报名参加高级计算机课程呢？而在爱德华 · 斯诺登看来，这是一项战术。他之前已经通过网上论坛自学了一些重要的基础知识。随着科技领域日益受到国家重视，获得工程技能证书是从求职大军中脱颖而出的一条捷径。计算机技术人才稀缺，而负责招聘的人力资源部门往往并不知道如何评判应聘者的技术水平。于是，获得微软认证系统工程师证书就成了一项选拔标准。斯诺登需要做的就是，根据课程大纲的要求，掌握长达 4 416 页的技术材料，内容涵盖基础架构设计、复杂网络的安装等。除此之外，他还要进行计时练习，检修练习中的模拟故障。几个月后，他通过了令人筋疲力尽的 7 门资格考试。19 岁的斯诺登，从没有被繁重的课程作业压头的经历，就已经变成了微软认证系统工程师，编号是 2661071。在那之后，斯诺登又陆续考取了许多类似的证书，但这是他获得的第一个证书，在那个年代，它无异于一张黄金入场券，使他在众多求职者中脱颖而出。

斯诺登解锁了一项小小的超能力。他在做测试的时候总能读懂题目的言外之意，能够凭直觉揣测到出题者的意图。他预料出题人必定会提供误导性的信息，想象自己如果是出题人，将会如何设置陷阱。出题人希望考试的成绩呈正态分布，但如果所有人都能答对问题，就无法实现这一点。斯诺登训练自己发现那些不易察觉的错误。后来，他有一次自我反省时曾对我说："我并不认为我真的有那么聪明，我只是能够理解测试题目，能够理解出题人的意图，能理解题目中的言外之意……这好像是一种天分。当别人说'他很聪明'时，我不知道他们是指我很善于考试，还是有更多的含义。我觉得这两点之间的差别很微妙，但任何事情只要有明确的测试和评级标准，我只能说，我都做得很好，即使我的资格不一定符合条件。"不管这种技能叫什么，它的应用范围都已经拓展至课堂之外。2003 年，斯诺登在 Ars Technica 网站上与一名用户起了争执，那个人搬出自己的大学学历来加持自己的论点，于是斯诺登忍不住大放厥词："你的学历能变现吗？是能换成现金，还是能换成一个毛绒玩具？"接着，他又写道："真正的伟人并不需要大学学历加持来说服别人，他们只专注于追求自己需要的东西，然后悄无声息地创造历史。"在那个时候，这就已经成为他的抱负。

即使是在积累自己的专业技能时，斯诺登仍旧会花大量的时间来玩角色扮演游戏，也从未放弃自己的爱好。他从十五六岁开始就和一群比他稍大的朋友一起玩，他们都很着迷于日本流行文化。他们还一起经营了两家公司，一家是网页设计公司 Clockwork Chihuahua Studios，另一家是在线展示动漫艺术的公司 Ryuhana Press。斯诺登后来告诉我，网络经济的繁荣使那些初创公司都狠赚了一笔，也让他实现了一定程度的经济独立。他在公司网站RyuhanaPress.com上将自己列为“编辑/咖啡男孩”，同时给了自己两个新的身份 Edowaado 和 Phish。在斯诺登 19 岁的生日派对上，朋友们搞恶作剧，在网上上传了身材干瘦的斯诺登脱衣服的照片，并评论称：“爱德华确信自己是上帝赐予女性的礼物。”

斯诺登虽然经常会在网上做出一些滑稽可笑的事，但他对网络游戏无比认真。就是在玩游戏的过程中，他展示了自己的规划筹谋能力、避开障碍的本能和争强好胜的劲头，正是这些特性使他后来进入了美国情报界。2001 年，斯诺登与他在 Ryuhana Press 公司的两个伙伴凯蒂·贝尔和琳赛·迪茨一起，穿着角色扮演的服装，去参加了 Otakon 动漫节，这个词来源于日本俚语 otaku（御宅），指的是热衷于动漫、电子游戏的人。斯诺登扮演的角色是漫画《绿洲命运》（*Oasis Destiny*）中的角色哈基姆（Hakeem）。这个角色是一个“无赖”，他偷偷溜进敌军阵营，然后从内部攻击敌军，并因此而闻名。斯诺登将自己完全代入角色中，探索了一条捷径，绕过了动漫节入口的保安。他打破了现实世界的规则，没有付钱就溜进了管控不算松懈的会场。第二年，他依然没有走出角色，带着他的朋友从会场后面的过道，再次偷偷溜进了会场。几年之后，有人问他的性格特点，斯诺登说：“很少人能够真正做到像哈基姆那样足够无赖。”他给那些野心勃勃的人的建议是，“先尝试绕过动漫展的保安”。

在那些年里，斯诺登和一个叫若东·贝洛法托的家伙越走越近，贝洛法托沉迷于那些血腥暴力的网络游戏。他们两个花费了数百个小时，在《暗黑破坏神 II》和《魔兽争霸 III》的世界里并肩作战，斩杀上千恶魔。在现实世界中，他们俩都在附近的柔道馆认真学习周家拳，练习攻防套路，并且参加了各种武术比赛。后来，他们俩一起住进斯诺登妈妈名下的一处公寓中，贝洛法托曾写道：“只要屋子里进来一个人，爱德华就会乞求人家陪他一起玩《铁拳》。”

这款日本格斗类游戏是斯诺登最擅长也最痴迷的。在《铁拳》的世界中，玩家必须通过一场决斗决定部落中整个宗族的命运。回过头来想想，这种象征意义确实具有很大的诱惑力。斯诺登通过深入挖掘驱动这款游戏的芯片的逻辑，变成了《铁拳》明星玩家。他计算了每个动作的反应时间，用画面的每秒传输帧数来测量。“《铁拳》游戏界面的每秒传输帧数是60，”曾经有人向他请教经验，他这样说道，“每做出一个动作都需要一定数量的帧数，从动作中‘恢复’也需要一定数量的帧数。”在了解了每个动作做下来一共需要多少时间之后，他就会引诱对手做出特定的攻击动作，这些动作会导致对手在一定时间内被定格，他就可以利用这一时间做出致命反击。为追求这种以毫秒计算的时间优势，他反复试验最有效的指法，最终选定了“双手的食指和中指交替的模式”。他把这些都写下来，反复练习攻击顺序。即使是在《铁拳》的大师级玩家中，这也是不太常见的行为。

掌握了这一细节性的知识后，斯诺登认为，在马里兰州只有三个人有能力与他较量。埃德·布莱克斯利在看了斯诺登的众多场比赛（他曾参加近万场比赛）之后，写道：“我认识一个家伙，堪称《铁拳》之神，所有与他对决的人，无一不是以惨败收场。”埃德·布莱克斯利曾在2003年称，斯诺登最近设计了一项新的技能，他通过用脚在跳舞机的地毯上操作，能够控制《铁拳》中的游戏角色。“我有一次看到他在一个商场里玩游戏时背对着机器，看着镜子里的游戏界面来操作。”布莱克斯利补充道。

《铁拳》游戏对于斯诺登这样的人来说，并不只是游戏，而是一种演习，可以磨炼他们应对敌人的方法，这种方法不光适用于游戏中，还适用于现实中。用美国军队里的行话来说，斯诺登之所以能够在《铁拳》游戏中取得胜利，是因为“战场情报准备”工作做得比较充分。他侦察了地形，了解了敌人的情况，提前计划好了无数可能出现的场景。那时的他不可能预料到自己有一天会与美国国家安全局对阵，但他的游戏风格已经预示了他接下来会做出的举动。

过了 20 岁生日后不久，斯诺登就开始研究被称为“匿名代理”的网络隐私保护工具，它能隐匿网络连接的出处和接收终端。他写道：“我不想让任何人知道我的踪迹，包括上帝，你明白我的意思吗？”Ars Technica 网站有人给他提供了一些指导意见，也有人提出了一些疑问。一个人给他发信息说：“如果这不是为了排除故障或者是单纯的恶作剧，那你听起来好像涉嫌从事违法活动。”还有一个人对他说：“你到底为什么总是这么疑神疑鬼？”斯诺登的回答很简练——“《爱国者法案》”。他接着进行了详细的解释。“如果他们误解了我的举动，我可能就会被当作网络恐怖分子，那就真的太糟糕了。”他写道，“问题不在于我说了什么，而在于我做了什么，在于我的文本日志中能够透露出什么有用的信息。我希望在最糟糕的情况下……当他们试图追踪我的 IP 地址时，发现是来自马达加斯加的某台电脑。”大约 10 年后，他用了几乎同样的方式将机密信息传给我和其他的记者，只不过操作要比第一次复杂巧、妙得多。2003 年秋天的斯诺登到底在想些什么，我们无从得知。

就在说着想要避开联邦政府工作人员的监控的同时，斯诺登还梦想着参军。他的父母强烈反对他参军。“‘9 · 11’恐怖袭击事件之后的氛围真的深深影响了我，”他后来告诉我，“我真的开始相信政府，我的意思是，我就像是被洗脑了……当他们说，我们想要去伊拉克，解放那里的人民时，引起了我的共鸣。”斯诺登的父母都是联邦官员，法庭和部队对于他来说一点儿都不陌生，但家人都不想让他加入陆军，不想让他被派去巴格达。他的父母求他留在学校继续学习，如果实在想参军，可以加入空军或海军，但看在上帝的份儿上一定不要成为步兵。可斯诺登不为所动。他已经发现了一条捷径，可以跳过年限要求，直接加入美国陆军特种部队。美国陆军有一个不太为大众所知的“18X”征兵项目，每年会征收少数新兵作为“特种部队候补人员”。根据精简的培训制度，只要斯诺登足够强壮、聪明，就可以入选精英小组，用不到一年的时间就可以晋升至中士。“我喜欢 18X 项目的理念，因为那里是成绩导向的，”他说，“只要能通过他们的测试——包括学业测试和体能体侧，然后参加集训，就有机会进入特种部队，虽然不是保证能进入，但至少会有机会，这对我很有吸引力。”

小朗尼·斯诺登威胁儿子说，要给国防部里的相关人士打电话，让陆军的征兵人员下台。这显然是在说大话，但足见一位父亲的担忧。作为一个军龄 25 年的军官，他知道自己在这件事上没有发言权。2004 年 5 月的第一周，斯诺登刚过了 21 岁生日，小朗尼·斯诺登在门下发现了一张便条，开头写着：“爸爸，我知道这件事会让你不高兴。”他知道儿子已经签署了应征入伍协议。“但我觉得这对于我的个人发展是至关重要的。”爱德华·斯诺登接着写道。

在征兵人员的办公室，斯诺登轻松通过了武装部队资格测验，陆军部队用它来测量应征者的综合能力和智力。斯诺登告诉我，他只答错了一道题，这个问题让他一直耿耿于怀，问的是：“咽鼓管位于你身体的哪个部位？”然后，他又参加了一项国防语言能力倾向成套测试，这是一个语言逻辑游戏，非常适合斯诺登，以至他可能会在网上玩这个游戏取乐。测试一开始会给出一些虚构语言的语法和词汇说明，然后他需要将这些规则应用于复杂程度逐渐加深的短语和句子。他也轻松通过了这项测试。那些陌生的模式到了斯诺登手里都能够被轻松驾驭。在他通过了体能成套测试后，陆军给了他一份合同和一张前往佐治亚州班宁堡的车票，那里是陆军训练基地。

2004 年 6 月 3 日，一等兵爱德华·斯诺登以特种部队新兵的身份，前往第 19 步兵团第 2 营 E 连报到。刚开始参加步兵训练的斯诺登称得上是骨瘦如柴，身高接近 180 厘米，体重却还不到 58 千克。虽然因为多年练习武术，身上也是有肌肉的，但正如他自己所言："有些超模比我还胖。"在一次练习将战友带出杀伤区时，教官为了开他玩笑，给他安排了一个健美运动员出身、体重是他两倍的搭档。斯诺登用了吃奶的力气，才勉强把搭档拽出模拟杀伤区。斯诺登和其他人一样，每天都要穿着军靴，背着战斗装备，不停地跑。教官的那些侮辱性的脏话刺激着他（"你怎么了，玛丽？你屁股里塞沙子了吗？"），使他顾不上腿上的疼痛。在为期 14 周的第一阶段训练接近尾声时，有一次背着 50 磅[①] 的沙袋穿过树林，斯诺登从一个倒地的树干上跳下，没有站稳。到了第二天，当他试图站起来时，却直接摔在了地上。X 光片显示他双侧胫骨骨折，两条腿均受伤了。此时，距离下一阶段的空投训练只有几周的时间，一名军医告诉他："如果你就这样从飞机上跳下，你的双腿就彻底废了。"这话虽然有点儿耸人听闻，但斯诺登明白了军医的意思。根据斯诺登的描述，当时他可以选择再参加一次基础训练，但那样他就失去了快速晋升的机会，也没有办法进入特种部队了。因此，他选择了行政退役，于 2004 年 9 月 28 日乘飞机回家。从他报名参军到离开部队，一共不到 5 个月的时间。飞机降落在杜勒斯机场，斯诺登坐在轮椅上，两条腿都打着石膏，由乘务员推着下了飞机。

三个月后，斯诺登在纯属偶然的情况下获得了一份工作，为之后发生的一切奠定了基础。他先是回到北卡罗来纳州休养了一段时间，之后又回到马里兰州的埃利科特城，申请了那里的社区大学，同时开始找工

---

① 1 磅 ≈ 0.454 千克。——编者注

作。这是斯诺登人生的一段低潮期，他完全不像原来那样雄心勃勃，踌躇满志。后来，马里兰大学给他提供了一个保安职位，年薪29 000美元，此时的他没有更好的选择。自 2005 年 1 月 28 日起，斯诺登在马里兰大学高级语言研究中心的前台开始了夜班保安的工作。这里还没有完全建好，有一部分是保密空间，是美国国家安全局用来从事秘密研究工作的。尽管只是作为“大堂英雄”，但斯诺登仍旧需要获得“绝密 / 敏感隔离信息”安全许可，要通过测谎仪的测试。7 月 7 日，斯诺登收到了美国国家安全局反情报意识办公室（代号 Q223）寄来的一封信，随信附上的还有他的安全许可，信的开头写道：“尊敬的承包方保安人员，此信是为证实以下人员已经具备反情报意识。”尽管这个岗位比较不起眼，但获得了安全许可的斯诺登就此进入了国家安全领域。22 岁的斯诺登连个底层员工都算不上，但此时的他已经具备了一定的资格，仅在华盛顿特区内，就有上千个保密工作岗位可以申请。

马里兰大学高级语言研究中心，英文首字母缩写是 CASL，常常被称为“城堡”，斯诺登在这里值夜班的时候工作比较单调，除了需要时不时地检查安全锁和警报，基本上没有其他事情可做。一天晚上，斯诺登和搭档在大堂里将一台笔记本电脑连上了以太网端口，希望能通过浏览网页打发时间。大堂并不属于大楼的保密空间，但网络默认的设置就是无法连接到未知的设备。斯诺登对此感到非常气愤，于是，他调出命令行，ping① 了一下路由器，以确保物理链路状态正常。现在，他唯一缺少的就是一个网络身份。他操作了一通主机的控制设置，在子网上给自己分配了一个 IP 地址，于是互联网的精彩内容便呈现在他面前。

直到两三周之后，才有人在日志中注意到有未被授权的设备。但截

① Ping 是 Windows、Unix 和 Linux 系统下的一个命令，用于检查网络是否连通。——译者注

至当时，已经有不止一台这种设备。很多保安都从斯诺登那里学到了这种小伎俩。“城堡”信息技术部门的员工最初感到十分惊慌，他们问斯诺登是如何绕过网络控制的。这不算是严格意义上的安全攻击，因为斯诺登是试图突破这栋大楼，而不是试图闯入其中。后来，斯诺登回忆说，当他解释了自己是如何做到这一点之后，“他们都惊讶不已，纷纷表示：‘你为什么会在前台工作？’‘你想不想加入网络组？’”他确实很想加入，但这个岗位需要有大学学历。有一个人建议他，去那种专门针对已获安全许可人员的招聘会试试。那些单位有的不在意员工学历。斯诺登的安全许可帮他找到了一条快速致富的途径——作为承包商雇员承接情报部门的工作，可以拿到情报部门员工两三倍的薪水。

2005 年冬，斯诺登参加了他的第一场保密工作招聘会——绝密级别技术人才招聘会（TECHEXPO Top Secret）。他应聘了一家总部位于马里兰州格林贝尔特的小型承包商 COMSO，当场就收到了工作邀请。斯诺登拥有微软认证系统工程师证书和安全许可，而且面试表现良好，使得这一切水到渠成。COMSO 告诉斯诺登，他需要服务的客户是中央情报局。就这样，22 岁的斯诺登，刷卡进入了位于弗吉尼亚州兰利的中央情报局总部大楼——乔治·布什情报中心。就在两年前，他还是一个辍学青年，待业在家，一天花 8 个小时上网，花 4 个小时练习柔道，花 2 个小时玩《铁拳》游戏。而此时的斯诺登，作为一名系统工程师，所在的工作团队负责维护中央情报局的网络，范围涵盖了弗吉尼亚州、华盛顿特区和马里兰州南部。斯诺登和那些机构正式员工的区别在于，他的邮箱地址中包括“CTR”，代表“承包商雇员”，他的工资是由位于格林贝尔特的那家私营企业负责支付。除此之外，他们的工作并没有实质性差别。

斯诺登依然要值夜班，这刚好适合他昼伏夜出的作息习惯。2006年4月，斯诺登在Ars Technica网站上发了一个帖子，写道："晨星灼人。"他的工作主要是负责网络的日常维护，据他自己说就是，"搭建网络、拓展网络、维护网络"。此时，他自认为已经是Windows系统的精通者，能够预测服务器不断变化的"情绪"，防止服务器罢工。他享受值夜班时的宁静，身边只有一个和他一起值班的人，因为按照规定，夜班至少需要两人值守。从下午6点到第二天早上6点，他们要么坐在新总部大楼2P20室的办公桌前，要么在服务器机房1D04室。斯诺登曾说，他和那个一起值班的搭档就像是"整个华盛顿大都会区网络空间的主宰"。

在后半夜的时候，斯诺登走在空荡荡的地下室走廊，两边是粉刷过的空心砖墙，人体感应灯"就像是尾随者"，他说，身前身后都是影子。他非常清楚，作为域管理员，他的"访问权限大得令人难以置信，甚至令人觉得荒谬"。但他究竟使用这一访问权限做了什么，我们无从得知。2015年夏，我第二次去莫斯科和斯诺登面谈，他非常详细地和我谈起了这一时期的经历。他告诉我，他本来可以大范围地浏览中央情报局的文件，但他忍住了，没有这么做，因为害怕会看到一些不该看到的东西。他还说："我从来都没有越界。"然而，在他2019年出版的回忆录中，他说自己"每天晚上都会花费很久的时间"浏览保密的内部网页上的"绝密信件，主要内容都是有关当时正在进行中的贸易谈判和政治行动"。他有暗示，但并未直接写明的一点是，他深入挖掘了这些信件背后的资料，试图找出它们究竟是由哪些线人提供的。那些中央情报局线人的"真实姓名和完整的个人资料"就储存在相近的文件夹中，"只需点击几下鼠标就能看到"。无论斯诺登是否拥有足够等级的安全许可，至少他不符合查看这些资料的一个必备条件，那就是"确有必要知悉"。根据他在回忆录中的描述，他的行为早已远远超出应当守住的边界。

斯诺登在这里工作了几个月之后，一名资深技术官员找到了他。这名官员的年龄比斯诺登要大一些，他把斯诺登借调去支援了一两个项目，并且观察他的表现，两人在工作中相处得非常融洽。最后，这名官员问斯诺登是否愿意去海外工作。根本不需要他多费口舌劝说，斯诺登就给出了肯定的回答。早在 2002 年时，Ars Technica 网站上有人谈论日本的信息技术工作岗位，斯诺登就曾发帖称："我想要移居国外！我想要带着我的才华和秘密移居国外！" 2006 年 8 月 26 日，他的这个梦想成真了。斯诺登的邮箱地址中增加了 "STF"，代表的是 "正式员工"，他从代表承包商雇员的绿色工牌换成了代表正式员工的蓝色工牌，并且获得了机构内的身份编号：2339176。这时的斯诺登已经成为一名正式员工，很快就会被调派为电信信息安全官员（TISO）。机构内的员工，尤其是年纪大一点儿的，通常将这一岗位称为 "电信官"（commo）。斯诺登接受了 5 位数的降薪幅度，获得了梦寐以求的工作。

中央情报局的公共事务部员工对于斯诺登当时的工作职责或表现闭口不谈，任由前员工随意评论。2013 年 8 月之前在中央情报局担任副主任和代理主任的迈克尔·莫雷尔，曾在 2014 年年初与我坐在一家室外咖啡馆，俯瞰亚利桑那州的鸽子山。在斯诺登公开披露机密文件时，距离莫雷尔退休还有三个月的时间，他曾打听过斯诺登的相关信息。莫雷尔说，外界有人把斯诺登描绘成一个年纪轻轻就成就显著的人或者位高权重的人，这太荒谬了。斯诺登的级别在基层员工中是最低的，他甚至勉强能胜任自己的工作。按照莫雷尔的说法，中央情报局之所以会聘用斯诺登，只是因为随着该机构在世界各地的运行节奏加快，电信官岗位急缺人才。他表示，斯诺登之所以能蒙混过关，进入机构工作，只是因为当时这个岗位缺人而临时降低了录用标准。莫雷尔的这些话中，有些明显是假的。浏览中央情报局招聘网站过往的说明，就可以发现，其岗位要求并没有明显的变更。和前几年相比，斯诺登这批员工的聘用资格条件也不可能是难以查询的国家安全机密。至于其他的问题，斯诺登的绩效考评结果就可以直观地说明一切。莫雷尔的表述明显带有故意贬低的色彩，很难解释为何斯诺登的职位稳步上升。

斯诺登参加了接下来一期的培训课程，为期6个月，课程名称是“基础电信培训课程”，培训地点位于弗吉尼亚州北部沃伦顿的一处较为隐秘的中央情报局办公楼。新进的行动官员，即该机构从事间谍活动的人员，是在一处更为知名的地点接受培训，那里通常被称为“农场”。斯诺登以及其他科技官员接受培训的地点则通常被称为“山丘”。

这不禁让人联想到詹姆斯·邦德电影场景中的大师Q博士，以一副说教的姿态解释如何从远程遥控的豪华跑车中发射导弹。“山丘”的培训课程大纲中，出现更多的不是阿斯顿·马丁牌跑车，而是破旧的无线电。斯诺登说：“你基本上要学习如何处理任何一件可能出现在大使馆里的基础设施。”他练习拆分和重新组装路由器、电话、防火墙和通风装置。他学习了密码学的基本原理、发展现状和历史。除了要了解最新的系统，他还必须要精通那些老派的大使和情报站站长可能会习惯使用的过时的设备。萤火虫钥匙、四四方方带有旋钮和刻度盘的KG-84加密设备，这些东西已经古老到被放在博物馆当收藏品了，但斯诺登必须要精通它们。他说，很多时间都被用来学习如何不被别人识破自己的伪装。斯诺登和其他学员一起学习了作为中央情报局官员需要掌握的基础的间谍情报技术，因为他们在国外可能会被监控。他们还需要花费大量时间去适应自己在大使馆使用的伪装身份。这样，就连他们以后在大使馆的同事，也不会知道他们背后真正的雇主。“有一门特殊的课程是要练习如何伪装成美国国务院的员工，要了解这个机构是如何运作的。至少，你要能够冒充国务院的人，他们有自己内部的语言，有自己习惯的简略表达……你要能够融入其中。”

斯诺登学习了如何识别自己有没有被跟踪，如何检查车辆有没有被动过手脚，如何让自己的谎言更有说服力，哪些事情不可以告诉自己的伴侣（很多都不可以），哪些事情不可以告诉自己的孩子（所有都不可以）。还有一门课是教他们在执行外勤的时候如何写电报，尤其针对如何写作紧急报告提供了特别指导。这里的紧急报告指的是，当情报的内容非常重要的时候，从获悉情报内容到形成书面报告，再到发送给总统，这一过程需要在 10 分钟之内完成。紧急报告只能用于特定情况，根据一份保密的简报，只有针对那些“能够对美国的关键政治、经济、情报和军事利益造成紧急且严重危害”的事情才可以进行紧急报告。一名培训人员为了警示他们，给他们讲了一个故事：从前受训者中有一个倒霉蛋，把练习用的紧急报告真的发送了出去。这个故事是真实发生过的还是杜撰的，我们无从知晓。另外，培训人员在一张幻灯片上用醒目的大字告诫这些新的电信官：“务必排除任何不确定性！”所举的例子是，1990 年 8 月 2 日凌晨 2 点 31 分，美国中央情报局驻巴格达情报站发出简报：“伊拉克军队出现在科威特，距离美国大使馆一千码[①] 范围内发生轻武器交火。”

课程结束之前，斯诺登也教会了中央情报局一点东西。当认为涉及原则性问题时，斯诺登丝毫不害怕出洋相。和他一起接受培训的学员抱怨他们住的地方是一个破旧的、摇摇欲坠的小旅馆，还抱怨中央情报局拒绝支付他们加班费。斯诺登认为，中央情报局的这些行为违犯了劳动法、职业安全与健康法规。于是，他发起了一份正式的投诉，在培训学校的负责人驳回了他的投诉后，他直接找到了中央情报局外勤事务组组

① 1 码 ≈ 0.914 米。——编者注

长，然后又去找了这名组长的上司。最终结果是，斯诺登得以更换住宿条件，同时也因不服从命令而受到训斥，但他对此丝毫不介意。斯诺登回忆说，与身边的其他人不同，他愿意承担“上升的代价”。

在培训的最后一天，斯诺登和其他学员列出了自己优先愿意被派往的地点。斯诺登的首选是战区——伊拉克或阿富汗，第二选择是日内瓦。他听说在日内瓦的工作非常具有技术挑战性，那里的情报站拥有复杂的网络基础设施，而且那个城市的间谍人数和居民总数之比超过全世界其他大部分城市。2007 年 3 月，中央情报局真的把他派往了日内瓦。斯诺登的照片印在鲜红色的外交人员工作牌上面，照片中的他有着一张娃娃脸，穿着蓝色制服、栗色衬衫，打着条纹领带。在外界看来，斯诺登是美国派往联合国日内瓦办事处的外交事务专员，是美国国务院的员工，编号是 64554。斯诺登的工作地点位于大使馆办公楼顶层的信息技术中心。中央情报局电信官的办公环境是一间间装有安全防护门的封闭空间。在它旁边的是美国国务院的通信组，以及美国国家安全局特殊情报搜集部门的员工，后者主要负责窃听当地的一些目标人物。在这里进行书面沟通时，斯诺登使用的名称是“戴夫 · M. 丘奇亚德”。这是一种预防性措施，自 1979 年美国驻德黑兰大使馆被占领事件发生之后，这种措施开始被广泛使用。这样即使有人侵入保密记录文件，也很难发现他的情报人员身份。

中央情报局提供的薪水和津贴足够斯诺登租下一套四居室的公寓，窗外就是日内瓦湖。他在瑞士过得很奢侈，买了一辆宝马汽车，而且开始炒股。但他对那里的生活也不无抱怨，他在 Ars Technica 网站上与人聊天时曾这样评价：“物价贵得离谱，阶级歧视严重得吓人”，但总体而言还是“相当不错的”。他在日内瓦的工作和在兰利作为承包商雇员时从事的网络管理工作相差不大。但他不满足于此，还自愿承担一些临时分配的任务——日内瓦情报站经常会借调员工。2008年春，斯诺登被借调至美国驻罗马尼亚首都布加勒斯特大使馆，不日，乔治·W.布什总统就要抵达那里参加北约峰会。当时，斯诺登所在的是一个高级项目组，其中一项任务就是将中央情报局的威胁评估结果发送给特勤局。“威胁报告的内容极为荒诞，”他回忆称，“有些键盘侠在论坛上宣称自己要开车从布什的身上碾过。”他认为这些线索都极不靠谱，不理解它们是如何被搜集起来的，为何会有人当真。但他对此也只是一笑置之，认为政府只是在浪费时间和资源。

回到日内瓦之后，斯诺登见识到了一些事情，让他感到非常困扰。其中一件事情是，两名情报机构官员先是怂恿一名沙特阿拉伯的理财经理在喝醉之后驾车回家，然后以此为要挟，让那名理财经理为他们办事。“我们要与一些非常坏的家伙打交道，那些人真的非常难对付，但有利用价值，”斯诺登后来的一名同事曾这样说，“有时候我们要使用一些非常卑劣的手段，我为亲身参与这种事情而感到羞耻。”另一件令斯诺登感到幻灭的事情是，美国的间谍势力已经广泛渗透至在联合国的外交官。斯诺登后来告诉我，他和中央情报局的三名情报官员共事时，他们曾私下咨询他，如何才能侵入一名外交官员的电脑系统。“他们的问题往往类似于：我们要插入一个U盘，应该怎么操作？有什么诀窍？我们需要担心什么？要注意千万不能搞砸什么？可能会以何种方式被发现？被发现之后该如何解释？要编出一些比较合理的借口。”斯诺登说，他明白监控盟友的行动能使自己处于优势地位，但他并不认同这种行为。那时的他持有自由意志主义政治观，反对美国在伊拉克发动战争，反对秘密引渡那些所谓的恐怖分子，反对小布什总统对2008年股灾的处理方式。他不明白为什么美国总是试图充当世界警察，试图为企业提供安全保障？

马瓦妮·安德森曾在日内瓦代表团中担任法务实习生，在2007—2009

年与斯诺登共事，在她的印象中，斯诺登是一个内向的计算机天才，习惯沉思。她说，当时的斯诺登面临良知上的考验。斯诺登说，他第一次产生想要揭发这一切的想法是在日内瓦的时候，但他抑制住了，因为担心会将那些情报机构官员和特工置于危险的境地。他曾寄希望于新任总统巴拉克·奥巴马，希望这位总统能够改变这些令自己困扰的政策。2009 年年初，他在 Ars Technica 网站上说话的语气完全不像是一个会泄露机密的人。他写道，那些泄露保密信息的匿名官员，应该被“击毙，有些信息之所以保密是有原因的”。

大约就是从那时起，25 岁的斯诺登与他的雇主中央情报局之间开始渐渐产生分歧。关于斯诺登离开中央情报局的原因，有三种说法，各不相同。一种说法来自《纽约时报》所报道的“两名美国高级官员”提供的信息，但并未引用他们的原话。据他们说，斯诺登在日内瓦的主管怀疑他曾试图打开未授权的文件。这名主管在斯诺登的人事档案中记下了不好的一笔。出人意料的是，这篇报道发出的第二天，中央情报局公共事务办公室就发布声明，否定了这篇报道的真实性。斯诺登的档案中确实存在一些不好的记录，但原因远没有这么严重。根据后来斯诺登自己的解释，第二种说法，也就是官方说法，更为靠谱。斯诺登说，他在填写年度绩效考评时发现了一个安全隐患，任何员工都有可能在机构的人力资源在线应用程序中输入恶意代码。斯诺登提议，在不造成任何损害的前提下操控系统，以证实这一漏洞的存在。在系统安全性研究中，这是一种常用的方法。斯诺登的想法是，令操纵系统突然弹出恐怖消息，但他的上司劝他不要这么高调。于是，在填写完绩效评估内容之后，为了证明自己可以“控制”这个网页版的应用程序，斯诺登更改了页面上的所有颜色。据斯诺登自己说，这一行为惹怒了他上司的上司——负责整个欧洲地区的一名资深技术官，因为他感到自己被羞辱了。正是这名技术官在斯诺登的档案中记录下不好的一笔，基本上封锁了斯诺登的晋升之路。一名退休的中央情报局官员告诉《名利场》杂志，斯诺登“太过聪明，不可能一直安于那份工作”。在这名官员看来，这种矛盾的根源在于“我觉得他可能更喜欢成为一名玩家”。

关于斯诺登离开中央情报局的原因，第三种说法来源于两个与斯诺登的家人走得比较近的熟人，与前两种说法并不完全矛盾。据他们说，2008 年 12 月，斯诺登飞回家参加父亲在海岸警卫队的退休典礼。斯诺登的父母注意到，儿子似乎总是咳嗽不止。中央情报局的电信官有时候会被派去销毁一些机密数据，具体做法就是要将一些电子元件碾成微粒。小朗尼·斯诺登认为，是因为中央情报局的疏忽，将他儿子置于硅尘浓度较高的危险环境中。他坚持要求儿子去看医生。斯诺登去华盛顿特区咨询了一些呼吸科专家。自那之后，斯诺登再没有回到原来的岗位。日内瓦情报站派人去他的公寓打包了他的行李，给他寄回了家。

2009 年 4 月 16 日，斯诺登提交了辞职信，抬头是“亲爱的朋友兼上司”，信中写道“以后每当回忆起我在这里工作的经历，都会是一段开心的时光”。每当一扇门被关上，总有另一扇门被打开。斯诺登在青少年期就一直“梦想能够去日本一展拳脚”，那是他最喜欢的动漫文化的发源地。当他的肺恢复得差不多了的时候，戴尔为他提供了一份雇用合同，在接下来的一年里，他一共签署了三份这样的合同。2009 年年中，他以系统管理员的身份前往隶属于美国国家安全局的太平洋技术中心报到，地点位于东京郊外的横田空军基地。偶尔，他会被允许探足那个间谍之间展开对决的世界，这是他一直渴望的。2010 年 8 月，联合反情报培训学院在横田召开了一场为期三天的保密会议，会议的主题就是“反情报威胁论坛：中国”。当时联合反情报培训学院的总部位于马里兰州的埃尔克里奇，是美国国防部负责培训那些拥有安全许可的人员如何保护美国的秘密不被国外的间谍窃取的主要机构。在会议开始前不久，组织者发现他们急缺一名计算机领域的讲师。分布于亚洲各地的情报人员都聚集在了横田，却没有人能够指导他们如何在数字世界进行自卫。

当年负责组织这场会议的丹妮尔·马萨里尼后来回忆道："当时我和我的团队正站在那里，不知道如何是好，嘴里说着：'我们这可怎么办？'"只见一个穿着卡其裤和T恤衫的年轻人漫不经心地向我们走来，"他插进来一句：'嘿！我曾经做过针对这个领域的简报。'我们心想，管他呢，让他试试吧。"马萨里尼说，斯诺登肯定是花了一个晚上的时间来准备，因为他是在第二天早上提交了一份有关绝密信息的教学课件。马萨里尼的整个职业生涯所从事的都是针对中国的反情报工作，她曾任职于国防部和第902军事情报旅。据她说，那天早上斯诺登交给她的幻灯片文件，"毫无疑问是我们看到过的有关中国情报的网络简报中做得最好的"。

两天之后，来自美国情报界各部门——联邦调查局、国家安全局、国土安全部、海军刑事调查局、空军特别调查办公室的官员和分析师坐满了整个会议室。斯诺登作为讲师，向他们展示了一系列的黑客攻击方式，从最简单的钓鱼邮件到复杂的计算机代码攻击。后一种情况下，黑客通过运行恶意代码，入侵存在安全漏洞的设备，并且长时间潜伏在设备中。政府部门新发现的安全漏洞通常被称为"零日漏洞"。因为当其他人第一天意识到这一漏洞的存在时，攻击者早已经利用该漏洞发动攻击。尽管这类攻击往往具备隐蔽性，斯诺登还是向与会者介绍了如何在非信任环境下安全地实施工作和进行通信。他传授给他们的其中一个习惯动作——输入密码时，用毯子遮住你的键盘，在后来成为劳拉的纪录片《第四公民》中标志性的一幕。

马萨里尼说，“他给人的印象是非常有才华”，很会将复杂的书面材料转化为口头语言。课件的最后一张幻灯片跳出的是一群眼珠凸出的阿凡达，配上的文字是“保持恐惧”。斯诺登讲完之后，问现场有没有人要提问，马萨里尼惊讶地发现，身边的人纷纷举起了手。这些学员想要了解更多的东西，而在之前的网络培训课上，这是从未出现过的场景。马萨里尼说，之前有一年，两个小时的研讨会结束时，有人已经开始“无聊得恨不得用铅笔戳自己的眼睛了”，“我无法用语言向你表达他是一个多么优秀的演讲者”。为期三天的会议结束后，在收到的培训反馈中，斯诺登得到的好评数刷新了以往的纪录。有一名学员评论道：“那家伙的多疑简直让我无法理解。”回到马里兰州之后不久，马萨里尼再次邀请斯诺登为学员做培训。在接下来的两年里，斯诺登受马萨里尼之邀，数次前往埃尔克里奇、匡蒂科、都柏林、加利福尼亚等地授课，一节课的报酬达到 1 500 美元。他外表看起来就像是一个整天宅在地下室里与计算机打交道的人，但只要他想，他也会表现出外向、有趣的一面。“我常年与这样的人共事，”马萨里尼说，“他可以回答你提出的任何细节性的技术问题，但也可以与你一起喝酒、闲谈。”

斯诺登在日本工作时，一如往常地将大部分常规性工作交给计算机自动执行。这样，他就有很多空余时间，可以用来研究工作之外的新项目。没有人要求他这么做，但他觉得太无聊了，所以想要主动研究一些项目来打发时间。其中一个项目被斯诺登命名为 EPICSHELTER。研究这一项目的最初念头始于他在日内瓦目睹了塞尔维亚的抗议者放火烧了美国驻贝尔格莱德大使馆。美国中央情报局贝尔格莱德情报站遭受重创，斯诺登所在的办公室里的人员怀疑重要的情报信息已经丢失。就是从那时起，斯诺登开始思考灾难恢复（即原始数据因灾难而丢失或被删除之后通过备份还原的过程）。如果贝尔格莱德情报站实时存储文件的备份，那么要把备份存储在哪里呢？设计精巧的备用系统如何高效地传输和存储数据？那时候，斯诺登对这些问题还停留在单纯的好奇阶段，但一直没有忘记。在横田的时候，斯诺登开始认真地思考这些问题。他设想建立一个后备的恢复系统，一开始规模比较小，然后逐渐扩展至足够大，以涵盖美国国家安全局的整个数字领域。斯诺登设想的某些功能特征，在当时的商业领域已经能够实现，但很难将其复制应用于环环相扣的加密网络世界。“重复数据删除”技术能够实现将每份文件只备份一次，从而节省存储空间，哪怕在原网络上有多个备份。“块级元素”的更新能够实现当原文件改变时，只同步新的比特和字节，而不是重新发送一份整个新文件的副本，从而能够节省宽带。斯诺登草拟了全局数组的网络存储设备的初步设计和硬件规格。在 EPICSHELTER 计划获得他在日本的上司认可后，斯诺登准备了一份正式的书面报告和简报演示文件。2009年年末或者 2010 年年初时，在美国国家安全局太平洋技术会议上，斯诺登被邀请在会上做演示，并草拟一份计划。当美国国家安全局首席技术官隆尼·安德森途经横田时，有人安排斯诺登向其做简报。据斯诺登自己的描述，那场会面为他赢得了一张进入米德堡的邀请卡。美国国家安全局技术理事会接手了这一项目，将其作为一项大型工程实施，先后经历了设计、建造、测试和评估阶段。这一项目应该在多大程度上归功于斯诺登早期的努力，我们无从衡量。这一项目的概念验证经费获批之后，国家安全局选择将夏威夷作为试点。2012 年，当斯诺登看到这一计划的原型终于被建立起来，并且开始在库尼亚运行时，他要求亲自去维护这一项目。

我们现在已经很难判断，为何在日本工作期间斯诺登的疑虑会迅速累积。2010 年 2 月，斯诺登在 Ars Technica 网站上写下：“这个社会似乎真的已经习惯了对于那些诡异的事情绝对服从。”因为拥有管理员特权，他能够接触到有关美国国家安全局的政策和行动的海量信息。于是，他开始浏览更多此类信息。与此同时，他开始参加新的培训课程，考取新的证书，以升级自己的履历。就在那一年，他获得了高级恶意软件分析师、计算机入侵调查取证专家、注册网络防御架构师等资格证书，还获得了项目管理专业人员资格认证。他还利用假期前往印度旅行，那里的培训课程费用较低，在注册网络安全分析师资格考试中，满分 100 分，他得了 96 分。他还取得了一项尤为重要的认证，那就是由国际电子商务顾问委员会（EC-Council）认证的道德黑客。根据美国国防部8570命令，有了这一认证之后，斯诺登已经具备获得第三级授权的资格，可访问国防部网络中最深的安全层级，那里常被称为“飞地”。

2010 年夏，斯诺登刚满 27 岁不久，戴尔把他调回了国，仍旧在中央情报局工作，但职位比之前要重要得多。这一工作调整是由戴尔提出，还是斯诺登主动要求，目前尚不可知。据与斯诺登一家走得比较近的一名友人说，斯诺登是因为个人原因主动要求调离日本，具体原因和他的女朋友林赛·米尔斯有关。在新岗位上，斯诺登的名片上所印的职位是戴尔的“解决方案顾问 / 计算机指涉”。在承包商的话语体系中，“计算机指涉”含义非凡。它意味着，戴尔的情报合同中所有与计算机有关的东西，都由斯诺登负责。

按照斯诺登自己的说法，EPICSHELTER 项目也为他所在的公司带来了好处。构建这一项目的原型所需的硬件和服务是由戴尔提供的。斯诺登以实际行动证明了，自己不光能够以技术人员的思维方式厘清技术问题，同时还能将这些问题以通俗的语言讲解给那些负责运营和营销的非技术人员。斯诺登作为戴尔与中央情报局及其兄弟机构的网络联络员，每天都要开车穿行于弗吉尼亚州北部，往返在几个地点之间——位于麦克莱恩的中央情报局总部、位于“自由十字路口”（Liberty Crossing）综合体建筑中的国家反恐中心，还有“全球通信服务”位于雷斯顿的新办公大楼。这些机构的代表向斯诺登描述自己的需求。斯诺登以戴尔的名义，帮助他们设计解决方案。有一天，中央情报局信息作战中心（它有点像是规模较小的美国国家安全局）需要招标一批能够破解密码的计算机，具体要求是：这批计算机要安装在屏蔽机房里，要在考虑到功率、空间和制冷等制约因素的基础上，选出数字运算速度最快的计算机。斯诺登挑选了硬件，充分利用了戴尔的高性能计算和结构网络组的部件和技术。同时，他还配合公司准备投标一项比这规模大得多的项目——“弗朗基计划”（Project Frankie），它是由戴尔与微软联合发起的，目的是要为中央情报局打造云计算基础设施，项目价值达5亿美元。（最后中标的是亚马逊。）此时的斯诺登虽然还很年轻，但已经开始逐渐脱离普通人的圈子。他日常打交道的往往是中央情报局技术部门的主管或者副主管，他经常代表戴尔与中央情报局首席信息官珍妮·蒂辛格和首席技术官艾拉·“格斯”·亨特在一起开会。据斯诺登说，亨特喜欢头脑风暴，时常抛出一个又一个天马行空的想法。例如，是否可以打造一个设备齐全、可在全球部署的数据中心，尺寸不超过一个标准的集装箱？是否可以设计一个网络交换机，内置“分区内核”或安全硬件区域，以保护不同保密等级的数据流之间的数字界限？

斯诺登的事业似乎在蒸蒸日上，但他已经开始着手求变。相比每日周旋于戴尔及其所服务的各机构的管理层之间，斯诺登更感兴趣的是那种在技术层面和操作层面均富有挑战性的工作。2011年5月，斯诺登向马萨里尼提出一项建议。他希望马萨里尼能够帮自己与承包商博思艾伦咨询公司签署工作协议，具体的工作内容由他自己决定。博思艾伦咨询公司负责为马萨里尼所在的联合反情报培训学院提供培训人员。斯诺登想做的是，集中各部门在数字反情报领域的最佳操作，打造一套更为坚固的测试系统，然后邀请“一些来自各学科的人士”，让他们试图攻破该系统。“每当他们成功一次，你就能发现一项关键隐患，这样才能去消除这一隐患”，他告诉马萨里尼，“每当他们失败一次，你就能获得一批体量不断增加的、可量化的数据，这些数据能够证明我们在哪些方面成功应对了由技能水平为三级的测试者所发起的反情报威胁。”斯诺登不仅要教授高级网络防御课程，而且希望能够提升最新的技术水平。要达成上述目标，执行者需要具备以下条件：（1）能够与情报机构的高层领导以及顶尖技术人才进行可信的交流；（2）值得信任，能够让不同机构的代表读懂一些需要采取特殊手段的项目背后的隐含意义；（3）能够身负重任，理解那些手段的含义；（4）足够多疑，并且能够将所有的疑虑转化为具体的课程，而不会对安全态势造成不良影响。他写道，要想从头开始打造这样一个项目，还需要具备“人际沟通技能，因为要想打通各机构之间的壁垒，必然需要处理好一些政治关系”。

斯诺登认为，这个岗位非他莫属。“我不想让自己显得特别傲慢”，他写道，“但我不得不说，我真的认为，要想真正成功地打造这样一个项目需要具备一定的背景，而能够符合条件的人实在是寥寥无几。”他提出了两点个人要求。第一，他不想受限于总部的打卡制度，他需要足够的自由空间，可以在任何装有安全终端的办公室工作。第二，他必须拥有全部权限，可以访问任何网络账号，包括“情报界所有相关的组织和办公室（的网络账号），这样我才能真正进入其中和他们一起工作”。这些要求听起来颇具野心，且打破常规，但考虑到他所描绘的那个跨机构任务，似乎也并无不妥。现在，透过联邦调查局的调查镜头回顾这一幕，斯诺登的这一提议似乎包含一丝可疑的色彩。他所要求的，是打开多个世界的大门的钥匙，而且他还要获悉这些大门的安保信息。不管怎样，斯诺登的这一提议最终并没有得到认可。他想要的那份工作并不存在，博思艾伦咨询公司拒绝了他。

在那年夏天所准备的一份非机密简历中，斯诺登极力宣传自己的成就。他在简历中写道，在戴尔，他曾经参与为价值数百万美元的承包计划制定“战略、政策和规划方向”，“定期向高层做简报”。他还暗示了EPICSHELTER项目，称自己“推进了一项针对整个OCONUS备份基础设施的现代化倡议”（在美国国防部的话语体系中，OCONUS指的是“美国本土之外”）。在这份简历中，有几处内容已经严重偏离事实。青少年时期在那家一共只有两人的小公司工作的经历，在简历中被描述为担任“技术咨询”，那家公司本来位于陆军基地上的一处房舍里，在简历中则变成了“米德堡”。他还在简历中称自己的计算机证书是在“约翰斯·霍普金斯大学”取得的，而实际上，他上的是约翰斯·霍普金斯大学计算机职业教育学院，该机构和约翰斯·霍普金斯大学在本质上并没有什么关系。至于他担任夜班保安，其间还因私自浏览网页而被发现的那段经历，在简历中则变成了就“信息技术安全程序、权限和反情报意识”对网络工作人员进行培训。他还在简历中写道，他能够用“日语、法语、普通话、西班牙语、波斯尼亚语、意大利语、罗马尼亚语和泰语”进行交流。

简历中最具有迷惑性的一句话是，斯诺登声称自己创造出了“一种无从审查的情报人员通信方法，可应用于通信发起人已死亡或者被扣留的情况下”。在这里所说的情报人员指的是由美国特工招募的外籍情报员。简单来说就是，斯诺登设计了一款高科技版的“失能开关”——通信发起人可以提前设置好待发送的紧急信息，在接下来的24小时之内，如果他不按照特定的步骤更改时间设置，信息就会自动发送。在这里，斯诺登的聪明才智再次表现出两面性。“失能开关”可能成为情报工作人员手中一项有价值的工具，但它也可能会被用在其他一些秘密行动中。

比如，斯诺登自己就可以利用这一工具，确保他手中的美国国家安全局文件可以被发送至他所选中的三名记者的邮箱，即便他自己已遭遇不测。斯诺登曾在不同场合告诉我，在即将离开夏威夷那段时间，他感觉自己随时有可能被捕，因此已经设置好了“失能开关”，如果他没有机会亲自将文件交给记者，系统届时会自动完成这一任务。2013 年年末时，他曾对我说，“一旦事情发展到某一阶段时，一切准备工作已经完成，没有失败的余地”，但他没有再细说。“一切即将水落石出，真相终将到来，没有人能阻挡它的脚步。但如果你是一名工程师，要想做到这一点也没有那么难。”

2011 年，斯诺登癫痫发作，恢复之后的他对于自己的政治观点更加表露无遗。2012 年 3 月，在前往夏威夷之前，斯诺登为自由党提名的总统候选人罗恩·保罗的选举活动捐了 250 美元，因为早在那时，罗恩·保罗就已经对政府的监控行为持严厉批判态度。当年 5 月，斯诺登又捐了 250 美元。在库尼亚的“隧道”里工作时，他穿着一件连帽衫，上面印的图案是一只秃鹰戴着一副超大的耳机，耳机上连着美国电话电报公司的电话线，整个图案颇显滑稽——恶搞了美国国家安全局的标志。这件衣服是他从电子前线基金会[①]购买的，该组织经常与各机构对簿公堂。斯诺登的办公桌上还放有一本美国宪法的复印本，这样他在与同事讨论监控是否属于“搜查和扣押”的一种形式时，能更便于引用美国宪法第四修正案。

2012 年 11 月 18 日，斯诺登匿名写信给 Tor（第二代洋葱路由的一种实现）项目的一名开发者鲁纳·桑德维克。通过 Tor 这一工具，任何

---

① 电子前线基金会是一个宣传互联网版权和法律的非营利性国际组织，总部设在美国。——译者注

人都可以匿名访问互联网，因为其连接的中继节点分布于全球各地。Tor网络的中继节点都是由志愿者贡献的。斯诺登告诉桑德维克，Tor上有一些最快的“出口节点”是他贡献的。从表面上看，这些“出口节点”就是那些通过Tor路由的流量的起点。单就这一点而言，运营“出口节点”这种行为对于一个在美国国家安全局工作的人来说，就是非常危险的。据桑德维克说，“出口节点”在网络上对所有人可见，因此这些节点的运营者经常会收到一些版权声明，或者是“执法部门发出的一些文件”。如果联邦调查局发现其中一个中继节点的运营者是情报部门承包商雇员，情况肯定会更加严重。透过桑德维克推特上的信息，斯诺登得知她计划前往火奴鲁鲁。斯诺登问她能不能带一些Tor的周边产品，比如贴纸、T恤衫，他给出的解释是：“我有一些技术能力更强的同事，我正在试图说服他们搭建更多速度较快的服务器，因此我觉得用一些手头的周边产品可以激励他们立马行动，而不会再三犹豫。”斯诺登已经开始公开地招募从事监控工作的同事，来为先进的反情报技术提供支持。两天之后，他又追加了一句：“如果有T恤衫的话，最好是黑色的，但其他的也来者不拒。”此时的桑德维克倘若知道斯诺登背后的雇主是谁，肯定会大吃一惊。

桑德维克回信说，她很乐意效劳。斯诺登还说他很愿意与桑德维克共同举办一个“加密派对”。这类的聚会常将富有激情的口头宣传与如何摆脱“专制政府”密切监控的实践教学相结合，越来越受欢迎。这时的斯诺登还不够谨慎，在与桑德维克讨论这一公开活动时，他使用的是一个匿名邮箱地址 cincinnatus@lavabit.com，但在接下来的一个月里，他第一次联系格伦·格林沃尔德时，用的也是这个邮箱。他没有透露自己在国家安全局工作，但他把自己的真实姓名和家庭地址都发给了桑德维克，好让她给自己邮寄Tor的周边产品。他告诉桑德维克和她身边的人，自己叫“埃德”。

截至此时，斯诺登要么可能已经越界，非法搜集了一些文件，要么正准备这么做。任何表示异议的举动都是有风险的。他明知道自己的行动一旦暴露，一定会被逮捕，那他为什么还要故意这么高调呢？

在很长一段时间里，我把他那几个月的举动归因为行事鲁莽。再后来，我开始意识到，他的这些行为可能是一种障眼法。对于美国国家安全局的批判者表现出些微的赞同，反而可能使他不会招致更深的怀疑。因为那些真正隐秘的“内奸”才不会这么做。他把自己装扮成那种喜欢讽刺挖苦、故意持相反意见的怪人，但不会造成太大危害。这种人很常见，几乎每个办公室都会有一个。

一名分析师告诉我，美国国家安全局内部有一句古老的格言：“没有所谓的流量精灵。”没有人拥有魔法，不可能凭直觉就能感知到你所需要的数据，并且帮你拦截下来。他还说，新手需要牢记的原则是：“你必须自己动手搜集数据，而不能指望别人主动把数据送到你手上。”斯诺登一共在夏威夷待了 14 个月，在这段时间里，他践行了这一原则，不过并不是用于工作。

尽管斯诺登已经有了在兰利、日内瓦、日本工作的经验，但与这些地方相比，库尼亚的“网络设置、安全许可和服务器是完全不同的”，斯诺登说。他缓慢且谨慎地探索着那个数字世界的边界。“要做这种事情，你首先需要知道行动范围”，他说，“你必须要理解规则，知道哪些东西正在被监控，哪些东西没有被监控；你必须要理解自己拥有哪些权限，没有哪些权限；你还必须要了解一切事物的布局，以及如何才能将其组合起来。”

当然，斯诺登不能随意地浏览文件。美国国家安全局的权限控制系统为每一名授权用户提供了一份数字证书，上面明确列出了详细的安全许可和权限。这份证书就是我们所说的公钥基础设施，英文简称PKI。在美国国防部内部，员工随身携带一张钱包大小的卡片，卡片上就嵌着包含该证书信息的芯片。在国家安全局内部则不需要任何硬件，证书都储存在用户的计算机网络配置文件中。

斯诺登的PKI证书上的许可几乎可以看作美国国家安全局内部防御的最糟糕情况。从这一点来看，他所带来的风险就在于那如同噩梦般的首字母缩写：TS // SI // G // TK // HCS。TS的全称是Top Secret（绝密），所有在库尼亚工作的员工都拥有TS安全许可。SI的全称是Special Intelligence（特殊情报），大部分员工也都拥有SI安全许可。这里，“特殊情报”指的是有关监控源头与方法的分区信息的控制系统，它是库尼亚员工日常工作中必不可少的。G指的是Gamma，有了这一许可就能够访问被拦截的通信信息。斯诺登的同事中拥有G许可的人不太多，拥有TK许可的就更少了。TK指的是Talent Keyhole（“天才锁眼”），这一安全许可保护的是有关间谍卫星和其他部署在空中的信息搜集系统的秘密。HCS的全称是HUMINT Control System（HUMINT控制系统），其中HUMINT是human intelligence（人工情报）的缩写，指的是美国情报机构官员所从事的秘密工作。军事和情报机构经常像这样套用缩写形式。拥有HCS安全许可的人员是最少的。斯诺登的HCS安全许可是他在中央情报局工作的时候获得的，他离开那里之后，这一许可并没有被撤销。

能够超越以上所有许可的，就是顶层系统管理员所拥有的访问特权。斯诺登的顶层系统管理员身份，使得他有权终止、启动、更改根级别的计算进程。对网络基本运行的控制，就发生在根级别。正常情况下，活动日志会记录他在数字世界中的一举一动，而他能够禁用、编辑或者擦除一些活动日志。他还能够转移或者复制文件，不会被限制使用U盘等外部存储工具。

这很容易让人们认为美国政府赋予斯诺登的权限过大，事实并非如此。在当时的环境下，斯诺登所拥有的安全许可的确超过了他在库尼亚的绝大部分同事，但这并不意味着政府将所有的重要秘密，或者说大部分秘密都交到了斯诺登手里。拥有了 SI、TK、G、HCS 这四项安全许可，斯诺登就具备了访问特定类别的敏感信息的资格，但这并不意味着他就因此具备了访问权限。这些安全许可只是必要条件，而非充分条件。斯诺登要想获得进入各分区的权限，并浏览各分区内的文件，还需要相应当局证明他确实需要知悉这些文件。例如，在夏威夷工作时，他具备访问代号为 BYZANTINEHADES 和 SEEDSPHERE 等分区的安全许可，但这并不意味着他就能够读取分区内有关的文件。

以上才是权限正常的使用方式。而斯诺登从小到大都习惯不走寻常路。他从来都没有从事过间谍工作，但借用了间谍最常用的一种方法——误导。他公开履行的官方职责为他提供了一种掩护，正是因为有了这种掩护，他在数字世界所从事的那些活动才没有引起怀疑。

应 Windows 系统工程部门的要求，斯诺登需要执行例行安全检查，实际上就是要找出被错误归档的秘密信息——一些保密信息不知为何未被放入网络上相应的保密区域。斯诺登早些时候重构了这一过程，他本应该直接删除这些文件，但他没有选择这么做。据美国国家安全局首席技术官隆尼·安德森说，斯诺登获得相应权限之后，“就利用他的系统管理员特权窃取数据。他以系统管理工作为由将数据转移到自己需要的区域，因为‘在这里我就可以将数据转移出来’”。

斯诺登在自己管理的网络域内运行“违禁词搜索”。一般而言，如果人人都能遵守安全协议，违禁词搜索的结果就应该是空的。鉴于五眼联盟中的其他成员是美国国家安全局最亲密的外国同行，斯诺登可能会在面向五眼联盟开放的系统中搜索 NOFORN（“不可向国外泄露”）。如果他能搜索到匹配的记录，就说明有人错把“不可向国外泄露”的文件放入了“分享给我们的外国朋友”类别中。

另一类违禁词搜索令斯诺登收获更大。他会搜索标有 ECI（“异常受控信息”）的文件夹。SharePoint 文件共享服务器上本不应该出现这一等级的保密信息。这种敏感信息应该储存在需要特殊访问权限的系统中，并且用密码锁定存储区域。类似的还有标着 FISA（《外国情报监控法》）或 FAA702（《外国情报监控法》修正案第 702 条）的文件，这类文件涉及的是经《外国情报监控法》修正案第 702 条授权的、在美国境内开展的通信窃听行动。据隆尼·安德森所言，总之，斯诺登只被授权做报告和进行演示，“而没有权限访问我们所谓的那些数据，所以他无权进入资源库，也无权接触原始数据”。根据斯诺登在库尼亚的官方职位描述，确实如此，而他最终实际所担任的职位并非如此，他在日常工作中实际拥有的权限远非如此。

美国国家安全局的数字设备终归是由人来操作，而人难免会犯错。在工作中，如果人们遵守被正式批准的流程会遇到太多麻烦，那么人们就会想走捷径。举个例子，一群分析员从大型、受限的原始情报数据库中提取文件、建立工作副本之后，他们会管理和共享这些副本，因为他们想实现合作，从而避免冗余的重复操作。他们中的每个人都有权限读取文件中的材料，但这些文件本不应该出现在他们的共享系统中。这就给了斯诺登可乘之机，他发现并复制了这些文件，以向世人证明有多少无辜民众被纳入美国国家安全局的监控网络。

在斯诺登发现了一份 ECI 分区的代号清单后，他在搜索时更加具有针对性。虽无权访问这些分区内部的信息，但他所拥有的权限证明、PKI 证书使得他能够看到那些分区的名称。于是，他搜索的词汇开始扩展至 AMBULANT、BLACKAXE、CRUMPET、DEVILFISH、FLYLEAF、HYSSOP、KESSELRUN、LIGHTNINGTHIEF，还有其他至少 70 个 ECI 分区的代号。每当他搜索到一条匹配的记录，就意味着他又发现了一些相当敏感的、自己之前无权接触的新信息。

一天，他在进行一项搜索时，计算机显示匹配到了三条记录，分别是 STARBURST（“星暴”）、WHIPGENIE（“鞭挞精灵”）、STELLARWIND（“星风”）。如果说斯诺登的越界是因为受到外力的推动，那么发现这一搜索结果可能就是那个外力。这三个代号指代的是于 2001—2007 年实施的同一系列行动的三个不同阶段。在总统小布什的命令之下，美国国家安全局对美国民众进行监控，而其实施监控的方式是自 1978 年以来美国国会明文禁止的。这一未获司法机关和立法机关授权的本土监控计划，是在“9 · 11”恐怖袭击事件发生后，由美国时任副总统迪克 · 切尼和他的法律顾问戴维 · 阿丁顿构思出来并且负责监督实施的。最终，司法部于 2004 年判定该计划中的部分行动违法。从粗略的时间线来看，斯诺登抵达夏威夷时，这些事情大都已经被曝光了。

然而，那天斯诺登所发现的是一些从未被曝光的东西——美国国家安全局监察长针对这一监控项目所起草的报告，它已经非常接近定稿，被归类为机密信息，属于 ECI 分区。这份长达 57 页的文档，详细介绍了那个未经授权的监控项目的由来和发展历程，直至它因失去了法律依据而终结。切尼和他的律师坚持称，无论是行政机关、司法机关还是立法机关，都无权限制总统的战争权。情报搜集是伴随战争而生的，因此应该是三军统帅的专属特权。当时任美国代理司法部长詹姆斯 · 科米拒绝证明那些行动合法时，切尼的法律顾问戴维 · 阿丁顿直接致电时任美国国家安全局局长迈克尔 · 海登。

“2004 年 3 月 11 日，”该报告中写道，“海登上将不得不做出选择：国家安全局是否要执行这项没有司法部长签名的授权。海登上将描述了当时他与戴维·阿丁顿进行的一场对话，阿丁顿直接问他：'你会执行吗？'"

海登的回答是：会。

斯诺登后来告诉我："真正影响了我的是'星风'计划的备忘录。"斯诺登提到，"海登明知（这项计划）没有获得法律授权"，但即便监听计划被曝光之后，他的事业仍然风生水起，丝毫未受影响。他没有受到惩罚，没有被起诉，也没有在公开听证会上就自己的选择接受严格审问。国会获悉这一秘密计划之后，赋予该计划的所有实施者可追溯的豁免权，并且授权继任总统继续实施该计划。斯诺登从中得到的教训是，即便在美国国家安全局局长知法犯法这种极端情况下，政府部门中也没有人能对其问责。公众根本无从知晓究竟发生了什么。而斯诺登认为，公众应该知晓这一切。2013 年 9 月，距离斯诺登曝光这一系列事件刚过去几个月，我和海登在杜克大学同台相遇。海登声称，斯诺登曝光的每一个项目都是合法的。我提醒道，其中一个项目已经被司法部明确判定违法，而他依然未将其终止。下台之后，我们在走廊相遇，海登指责我在背后偷袭他。他告诉我，他已经同意将"星风"计划的终止日期推迟 45 天，以争取为这一计划重新找到法律依据。他没有解释为什么会选择推迟该计划的终止日期，而不是先暂停这一计划，直至重新找到法律依据。

斯诺登的那几项最具影响力的发现，似乎都要归功于美国国家安全局用户账号配置的高效特性。用户登录美国国家安全局在全球各地的任何一个工作站，其活动目录配置文件——工作文件和文件夹、浏览器设置、身份证书等都会如常显示。如果来自遥远的其他工作站（比如米德堡总部）的工作人员到访库尼亚，远程访问可能既费时又费力。在这种情况下，通过系统设置，往往能将访问者的配置文件复制到临时性的本地缓存。这会导致的结果是：每当有重要人物到访库尼亚时，相关的备忘录、电子表格、幻灯片等都会被放进一个文件夹，而该文件夹存放的位置刚好处在斯诺登所管理的网络域内。当时负责机构整合、政策和记录的美国国家安全局副局长约瑟夫·J. 布兰德，在不知不觉中也为斯诺登提供了一些资料。基于我自己对元数据文件隐藏属性的分析，那份有关“星风”计划的报告正是斯诺登从布兰德的临时本地文件中获取的。

“有些人可能会想，‘这怎么可能发生’。对于这些人而言，最难理解的一点就是，美国国家安全局的安保措施其实已经落后了 15 年。”斯诺登后来在给我的邮件中写道，“它们的防御依靠的还是空气缝隙隔离、警戒线和警卫人员的力量。”

这些措施都是用来抵御外部入侵者的。空气缝隙隔离是一种物理隔离手段，用来确保敏感的系统不会通过电子方式连接到外部世界。警戒线和警卫人员的作用是防止敌人靠近。但倘若有一名内部人员，不仅精通技术手段，而且有足够的胆量日复一日、月复一月地探听内部信息，甚至在与记者交谈时也不例外，则没有什么防御措施能够阻止他。

到达夏威夷差不多一个月之后，也就是 4 月时，斯诺登承接了一个新的项目，他称之为“心跳”。斯诺登从零开始，编写了项目代码，而且这一过程完全对他的同事可见。库尼亚工作站的任何一名员工都可以在内部网的网页上看到他的项目进程，他还在网页上留下了自己的联系信息，包括名字和系统代码——ejsnowd。在网页顶端赫然写着项目名称“国家安全局‘心跳’计划”，斯诺登还放上了自己设计的一个标志：绿色的陡峭曲线穿过水平的网格，有种医院里的心电监护仪的既视感，上面覆有库尼亚工作站的盾徽，其中混杂着各种密码学符号，如羽毛笔、铜钥匙、闪电、燃烧的火炬。网页底部写着一句座右铭：“沉默的哨兵。”

这项任务无疑为斯诺登提供了绝佳的掩护，使他更方便执行自己的秘密使命。

现在，斯诺登有了合法的理由使用计算机自动批量转移文件，最开始是上千份，后来变成数十万份，再后来转移文件的数量更多。但这绝不意味着斯诺登私自保存了所有这些文件的副本。曾公开指控斯诺登盗窃170万份文件的美国政府官员，最终承认他们的这一指控只是基于对最坏情况的推测。根据我个人所获得的消息，我可以很肯定地说，斯诺登提供给任何一名记者的文件数量，甚至提供给所有记者的文件总数，都不及上述数字的1/10。斯诺登很可能并没有将自己带走的文件完全公布。无论真实的文件数量是多少，“心跳”项目无疑使海量新材料进入斯诺登的控制范围。斯诺登说，因此“心跳”项目是在大众视野内执行的，一个旨在为记者搜集证据的人本不会“修改相关日志、掩盖相关痕迹、隐藏相关踪迹等，但他如果是为公众做一些事……并且不想被发现，就可能会这么做”。

我们要理解斯诺登在探索和征服美国国家安全局数字领域的过程中所遵循的路径，“心跳”项目是关键点。他很少跟我谈起这一项目，偶尔谈起，还是因为他认为美国国家安全局把他的上司当替罪羊，将责任归于上司给了斯诺登授权。当我们谈到“心跳”项目的运作和起源时，我曾试图从他口中套取一些细节信息，但他总是避而不谈。

我：请确保我获得的信息是完全准确的。当我描述这些信息时，哪怕出现些微的错误，人们就会直接否认整个事件的真实性。

斯诺登：你不必搞得像写证词一样。

我：彼此彼此。

斯诺登：哈哈。你有没有过感觉自己的权利被严重、不当剥夺的经历，给我讲讲。

我讲了自己的经历。但斯诺登不为所动。有关“心跳”项目的大部分描述，我都是通过其他人和相关记录了解到的，有一些是从大众那里获知的，还有一些是通过其他途径获得的。

斯诺登的上司是一名职业公务人员，负责监管“隧道”中的 2 000 多台 Windows 系统计算机。据斯诺登说，“有一段时间，Windows 项目组反复构思”一个想法，但一直没有人有时间将其付诸实施。具体来说就是，库尼亚工作站的很多工作人员需要定期读取一些特定信息，但这些信息往往被储存在距离很远的地方，而且有的并不在美国国家安全局的数据库中。库尼亚工作站的工作人员在从事日常所分配的任务和特殊任务时，有时可能需要用到中央情报局、联邦调查局、国务院下属的情报和研究司，以及情报界的其他 13 家机构所保存的记录。这就需要开通特殊连接，登录相关系统，然后进行搜索。哪怕只需要访问其中部分信息，都需要花费一整天的时间。有些分析师需要频繁进行这种操作。斯诺登说，这种情况带来的总体结果就是，“一堆混乱不堪的、彼此无法兼容的封闭网络和一些不成熟的变通方案”。这一说法得到了其他掌握第一手资料的人的印证。

这种情况亟须得到改善。难道就不能找人搭建一个一站式门户网站，集合不同来源的情报信息？这听起来很简单，但实施起来极为困难。这样的网络需要打通不同机构之间的界限，而这些机构之间是存在竞争关系的，而且它们使用的软件、数据格式和访问协议各不相同。各机构内部都有一套复杂的安全访问控制机制，而且这些都要原封不动地呈现在“心跳”项目中。如果这个门户网站能够正常运行，不同的用户输入相同的内容，搜索出来的结果应该是存在差异的，因为他们的安全许可和所获得的授权各不相同。这是一项浩大的工程。库尼亚工作站根本没有预算来开展这一工程。斯诺登的雇主与美国国家安全局签署的承包合同中不包括这些工作内容。“这是一个自发产生的想法”，国家安全局前副局长理查德·莱杰特告诉我：“在作为情报界‘老大’的国家安全局来看，这个项目不甚必要，这使得斯诺登的上司在一定程度上可以自行决定如何处置。”“当然，这个想法听起来不错。”

面对这种情况，他们通常的做法是先构建一个原型。也许过一年这个项目就能被批准，从而获得项目资金。斯诺登的上司允许他去尝试一下。此时斯诺登恰好有时间，而且他之前为了筹备 EPICSHELTER 备份系统所做的一系列工作，也为他开展新项目提供了先机。“心跳”项目的实施，究竟是斯诺登因为意识到其隐藏的潜力而主动请缨，还是受到主管的授意，又或是斯诺登为了表现自己，以获得领导的赏识？对此，我们已经无从考证。美国国家安全局与戴尔签署的承包合同中，以及戴尔与斯诺登签署的劳动合同中，都不包含这项工作内容。事实上，斯诺登在“心跳”项目上花费了大量时间。他告诉我：“毫不夸张地说，我大约 70% 的工作时间都投入在这一项目上。”在这一项目已经彻底破产之后，过了很长一段时间，《福布斯》杂志采访了斯诺登的一名同事，那名同事提出了一个问题：“如果现在有一个家伙，能做成别人都做不成的事情，唯一的问题是他的工牌是绿色而不是蓝色的，你能怎么办？”

“心跳”项目涉及的范围已经不再局限于美国国家安全局的内部系统。情报界的加密网络就像一个开放式网路，将夏威夷的一处“死角”连接至覆盖全球的虚拟线路和信息高速公路。美国国家安全局内部网的光纤电缆连接了机构内部的邮件服务器、信息搜集系统、处理工具、情报报告平台，还有储存截获的记录和内容的仓库，但并不仅限于此。2001 年 9 月 11 日，纽约和华盛顿遭遇恐怖袭击，自那之后，白宫和美国国会就开始向情报界各机构强力施压，命令它们不要再各自囤积信息，而应该进行协作。于是，美国国家安全局的内部网接入了一个规模更大的系统——联合万维情报交流系统（JWICS），该系统本质上是由不同的网络系统交织而成的一个网络。它在美国国防情报局、国家侦查局、国家地理空间情报局，以及国防部控制之下的其他情报部门之间架起了沟通的桥梁。除此之外，它还可以链接到联邦调查局的“绝密 / 敏感隔离信息”等级的情报资源和中央情报局的机构数据网络。一切信息之间都是相互关联的，哪怕各情报机构将自己最敏感的信息进行离线存储。从最广义的概念而言，“心跳”项目将成为轴心，辐射范围覆盖整个情报界。

但项目一开始的设计并非如此，最后也没能实现如此大的规模。“心跳”项目的范围分阶段进行扩展，这也正应了斯诺登口中的“使命蠕变”。一些基于保密情报的产物，比如中央情报局的情报百科（Intellipedia）每当添加或者更改一项内容时，都会自动发布一条通知。“最初，我们是将这些数据流原封不动地复制下来，”斯诺登说，“但这无法解决‘内容检索’的问题。”如果想要阅读列表上的一篇文章，你仍旧需要退出“心跳”系统，打开与机构相接的网络桥，然后登录文件所在的服务器。这就失去了建立一站式门户网站的意义。斯诺登添加了一个守护进程，这是在后台运行的一种特殊计算机进程，旨在将列表上最新添加的文件复制到位于库尼亚的本地存储中。然后，鉴于远程系统并不会自动将新文件加入列表，“心跳”项目的一些初期评估人员问斯诺登，可否检索出位于远程系统上的新文件。

斯诺登说，夏威夷的信息技术部门试图满足这项提议，“花了两个月的时间都未能取得任何进展”。理念已经非常清楚，就是要打造一个“实时更新的镜像系统，能够包含所有不同的内部网站和网络的所有最新内容”。为了实现这一点，针对那些属于其他机构的系统，“心跳”项目需要创建和更新自己的索引功能。每当索引显示有新内容出现时，系统要能够将这些新内容的副本及时导入。要做到这一点并不容易，但在网络计算领域，这也并非一项前所未有的挑战。会自动更新的索引在非军用领域是非常常见的。要构建能够自动更新的索引，需要用到的工具被称为“爬虫”，因为它们就像蜘蛛一样在数字网络世界中四处“爬行”，搜寻新的文件。谷歌就使用了自家设计的一款“爬虫”来为整个（或者说近乎整个）互联网编目。“心跳”项目还有另一项任务，那就是下载和同步新文件。要实现这一任务可以使用一些现存的常用工具，比如 wget（一个从网络上自动下载文件的自由工具）和 rsync（linux 系统下的数据镜像备份工具）。

要在别人的“绝密 / 敏感隔离信息”网络中实现上述任何一项操作，都是非常冒险的想法。这一过程中会遇到很多障碍，其中一项就是，斯诺登并不具备实施这一方案的资格。“心跳”项目每天、每时甚至每隔几分钟就要试图冲破重重关卡，打开一扇又一扇门，每扇门通往的都是一个遥远的加密数据库。而每扇门都必须要获得邀请才能进入（从技术层面而言，这里的邀请指的就是获得 PKI 数字认证证书）。此时的“心跳”系统还停留在原型阶段，不具备官方身份，因此没有资格获得属于自己的 PKI，它也无法被添加进访客账号清单。为了解决这个问题，斯诺登将自己的身份证书嵌入了“心跳”系统的“数字身份存储区”。这样一来，每当“心跳”系统试图打开一扇门时，都是以 ejsnowd 的身份进行。但并不是每一扇门都会为斯诺登打开，其中一些只有政府的正式员工才有资格进入。这时候，就产生了一个新的问题。斯诺登的上司是否愿意和斯诺登一起，将自己的身份证书用于“心跳”系统。两个身份证书放在一起，无疑比其中任何一个都能打开更多扇门。据斯诺登说，他的上司同意了，在此之前，他的上司咨询了“国家安全局不同级别的高层和管理层”，包括负责整个夏威夷的信息系统安全经理。据斯诺登的描述，没有人提出异议，但也没有人出具书面的授权文件。因为一个点头或者示意，就着手打造一个项目，这从严格意义上来说，并不属于安全策略中的例外情况。

当联邦调查局得知“心跳”项目的运转并未获得官方许可时，不得不找一个人出来背这个黑锅。2013 年 6 月 18 日，就在《华盛顿邮报》和《卫报》开始刊登美国国家安全局的泄密事件之后两周时间，调查者发现斯诺登之前的上司已经离开夏威夷，去执行一项新的任务。美国国家安全局在致国会的信中，只是称此人为一名“文职人员”，还称他已经“向联邦调查局的探员承认，他曾允许斯诺登先生使用”自己的数字身份，“以访问国家安全局内部网上的加密信息，而他明知道斯诺登不具备访问这些信息的权限”。在没有提供任何背景信息的情况下，单纯给出这一带有倾向性的解释，着实是有些残忍。按斯诺登的说法，“他们抛弃了他”。莱杰特谈起斯诺登的上司时说道：“我们最后开除了那个人，他知道自己把事情搞砸了。”

美国国家安全局的法律事务主管伊桑·鲍曼在递交给国会的一封非加密信件中描述了这一运作过程。“应斯诺登先生的请求”，鲍曼写道，“这名文职人员在斯诺登先生的计算机终端上输入了自己的 PKI 密码。这名文职人员并不知晓的是，斯诺登先生能够抓取这一密码，从而使自己获得访问加密信息的更大权限。这名文职人员也没有意识到，斯诺登意图非法泄露这些加密信息。尽管如此，这名文职人员与他人分享了自己的 PKI 证书，他确实未能履行安全义务。”鲍曼用通俗直白的语言，指控了斯诺登欺骗上司，窃取密码，同时指出这名上司负有疏忽之责。但问题在于，这一描述不可能是真的。在类似“心跳”这样的系统中，身份证书并不是这样使用的。即使鲍曼不知道这一点，他所在机构的雇员中也有很多人都心知肚明。

“心跳”系统要想运行起来，必须要时时刻刻连接至它所监测的那些远程网络，而连接是需要身份证书的。通常情况下，这些证书都是有密码保护的，但像“心跳”这样的自治系统，没办法使用有密码保护的身份证书。“心跳”系统几乎是每天24小时实时筛查并复制新文件，要执行无数事件。没有人能够坐在计算机前面，随时为每一事件的执行输入密码。斯诺登和他的上司通过网络管理员通常用来运行脚本或者执行其他自动化操作的方式，解决了这一问题。他们先设法删除了斯诺登上司的身份证书中的密码保护，然后将身份证书嵌入“心跳”系统的“数字身份存储区”。这并不算是非常另类的操作程序。斯诺登的上司本身就是一名经验丰富的网络工程师，也是顶层系统管理员，不可能不知道斯诺登在做什么。下面这行指令在外行看来可能不容易理解，但对于这些内行人而言非常简单明了，根本不用过多思考。

```
openssl pkcs12 --in bosskey.p12 --out bosskey.pem --nodes
```

把它翻译出来其实很简单。运行OpenSSL[①]，调用管理身份证书的pkcs12[②]命令，更改名为“bosskey”的证书的原始格式，通过“nodes”（节点）选项删除密码。这一过程并没有出现窃取或者抓取上司密码的行为。它将证书保存为免密格式。斯诺登告诉我，他“从没有获得或者使用过那个人的密码，任何时候都没有”。“心跳”系统根本不需要这个密码。

这个门户网站慢慢地被搭建起来。“最一开始的时候，它的规模极

① OpenSSL是一个开放源代码的软件库包，应用程序可以使用这个软件库包来进行安全通信，避免被窃听。——译者注

② pkcs12是一种交换数字证书的加密标准，用来描述个人身份信息，比如用户公钥、私钥、证书等。——译者注

小”，斯诺登说，“上面几乎什么都没有，要想使它具备使用价值，在它开始能够整理信息之前，我必须将所有的服务器和资源拼接成一个规模极其庞大的网络……我觉得这一过程要取得突破性进展，很可能要到2013年。”

2013年1月24日，斯诺登在一个加密博客上读到了一篇帖子，令他感到颇为担忧，帖子的内容是关于美国国家安全局监控项目的最新进展。美国国家安全局内部有一个专门负责处理应用程序漏洞的部门，编号为S32313，这一部门内部有一小群极为聪明的极客，他们想到了一种方法，可以在某些情况下破解Tor的匿名性。斯诺登本人就曾为Tor这一注重隐私保护的网络贡献节点，在火奴鲁鲁的那场“加密派对”上，他还曾向那些新手传授如何使用这一工具。更重要的是，斯诺登在与记者联系时就是用的这一工具，一旦Tor的匿名性被破解，将直接威胁到他的自由。他在此之前三个星期已经与劳拉·珀特阿斯取得了联系，珀特阿斯和我也已经在纽约见过面。因此，一旦Tor被破解，我们就都会暴露。

多年来，美国国家安全局和英国政府通信总部（GCHQ）一直针对Tor采取强力措施，致力于寻找方法来破解它的匿名性。但这是一块“硬骨头”，位列最难管控的面向普通大众的工具之一。（美国国家安全局的演示文稿中曾出现这么一句评价：“Tor太烂了。”）为了让新用户更容易上手，Tor的开发者专门针对火狐浏览器开发了一个定制版，为其取名为“Tor浏览器套件”（Tor Browser Bundle）。现在，美国国家全局的一小群极客找到了一种方法，可以穿透其隐私保护的屏障。

美国国家安全局喜欢招募一些在计算机科学和数学领域极具潜力的“新星”作为实习生，实习期为一个暑假或者一学年。这些年轻的创新者常常能够想到前辈们想不到的一些技巧。在体验了机构内部的生活之后，有的人就会选择在毕业之后留在这里工作。斯诺登在 2013 年 1 月时读到的那篇帖子的内容正是一名实习生曝出来的。这名实习生和其所在的团队发现了火狐浏览器存在的一个漏洞。虽然并非 Tor 本身存在漏洞，但他们可以利用此漏洞攻击这个浏览器套件的某些版本。此时的斯诺登显示出了极为冷静的一面——他对这名实习生表示祝贺，并且开始与其保持通信，以套出相关细节。这一行为让他的一些同事深深地感觉到被背叛了。

“我读到你在 journal.nsa 上面所写的内容了，”斯诺登给那名实习生写信说，“你做得真的很棒！这看起来是一种应对 Tor 浏览器套件的非常不错的方式。我想对此做进一步了解，如果你不介意的话，我想请教你几个小问题。”这种方法是否需要提前识别目标身份，还是说它能够破解任何的 Tor 浏览器？它是否对所有的操作系统都有效？有没有什么浏览器插件会妨碍这种方法发挥作用？

这名实习生很乐意与一名内行人士展开讨论。“多谢！”他回复道，“我已经附上了最新的演示文稿。”这份共有 58 页的演示文稿极具技术性，其中列出了这一漏洞利用的方法和局限。他们还为这一漏洞利用取了一个代号 EGOTISTICALGIRAFFE（“自负的长颈鹿”），简称 EGGI。当时，那名实习生告诉斯诺登，美国国家安全局的操作人员使用这一技术的目的，“仅仅是针对某些极端的万维网论坛”。但他紧接着又补充了一句：“我认为，他们利用这一漏洞几乎可以针对所有人。”EGGI 只适用于 Windows 操作系统的浏览器，而无法在 Mac 系统或者 Linux 系统的浏览器上使用。而且，如果用户禁用了 JavaScript（现代万维网浏览器中内置的一种编程语言），EGGI 就完全无法发挥作用。

斯诺登松了一口气。他总是禁用 JavaScript。在 Tor 浏览器中，要实现这一操作非常简单，但浏览器会默认启用这一脚本语言。在接下来的几个月里，斯诺登什么都没有解释，就直接提醒我和珀特阿斯“禁用那该死的脚本”。

斯诺登和那名实习生一直保持通信。他在脑海中形成了一个观点，但他没有提出来，想留到以后再说。

“说真的，这真的是个好东西。”1月25日，他这样写道，“你们理应为此收获大量赞誉。你们是花了多长时间想到这种方法的？如果Tor的开发团队更新（火狐浏览器）……你认为Tor浏览器套件是否有足够的攻击面，可以使你们利用其他漏洞恢复相同的访问权限？这是否要花费与之前同样的时间，还是要更久一些？”斯诺登实际想问的是，一旦Tor浏览器中旧的漏洞被修复，他们在多长时间内能够找到新的漏洞。

“大概一到两周时间，”那名实习生回复道，“实际上，我们已经在火狐浏览器17版之后的版本中发现了几处漏洞，目前正在研究这些漏洞。我现在手头上有一项临时任务，等下周结束后就会着手与组内的其他成员一起，推出一些切实的成果。我有信心，我们可以在（Tor开发者）发布新版本之前，或者在那之后不久完成这一工作。”

很久之后，当美国政府官员和其他批评者指控斯诺登破坏了美国国家安全局的信息搜集能力时，斯诺登就引用了他与那名实习生的通信内容作为回应。“实际上，我所做的只是试图打探出一个时间，我这是为了你们好，”他说，“在一个漏洞利用消失之后，他们需要多长时间才能打造出一个新的？”据他所说，这一问题“其实可以很好地衡量是否如政府所说的——我们正在‘渐入黑暗’”。

2013年第一季度，斯诺登在其情报界职业生涯的最后一个工作岗位上，面临着两个选择。有人建议他参加美国国家安全局下设的“特定侵入行动组”（TAO）的考试，加入该行动组就意味着斯诺登不再是承包商戴尔的员工，而重新成为美国政府的正式员工。“特定侵入”意味着要侵入特定的网络或设备，这类网络或设备往往躲过了美国国家安全局的大规模搜集系统。该行动组大部分成员的工作都是常规性的。机构内部有各种现成的破解设备，TAO成员只需要按照检查清单进行操作。整个过程较为机械化，遵循“如果……那么……”的简单逻辑。检查目标硬件、软件、固件，识别已知的安全漏洞，查找杀毒软件。点击这个按钮，运行那个扫描程序，完成相应的漏洞利用。TAO内部戏称这一套流程为“撬保险箱”，其难度最多相当于让一个半路出家的盗贼撬开一个门锁。这里的“保险箱”指的是监控目标的计算机、路由器和防火墙。新招募的密码技术员只需要具备一定的潜质，再接受一定的培训，大部分时候都能胜任这份工作。

每当遇到一些比较难搞定的目标，需要用到一些定制工具时，TAO的主管就会求助于他们的精锐团队——远程操作中心（ROC）。因为ROC的发音和拼写与ROCK（摇滚）接近，所以这个团队也被戏称为“摇滚团队”。该团队招募了一群地球上最有天赋的黑客，他们是当之无愧的“摇滚明星”。时任联邦调查局局长罗伯特·米勒曾经告诉我，情报机构为了诱惑那些人离开硅谷来为机构工作，所开出的条件是别处根本不可能提供的：在这里，你将面对世界上最强大的对手；在这里，你可以随心所欲地发明任何破解工具，你应该清楚，在家里私自尝试这种操作是不够明智的，因为它可能会将你送进监狱。斯诺登同样抗拒不了这些诱惑。“对于很多人来说，这真的很刺激，”他说，“因为你所要做的就是发动黑客攻击，而这本身是犯罪行为。”（如果不是在这一环境之下的话。）斯诺登顺利通过了TAO的测试，接着参加了面试，并且最终得到了这个工作机会。美国国家安全局前局长迈克·麦康奈尔后来声称，斯诺登之所以能通过这个测试，是因为他侵入了测试计算机，窃取了测试答案。对此，一些曾经受雇于美国政府的黑客开玩笑称，如果真的是这样，那就更能够证明他绝对具备加入 TAO 的资格。斯诺登感觉自己被冒犯了，坚持称自己是靠实力通过的测试。“我们这样来看，”他告诉我，接着将这项测试与“心跳”项目进行了对比，“如果一个人能够通过一己之力将情报界的各个网络连接起来，而且不会在情报界各机构中引起众怒，并且还将其都导入美国国家安全局的网站，他凭自己的实力怎么可能会通不过一项为 18 岁的海军新兵设计的测试呢。”

出人意料的是，斯诺登拒绝了 TAO 的工作。他看中了博思艾伦公司的一个工作岗位，该公司为美国国家安全局威胁行动中心提供“基础设施分析师”。斯诺登如愿成为一名基础设施分析师，他离开了库尼亚的“隧道”，新的办公地点位于附近的罗彻福特大楼里一个大型开放式工作空间。该机构的公关团队曾满怀自豪地为这栋崭新的办公大楼揭幕，还用照片记录下了当天大楼上空出现双彩虹的场景。斯诺登的工作不再是管理那些供别人使用的网络，他开始用到美国国家安全局的一些最为保密的工具。

斯诺登的新任务中所包括的部分内容是，发现外国黑客、阻止其行动并进行报告。他逆向设计了外来的数字武器，即入侵装置，并追踪攻击行动的源头。像斯诺登这样的承包商雇员可以合法地从事美国国家安全局所谓的“计算机网络防御”行动，但进攻行动是不被允许的。网络战，或者说“计算机网络攻击”，要在军事指挥系统下才能够运作。这两种行动之间存在切实的边界，但在实践中，这一边界却有些模糊。斯诺登作为一名基础设施分析师，而对方的设备和网络正属于“基础设施”的范畴，因此，只要不对任何东西造成破坏，他就有许可去摸索。当了解到足够多的情况，确定了对方的罪责，或者发现了在不造成破坏性影响的前提下无法跨越的障碍，他就可以提出目标，以对其发起更具侵略性的信息搜集或者反击。

“相比其他工作，我对于制订行动计划要感兴趣得多，”后来，斯诺登向我解释了他拒绝TAO的原因，“基础设施分析师就是做这个的。我们负责查出（外国黑客）的行动……确定他们身在何处，使用了哪些工具，以何种方式攻击我们。我们通过追踪他们的行动，确定其位置，然后制订行动计划，侵入他们的网络，从而反黑回去。在我看来，做这些事情要有趣得多，而且我很擅长做这些事。”说着，他苦笑了一下，摇摇头。“但我并没做多长时间。”他接着说道。倘若人生可以再来一次，他也许会想要待在这里一直工作下去。但实际情况是，他只在美国国家安全局威胁行动中心工作了两个月，就不得不飞去了香港。

在向世人曝光自己的身份之后，斯诺登告诉《南华早报》，他已经找出了与博思艾伦签署的合同，可以证明他想要披露的那些美国国家安全局文件都是他已经获得访问授权的。后来，在与我交谈时，他拒绝再次谈及这件事，也没有提供任何解释，只是委婉地谈到最后一份工作中存在“裂焦”。无论如何，很明确的一点是，在美国国家安全局威胁行动中心工作时，斯诺登被授予的安全权限进一步扩大。在这个新岗位上，他拥有美国国家安全局内部所谓的“双重权限”，这是一套授权证书组合，很少有其他岗位会用得到。当时的美国国家安全局主要包括两大部门：信息保障部门和信号情报部门。信息保障部门是防御者，负责保护美国政府的秘密不被外国窃取；信号情报部门则是进攻者，负责窃取外国情报。两个部门都各自享有一定的合法且保密的特权，但也各自受到一定的限制。信息保障部门的员工可以在（某些）美国通信网络内部寻找外国侵入的证据。信号情报部门的员工则可以依据美国总统签署的第12333号行政命令，在海外开展间谍行动，而且有权使用通过“棱镜”、“上游”（Upstream）等基于本土的监控项目所搜集的信息。

斯诺登所属的这个新组织于2005年获得特许成立。在这里，斯诺登被同时赋予了上述两个部门的特权。“其背后的理念是，美国国家安全局威胁行动中心的分析师要拥有双重权限，这样就可以同时查看防御数据和信号情报数据，”曾在那里工作过的一名员工介绍说，“我可以在一个工作日内，既参与清除一项由外国政府支持的黑客攻击行动，又试图利用信号情报搜集系统来追踪这项攻击行动的踪迹。我也确实这么做过……在政策上，美国国家安全局威胁行动中心的主要创新在于，将双重权限合为一体，并赋予个体分析师。”

2013年4月，美国国家安全局派斯诺登前往米德堡总部面见威胁行动中心的各级领导，并且与在马里兰州工作的同事交流工作意见。在此期间，他还按照要求参加了培训，培训内容是关于如何恰当使用自己新获得的监控权限。大部分时候，培训是以线上自学的方式进行。其中有一门必修课OVSC1400，引入了一个卡通助手，名叫Ned NTOC。它类似于Office（一套由微软公司开发的办公软件）助手“大眼夹”（Clippy），只不过是加密的。教学大纲中对它进行介绍时，语气十分欢快：“Ned NTOC将会成为你可信赖的向导，它将从始至终陪伴你完成课程，帮助你获悉、理解并且顺利应对法律和政策困局。”

培训过程中还会设置一些临时测试，斯诺登曾被问到这样一个问题：假如你检测到国防部的网络遭到恶意软件攻击，该恶意软件是依附在一封邮件中，而邮件的来源是马里兰大学的邮件服务器——它一般不属于美国国家安全局的监控目标。“你认为这是一起BYZANTINE HADES行动（即背后由他国政府指使的黑客行动），”题目中这样说道，“你想针对马里兰大学邮件服务器的IP地址采取行动。”这样做可以吗？换句话说，斯诺登是否有权限监控美国大学校园里负责发送邮件的设备？这是一道多选题。其中一个错误选项是：“绝对不可以。”另一个错误选项是：向主管申请“权限审查”。有两种处理方式是被允许的。第一种方式是，斯诺登可以将大学的邮件服务器作为监控目标，前提是他要在搜索条件中包含“一个已知的恶意签名”。如果不满足这个条件，他就不得不自己构建一个查询（query），“目的是只获取恶意网络活动”。在后一种操作下，失误的空间要大得多。几乎可以肯定的是，这种方式一定会获取与此事无关的大学教授和学生的通信信息，但只要斯诺登不是故意抓取这些通信信息，就不会惹上麻烦。培训课程中还为斯诺登提供了第二种处理方式：“你可能会想要选择”咨询资深分析师或者美国国家安全局的律师。这是一条加密规则，被分类为“特殊情报”，不为大众所知且禁止公开讨论。斯诺登意识到，设置这一规定的目的就是约束那些针对大学的网络入侵行动。但这一程序还是让他大吃一惊。一名新人分析师竟然能拥有如此大的权限。

在那一周里，斯诺登还接受了其他培训。完成培训后，斯诺登还可以查看一类专项信息——通过监控项目在美国内部拦截的内容。这类监控项目“在电子通信服务提供商的协助下”得以实施，所依据的是2008年通过的《外国情报监控法》修正案第702条的一项保密性诠释条款。这些拦截的内容中有些来源于美国公民、企业、绿卡持有者等，这些主体都有权受到美国宪法第四修正案保护。这些内容被放入密封的数据存储库。从这个数据库中提取的信息都必须特别标明。

此信息来源于经《外国情报监控法》修正案授权的信息搜集系统。

此信息供情报工作使用，旨在发现潜在的线索，不可被用于书面陈述[①]，不可作为法庭审判或传讯的依据，也不可被用于其他法定或司法目的。

这时的斯诺登已经具备安全许可，可以访问标有 FISA 的信息，而不再局限于读取所存储的陈旧的拦截信息。他还可以“布置”或指定新的监控目标。通过培训，他还学会了如何使用美国国家安全局的两个工具——UTT[②] 和 XKEYSCORE[③] 的复选框与下拉菜单。斯诺登很快就发现，在威胁行动中心的工作岗位上，他还有权访问另一个有美国内通信流量的数据库。这个数据库专门由联邦调查局管理。在代号为 CAPTAINCRUNCH（“嘎吱船长”）的行动中，联邦调查局拥有一些旨在吸引外国黑客的网络服务器，并且实时监控这些服务器。

首次在镜头前接受采访时，斯诺登告诉世人：“任何一名分析师都可以在任何时间监控任何一个人。”接着，他又补充道：“我，只要坐在办公桌前，就有权限窃听你们任何一个人，从你们到你们的会计师、联邦法官，甚至总统。”对于斯诺登的这一说法，美国政府官员嗤之以鼻，断然否认，称斯诺登根本不可能做到这一点。

美国政府在否认时的措辞有点像律师，明明每个词都很清楚，连起来却让人感觉如坐云雾。他们称，没有人授权斯诺登去窃听任何他想窃听的人，斯诺登口中的“权限”另有其他的意思。事实上，斯诺登口中的“权限”一词就是情报官员日常使用的。窃听行动的法律依据根据窃听地点、窃听方式、窃听者身份和窃听目的而有所不同。每一项法律基础都被称为

---

① 此处书面陈述指的是经陈述者本人宣誓，可用作法庭证书的书面证明。——译者注

② UTT，全称为 Unified Targeting Tool（统一目标定位工具），是美国国家安全局用来选择监控目标的软件程序。——译者注

③ XKEYSCORE 是美国国家安全局所使用的大规模监控工具之一，只需输入被监控对象的电子邮件地址，就可以对其网络操作行为进行实时监控。——译者注

一项授权。斯诺登因为所在的新岗位和所接受的培训，被赋予了其中几项授权——既包括防御性的，又包括进攻性的，既包括国内的，又包括国外的。他既能够（根据总统授予的权限）查阅和操作在国外拦截的数据，又能够（根据《外国情报监控法》中所赋予的司法和立法方面的权限）查阅和操作在国内拦截的数据。这些授权均内嵌在他的数字认证证书中。

我曾试图反复剖析政府在否认斯诺登的说法时使用的措辞。美国国家情报总监办公室的总法律顾问罗伯特·利特曾就此与我多次展开对话。利特说话时非常讲求精准，很符合他作为一名律师的职业特点。同时，他总是回避我的问题，这又很符合他作为公共关系处理者的身份。斯诺登是否有权打开XKEYSCORE的用户界面，输入“选择器”或者搜索条件，以搜集新的信息和访问已经存储的信息？对此，利特拒不评论。当我解释道，斯诺登如果没有获得此类授权就无法展开在美国国家安全局威胁行动中心的工作时，利特表示，他不具备足够的技术知识，所以无法回答这一问题。（我请他回去核实这一点，但他始终没有回复我。）还有关于斯诺登是否具备资格访问FISA数据存储库的问题，他也给出了近乎相似的回答。

我认为，那些政府官员真正想说的是，如果斯诺登真的随心所欲地去监控任何一名会计师或联邦法官，不可能不被发现，更不用说监控总统了。在类似“棱镜”这种受保护的系统中，搜索条件需要提前获得主管批准。在其他系统中，审查人员理应进行事后审查。在大多数系统中，分析师要想对一个邮箱地址或者其他的选择器实施监控，必须明确说明监控的目的、事实认定和法律依据。这些本来都是只需要点击几下鼠标就可以完成的操作，但美国国家安全局并不这么认为。另外，美国国家安全局一年要用到至少上千万个选择器。大多数审查人员都有自己的本职工作，审查别人的搜索记录只是其次要任务。如果斯诺登笨到明显毫无依据地监控一个目标，那他很有可能会被发现。但斯诺登不是一个笨人。一个聪明的分析师，要想滥用自己的职权，极有可能会完美掩饰自己的目的，以逃脱日常审查。结合其他情况，要说一旦斯诺登触及底线，审查员人员肯定会有所发现，未免有些不够现实。

有一次前往莫斯科访问斯诺登时，我直白地向他指出：像他这样做事有条不紊的人，不到最后时刻是不会实施最危险的侵入行动的。他没有接我的话。几个小时之后，已是深夜时分，我们已经叫过三次客房点餐服务，餐具已经堆成了一堆，他才开始回到这个话题。

“你所基于的假设是，人们会把风险最小的事放在一开始做，把风险最大的事留到最后做，”他说，“这是有道理的。你在行动过程中，肯定不想一开始就因为冒太大风险而被抓到，而要把风险留到最后，因为你想要尽量缩短自己的曝光期、风险期。”

2013 年 5 月 19 日，斯诺登登上前往东京的飞机，随身携带的包里装了 4 台笔记本电脑。他在东京转机，第二天到达香港。“那时候，我其实并没有任何计划，”很久之后，他告诉我，“我的剧本终结于此。”

第3章

归来

2013年5月19日，周日，深夜时分，我往马里兰州的埃奇沃特打了个电话。杰夫·利恩在自己的家里接起了电话，他说话的声音听起来有些迷迷糊糊。此时的杰夫是《华盛顿邮报》新闻调查部的负责人。在美国新闻界，杰夫所参与主持的新闻调查项目可能是获得普利策奖次数最多的了，差不多有7次？在我所熟悉的编辑中，大多数人后来都转行了。只有杰夫，他把编辑视作一份终身职业。他供职过3家出版机构，3次做到了执行主编，曾亲身经历传统新闻编辑行业日渐衰微的过程，那是一段漫长且令人沮丧的经历。此时，《华盛顿邮报》的主编是新上任的马蒂·巴伦，他之前在《波士顿环球报》工作时就已经颇具名气，但我们还没见过面。此时，我急需有人帮我引荐与巴伦见面，而且越快越好。2007年，在针对时任美国副总统迪克·切尼展开的一系列艰难的新闻调查工作中，杰夫和我曾密切合作。我相信他，但我不相信电话通信，而且在没有律师在场的情况下我不想说太多。这就导致我和杰夫的这场对话有些尴尬。

“我想请你帮个特别的忙，”我说，“我需要尽快与马蒂·巴伦进行一次私下会面，涉及的话题非常敏感，必须要当面谈。我不知道除了你之外还能找谁帮忙。”

“会面？谈论什么？”

“一则新闻，一则很大的新闻。肯定不会让他觉得我是在浪费他的时间。”

“好吧，关于什么话题的新闻？”

“是关于国家安全的，我只能说这么多。”

“我明白这个话题非常敏感，你说一下大概情况。”杰夫说。

“很抱歉，我不能说。”

接下来是一段时间的沉默，甚至可以说，接下来的大部分时间我们都在沉默。

“杰夫，我现在可能没办法给你提供更有价值的信息，但我需要《华盛顿邮报》那边能第一时间给我答复。现在，我随时可能收到一份文件，而如果《华盛顿邮报》不能及时答复，线人在 72 小时之后可能就会将文件发给其他新闻机构。”

他的声音中明显多了一丝不满。“巴特[①]，你是在跟我开玩笑吧。你总得给我一点儿有价值的东西。”

“我知道这听起来很没道理。我真希望我能跟你说更多。”

又陷入了沉默。我们的对话进展得不是很顺利。直到后来我才突然意识到，此时杰夫的身份已经发生转变。虽然在 5 年前我也提出过同样不寻常的请求，但那时候杰夫在主编那里拥有足够的信任。当时，《华盛顿邮报》的主编是小伦纳德·唐尼，他和杰夫共事多年，对杰夫很是信任。现在，新来的主编上任不到 6 个月，杰夫在他面前还没有建立起足够的信任。

“你知道吗，我自己也只跟马蒂单独相处过两次，”杰夫说，“我肯定不能直接走进他的办公室，跟他说，有一个曾经在这里工作过的家伙必须要见他，具体是关于什么事我也不清楚。”

---

① 巴特为作者巴顿的昵称。——编者注

我尽量让自己不去在意他说到“家伙”一词时的语气。

“你可以告诉他我是一个喜欢小题大做的人，你随便怎么说都行。杰夫，这件事真的很重要。如果我最后去找了其他新闻机构，我们都会后悔的。”

“巴特，你这样行事很没道理，”他说，“我没办法像这样在一无所知的情况下就去找马蒂。等你什么时候可以告诉我究竟发生了什么事，再给我打电话吧。”

我们挂断了电话，两个人都气呼呼的。我尽量让自己不去责怪他。我必须努力抑制自己声音中的不满。两分钟后，我的手机响了，显示的来电人是杰夫。

“你弄得我太猝不及防了，”他说，“我想说，这一切发生得太突然了，而且是在周日晚上，你必须得承认这真的太反常了。我刚才又想了想，如果能帮上忙，我会尽力的。请一定要跟我保证，这一切都是值得的。”

“我保证。有一点我之前忘记说了，我们会面时，马蒂可能会需要请他的律师在场。还有，我之前的大楼出入证肯定已经失效了，你能不能带我从侧门进去？我从旁边绕一下，走楼梯上去。我不想让别人看到我出现在编辑部。”

“天哪，巴特。”杰夫抱怨道，但这时候，他的任何抗议都已经太迟了。戏一旦开场，就只能演到底。许多年后，杰夫告诉我，他之所以会给我回电，就是因为他在我的声音中听到了“一丝恐惧”。“我记得当时挂了电话之后，我就在想，‘能让巴顿·格尔曼感到恐惧的事情，必定也会让我感到恐惧’。这肯定是一件非常大的事。”

杰夫兑现了他的诺言。马蒂同意回到城里第一天就跟我见面，那是一个周四。在周三的时候，我可以和主编助理凯文·梅里达预演一下谈话的过程。当然，双方律师都会在场。

所幸梅里达是个好人。

《华盛顿邮报》一直都不知道，它曾经差一点就与这则新闻失之交臂。三年前，我离开那里的时候不无遗憾。曾经，新闻编辑部对于我而言意义重大，它见证了我的成长。那里有我的很多导师和同事，多亏了他们，我才得以提升自己的专业水平。单单是坐在旁边聆听他们讲话，就能让我受益匪浅。唐·奥伯多弗负责挖掘国外的政策新闻，他说起话来总是浅声低语，很能抚慰人心。与线人交流时，他永远是那么温柔，常常在线人不知不觉的状态下，他就已经挖掘得非常深入。安·德夫罗伊那夸张的戏谑总能让那些政客在不经意间暴露自己的真实想法。有一天，我经过她的办公桌旁时，听到她大声喊道："醒醒吧，纽特！"被她调侃的对象就是美国众议院议长纽特·金里奇。大约一个小时过后，我再次经过她那儿，听到金里奇还在和她聊着。有一次，我和安合作采访国家安全顾问安东尼·雷克。雷克的办公室位于白宫的一个角落，我们进入之后坐下大约两分钟，雷克刚开始回答第一个问题就被安打断了。"托尼[①]，如果你要讲的还是老一套，那我们就谈谈别的吧。"她说道。安东尼并没有提出异议。

在《华盛顿邮报》工作期间，我承担了一项又一项重要任务：我曾担任《华盛顿邮报》驻法院记者、驻国防部记者、驻中东记者、驻国务院记者，还曾花了 10 年时间跟进一些长期项目。其间，从没有人让我"手下留情"，上层领导者都自担风险，以保护新闻编辑部周全。1997 年，在前往埃及的途中，我读到《华盛顿邮报》前发行人凯瑟琳·格雷厄姆

① 托尼为安东尼的昵称。——编者注

的回忆录，禁不住哽咽。水门事件可谓尽人皆知，但格雷厄姆作为一名发行人，真正面临的严峻考验在于1971年的“五角大楼文件事件”。当时，尼克松政府曾试图对民众隐瞒有关越南战争的一段机密历史，并且成功阻止了《纽约时报》发表一份相关文件。当时的美国司法部长曾当面威胁格雷厄姆，如果《华盛顿邮报》坚持发表这份文件，就会对其提起多项刑事指控。格雷厄姆的律师劝她妥协，提醒她如果不这么做，就有可能会失去《华盛顿邮报》。后来，格雷厄姆雇用了一名新的律师，并且发表了那份文件。《纽约时报》与《华盛顿邮报》共同将官司打到最高法院，并且最终获胜。这些并不是发生在远古时代的神话故事，虽然它们确实已经过去了很长一段时间。对于几十年之后的《华盛顿邮报》新闻编辑部来说，这依然是鲜活的经历。正是因为有这样一种企业文化，当有人威胁要吊销我的证件，或者偶尔有一些高级官员打来电话试图施加淫威时，我都可以泰然处之。是《华盛顿邮报》给了我勇气，使我有时候甚至会做出常人无法想象的事情，比如，我曾穿过索马里的一个简陋的边防检查站，还曾在黎巴嫩开车穿过黎巴嫩真主党控制下的区域。我不是瑞凯德，也不是安东尼·沙迪德，[①] 他们在日常工作中所面临的危险要比我严重得多。但我知道，一旦我遇到麻烦，《华盛顿邮报》会不惜一切代价来救我。

在那儿的工作也并非时时刻刻都是美好的，我也有感到沮丧的时候。我的主编唐尼总会在必要的时候给我当头棒喝。但即便是那些不如意的时刻也未曾动摇过我的想法——我明确地知道自己的立场，也知道《华盛顿邮报》所代表的立场。但到2009年时，我开始对这两点都产生了怀疑。新任主编马库斯·鲍伟杰在重大决策上总是态度不明确，他的

① 这两人都曾是经验丰富的战地记者，并且均曾供职于《华盛顿邮报》。——译者注

心思令人费解。他给员工传达的信息总让人感觉有言外之意，而且充满不确定性。我们的那群最优秀的记者中开始有人踌躇不前，不确定该如何处理上级发布的那些彼此矛盾的指令。一天，鲍伟杰向我提出他所谓的一项“调整”。他希望我依然能圆满地完成自己的工作，这一点毋庸置疑，但同时他希望我将调查项目的时间压缩为几周，而不是几个月。他心里肯定很清楚，这两点根本不可兼得。有一段时间，《华盛顿邮报》内部开始有流言传出，称公司曾计划组织“沙龙晚餐会”，售票给那些说客，使其得以与记者共进晚餐，而晚餐会的票价高达六位数，但后来这一计划流产了。针对这一流言，无论是鲍伟杰还是新任发行人，都不能给出一个令人信服的说法。新闻编辑室里的员工开始士气低落，一方面是因为领导不力，另一方面是因为裁员。我的搭档达夫娜·林策在我之前就已经离开了那里。有一天晚上，达夫娜在一个非常正式的场合偶遇鲍伟杰，于是把他逼到台上，当着一群出版和媒体行业领导者的面，说他正在摧毁《华盛顿邮报》。2010 年一开年，我就跟随达夫娜的脚步，走出了《华盛顿邮报》的大门。我们都很确定，我们所认识的那个《华盛顿邮报》已经成为过去。

2013 年春，我成了世纪基金会（Century Foundation）的一名研究员。我正在考虑写一本书，内容是关于监控型国家和它所存在的争议之处。《时代周刊》之前曾邀请我写一篇封面文章，预告一些主题。我打算坦白，自己是如此执着地致力于保护私密线人和保密笔记，甚至已经陷入有些疯狂的状态。我打造了一个数字版的“密室”，兼具保密性和安全性，但不为其他任何人所知。这无法成为一名新闻工作者的日常工作模式，我必须要重新平衡这些工作的优先级。就在我开始写作前，斯诺登颠覆了我的这一想法。我们所面临的监控威胁比我所了解的要更严重，如果不使用一些加密工具，我们根本无法对话。这样的话，我的这篇文章可能就要改写了。

我之前从未想过要考验《时代周刊》在新闻工作中愿意承担多大风险。我作为自由撰稿人为该杂志所写的文章中有一些涉及情报和执法的内容，但都是关于那些自称“爱国者”的武装分子，或从小置身政界的米特·罗姆尼的童年生活，或其他类似的内容，这些都不触及国家秘密。面对一些高风险的情报新闻，《时代周刊》会如何处理呢？《时代周刊》封面上的红色边框[①]还是有一定影响力的，只要我能够好好利用。《时代周刊》华盛顿分社主编迈克·达菲是记者中的王牌，是我所知道的最优秀的记者之一。我决定去试探一下他的态度。2013年5月7日，在学习了一些有关加密的初级教程之后，达菲和情报记者马西莫·卡拉布雷西与我进行了一次安全的线上对话。

“我打听到有这样一份文件存在，其中较为详细地描述了电信机构和互联网服务供应商在《外国情报监控法》修正案的授权之下，将多少内容数据移交给美国国家安全局。其中列出了具体的企业和具体的数据。”我打出了这些内容。

“你想让我们提前做好哪些准备工作？”达菲问道。

“最主要的是提前了解公司管理层和律师的想法，鉴于要发布的新闻和文件的性质极为特殊，可能会引起恐慌。”

达菲回复道：“我们必须要考虑到你对我们这边的需求，需要我们为你提供何种指导，有哪些不可跨越的红线，我们能否满足你和他们的需求。”坦白来说，他也不敢确定《时代周刊》会“承诺为了出版事业而不计代价，鉴于当下公司的大环境存在较大变数”。

① 《时代周刊》一般会选择一周内国际上最具影响力的人物或事件放在红色边框内作为封面，这已经成为其标志。——译者注

也许在那天我就应该放弃了，但我知道，真到要放弃的时刻，达菲会告诉我的。时代华纳正在考虑放弃杂志业务，它的电影和电视业务都赚得盆满钵满，只有杂志业务拖了后腿。时代华纳已经被打造成为一个娱乐帝国，而杂志在其中仅处在边缘位置。此时，时代华纳的子公司时代公司分拆上市在即，倘若因为保密信息的问题而惹上费时费力的法律纠纷，会直接影响到公司的股价。“当下的环境不太适合冒险。”在接下来一周，卡拉布雷西打探了一些消息之后，这样告诉我。就在同一天，达菲也给我打来电话，说公司律师都不太赞同在这个时候冒险。作为一名编辑，他非常想要这条新闻。但作为朋友，他建议我不要再在这上面耗费更多时间了。

本着最后一搏的态度，我找到了时代公司的总法律顾问莫里斯·埃德尔森。毫无疑问，埃德尔森和他的手下都是能力极强的律师，但我们的对话进展得并不顺利。如果说他们只是想要保住自己的底牌，那么他们做到了。可既然如此，他们为什么还会同意与我见面呢？我不由得心生怀疑。我从随身携带的记事本上撕下一页，匆匆写下了三行字。任何熟悉国家安全法律法规的人，都会认出这是用首字母缩写表示的保密标志，以及引用的间谍法条款[①]。

TS//SCI//NF

18 USC 793

18 USC 798

“你们对这些熟悉吗？”我问道，说着把纸条逐个递给他们看。

---

① 美国 1917 年《间谍法》在美国法典中的编号为 18 U.S.C § 792–799，意思是位于法典第 18 编，第 792—799 条。——译者注

不，不熟悉。

也许我早应该预料到这一点。时代公司旗下拥有并且运营着近100家杂志，从赛马杂志Horse & Hound到游艇杂志SuperYacht World，还有新闻领域的典范——《时代周刊》和《财富》杂志。埃德尔森和他的团队要为所有这些品牌提供法律服务。即便公司没有即将面临分拆上市，他们的日常工作肯定也是围绕着赞助协议、版权管理、劳动法、企业运营等事务，可能还要偶尔处理一些诽谤案件。

“无意冒犯，我只是想说，这是一个非常专业的领域，”我说，“我需要知道，以前的人在遇到这类事件时，公司是站在何种立场上处理的。”

这就把皮球踢给了时代华纳的总法律顾问保罗·卡普乔。卡普乔是一位权威人士，立场偏保守，曾担任美国最高法院大法官安东宁·斯卡利亚的书记官，还曾在老布什政府中担任司法部副部长助理。我没能有机会当面拜会，但据上面的人说，卡普乔已经聘请了阿诺德与波特（Arnold & Porter）律师事务所来专门处理我的问题。我遵照指示，打电话给巴鲁克·韦斯，他是该律师事务所的一名合伙人，之前曾担任美国国土安全部代理副总法律顾问。电话开着免提，电话这端除了我之外，还有达菲和卡拉布雷西。韦斯告诉我们，时代华纳愿意全力支持我调查有关美国国家安全局的新闻，特意请他来帮助我们解决法律问题。出于对自身的保护，我们要遵守三项指导原则。第一，我不得以《时代周刊》的名义访问任何保密内容。我要把我的问题先提交给韦斯，韦斯会带着这些问题去找拥有相应安全许可的政府官员来解答，然后会将结果反馈给我的编辑，让我们知道哪些内容是可以发表的。第二，《时代周刊》不会授权自己的员工接收或保留保密信息。因此，在相关的法律问题得到解决之前，我不应和编辑讨论政府机密，也就是我手中的这则关于美国国家安全局的新闻。

我光是听到这些就已经彻底感到迷惑了，根本没有心思去关注接下来第三点的内容。达菲安排这次通话，不会是为了跟我开玩笑吧？虽然他确实可能是一个爱搞恶作剧的人，但眼见他慢慢涨红的脸，如果说是演出来的，那他的演技也未免太过高超了吧。

“我们从来没有这样做过新闻，从来没有。”只见达菲把身子探向电话的话筒，对韦斯说道。要由记者来做采访，如果内容引起了政府的某种警示，那么编辑会寻求法律意见，然后做出决定。韦斯完全把顺序弄反了，达菲说。韦斯的做法越界了。

这是特殊情况，韦斯不愠不火地回答道。我们在报道《间谍法》的过程中，可能就会触犯《间谍法》。卡拉布雷西努力让自己保持镇定，他问韦斯：你真的能想象到，记者会因为采访一名政府官员而以非法传播或接收国防信息的罪名被起诉吗？韦斯说，这方面还没有可遵循的法律先例。当然没有先例，卡拉布雷西反驳道，没有人会愚蠢到以上述名义去起诉记者，这是美国宪法第一修正案中最基本的东西。达菲试图缓和一下紧张的气氛。但我们毕竟不是律师，达菲说道，不管潜在的风险是什么，司法部长埃里克·霍尔德已经被施压，要求在以后的泄密案件中对新闻工作者减少使用具有侵略性的法律工具。韦斯回答道，这根本不能提供任何保障。

电话这端的我们三个人在纸上交流了一下信息。现在究竟是什么情况？

> 我：作为一名持有安全许可的人，他还在为美国政府服务吗？
>
> 达菲：我真不想与他对话了。
>
> 我：底线！（下面画了两条下划线）

通话还在继续，但没有取得任何进展。最后，我们终于意识到，韦斯事实上并没有越界。时代华纳就是派他来阻止我们行动的。我之前在社交场合见过韦斯，我想，他并没有恶意。他有他的行事规则，现在我们也有我们的规则。没有人会说时代华纳毙掉了一条有关美国国家安全局的独家新闻，至少不会公开这么说。要说真有可能（但也未必）造成尴尬的是，时代华纳仅仅为我们提供了最表层的法律支持。达菲就像是笼中困兽，在办公室里来回踱步。后来，他用手比画了一个割喉的动作，很快我们就挂断了电话。只见卡拉布雷西将两个手掌按在巨大的玻璃窗上，俯视着下面的第六大道，好像随时要跳下去一样。“肯定有办法的。”他说，几乎带着恳求的语气。我们心里都很清楚，我是时候离开了。

我要去哪儿呢？在《华盛顿邮报》最后几个月的经历依旧让我难以释怀。最近三天，我一直在试探与《纽约时报》合作的可能。5月15日，我从一位老朋友那里要来了《纽约时报》执行主编吉尔·艾布拉姆森家里的电话号码。艾布拉姆森与我有一些私交，应该不至于不接我的电话。对于我而言，《纽约时报》一直都是一个有力的竞争对手——更有钱，也更蛮横。如果艾布拉姆森愿意加入，她会把这则新闻做大。斯诺登把决定权留给了我和珀特阿斯，但他很怀疑《纽约时报》是否有这个胆量。当初，《纽约时报》在2004年就已经得知，小布什政府在国内实施了未经授权的电话监听项目，但它等了一年多的时间才将这一新闻发布出来。对于其中的内幕信息，我了解得不多，所以无权评价。但要说《纽约时报》是因为胆小才推迟那么长时间发布，我是表示怀疑的。无论当初发生了什么，我能确定的是，艾布拉姆森这次一定会同意。当然，同意也可能包含很多不同的含义。

当得知我准备去一家自己完全不了解其内部情况的报社从头开始时，达夫娜第一个跳出来说：你一定是疯了。她不知道我当前正面临何种障碍，在此之前我对她从来都是知无不言的。回《华盛顿邮报》去吧，她告诉我。鲍伟杰已经离开那儿了。我可以重新谱写我在新闻编辑室的职业生涯的最后篇章。我的朋友史蒂夫·科尔和鲍勃·凯泽也对我说了同样的话，他们俩都曾在《华盛顿邮报》担任编辑部主任。“他们还是会将你视作自己人，会把你的事情当作自己的事情来处理。”科尔告诉我。在这个不景气的时代，“人们会说，‘我们就是通过这种方式来证明我们并没有出局’。他们不会让你失望的”。

我一直在试图想象与《纽约时报》主编通话时的场景。5 月 19 日中午，我告诉珀特阿斯和斯诺登，与《纽约时报》合作不太可行。

> 他们不了解我，我也不了解他们，而我们之间又需要建立极高的信任度。未来围绕这则新闻难免会产生无数起法律诉讼，我需要他们代表我应对这些诉讼；我需要他们在国家安全问题上与政府对抗；在保密信息来源上（不只是这条信息渠道，还有我自己开发的其他信息渠道），我需要他们信任我的判断和保证；我需要他们接受我的底线，有些东西我会告诉他们，但有些东西我不会告诉他们……
>
> 我不熟悉他们的个性特点、过往经历和肢体语言；我听不出他们的言外之意；我不知道每个人的权责范围，也不知道如何通过新闻编辑室的非正式渠道获知这些信息；我不清楚可以在多大程度上信任那些模棱两可的口头承诺……
>
> 我之前一直深深纠结于如果去了《纽约时报》应该如何自处，重回《华盛顿邮报》的想法让我长舒了一口气。

那天晚上，我给杰夫·利恩打了个电话。

第二天，我就收到了有关“棱镜”项目的幻灯片文件，又过了一天便收到“潘多拉”项目的文件。很快，我开始变得不安，害怕这些文件会丢失。包裹在廉价的塑料外壳里面的磁盘并不适合用来存储这种数据，因为这种数据一旦丢失就无法弥补。我想着自己会不会一不小心把它摔碎了，或者一不留神将它掉进咖啡壶里。我还想着会不会有人在我乘地铁的时候把它抢走，或者有人悄悄溜进我的家里或办公室把它偷走，又或者一群持工作证的机构工作人员为了它深更半夜来敲我家的门。

如果将其备份，会不会属于犯罪行为？也许属于，毕竟1917年《间谍法》中白纸黑字明文规定了。这项法案饱受诟病的一点就是涵盖的范围太宽了。时代华纳的律师说得没错，这项法案还没有接受过美国宪法第一修正案的直接考验（接下来的日子里，一项范围较窄、通过时间较晚的法案变得同样重要）。接收、保留或者传播文件中的内容，无论是其中哪一项，都不是我应该做的，都可能会导致我因重罪被起诉。可如果完全遵照法条规定，我根本无路可走：我不能保留有关美国国家安全局的文件，不能将它们转交给别人，也不能将它们摧毁。制作备份毫无疑问也是不可以的。

管他的！这里有美国政府在国内从事间谍活动的证据，政府一直对民众掩饰自己的这一行动，有时候甚至直接诉诸谎言。游戏规则早已被秘密改写，不仅大众被蒙在鼓里，就连正在审理案件的法官都对此毫不知情。保密性是间谍活动的内在特征，情报行动不可能通过公民投票的方式进行，我认为这是理所当然的。但鉴于所涉及的权力之大，至少应该通过公共辩论的形式，决定权力行使的界限和原则。在一个民主政体中，主权归于大多数民众，没有人能够在民众不知情的情况下获得新的权力，更不用说要对大众实施监控。看来，我自己也无法客观冷静地置身事外。

我的决定完全是出于本能，但我很清楚这一决定意味着什么。我不会心甘情愿地遵从命令，把这些文件或我的报道笔记上交。我不会让它们有机会在未经我允许的情况下被没收。制作备份的事情已经刻不容缓，而且不能只备份一份，而要将其打造成一系列不同形式的文件——隐藏式文件、分布式文件、冗余文件，并且要以我能够找到的最安全的加密方式将它们加密。为此，我还需要自学一系列技能。去找专业人员寻求建议只会徒增风险，反而得不偿失。（“假设有人现在手里有一些东西，未来可能会招致不止一个国家的追查，把它们存放在哪里合适呢？只是帮朋友问问。”）读者可能会联想到一些经典电影中的情节，比如，像《教父》中的迈克·柯里昂那样将枪放在厕所的水箱里。还有人可能会想到放在空心书中、冰棒中，或者木地板下面。但要想到，对手应该也都看过这些电影，很清楚这些伎俩。

用普通的方法制作备份肯定不可行。我试图让自己站在斯诺登的立场，想象如果是他来做这件事，会遵循怎样的路径。他应该会设置一系列的技术性谜题，而且会一级比一级更复杂。显然，他很喜欢出人意料。倘若有一天，他告诉我，他的硬盘上还有一些东西是被隐藏的，只是他之前没有提到过，那我也丝毫不会感到惊讶，这就是他的行事风格。他肯定知道如何将信息隐藏在计算机通常会忽略的数字空间内。通过简单的点击并拖拽操作来复制文件夹或文件的做法，可能会遗留下重要的数据。于是，我决定执行逐位复制。通过这种操作方式，哪怕是被标记为受损的或未被使用的磁盘扇区都会被复制下来。第一次执行这种深度复制操作，花费了我一整晚的时间。进一步的操作可能需要再等几天。第二天一早，5 月 22 日，我乘飞机去了华盛顿。

在与《华盛顿邮报》相关负责人面谈之前，我去了威廉姆斯与康诺利（Williams & Connolly）律师事务所。1971年，凯瑟琳·格雷厄姆辞退了原来的律师之后，就选择了这家律师事务所来为《华盛顿邮报》提供法律咨询服务。我曾经和它的高级合伙人凯文·贝恩有些交情。贝恩一如往常地客气，他把一只手臂搭在我的肩膀上，将我带入了一间办公室。这间办公室的装修十分典雅，室内的陈设以皮革和古木为主，墙上最为显眼的位置挂着一幅已故大法官瑟古德·马歇尔的肖像。1975年，贝恩成为瑟古德的书记官。乍一看，瑟古德的着装、发型和鹰钩鼻很容易让人们误以为他是某个能言善道的政治家。这是因为人们往往忽视了他那笑容背后隐藏的尖锐的一面。他提出的建议总是富有前瞻性，因此他在记者中拥有颇高声誉。当下的环境中，那些胆小怕事的律师已经将"为高度谨慎起见"作为口头禅，但贝恩从未以此为由建议我弱化任何一条新闻报道。太过咄咄逼人的报道有时会突破界限，从而会得罪一些人。贝恩总是会帮助我们避免掉一些不必要的纠纷，但他从不逃避风险。

贝恩没有询问任何理由，就同意与我见面。与我预想的一样，他已经知道我找他所为何事。几个小时之后，我与《华盛顿邮报》负责人见面时，他也会在现场。鉴于律师与客户间的保密特权，他会不会给我提供一些个人建议？他的回答是，他会尽力。他认为，我与《华盛顿邮报》之间不会存在利益冲突点，但一旦他意识到有可能出现冲突点，他就会终止我的咨询。这正是我想听到的答案之一。得到这个答案之后，我开始以假设场景的形式提出自己的疑问。假如有一名自由记者碰巧获得了一份高度机密的文件，其中包括涉及美国国家安全局的敏感内容。贝恩笑了笑，对我的这种陈述方式表示赞许。我告诉他，这名自由记者正在计划为距离这里不远的一家新闻机构写作新闻报道。我只为贝恩提供了大概的主题，暂时还没有谈及细节。

贝恩先是回顾了一下他所熟悉的领域。鉴于政府之前从未有过援引

《间谍法》来起诉记者的先例，他认为现在政府也不会这么做。但如果一则有关国家安全的新闻报道确实带来了显著危害，谁也不能排除政府提起诉讼的可能。鉴于当前的《间谍法》存在很大的模糊性、范围过于宽泛，并且与宪法保护存在一定冲突，我也许根本找不到站得住脚的辩护理由。如果政府是根据一项相关条款——美国法典第 18 编第 798 条有关“保密信息披露”的禁令提起诉讼，那么我更加缺少辩护理由。因为这一条款明确指明：保密信息的出版发行是违法的。而且，它限定了所适用的保密信息的范围——有关“加密系统”或“通信情报活动”的信息。我手中的那些东西恰好符合条件。不过，政府似乎无意基于该条款起诉记者。线人面临刑事起诉的风险日渐增加，但记者暂时还没有遇到这一问题。自 20 世纪 80 年代起，《华盛顿邮报》和其他的新闻媒体都相继发表过有关通信拦截的报道，我自己就报道过这类新闻。检察官还可能会以一些不常见的罪名提起诉讼，比如为私人利益“转移政府资产”，但这种罪名就明显比较牵强了。

此时的我们已经抛开假设场景。我最可能面临的风险在于，检察官必然会对我的线人提起诉讼，届时就要传唤证人和证据，这是极有可能发生的情况。《华盛顿邮报》会站在我的立场，反对法院开出传票，会就不利裁决提出上诉，但如果司法部持续施压，我们可能就会败诉。这一过程可能会拉锯多年，但我终究难免要做出艰难的选择：要么被冠以“藐视法庭”的罪名，锒铛入狱；要么遵从法官的命令，被无罪释放。一旦对法官说不，我就只能一直待在监狱中，直到自己主动屈服或者命令失效。（从理论上说，如果法官判定你永远不可能遵从命令，那么就必须将你释放，但法官一般不会做出这种判定。）如果报社明明可以提供证据却拒不提供，就可能会面临高额罚款，而且罚款金额会持续攀升。这又给了我一个充分的理由，要把所有文件都保留在自己手中。

与此同时，我在想自己是不是在无意中发现了一个安全的地方来保存备份信息。如果威廉姆斯与康诺利律师事务所同意为我代理法律事务，那么事务所是否就要保留一份备份文件在其保险箱内，而且该文件受到律师与客户之间的保密特权的保护？坐在椅子上的贝恩稍稍动了动身体，他还没有开口，他的肢体语言就已经表明了他的态度。如果真的面临这个问题，他必须要与他的合伙人商议，说服他的合伙人同意此事，这并不是一件容易的事。后来，《华盛顿邮报》的律师告诉我，他们向公司提出了同样的请求，但被公司拒绝了。

这一案件中涉及一些前所未见的问题。贝恩和我反复思索这些问题。最后，我告诉贝恩，就在两天前，我获知了一条令人不安的消息。我的线人已经离境，而且据我所知，他所要前往的地方令人更加不安。我还不能告诉你他的具体位置，我只能说，他所在的司法辖区对我们并不友好。贝恩说，这确实增加了案件的复杂性，但还不至于起到决定性影响。

我离开那里时，贝恩又给我提供了一条警示。截至目前，我依旧没有提供太多事实依据。我想要和《华盛顿邮报》签订书面合同，这是明智的。但这份合同能够使我受到何种程度的法律保护，这要取决于周围人的“善意”。“千万不要遗漏任何可能让他们感觉被误导的信息。”贝恩告诉我。

半小时之后，我溜进了《华盛顿邮报》总部，沿楼梯走上 9 楼，进入唐 · 格雷厄姆的办公室。唐 · 格雷厄姆是整个《华盛顿邮报》公司的董事长，因此肩负更大、更多的责任。他已不再亲自管理报刊业务板块。我想从他那里得到些什么呢，我自己也说不好。雇主，尤其是前雇主，肯定是不同于家人的。我虽然很清楚这一点，但仍旧抱有幻想。我在 22 岁时以暑期实习生身份进入《华盛顿邮报》，从那时起，在我几乎整个职业生涯中，唐·格雷厄姆一直都有注意到我。我与鲍伟杰之间的不和令他感到痛心。2010 年，我来向他提出辞职的时候，他给了我一个热烈的拥抱。也许，我是在寻找某种迹象，希望能证明我们之间的这种关系依旧存在。我告诉他，我这次回来是为了一则非常有挑战性的新闻，就是那种需要律师在上面花费大量时间的新闻，我希望公司能够继续支持我。我没有再接着说下去。他不可能当即给出我答复，但唐·格拉厄姆向来不是一个喜怒不形于色的人。我从他脸上看到了我想看到的表情。

此时，就在 7 楼，主编马蒂·巴伦的助理凯文·梅里达已经将杰夫·利恩和国内部编辑卡梅伦·巴尔叫来会议室。公司内部的法务团队杰伊·肯尼迪和吉姆·麦克劳克林请来了凯文·贝恩。每个人心里都清楚，最终的决策者是马蒂·巴伦。但一方面出于尊重，另一方面也为接下来的一天做准备，我还是把相关信息都告诉了他们——神秘线人、加密文件、国家安全局对许多大型互联网公司的干预。我需要法律保护，同样需要法律保护的还有我的搭档，她是一名电影制作人，如果《华盛顿邮报》愿意的话，我可以引荐。

第二天，也就是 5 月 23 日上午，巴伦再次把我们聚在一起。据我所知，巴伦在《波士顿环球报》工作时曾主持调查一起天主教堂里的虐童事件，这需要他具有超乎常人的胆量，因为在事发地所在的小镇，天主教堂的势力非常大，几乎没有力量能够与之抗衡。有过这样经历的人，必然有超强的自尊心。但在我面前，他丝毫没有表现出这一点。巴伦给人一种不怒自威的感觉。两年后，有导演把这一教堂虐童事件的调查过程搬上了荧屏，成就了奥斯卡金像奖获奖影片《聚焦》，其中巴伦的角色是由列维·施瑞博尔扮演的。列维比巴伦要高出一头，但他在影片中把现实生活中巴伦的形象展现得栩栩如生。

“大家都在这了，”巴伦说着，抬起头看着在场的法律团队，“我听说你带来了一则不同寻常的新闻，给我们讲讲吧。”

巴伦没有过多的开场白，但是我有。我先对在座的各位表达歉意，然后请他们把自己的手机放在会议室外，或者把手机的电池拆下来。几个人不解地盯着我，仿佛我刚刚说的是让他们脱掉袜子一样。巴伦很给我面子，没有任何意见，直接照做了。《华盛顿邮报》的总法律顾问肯尼迪后来告诉我：“坦白说，在那一刻，我脑海中想的是：‘这不是在开玩笑吧？我从未听任何人说过手机能够被远程打开，或手机的麦克风能够被远程激活。’想到这，我告诉自己：‘好吧，这件事从一开始就非同寻常。’”

我带来了两页手写的笔记，上面画满了箭头、下划线、插入符号和删除标记。我可能需要一些时间来解释这些东西，我说道。在接下来至少20分钟的时间里，巴伦一直在听我讲，中间一次都没有打断我。我解释了“棱镜”项目是如何运作的，它与我们之前了解的信息是否吻合，我是如何获知这些信息的，我打算如何去证实这些信息。如果我们能够达成协议，巴伦就将需要针对新闻、法律、国家安全层面存在的风险做出一些艰难的选择。当然，我也需要做出自己的选择。我无意冒犯巴伦，但我已经不再是《华盛顿邮报》的员工。当然，最终到底哪些内容能够见报，还是要由巴伦拍板决定。但我也有我的坚持，有些内容我一定要加上，而有些内容我不准备披露。如果我们无法达成共识，我也深表理解。（我在脑海中苦苦思索，才想到这套外交话术。）也许，以后我们可以再找机会合作，我有点儿缺乏底气地说道。冒着风险为我争取了这次见面机会的利恩，现在似乎正在后悔自己的这一决定。我确实冒犯了巴伦。

过了一会我才意识到，我已经不知不觉地将人称从“我”变成了“我们”。我说，线人极力要求我们在三天之内发布新闻。我认为，在这么短的时间内，我们根本不可能来得及，我正在试图争取更多时间，但也不会拖太久。线人还坚持要求，我们在网上发布新闻时要附上“棱镜”项目的完整文件，并且要有文件的加密签名。

加密什么？

我压根没想到会遇到这种情况。显然，要引用有关密码学的标准隐喻来解释这个问题并不是很明智。接下来的几分钟对于我来说，仿佛是在上演喜剧大师阿博特和科斯特洛的滑稽秀，如果有可能，我真希望把这一场景录下来，留作纪念。好吧，我说，想象你们手中有两把钥匙，一把是公钥，一把是私钥。（此时我面对的仍然是充满困惑的眼神。）我们用这两把钥匙来加密和解密文件，但私钥还可以用来“签署”一份文件。（这么说，这把钥匙是不是有点儿像一支笔？）并不是，也许有点像吧，我想你们也可以这么说。关键是，有了这个签名，你们就能够明确知道这份文件是由谁发出的，因为每把钥匙都有一个独一无二的指纹。（所以说，这些钥匙是可以进行生物特质识别的？）并不是，这里所说的指纹只是一种隐喻。关键是，除非你们知道解密的密码，否则你是无法使用签名密钥的。（等一等，你要解密……密钥？）算了，当我没说。又是一个失败的隐喻。但我必须要再说明一点，这个签名能够确保文件中的内容没有被更改过，仍然是最初的样子。你们可以把它想象成经过认证的快照。（所以说，这个钥匙有点儿类似一台相机？）不，它跟相机不同。我还是从头开始说吧。

在这里，我们只需要理解一点，如果一份文件是经过加密签名的，我们就可以利用数字算法核实这一签名，具体如何核实，我们不需要知道。如果该签名被核实是有效的，我们就知道了这个签名出自谁之手，而且可以确定这份文件的内容没有被更改过。（原来如此，为什么你一开始不直接说……）对，你说得很对。

“为什么你的线人这么在意这个签名？”一个反应较快的人问道。

这个问题问到点子上了。我一开始也不知道为什么。后来我发现，一旦揭开了这个问题的答案，就意味着我们的行动要陷入危机。目前我只能说，我认为我们不能答应线人提出的这个条件。我脑海中很清楚，“棱镜”项目的文件具有极大的新闻价值，但其中的部分内容涉及针对那些较为显然的对手实施监控的细节。如果你相信情报搜集活动的合理性，那么你就会觉得对那些目标实施监控是正当的。美国国家安全局是在何时、何地、以何种方式监控这些目标，搜集到了他们的哪些信息，这些内容我们不可能向读者透露。但是，只要我们对文件内容做出任何一点儿编辑、删改，都会使得该文件的加密签名失效，因为文件和签名就会不再匹配。这里不存在匹配度高低的问题，而是一个非此即彼的问题，两者要么匹配，要么不匹配。

我们先把这个问题放一放。我还有一个重大的问题要告诉大家。《华盛顿邮报》普通新闻编辑室的工作环境是不适宜处理如此敏感的新闻内容的。鉴于我不住在华盛顿，需要有两三名《华盛顿邮报》员工懂得如何通过安全的方式与我进行邮件通信和线上交流。《华盛顿邮报》的工作团队在处理线人提供的材料时，需要使用刚刚清理过的专用计算机和加密的硬盘驱动器。设备上的一切网络硬件都要被移除，不能连接互联网，也不能连接新闻编辑室的内部网络。此外，巴伦还需要为我们提供一个没有窗户的房间，房间要配有防爆门，门上要安装高安全性能的锁，房间内还要装有固定在地面上的重型保险箱。解密密钥的文件都被储备在不同的存储卡上，除非在使用时，否则不得出现在同一个房间里。这些东西你们不用做笔记，我说，我列了一份清单。在这些准备工作都已就位之后，要访问这些保密材料就需要4项凭证：房间门的钥匙、保险箱密码、数字密钥卡和文件的解密密码。这4项凭证会被分配给不同的团队成员，没有人能同时拥有4项凭证，除了我之外。

天哪，我刚刚是不是亲口告诉了巴伦，我要在他的地盘上把他排除在特权之外？

还有其他要补充的吗？巴伦问道，脸上的表情令人难以捉摸。

唐·格雷厄姆千万不要想着和这个家伙玩牌。刚刚巴伦的嘴角似乎动了一下，他是在抑制自己的笑容吗？如果是，这个笑容是善意的、表示理解的，还是在传达“很高兴认识你，你可以离开了”的意思？我无从辨别。

抱歉，马蒂，还有几件事情，我马上就说完。

即使所有的安全保障措施都能到位，至于到底要将多少材料交给《华盛顿邮报》，我认为自己还是应该保留决定权。如果我明知一些东西不能见报，那么把它们分享出来只会徒增风险。我可以把“棱镜”项目的全部文件拿给巴伦看，但我只会交出我们双方都认为可以发表的那几页。与此同时，我的线人已经将自己置身于极为危险的境地。所以，我不便告知各位他的名字和地址。

但我可以告诉各位的是，我的线人已经出境。我的那位电影制作人朋友，也就是在我和线人之间牵线的人，已经邀请我与她一起飞到境外与线人见面。

他在境外，巴伦说道。他用的是陈述语气，而不是疑问语气。这说明他对这一事实不太满意。

是的，我说道。我也刚刚得知，而且他现在所在的司法辖区对我们并不是特别友好。但这根本不是我能够掌控得了的。无论我选择去还是不去，有一点是可以确定的：要放弃这次与线人面对面交谈的机会，绝对不是我们愿意看到的。

请允许我再提出最后一项无理的请求。我想请朱莉·泰特来跟进这则新闻。朱莉是《华盛顿邮报》最顶尖的调查员，也是我的老朋友。如果后续还有更多的文件传来，我希望巴伦在选择加入这一团队的记者时能够考虑我的意见。这里的“如果”只是一种含蓄的表达，是为了提供一点儿激励因素。事实是，我再一次明目张胆地侵入了主编的地盘。

我的声音渐渐停止。我在脑海中不断回想自己刚刚所说的话。我想，巴伦一定也正在脑海中回想我说的话。列这个清单时，我没有觉得它有什么不妥，但现在看来，怎么可能会有主编同意上面所有的条件？我看着在座各位的表情，如果我没有理解错的话，他们都觉得我的胜算不大。此时，所有的目光都转向了巴伦。

你说到有一名电影制作人，巴伦温和地说道，她叫什么名字来着？你对她了解多少？

我解释了自己和珀特阿斯是如何认识的，又是如何通过她与线人取得联系的。珀特阿斯要求在报道中署名，鉴于她所提供的情报信息，她绝对有足够的资格获得署名权。接着，巴伦问了我许多问题，其中有些问题我已经问过斯诺登，还有一些问题是我之前没有想到的。我告诉他，截至目前，我能够确定的是，“棱镜”项目的文件是真的，但我知道光有这些还不够，我们还需要更有力的证据。针对文件中的部分内容，我可以通过其他线人进行核实，但仅凭我一己之力不可能核实文件中的全部内容。最好美国政府对此感到恐慌，进而试图让我们放弃这则新闻。这也是最有可能发生的情况。我想说，如果真的出现这种情况，我们不会使用假设的口吻与政府对话。我之前就坚持这一立场。如果情报部门的官员断言这则新闻会带来严重的后果，那就意味着他们已经承认这份文件是真的。这不是耍诡计，也没有什么可讨价还价的余地。既然要与利益相关方开诚布公地对话，就不能使用“我们假设”这种话术。

巴伦在《华盛顿邮报》任职期间还未曾有机会与政府进行此类对

话。因此，他想知道这类对话究竟是如何进行的。利恩和卡梅伦·巴尔解释道，当报道触及保密信息的新闻时，《华盛顿邮报》会征求政府的意见，并且会向其征询一些背景信息，报道其他新闻时，我们也会如此。政府有时会要求我们隐瞒部分信息。这时候，我们就会询问原因。麦克劳克林作为《华盛顿邮报》的副总法律顾问，之前已经巧妙地应对过几次这种场景。他说，在《华盛顿邮报》与政府进行对话的同时，双方律师之间也会进行沟通。有时，我们会同意删除一些事实；有时，我们会拒绝这样做；还有时，我们会更换表达方式，在传达新闻的核心内容的同时，避免透露一些不必要的细节信息。接着，我说道，如果我和政府方面没有谈拢，那就只好请巴伦，甚至请报社总负责人出面。以我的个人经验来说，这类对话的场面有可能会很和谐，但也有可能会很难看。确实，有些时候，有些政府官员在诠释自己的顾虑时，为了提升说服力，会告诉我一些我之前不了解的敏感背景信息，当然这些信息是不能见报的。但其他时候，他们根本不愿谈论任何相关内容。有两次，他们直接告诉我，如果我所声称的信息是准确的，那么该信息一旦发布，司法部就会展开刑事调查，与此同时，我也就完了。

“如果你准备好了，我随时可以把文件拿给你看。”我告诉巴伦。巴伦和贝恩对视了一下，用眼神给对方传达了某种信息。当初与时代华纳的沟通还远没有到这一步便已终止。来吧，巴伦说道。

我用U盘启动了一台用后即弃的计算机，然后又插入了一个加密U盘，打开了存储在其中的“棱镜”项目的幻灯片文件，并播放到第一页。

在此之前，我对于美国国防部内部的简报文化有所了解。这个幻灯片文件一看就很符合国防部的简报风格，所有的典型元素都具备——俗气的图形、徽标与放射状图案、图、表、箭头、首字母缩略词挤满了整个页面。巴伦最先看到的是那些企业标志，毕竟那些企业都是美国家喻户晓的行业领军者。我指出了位于那些企业标志左下方的圆形官方徽标。那是美国国家安全局内部“特殊来源行动组”的徽标，该行动组就是“棱镜”项目的负责机构。有没有看到老鹰的爪子紧紧抓着的那些环绕在地球表面、看起来像一缕缕线一样的东西？那些就是光纤电缆，代表着互联网。老鹰的爪子紧握着互联网，还有国际电话网络。

这个比喻似乎不是那么隐晦，有人说道。这不是在开玩笑。在美国国务院或国防部，大部分写过备忘录的人都应该听说过“头版法则”：在你写下备忘录之前，先想象一下它登上新闻头版的场景。这些人可能不会时刻牢记这一法则，但多多少少都会知道，秘密文件有时会被泄露。用一只美国鹰象征狩猎者，其狩猎的对象是整个世界。以此图形作为标志的机构，根本不会想到让任何公众看到这些。

我向巴伦介绍了一下文件的概况，我真希望我第一次看这些幻灯片时，也有人给我提供类似的介绍。请看第一页幻灯片居中偏下的小字部分，我说道，在那里可以看到“S35333”。其中，S代表“信号情报部门”，S3代表“数据采集”，后面的每一位数字都代表一项更具体的功能。海量的语音和数字信息通过主要的信息通道和交换器被传送至世界各地。S353代表的就是，“特殊来源行动组”的员工像鹰一样从全球主要的信息通道中抓取巨量的信息流。信息通道、交换器等基础设施主要是由一些大型企业负责打造，这些企业就是所谓的“特殊来源”。美国国家安全局买通了这些企业，秘密变更它们的流量传输路径，侵入它们的设备，或者依赖外国盟友进行操作。对于美国情报界而言，比较便利的一点是，绝大多数的全球通信信息都会流经美国。比如，从西班牙的巴塞罗那打电话或发邮件至哥伦比亚首都波哥大，中间信息的传输很可能就要途经迈阿密。

S35333指代的就是“棱镜”项目，是那些员工抓取信息的另一种渠道。在这一项目中，信息的“特殊来源”是一些总部位于美国的互联网巨头——谷歌、脸书、雅虎、微软、美国在线、Skype、优兔和苹果公司。还有一种叫Paltalk的服务软件，我之前没有听说过这个软件，想必应该是托管了一批目标账号。在情报搜集人员看来，这些企业的最大优点在于，它们所做的不仅仅是利用通道传输数据。与美国电话电报公司（AT&T）和其他普通运营商不同，这些企业还会存储其用户发出和接收的信息内容。这样一来，美国国家安全局无须去苦苦追查那些在光纤电缆中以光速流转的邮件、视频、图片和文件，而是可以等到所有数据都传输完毕并被保存在某个地方之后，再进行搜集。（现实中经常发生的是，在有可能的情况下，美国国家安全局会选择双管齐下。）数艾字节[①]的用户信息被集中存储在那些美国大企业的数据服务器中，多年的记录可能

① 艾字节是计算机存储容量单位。1艾字节等于2^{60}字节。——译者注

都被存储在同一个账号中。谷歌当时的首席执行官埃里克·施米特曾在2010年发表过一段很有名的言论：当前世界每两天创造出的信息量相当于我们“从文明之初到2003年”所创造的信息总量。他的这一数据可能会遭到一些质疑，但总体来说，他的观点是无可辩驳的。人类产生数据的增长速度之快已经无可比拟。谷歌所拥有的数据占其中很大份额。“棱镜”信息搜集系统中涉及的谷歌及其同行企业，还有云存储和数据同步服务提供商Dropbox，以及一些后来加入的企业，主导了信息搜索、信息收发、视频、邮箱和云存储的全球市场空间。

美国国家安全局与联邦调查局联合，深入这一数据资源库，所基于的法律基础是国会在2007年和2008年授予它们的法律权限的一项秘密解释条款。在那之前，除非获得外国情报监控法院的授权，否则政府不得搜查Skype或美国在线的任何账号。而要获得法院的这一授权，政府必须提供合理的理由，可以认定某一特定账号属于外国势力的代理人。外国情报监控法院基本都会同意授权，但也确实会实施单独审查。自从国会通过了《保护美国法案》和《外国情报监控法》修正案，司法部的律师说服外国情报监控法院，只需签署一项命令就可以授权政府对任意数量的账号实施监控。法院完全基于政府单方面的简报做出了决策，而且决策的内容被归类为“敏感隔离信息”。

根据最新的安排，政府无须再向法官陈述对每个拟监控目标实施监控的合理依据。外国情报监控法院和国会的情报委员会甚至都对监控目标一无所知。每年，法院会根据一项保密程序通过两个文件。第一个文件中列出了美国国家安全局在选择拟监控目标账号时应该遵守的规则。第二个文件中列明了一些程序，旨在“最小化”或者限制美国国家安全局访问特定信息的权限，这里主要是指美国国家安全局搜集到的有关美国公民、绿卡持有者和美国企业的信息。美国司法部长和国家情报总监出面做证，称美国国家安全局会遵守这些规则。自那之后，美国国家安全局便完全基于自己对规则的理解，随心所欲地选择监控目标。即使它违反了规则，法院也不会知道，除非按照另一条规则的要求，由司法部向法官揭露这一违规行为。

美国国家安全局搜集信息时并非有意针对美国民众。拟监控目标必须符合外国账号的条件。更精确地说，美国国家安全局需要有恰当的理由相信，拟监控目标是外国账号的可能性比较大。但现实情况并非总是如此。实施监控行动必须以获取外国情报为重要目标，但并不以此为唯一目标或首要目标。尽管是基于这些前提条件，但出于各种各样的原因（其中有些可以避免，有些则不可避免），很多美国人都被纳入监控目标。

我翻到第 15 页和第 40 页幻灯片，第 40 页幻灯片是在六周前刚刚更新的。我向巴伦和他的团队展示了，在 2012 年年底，“棱镜”项目中有超过 45 000 个“选择器”，或者说是个体搜集目标。截至 2013 年 4 月 5 日，“棱镜”项目主动监控的账号数量达到 117 675。这个数字每年呈指数级增长，其中所监控的脸书账号的数量每年增加了一倍以上，所监控的 Skype 账号的数量每年增加不止两倍。

热邮（Hotmail，互联网免费电子邮件提供商之一）或雅虎的用户中，真的会有那么多恐怖分子、间谍和为外国政府服务的人吗？对于最高级别的监控目标——恐怖分子，我们应该给予其何种定义，才会得出如此大的数据？根据该幻灯片文件中的文字说明，“棱镜”项目是“美国国家安全局的报告中最常引用”的资料来源。这里的“报告”指的是被送至美国政府各部门的情报用户手中的通告或简报。换言之，我们从这份幻灯片文件中可以得知，米德堡最主要的信息来源是美国的互联网公司。

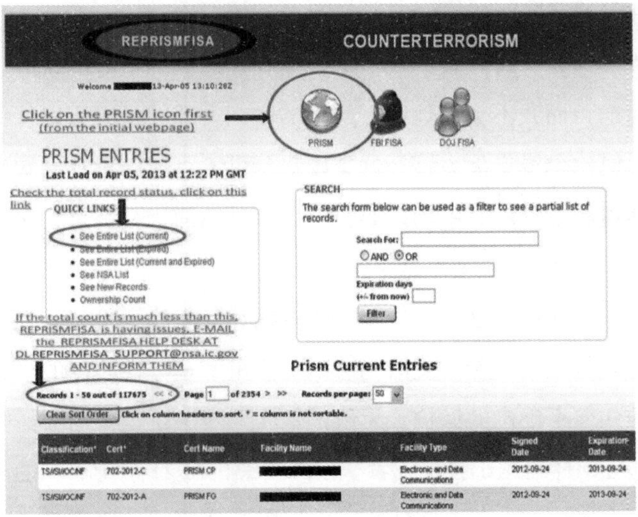

“好的。”巴伦说道。

“好的？”我没太明白他的意思。

“好的。我想要这则新闻。我们可以谈谈你的条件了。我们可以着手制订一个安全方案并拟定一份合同，为你提供必要的保障。什么时候可以安排我和劳拉见面？”

我久久悬着的心在这一刻感觉终于放了下来，我终于可以长舒一口气。

“可以借一步说话吗？”我问道。

我们走进走廊对面的一间空办公室，贝恩也和我们一道。我从包里拿出一个长方形的小包裹，里面是一个硬盘，硬盘里的资料是我在两晚前备份的。我需要一个安全的地方来存放这个备份文件，而且我需要知道《华盛顿邮报》始终是和我站在一起的。

我很谨慎地选择自己的用词。

“有可能后面还会收到其他文件，也许会有不止一则新闻。我想让你替我保管这个东西。”

这无疑又是一种含蓄的说法，也是我能想到的最好的说辞。这个硬盘是加密的，而我不会给他留下解密的密钥。即使是有人以法律之名对其施压，巴伦也没有能力打开这个硬盘，也不可能声称自己知道其中的内容。他可能会推测其中的内容，但那只是他的个人观点，无须告诉任何人。

与他人共同保管这份文件并不会降低我暴露的风险，至少不会通过正式途径降低我的风险。美国宪法第一修正案是一视同仁的。它能为人们提供的任何不确定的保护，无论是新闻保障法还是普通法保密权，在理论上都应同样适用于自由记者。但现实中，在21世纪美国的法治环境下，一家大报社的参与能够使政府的权限受到制约。政府派一队人马去把一家报社的新闻编辑室翻个底朝天，与毫不客气地强行闯入一名记者家中，其背后的含义是完全不同的。哪怕是客气地对报社发出法律传票，也可能会对政府造成一定的政治影响。巴伦已经承诺了我很多条件。他同意发布这则新闻，就可以证实我与线人之间的接触属于合法的新闻报道行为。他同意为我支付所有相关的法律费用，这为我减轻了一大负担。但《华盛顿邮报》不可能为了一个外部人员使用自己的不成文特权。因此，只有使《华盛顿邮报》和我共担风险，它才会真正把这则新闻当作自己的新闻来对待，才会真正把我当成自己的员工，为我提供最全面的法律保护。

我想知道巴伦是否愿意和我共担风险，共享利益。我把手掌摊开，上面放着硬盘，但并未把手伸向他那边。这个动作更像是在提出疑问，而不是在发出邀请。他会接受吗？

这时，贝恩的声音从我的右后方传来，打破了这一局面。

“马蒂，作为公司的律师，我不能建议你这么做。”贝恩说道。

我闭上了眼睛，然后又睁开。我想反驳，想对这一决定提出异议，但我没有任何理由。贝恩已经警示过我，如果我和《华盛顿邮报》存在利益冲突，他会毫无保留地指出来。现在正是这种情况——我和《华盛顿邮报》的利益不再重合。巴伦已经同意发布单独的一篇新闻报道。我想，在贝恩看来，我走上的是一条荆棘丛生的道路，我手中到底有些什么东西，到底有多少东西，谁也不知道。因此，巴伦没必要跟着我蹚这趟浑水。我已经知道自己接下来要面对的是什么——贝恩会逐条解析《华盛顿邮报》一方的义务，并做出限定，列出合同适用的条款和条件。我已经做好了迎接这一切的准备，可贝恩并没有再说什么。房间里一片沉寂。过了好几秒我才反应过来，贝恩其实已经说出了自己的想法。我错判了当时的形势，他的沉默其实是在传达一种微妙的、令人激动的信号。

他并没有真的在努力阻止。他完全没有在努力阻止。贝恩只是表明了法律边界，但仅此而已。也许这确实就是他力所能及的。如果他真想阻止这次交易，他完全可以进一步向巴伦解释这可能会导致极为糟糕的情况，可以讲述过去公司因为收到法院传票而遭遇的噩梦般的经历，可以指出我还没有告知包裹里面的内容。他还可以把巴伦拉到一边，告诉巴伦主编没有权限做出这种决定。毕竟，威廉姆斯与康诺利律师事务所代表的是整个企业。甚至，贝恩还可以往上走两层楼，去找《华盛顿邮报》的总负责人唐·格雷厄姆。但他没有这么做，他什么都没有做。就连他所说的那句话，也是留有余地的。他说的是“不能建议……”，而不是“建议你不要……”，这两句话的力度是完全不同的。他原本可以直接说：“马蒂，住手。不要收下那个包裹，我们需要谈谈。”这样一来，毫无疑问，贝恩就为巴伦提供了一个很好的借口，可以使他远离这些棘手的问题。这是很多主编、管理者都求之不得的。如果巴伦没有上楼去找唐·格雷厄姆商量就独自答应下来，那他就要全权承担起这一责任。

巴伦点了点头，表示他已经收到贝恩提供的信息，已经明了贝恩指明的法律边界。

“我要加入。”巴伦说。

巴伦伸出了手。他给出的答案是：愿意，他愿意发布这一新闻，愿意收下这个硬盘，愿意满足我列出的这个非同寻常的需求清单。我感觉眼睛里好像有什么东西在往外涌。我努力抑制住自己的激动，不想表现得太丢脸。这还是我所熟悉的那个《华盛顿邮报》，我终于回来了。

第 4 章

棱　镜

就在斯诺登离开夏威夷之前的最后几天，在5 000英里之外的美国国家安全局总部，一名高级文职经理正在巡视，他的名字叫里克。他负责着一个被称为“棱镜”的项目，那是整个美国国家安全局成果最丰富的行动项目之一。“棱镜”项目起步于2007年，在刚运行的第一个月就形成了三份情报报告。现在，运行了5年半之后，该项目已经成为美国政府的监控机器背后的主要引擎。里克是该项目的催收经理，也是首席宣传者。

根据美国国家安全局当年的组织架构，里克负责的这一项目被归入信号情报部门的分支机构——数据采集子部门，这个名字听起来非常不起眼。换句话说，里克负责运营的是一个“间谍商店”。考虑到其所处组织的规模之大，我这么说不是没有道理的。美国国家安全局要承担很多间谍工作，但同时也要从事许多非间谍工作。该机构下面有很多部门很少涉及或者根本不涉及间谍活动，但这些部门可以依靠下层机构来提供所需的情报信息。这些部门如同一座座孤岛，如果将它们连接起来，可以明显看出，米德堡可以被划分成两大板块。一个是信息保障板块，负责保护美国的秘密不外泄。另一个是信号情报板块，负责窃取他国机密。这两大板块的使命，一个重在防守，一个重在进攻，处于同等地位，却手握不同的权力。负责进攻的板块通常比负责防守的板块拥有更大的权力，也手握更丰富的资源。

从原则上说，信号情报的范围涵盖了世界上所有以电磁形式呈现的数据。信号情报的搜集对象并不局限于人类的语言和图像。伴随着设备的持续运转——导弹遥测、雷达信号、互联网干线上的交换机交握等所产生的数据，便可将巨大的信号情报储存库填满。这海量的信息还在不断得到补充，人类可以打造出的任何容器都不足以将其装下。“想要吞噬这片信息的海域是不够明智的。”说这话的是乔尔·F. 布伦纳，他是一名毕业于哈佛大学的律师，曾在2005年左右担任美国国家安全局监察长。“没有任何组织，也没有任何技术能够实现这一点。因此，要通过搜集信号情报满足获取外国情报信息的目的，就意味着需要打造极其复杂的电子过滤、分类和传播系统。”

在2009年之前一直在美国国家安全局担任首席科学家的乔治·R. 科特，喜欢将信号情报工作的分工描述为“采集、加工、输出”。“采集”指的是获取信息的过程，负责这一工作的部门在组织架构中的代号是S3，它位于间谍活动的起始阶段。由上千名员工深入分布在世界各地的电缆、路由器和网络提取信息，而这些信息本不属于美国国家安全局。“加工”是指分析和生成有用信息的过程，从事这一工作的部门代号是S2。另有数千名员工负责过滤计算机拦截的原始信息，并从中寻找有价值的东西。从事“输出”工作的部门代号为S1，负责制成美国国家安全局的情报报告，呈送总统和总统下面的多位政府官员。提供官方情报信息的美国国家安全局俨然是一家制造工厂：先根据主题和地域分成不同的“生产线”，然后组装成“情报产品”。这种产品通常以序列化报告的形式呈现，根据不同用户的安全许可和需求，向用户发送相应的报告内容。用代号表示就是，在这个生产流水线上，传送带依次从S3到S2再到S1，采集、加工、输出。

里克的办公室位于S1部门所在区域。他对于“棱镜”项目的自豪之情溢于言表。平日里，他负责该项目的信息传达工作。2013 年 4 月，里克游走在 S2 部门所在区域，到每间办公室去做演示，给那些分析师带去一则好消息：他们将会从硅谷和位于西雅图东部的微软帝国收获一批数据宝藏，具体包括邮件、语音和视频聊天内容、即时信息、图片、预算文件、出行和医疗记录、技术图纸、通讯录等。他列出了 9 家参与“棱镜”项目的企业，并根据它们加入该项目的时间先后进行排列：“微软、雅虎、谷歌、脸书、PalTalk、美国在线、Skype、优兔、苹果。”云存储和数据同步服务提供商 Dropbox 的名字后面标记着“即将加入”。

就像其他同类型的宣传性语言一样，里克的话语中既包含对用户进行培训的用意，又有打造项目声誉的意图，还不乏为自己办公室的预算进行申辩的意味。他告诉那些分析师：“‘棱镜’是美国国家安全局最具价值的、独一无二的、最富有成效的途径之一——千万不要错过。”他提到，有些办公室还没有充分发挥“棱镜”项目的功能，“他们还没能找到搜集目标信息的那条独一无二的途径”。

当然，按照联邦机构典型的做事风格，里克还带来了一份幻灯片文件，里面共有 41 张幻灯片，每张幻灯片上面的内容都排得满满的，所以演示肯定持续了不止一个小时。面对信号情报部门下面各有专攻的“首要目标办公室”，里克在做演示的过程中还有针对性地列举了一些令人瞠目结舌的例子。当面对 S2A 办公室时，他就重点突出南亚的例子。当面对 S2B 办公室时，他就特别强调中国和韩国的例子。以此类推，直到 S2I 办公室（专攻反恐领域）和 S2J 办公室（专攻武器和太空领域）。

从一名记者的角度来看，里克演示的内容还是比较丰富的，这主要体现在几个方面。他准备了大约 7 000 字的发言稿，里面包含许多非常具体的细节，但这些内容并没有展示在幻灯片上。有些展示内容揭露了一些信息搜集的细节，如果换成更谨慎一点儿的人可能就会选择避而不谈。此外，里克还特意突出展示了“棱镜”项目背后的“供应商名单”，而这本应该是该项目中被隐藏得最深的秘密。这也导致该简报给人的感觉是不够谨慎。

就在里克面对 S2H 办公室（专攻有关俄罗斯的信息搜集）的分析师做演示时，有关“棱镜”项目的电子文件进入了斯诺登的视野。在此之前，斯诺登从没有发现任何一份文件能与自己的计划如此契合。他已经和珀特阿斯保持通信长达三个月。但鉴于大众以往面对有关个人隐私泄露的警示很少会做出强烈的反应，自己所要披露的东西能否吸引大众的注意力，斯诺登还没有足够的信心。他担心的是，美国国家安全局的大部分项目在法律层面和技术层面都过于复杂，不易解释。因而，他需要一些普通人容易理解的例子。里克在面对分析师们做演示时，他的每张幻灯片顶部都放着那些世界知名互联网公司的标志。“‘棱镜’项目的文件能够直击人们的要害。”斯诺登这样跟我说。

除了那些知名企业的标志外，里克的幻灯片上还有一个放大了一倍的徽标，那是“棱镜”项目的标志。美国国家安全局内部的许多办公室都会设计属于自己的标志，通常是基于从网上找的剪贴画制作而成。这种标志是身份和技能的象征，就如同美国陆军游骑兵部队标志上那两把交叉的军刀。“棱镜”项目的标志是一个由玻璃切割而成的棱镜，就是光学领域所使用的那种三棱镜。有一束光射入棱镜，有两束光射出，其中一束呈现出彩虹般的色彩。从视觉上展示该项目的代号——棱镜，这是一种双关的表现手法，还是要传达更加字面的意思？互联网本身就是利用光穿过光纤来传输信息的，而光纤是由玻璃制成的。美国国家安全局是否就是通过对电缆中的信息进行拼接、分类，以搜寻秘密的呢？事实上并不是，“棱镜”项目并非如此运作。就在同年，后来政府官员在所发表的声明中很仔细地解释了这一点。美国国家安全局和与之对应的英国机构（两者之间为盟友关系），在其他项目中确实存在拼接性操作，这里的“拼接”既包含字面意思，又包含象征意味。但我目前还没有将这些零散的线索拼接起来。

斯诺登很清楚意象的力量。“互联网从原理上来说就是一个系统，你要想充分享受这个系统，就必须将自己暴露在它面前。它不同于其他的东西，以音乐播放器为例，你可以用它来听音乐，但不必暴露自己的兴趣。”就在我即将发表有关“棱镜”项目的那篇新闻报道时，斯诺登在发给我的邮件中这样说，“它就像是一台电视机，时刻在监视着你。”在“棱镜”项目中，他找到了这样一种意象来说服大众，屏幕的另一端可能真的有人在监视着你。

在电影和小说情节中，美国国家安全局大部分时候监听的都是电话。但“棱镜”项目的监听范围要广泛得多。根据单独针对该项目的Skype界面所制定的用户指南，美国国家安全局的分析师不仅可以查看储存的账号信息，而且可以实时记录该账号的“音频、视频、聊天内容和传输文件”。当监控对象登录热邮、美国在线、雅虎通（雅虎推出的即时聊天工具）等软件时，分析师可以要求获得即时通知。倘若没有“棱镜”项目的规则限制，并且拥有其他的监控工具加持，则对于美国国家安全局而言，监控目标进行在线聊天或进行网络搜索时按下的每一个键，都逃不过他们的视线，甚至不必等到监控目标将消息发送出去。斯诺登告诉我：“当你还在打字的时候，他们就眼见着你的观点逐渐成形。”

当前那些互联网巨头所持有的个人信息宝库从丰富程度来说，在人类历史上可谓前所未见。里克在演示中谈到，“棱镜”项目从那些互联网企业获取的信息量呈“持续性指数级增长”。根据他的统计，美国国家安全局所提供的情报报告中，有 15% 都是基于“棱镜”项目所提供的原素材。历届美国总统每天都会收到由情报部门提供的高度机密文件《总统每日简报》，其中汇总了美国情报界 17 家组织和机构的最新工作内容。自 2011 年以来，《总统每日简报》中被引用次数最多的信息来源就是“棱镜”项目。在整个 2012 财年，美国总统收到的《总统每日简报》中共涉及 8 233 篇文章，其中有 1 477 篇文章（占比近 1/5）中引用的信息都是通过“棱镜”项目从那些美国互联网企业获取的。

鉴于该机构每年获取的通信信息总数都是以万亿计算，上述数字还是很让人大开眼界的。美国国家安全局作为一家为从事海外间谍行动而设立的机构，何以将触角如此深入美国的信息产业？针对这个问题，里克的那些听众原本都只是略知一二，但里克为他们提供了详细的解释。美国国家安全局可以合法实施监控的目标必须要满足两个条件：第一，他们是外国人；第二，他们身在国外。但“全球绝大部分通信信息都会流经美国”，里克告诉他的同事，“监控目标的通话内容、邮件和线上聊天信息会以最便宜的路径传输，而并不是以现实世界中最直接的路径传输”，往往分析师最需要的那些通信信息“能够很容易地流入美国境内并在美国境内传输”。

这种情况纯属巧合，但对于美国国家安全局来说无异于天赐良机。不过，人们也是最近才意识到其价值。一直以来都有人抱怨国会束缚了美国国家安全局的行动能力，里克对这一观点深有共鸣。据他说，1978 年《外国情报监控法》过度“限制了我们发挥‘主场优势’……因为它为那些不应该享有隐私保护权的人提供了隐私保护”。比如，“已为大众所知的恐怖分子的邮箱账号中，有 80% 都是雅虎邮箱或热邮邮箱”，但在 2007 年之前，美国国家安全局每对一个目标实施监控就要单独申请一次法院授权，“只因为政府正从美国境内的通信渠道搜集信息”。

里克没有提到的是，在 2001 年“9 · 11”恐怖袭击事件发生后长达 6 年的时间里，在小布什总统的授意下，美国国家安全局无视有关申请法院授权的法律规定。在时任副总统切尼的监督之下，美国国家安全局和联邦调查局开展了 4 项信息搜集计划，针对美国境内的互联网通信和电话通信进行大范围监控。切尼和他的律师坚持要将这些行动保密，因此小布什政府国家安全委员会的大部分成员、国会与外国情报监控法院的几乎所有人员，均对此毫不知情。为防止行动外泄，这一系列行动的相关信息被归类为“特殊隔离信息”（该级别信息的访问限制是最为严格的），代号为“鞭挞精灵”，后来改为“星风”，还附有一项被称为 RAGTIME（“拉格泰姆”）的特殊操作警示。有一项保密措施未能得到切尼的允许，那就是将“星风”项目定性为“特殊访问项目”。根据布伦纳的说法，“要打造一项新的特殊访问项目需要告知国会，但‘星风’项目是由副总统办公室直接负责，并由副总统的法律顾问戴维 · 阿丁顿直接操控”。

2005 年，《纽约时报》披露了其中的一个秘密子项目，当时负责为小布什总统撰写演讲稿的人想出了一个颇似宣传口号的项目名称——“恐怖分子监控项目”（TSP），以有意转移大众视线。事实上，这一在美国境内展开的监控项目所监控的对象并不是那些已经为人们所知的恐怖分子。它旨在将监控范围扩大至全体美国人，搜集数千亿通话记录和网络搜索记录，进而从中发现那些不为人知的阴谋者。根据一份内部分类指南，美国国家安全局效仿小布什总统的说法，在针对国会、法院等外部受众提供的简报和声明中，也开始使用“恐怖分子监控项目”这一后来凭空编造出的项目名称。

司法部对于这种不符合法定程序的总统命令发起了抵制，迫使小布什总统针对那些未经授权的项目向外国情报监控法院以及国会寻求授权。里克所讲的那些内容就是从这个时候开始的。在 2007 年《保护美国法案》通过之前，美国政府对于任何一个外国目标实施监控都要单独获得法院授权。而在《保护美国法案》中，国会暂时取消了这一规定。对于那些可通过美国企业获取其通信信息的外国目标，政府在实施监控时，无须再就每个目标单独获得法院授权。就如同我在第三章中提到的，根据 2008 年《外国情报监控法》修正案第 702 条，国会扩大了美国国家安全局的权限。对于那些在未经授权的情况下向政府提供保密信息，从而违犯法律的所有电信运营商和网络供应商，国会还赋予了它们可追溯的豁免权。

就是这些法律条款为"棱镜"项目的诞生提供了条件。行政机构成功说服国会，通过境外访问接入点对目标实施监控的难度太大，因为在境外访问接入点，数据被分成多个数据包，分散在不同的传输路径上。而在很多情况下，同样的信息在美国境内就可以获取，而且分散的数据已经经过重组，就存储在一些美国企业的数据中心。"(美国)能够撼动世界，靠的不是它的通信信息，而是它作为基础设施提供者的身份，"里克在做演示时这样说道，"我们需要从服务商的服务器中直接搜集所有信息。"

尽管新的《外国情报监控法》命令拥有法律效力，能够强制要求企业为代表美国国家安全局行动的联邦调查局提供帮助，但这些命令并没有指明企业要提供哪些帮助，以及如何提供帮助。按照里克的说法，美国国家安全局之所以强调合作，是因为"要访问'棱镜'项目，需要全权依靠互联网服务提供商提供网络配置"。没有企业的帮助，美国国家安全局根本无法获取自己想要的东西。一位消息灵通的内部人士告诉我："美国国家安全局不可能直接走进脸书的大楼，告诉其员工：'我们要进入你们公司的服务器机房，把里面所有的东西都带回我们总部。'能做到这一点的只有脸书自己。我们现在所说的可是由数千名世界顶尖的工程师开发出来的跨大洲的服务，其复杂程度可谓是里程碑级的。公司要派出哪些人来参与这些项目、基于服务的框架可以提取出哪些东西、具体通过何种方式来实现等，这些都是需要进行协商的。”

“棱镜”并不是一个大规模监控项目。我之所以提到这一点，是因为有很多人都存在这样的误解。“棱镜”项目的功能在法规层面和技术层面都是存在限制的。“棱镜”项目没有权限，也没有能力批量搜集热邮用户和雅虎用户的账号信息。用行业内的话来说，美国国家安全局在选择要监控的目标账号时，执行的是单任务处理操作。分析师先通过电子邮箱地址或注册电话号码等相对具体的信息元素找到目标账号。这些元素被称为强选择器或确定性选择器，与之相对的是其他监控项目中使用的弱选择器（可能是目标合集中的关键词或相关国外网络中的一系列用数字表示的设备地址）。使用弱选择器的监控项目最终匹配出的账号数量就比较大。当分析师在屏幕上打开“统一目标定位工具”时，“棱镜”项目界面会显示一个下拉菜单，要求他们输入查询外国情报的意图。还会有一个下拉菜单，要求分析师输入一项“境外元素”（foreignness factor），即给出他们认为监控目标不是美国人且不身在美国的理由。“棱镜”项目的用户不得有意监控美国人。从法律层面来说，这里的美国人包括美国的公民、永久居民、组织和企业。如果有美国人“附带性地”出现在他们的监控网络中，则美国国家安全局的操作人员有义务“最小化”或者限制对这些人的信息的访问权限。有监管人员和审计人员负责监督操作的合规性。在每年一次的机密会议上，外国情报监控法院会审查美国国家安全局选择监控目标的程序，以及限制访问被纳入监控范围的美国人的信息的程序，看其是否合规。美国国家安全局的工作人员都在尽最大努力、善意地遵循着这一原则。无论是基于斯诺登提供的档案材料，还是基于我自己搜集到的信息，我都没有任何理由怀疑这一点。

即便如此，这些形式上的约束措施还是掩盖了在美国信息经济领域政府干预的范围之广。曾经对美国国家安全局在境内开展的行动起到管控作用的制衡机制，已经出现了巨大的漏洞。几十年来，美国境内的情报搜集行动都是按照传统的美国宪法第四修正案中的标准实施的。要在美国境内拦截信号情报，需要获得一项单独的法院授权，而要获得这项授权，政府就需要向法官提供合理理由，并且所提供的辅助性事实都要接受司法审查。在“棱镜”项目中，美国国家安全局向硅谷发送的选择器数以万计，一次就涉及数十万账号，从数量上来说根本无从审查，事实上也确实没有任何独立的权威机构对此进行审查。外国情报监控法院在批准选择监控目标的程序时，并不知道那些被监控账号的名称，也不知道究竟有多少美国人被纳入监控范围。法院没有主动询问，美国国家安全局也没有主动告知。

里克在演示中，对于“棱镜”项目中确定一个监控目标所需的证据门槛较低这一点表示肯定，并将其与其他领域的法律标准进行了比较。在刑事判决中，给被告人定罪所需要的证据标准是排除合理怀疑。在民事判决中，做出有罪判决的依据是优势证据，即“认为有罪的概率超过50%”，里克这样写道。在旧版的《外国情报监控法》中，外国情报监控法院授权政府实施监控所需的证据门槛是存在合理理由的。还有一些需要获得外国情报监控法院授权的行动所需的证据门槛更低——只需要存在“合理的、可阐明的怀疑”。交警对驾驶员进行临时截停，所需的证据也是如此。而在“棱镜”项目中，实施监控所需的证据门槛比上述情况还要低。分析师只需要陈述一条“合理相信”的理由，来证明拟监控目标位于国外。但我看到的一些被引用的理由，比如从表面上看属于境外的IP地址，通常都会返回错误的结果。

“棱镜”项目旨在监控的是外国人，倘若监控目标中出现美国人则属于“附带”情况，但这种情况并不是不可预见的。“棱镜”系统的运作过程是为美国国家安全局所知晓的。在该系统的数据库中，非指定监控目标的数量比指定监控目标还要多，而且其中很多非指定监控目标都是美国人。这所有的数据都是由美国国家安全局负责保存的，其中那些美国人的数据的访问权限被限制到“最小化”。但倘若为了了解情报信息的来龙去脉或出于其他原因，很多官员还是有权访问这些美国人的数据的。

美国国家安全局的监督与合规理事会生成了多份报告，但其中很少提到权限滥用的情况，这在很大程度上是因为该机构对于这一术语的定义较为狭隘。根据其定义，权限滥用是指个别品质低劣的员工为了获取个人私利、实施报复或监控自己的伴侣（这种行为还拥有一个专门的绰号——LOVEINT，不过这种行为并不常见）等，故意违反规定的行为。在“棱镜”项目中，权限滥用还不是真正的问题所在。真正的难题来源于项目的条文细则和日常运转，即当系统完全按照预定的方式运作时。小布什政府和奥巴马政府曾分别为2008年和2012年的《外国情报监控法》修正案进行辩护，称其是为适应时代变化而做出的适度的技术调整，并不会侵犯人们受宪法保护的权利，也不会影响司法审查。将秘密隐藏在最深处、刻意转移人们对政府意图的质疑，这使得法律的边界发生了重大转变，而除非你身处保密世界并且拥有特权，否则根本看不到这种转变。布伦纳虽然支持新通过的修正案，但他也承认，这一法律变更的真正含义并不为大众所知。2015年时，布伦纳告诉一名受邀前往米德堡的人员：“美国国家安全局是根据法规办事，但普通的、聪明的、受过教育的美国人不可能了解法规的内容，也不可能理解法规的含义要取决于外国情报监控法院的诠释。”

正是因为这种保密性，即使是消息最灵通的记者和政策分析师也对“棱镜”项目的运作方式不甚了解。就算有人对其提起诉讼，在联邦法庭上也提不出任何合宪性异议。这样一来，国会不会面临舆论压力，那些大型互联网公司也不会被要求加强隐私保护。选民和消费者不会要求改变，因为他们根本不知道真相为何。

就在马蒂·巴伦同意发布有关“棱镜”项目的新闻之后仅仅两天，斯诺登发来的一则消息几乎使我们阵脚大乱。我之前给他发去了一份形势乐观的进度报告。《华盛顿邮报》正在全速推进。斯诺登在回复我的邮件中尖锐地指出，他定下的 72 小时之内发布新闻的期限已过。在他看来，他之前发给我和珀特阿斯的文件本身已经足以说明问题。我们究竟还在等什么呢?

我之前已经和他详细谈论过这个问题。在使这则新闻见报之前，有一些步骤我是不能够跳过的。“你可能有一些我不太理解的时间限制，”我写道，“但我想确保你能理解我的时间限制。我几乎从未听说过报道像这样的一则大新闻从头到尾只需三天、四天甚至五天时间就能完成。我并不是在讨价还价。我真诚地希望你能再考虑一下是否要以天为单位设定最后期限。如果你方便透露你在时间安排上存在何种顾虑，我会尽力想办法帮你解决。”

5 月 25 日，周六，已是深夜时分，斯诺登回复了我，这次更加急切。“好吧，我们首先来谈一下时间的紧迫性。”他说，“我说得再详细一点，这样我们双方都能清楚明了。在你发布这则新闻之前，我个人所处的风险等级都是最高的。因为且不论对错，只要新闻一天不见报，对手就会觉得还有机会阻止这件事发生。”他之前曾给出过一个就医的借口，但“此时此刻，我非常确定的是，我们已经没有时间了。除非我比自己想象中更强大，否则，到了周一，美国国家安全局就会得知我准确的位置，到时候，他们想到的可不会是‘这是个多么勇敢且有原则的吹哨人’，而只会一心想着‘要怎么才能消灭这个间谍’”。

这些都还不是让我感到窒息的点。真正给了我重重一击的，是斯诺登对于那个险些被我遗忘的有关加密签名问题的回答。斯诺登曾经要求我在发布新闻时，要把“棱镜”项目的幻灯片文件和这个加密签名一起公开。我曾试图将这件事解释给《华盛顿邮报》的编辑听，主要解释了一些技术性要点。但他们给我提出了一个更大的问题：为什么你的线人这么在意这个签名？

我把这个问题转述给了斯诺登，自那之后，我一直在忙于其他工作，几乎把这个问题抛诸脑后了。5月16日，也就是9天前，斯诺登第一次谈到有关加密签名的问题。据他说，公开加密签名的目的是证明“棱镜”项目的文件“没有被编辑或修改过”。这听起来好像有可以继续挖掘的价值。我在回复邮件中问他，这是否意味着美国国家安全局的某个工作人员曾使用美国政府的证件签署了这份幻灯片文件。如果真的是这样，那可真算得上是一则重大新闻，这签名就无异于古代王室的蜡封印章。有了这个签名，人们就不会再质疑文件的真实性。斯诺登只回答了一半，就转向了其他方面。“它创建了一条‘认证链’。这对于历史记录来说是非常重要的，”他在邮件中写道，“其他的事情我现在还无法解释。”

在与《华盛顿邮报》的编辑面谈之后，我想到自己可以对签名进行初级审核。但结果不尽如人意。我花了很长时间才弄明白其中隐含的内容。

```
gpg --verify PRISM.pptx.sig PRISM.pptx
gpg: Signature made Mon May 20 14:31:57 2013 EDT
using RSA key ID [redacted]
gpg: Good signature from "Verax"
```

现在我知道了，是斯诺登使用他的 Verax 这重身份，自己签署了这份幻灯片文件。如果我公布了这个签名，它唯一的作用就是能向少数懂技术的人证明，一个使用假名的线人为自己泄露的信息做担保。这对于任何人来说有什么好处吗?

在周六晚上的邮件中，斯诺登给出了这个问题的答案。他已经选择甘冒失去自由的风险，他这样写道，但他不甘心接下来的人生在监狱中度过，或者遭遇更悲惨的下场。他宁愿为那些可能效仿他的行径的“一群潜在的吹哨人 ”树立榜样。普通人不会去冒险做不可能成功的事，他们还是要对美好的结局抱有一丝希望。

> 为了实现这一点，我打算申请政治庇护（最好是去那种互联网自由度和新闻自由度较高的地方，比如冰岛。不过，这次事件引起的反响程度将会决定我的选择空间的大小）。考虑到美国政府对于驻外机构的监控非常严格（这方面我应该是有发言权的，毕竟我曾经在美国驻联合国的“间谍商店”工作过），我暂时还不能冒险，直到你的新闻报道见报，因为那自然就意味着我们已经摊牌。如果没有证据能证明我的说法，那么一切都将是徒劳的——他们会要求我提供证据，而我并不想向外国政府提供原始资料。一旦你的报道在《华盛顿邮报》上发表，并附上原文件和加密签名，那么我无须再透露任何信息，就能够立即证实自己的说法，并且证明自己确实

身处险境。

请给我透个底：你预计新闻什么时候能够发布？

我顿时感觉眼前一片漆黑。我强迫自己一字一句地重读了一遍他发来的信息。斯诺登打算向外国政府寻求庇护。他将要试图游说位于某国主权范围内的一座岛屿上的美国驻外机构。他可能确实没有太好的选择。斯诺登想向大众公布加密签名的目的，也是他唯一的目的，就是帮助自己走出国门。

为什么我竟然没有想到这一点？我和珀特阿斯根本不需要这个签名就能得知“棱镜”项目文件的发送者是谁。斯诺登其实是想要向其他人证明他在这则新闻中发挥的作用。我竟然从没有想到这一点。以我的经验来看，秘密线人不会想把自己牵涉进泄密事件中，而且是以这种绝对的、不可撤销的方式。要不是斯诺登自己清楚明白地讲出来，我根本不能理解其中的战略逻辑。如果我们按照斯诺登的要求行事，他就能够证明，我们手中拿到的美国国家安全局的文件是出自他的手。这样一来，在申请政治庇护时，他就可以声称因为做出了政治异议行为，而“有充分的理由担心自己会受到迫害”。而美国政府会坚持认为，斯诺登所从事的是犯罪行为，而不是政治异议行为。根据国际法，每个国家都可以基于自身立场做出这种判断。斯诺登整个计划的支点就在于那份签名文件，那个只有数百个字符、篇幅大约相当于这一段内容的加密文本。在斯诺登的计划中，我就是那个能够为他所用、将签名文件放在网上的人。

真是太愚蠢了！还记得他说的“认证链”吗？他明明已经直截了当地告诉你，他想要一份历史记录。

此刻，我的大脑在飞速运转。一旦斯诺登走进领事馆，手里拿着能够证明他身份的证据，任何一个情报人员都会推测他手里可能还有其他机密资料。斯诺登之前说他不想把那些文件交出去，但我感觉那天晚上他的语气似乎有些模棱两可。即便假设他不会向外国政府透露任何信息，我也并没有同意过要加入他的计划。我之前同意的是保护线人的身份，为的是能够向大众披露一则新闻。他想要我帮他披露这则新闻，私底下却是为了将其作为证明文件提供给外国政府。这样一来，性质就完全不一样了。

即便是在那噩梦般的几个小时里，我也从没有认为斯诺登是间谍。倘若他是间谍，那么他的行为根本说不通。一个志在为外国政府工作的人，在开启自己的间谍生涯时，不可能会把一沓秘密资料交给记者。外国情报人员都巴不得能够掌握别人都不知道的秘密，或者说巴不得紧守自己的秘密不外泄。如果他们选择在宣传活动中公开某些秘密，那么他们肯定会希望把控好公开的内容和公开的时间。我曾花了很长时间和斯诺登交谈，试图打探他的背景和行事动机。他给我提供的解释都真实可靠，而且我的直觉告诉我，他很真诚。但问题在于，过去的几周里，我的这种直觉带给我的绝非荣光。斯诺登一而再，再而三地带来一些让人猝不及防的消息。我开始反思自己。他内心深处究竟有何打算，我有多大把握自己能够知悉?

我顿觉一阵恶心。这家伙的人身安全和自由可能就掌握在我的手上。《华盛顿邮报》的那些人完全不懂这签名背后的玄机，马蒂·巴伦在做决策的时候也不免要征询我的意见。我最不想看到的就是我的线人受到伤害，但斯诺登为我安排的这个角色从未征得我的同意。我试图安慰自己，事情还有回旋的余地：所有人都认为我们不应该将“棱镜”项目的完整文件发布出来，可一旦对其做出哪怕一丁点儿删改，这个签名就会无效。但我心里很清楚，这已经不再是问题的关键所在。斯诺登已经明确告诉我这个签名背后的真正用意。如果我们现在将它发布出来，那么将来在外界看来，《华盛顿邮报》就是在知情的情况下为斯诺登所用，帮助他逃脱美国法律的制裁。我希望他能如愿，真的，但我不会是那个能为他所用的人。

我登录了一个匿名的聊天账号，试图联系珀特阿斯。此刻已经很晚了，她也曾在这么晚的时候联系过我。

我：我刚刚看了他发来的邮件，你看了吗？

珀特阿斯：看了，（情绪）很激烈。

我：我都无法想象他从现在所在的地方怎么去冰岛。他说他打算申请政治庇护，而且可选择的空间不大，说他“并不想”把原始资料提供给外国政府。

珀特阿斯：你怎么理解他所说的这一打算？

我：我觉得他心里已经打定主意这么做了。

回过头来看，我很清楚地意识到，自己当时对斯诺登产生了很大的误解。后来发生的事情切切实实地证明，斯诺登没有服务于外国政府，他也没有想过用机密文件换取自身安全。只是在当时的语境下，他使用的“最好”“选择空间”“并不想”这些词很容易让人产生误解。我当时想到的是最坏的结果。我和珀特阿斯都犯了这个错误。

珀特阿斯：天哪！糟糕。

我：他确实有能力提供新的材料。而且，在那种情况下他可能不得不这么做。这个时候，我们绝对不能做出任何有可能教唆他做出这种选择的行为，或者会让人误以为是在教唆他做出这种选择的行为。

珀特阿斯：当然。

我：我只想老老实实地做个记者。

周六那天，我们急匆匆地与律师召开了一场电话会议。我大致描述了事情的主要进展——提到了有关文件、签名、政治庇护，但没有提及“美国国家安全局”等。这是最初级的保密方式，因为我们身处不同的地方，已经来不及聚集在一起召开面对面的会议。参加会议的律师们都很警觉，当其中两个人同时在说话时，我还听错了一些内容。“不要跟我说，如果我不透露线人的身份，就等同于在协助和教唆他这么做，”我说道，“我是不会透露线人的身份的。”

实际上，他们并没有这个意思。参加这场电话会议的人一致认为，我们应该继续按照原定计划执行，继续保护线人的身份。毕竟，除了我和珀特阿斯之外，没有人知道斯诺登的身份。但《华盛顿邮报》的首席外部法律顾问凯文·贝恩用非常严肃的语气告诉我，千万不可对他有所隐瞒。贝恩问我们到底曾经有没有向线人承诺过会发表“棱镜”项目的完整文件或那个数字签名？我的回答是没有，珀特阿斯的回答也是如此。我们的线人在把文件发过来之前，只是说有这两点“请求”。当时我和珀特阿斯没有直接回答，而是转移了话题。何必要因为假设性问题而与他发生争执呢？也有可能文件的内容并无不妥，确实可以全部发表。“你必须要告诉他，你从未同意发表。”贝恩说道。现在，我和珀特阿斯面临着一项全新的法律风险。面对线人“利用你来帮助他达成接触外国政府的目的”的明显意图，我和珀特阿斯已经无法视而不见。

我能想到的最糟糕的情况终究要发生了。紧接着，事情变得更加糟糕。就在斯诺登发来邮件说他想申请政治庇护的前一天，我们刚刚告诉巴伦，线人现在身在香港。珀特阿斯打算去香港拍摄有关线人的纪录片。斯诺登邀请我与珀特阿斯一道前行。“除了那个幻灯片文件之外，我不敢保证还能提供给你多少其他的东西，但我很乐意提供任何帮助或见解，只要是在我的能力范围内。”斯诺登写道。我已经迫不及待地想见见这个人。我告诉巴伦，我倾向于前去与线人见面，但我有些左右为难。珀特阿斯的职责是拍摄影片，我的职责是写作有关“棱镜”项目的新闻报道。我必须要以最为保密的方式，去联系那些有可能知道事实的人。我怎么能通过国际长途电话来做这类采访呢？毕竟，在与国内的线人联系时，我都不会使用电话。我一般都是和线人面对面交流，在能够确保安全的情况下，我会与线人提前约定好，如果不能确保安全，我就会直接去家里找他们，而不会提前告知。“我现在有些犹豫，不知道应该优先采取哪种方式。”我说道。巴伦笑了笑，转向珀特阿斯说：“看来我们要靠你帮他做出选择了。”面临这种情况，任何一名记者本能的选择就是：前往新闻事件的现场。我决定了，我必须要这么做。那天晚上，我写邮件给斯诺登：“我很期待能与你当面聊聊。不出意外的话，我和我们共同的朋友（指珀特阿斯）会在周六一同前往。”

就在那场电话会议结束后不久，贝恩给我发来消息说，我们需要再谈一下，而且时间上刻不容缓。他咨询了他的搭档巴里·西蒙，西蒙专攻的就是政府调查和刑事辩护。据贝恩说，西蒙对于我们前去与线人见面的计划“反应十分强烈”。当然，这只是比较委婉的说法。当我们再一次进行电话会议时，西蒙加入了进来，他话语中的那种紧迫感，以我在《华盛顿邮报》从业21年的经历，还从未在其他律师那里感受过。在西蒙看来，美国当局及其他未知的相关方随时都有可能对线人实施突袭。如果到时候我们出现在线人的房间里，那么我们可能会和线人一同被逮捕，而且我们的任何权利都得不到保障。在这种情况下，我们不能指望美国领事馆会提供多少帮助。如果我们在境外携带或者拥有保密文件，则回国之后，美国的检察官会直观地认为我们从事的并非普通的新闻工作，就会很容易对我们提起刑事诉讼。我们所做的采访笔记和采访录音中肯定也会包含保密信息。我们应该想到，美国当局及相关方都完全有能力拦截我们以数字形式存储或传输的任何信息。即使我们以某种方式对文件进行了加密，也会有人迫使我们将其解密。最后，也是最无法避免的风险就是：当我们和线人进行交谈时，我们无法采取任何实际的防窃听措施。一旦和线人谈论一些秘密内容，珀特阿斯和我就相当于是在将美国的国家安全秘密暴露给外国的情报机构。（可我们谈论的内容怎么可能不涉及秘密内容呢？）如果我们认为自己所谈论的内容都是事实，所以不会被起诉，那就大错特错了。

此时的巴伦异常严肃，完全收起了之前戏谑的态度。当前我们需要自己做选择。如果我们选择取消这次行程，他也不会责怪我们；如果我们选择按照原定计划前行，那么他会尽可能地为我们提供一切资源支持。那天晚上，在我位于纽约的家里，我给珀特阿斯倒了一杯波旁威士忌，然后一字一句地向她解释了之前与西蒙的谈话内容。“你是不是想说，我们不能过去和线人探讨美国的监控权滥用问题，只因为我们的谈话过程可能被监听？”她问道，“你知道你的话有多么离谱吗？”

我当然听出了她话语中的讽刺，可我无从反驳。不过，我已然决定要把原定的行程推迟，不光是因为律师说的那些话，还出于很多其他的原因。如果没有那些文件在手，我就没法进行完整的报道或撰写新闻，而我不打算带着那些文件去香港，因为我不具备斯诺登那种高超的技能（斯诺登曾在联合反情报培训学院专门教授过这方面的技能），无法保证文件存储的安全性。另外，我也不想让美国当局有机会循着我的踪迹找到斯诺登。截至目前，我和斯诺登的通信已经持续了一段时间。如果美国政府已经有所警觉，那么它肯定正在密切监控我的出行记录和信用卡消费记录。我想，斯诺登应该没有充分考虑到这一风险。

这些担心都是切实存在的，一直萦绕在我的脑海中。但不可否认，西蒙的话也对我产生了很大的影响。我家里有4个正在上学的孩子要养，他们上大学的学费还没有着落，也没有什么保险能够覆盖这些花销。《华盛顿邮报》的总法律顾问杰伊·肯尼迪曾经给了我一些香港高级律师的联系方式，我把它们都给了珀特阿斯，并且提醒她记得把费用发票寄给《华盛顿邮报》。她和《华盛顿邮报》签的合同依旧有效。如果她要飞去和斯诺登见面，报社依旧会为她提供支持。那天晚上，她取消了航班，但心里还是颇有不甘。

“这一切都让我感觉很不舒服。”第二天，她给我发邮件说道。

“我本来以为自己很擅长处理这种突发情况，但我从未想过会出现这种问题。”我回复道。

珀特阿斯显然还未能从最近一次与斯诺登的对话中恢复过来，这次他们谈及了一个完全不同的话题。就在三天前，珀特阿斯告诉斯诺登，在上飞机之前，她还需要一些时间考虑。斯诺登以为珀特阿斯是害怕出入香港海关的时候会被盘问。他为珀特阿斯编造了一个借口，就是这个借口使珀特阿斯不由得开始怀疑，这个陌生人的脑子里究竟在想些什么东西。

斯诺登告诉她：“向他们暗示你和我有染，这是一种很简单且很容易让人相信的认罪方式，能够合理解释你为何秘密出行，并且要和某人单独相处一段时间。”要让安检人员觉得他们看穿了旅客隐藏的秘密，他们很喜欢这种感觉，斯诺登这样写道。如果他们对珀特阿斯起了怀疑，那珀特阿斯就可以用一行李箱的情趣用品和情趣内衣，“让他们以为自己发现了真相”。如果他们问起，珀特阿斯可以隐晦地说，自己要去赴一个陌生网友的约。她并不需要说出一些令人羞于启齿的细节，她行李箱里的东西就能够说明一切：相机是用来记录床上游戏的，视频内容因为太过私密，都已经加密。斯诺登绘声绘色地给她描述了这一可能发生的场景。

“这太诡异了，你不觉得吗？”珀特阿斯在邮件中写道，“现在我已经没有什么兴趣了。也许之后我会改变主意吧。”不过，这一误解很快就消除了。斯诺登本人并不是真的有什么下流的想法，他提出这个建议完全是为了掩护珀特阿斯的秘密出行计划。这种令人尴尬的故事，甚至有点像虚构作品中的情节，反而更能有效地起到掩护作用。

5 月 26 日，尽管很不情愿，但我们还是给斯诺登发去了回复邮件。我们已经咨询了律师。“你对我坦诚相见，我也不想对你有所隐瞒，”我写道，“你的邮件内容中存在很多毫无依据的假设。我的意图和目的纯粹是围绕新闻报道。我不会为了其他的目的而改变这一点，也不会为了其他目的而改变自己的工作节奏。”我正在不遗余力地推进这件事，而且我确实打算发布这则新闻，但“我无法给你你想要的那个底”。

珀特阿斯单独给他写了一封邮件。

> 自周一以来，事态的变化一度出人意料（比如，从你做出出境的决定，到你选择停留的地点，再到你打算申请政治庇护），确实有必要说明一下。就如格尔曼所说，我们的目的和意图纯粹是围绕新闻报道。我相信你知道，我对这一领域很感兴趣，也一直致力于这一领域。格尔曼在这一领域取得的工作成果更是不言自明。我不能前去对你进行当面采访。但我确实有一些问题想问你，当然，前提是你还愿意回答。

斯诺登给她的回复中带着不解和警觉。“过去这几天里，你和BRASSBANNER的回复让我十分担心，你们的态度似乎突然发生了转变，”他告诉珀特阿斯，“你们一开始都是持支持态度，但现在都处于一种不可名状的恐惧状态……我甚至不知道，现在我的真实姓名是否已经连同那份原文件被上交（给美国当局）。天哪，我不知道他们都跟你们说了些什么，但我还不至于去伤害我的国家和我的同胞。”

就在同一天，他也回复了我的邮件，告诉我他正“身处极其艰难的处境，但依然在努力做正确的事情”，在发布新闻的问题上，他并不是在试图对我发号施令。“我之所以向你揭露这些秘密，只是把你当作这一与公众切身利益相关的新闻事件的首席记者，而不是要把你和我拴在同一条船上。”在邮件最后，他提出了一项请求：“请确保你会在公布原文件时附上加密签名。现在你也已经清楚，（如果不这样做的话）我的人身安全将会直接受到影响。”

这简直太折磨人了。斯诺登已经跃身而下，就指望我和珀特阿斯为他提供降落伞，可我们之前根本没有答应会为他提供降落伞。“这简直是一场噩梦。”珀特阿斯给我发邮件说道。斯诺登似乎很害怕我们会去告发他，我们当然不会这么做。同样，我们也不会把手中的“棱镜”项目文件的副本交给美国当局。（我从来不会这么做。政府和那些大企业通常会在敏感文件上做一些隐形标记，以便当文件被泄露时追查其来源。）我能保证的只有这些。“请你理解，我之前只向你做出过两项承诺：我会不遗余力地调查这则新闻，并且我会保护秘密线人的身份。我会继续信守这两项承诺。但我没有承诺过，也不可能负责任地向你承诺，我一定会发表一份我没有亲眼见过的文件和加密签名。”

鉴于这个年轻人已经身处极其危险的境地，他的回复已经算非常有风度了。他只是冷冷地说道：“与之前相比，你现在的通信内容经受的审查似乎更严格了。”这则新闻不会再由《华盛顿邮报》独家报道了。“很遗憾，我们无法再继续这一单方面合作项目，是时候结束了。祝愿你的报道一切顺利——希望你能获悉真相。”

就在5月27日那天，斯诺登开启了他与格伦·格林沃尔德的首次对话。两周后，我在发布的一则新闻中谈到了这一时间线，这引起了格林沃尔德的不满。“巴顿·格尔曼提到的有关斯诺登与我互动的信息——时间、方式和原因，没有一项是正确的。”他在推特上发布了一系列推文表达自己的愤怒，其中第一条推文这样写道，“我和劳拉·珀特阿斯自从2月份就已经开始和他合作，比他与巴顿·格尔曼取得联系要早得多。”根据格林沃尔德在《无处可藏》一书中进行的详细介绍，直到临近5月底，我才在这一事件中登场。并且伴随着我的登场，事态开始有了“新走向”，但这个走向并不是人们希望看到的。当时，在珀特阿斯的帮助下，我“没有花费太大力气就获得了”一条独家新闻。但《华盛顿邮报》和我并没有积极地去报道这则新闻，而是召集了一群律师进行商讨，并且邀请白宫的力量介入，对新闻内容进行了删减。

这些断言的真伪都是可查证的。格林沃尔德在写作那本书的时候不可能不知道，这些都不是事实。无论是斯诺登还是珀特阿斯，都并非从2月份开始与他合作。格林沃尔德在接受《赫芬顿邮报》采访时，说自己“在3月底或4月初时安装了加密软件，开始与斯诺登直接对谈”，事实并非如此。事实是，珀特阿斯当面告诉格林沃尔德有关线人的事情，是在4月19日。在此之前，他对于线人的存在丝毫不知。(甚至截至此时，他仍然没有意识到Verax就是之前曾试图联系他但未果的Cincinnatus。)那时候距离珀特阿斯和我初次见面并谈及此事，已经过去了近三个月。珀特阿斯发现格林沃尔德态度很急切，但“对于安全技术方面的东西一无所知”，而且还不会使用加密渠道，而要参与其中，使用加密渠道是必须的。又过了5周，Verax才与格林沃尔德取得联系，这时候，时间已经来到5月底。珀特阿斯最终还是决定前往香港，她邀请了格林沃尔德一同前往。他们的航班是6月1日的，在临出发前，珀特阿斯才将那份名为“潘多拉”的档案交给了格林沃尔德。我想说的是，直到上文中所提及的事件均已经发生，直到斯诺登说出他无法“再继续这一单方面合作项目”之后，格林沃尔德才首次看到那些文件，首次和那个他依然不知道名字的线人进行交谈。

当然，无论这一切始于何时，显而易见的是，格林沃尔德在披露这一监控项目的过程中起到了主导作用。他极力自我标榜：称自己从一开始就参与调查这一新闻事件，称主流媒体界没有人有胆量承担此项工作。他还以自己在这一事关美国国家安全局的新闻报道中的大无畏态度，衬托《华盛顿邮报》和其他主流媒体“畏首畏尾，不敢承担风险，唯政府马首是瞻”。在一群胆小如鼠的新闻工作者之中脱颖而出的勇士——这俨然已经成为他的名片。

我认为，这一针对主流媒体进行的批判倘若能够更为细致入微，可能才会比较有说服力。有时候，我们主流媒体的新闻报道缺乏怀疑精神，过于服从权威；有时候，我们明明可以筛除那些自相矛盾的报道，但还是会拘泥于虚假的对等。但是，我们依旧不乏一些良心媒体，它们在不断努力驱使自己“追求真相，并且毫不畏惧地展示真相”。马蒂·巴伦就是因为做到了这一点曾荣获奖项，我引用的正是他在颁奖典礼上的原话。在主流媒体的黄金时代，主流媒体的记者们确实履行了对权力进行问责、维护公共权益的责任。

在格林沃尔德眼中，我们传统新闻媒体行业的从业者在权力面前都是一副卑躬屈膝的丑态。他使用了很多种不同的话术，但试图表达的都是这个意思。而我亲眼看到的是，随着美国国家安全局的这一事件被曝光，《华盛顿邮报》的整个新闻编辑部全力投入这一新闻事件中。与我共事的每一个人，从记者到编辑，再到平面设计师，都是我曾近距离观察过的最优秀的新闻工作者。而且，《华盛顿邮报》从未因为害怕得罪当局而删减任何一篇报道中的任何一项内容，这是无可争辩的事实。

6 月 11 日一早，就在那些炮轰性言论发出之后两天，格林沃尔德突然向我抛出了橄榄枝。“嗨，巴顿，真的很遗憾，我们因为一些无关紧要的小事陷入这样一场公开的口水战。”他写道，“我承认是我没能控制住自己。”两个小时后，我走进了位于白厅大街上的一家三明治商店，这时我的电话响了，是《纽约时报》负责法律版块的记者查利·萨维奇打来的。他告诉我，就在刚刚，格林沃尔德告诉他，我在有关斯诺登和“棱镜”项目文件的幕后故事中存在不实报道。据格林沃尔德说，斯诺登从未坚持要求我把整个文件全部发布，他只是要求我在网上公布那份数字签名。格林沃尔德告诉萨维奇，他之所以知道这一点，是因为他看了我和斯诺登之间的通信内容。

街道上吵吵闹闹的，我不禁怀疑自己是不是听错了。这位提倡隐私保护的斗士，竟然在查看我的邮件内容，并且还将其泄露出去？格林沃尔德不可能看过我和斯诺登的全部通信内容，即使是珀特阿斯也不曾全部看过，而且斯诺登不会保存那些通信文件的副本。格林沃尔德的说法根本毫无逻辑。因为根据斯诺登的说法，我根本无法对文件内容做出任何删减，否则数字签名和文件就无法匹配了。我告诉萨维奇，他可能需要咨询一名专家。最终，萨维奇放弃了这则新闻。

当天下午，我回复了格林沃尔德。“今天，查利·萨维奇告诉我，你说你看过我和线人之间的全部通信内容，而且说线人从未坚持要求我发布‘棱镜’项目文件的全部内容，”我写道，“这是真的吗？”

“我从未说过我看过你们之间的全部通信内容，”格林沃尔德回复道，“我怎么可能知道我看到的是不是全部内容？我说的是，我看到的那些内容，在我看来是你与斯诺登之间关于‘棱镜’项目进行的全部提问与回答，而且根据我对这些内容的理解，斯诺登并没有要求你发布那份幻灯片文件的全部内容。我还说，斯诺登从未对我们提出这类要求。当然，这并不意味着斯诺登不会在某个时间点对你提出这个要求。”

我在键盘上打出了几条颇有意思的回复，但我终究还是没有把它们发出去。

算了吧。

“停战吧，”我回复道，“我们都还有很多重要的事情要去做。”

距离美国国家安全局的这一新闻事件曝光已经过了好几个月后，仍旧有记者拿格林沃尔德的那些轻蔑的评论来试探我，我对此拒绝做出评论。《华盛顿邮报》为我提供了一个很大的平台，因此我理所当然要接受外界的审查。我不想为这一事件带来任何额外的插曲。格林沃尔德所做的贡献有目共睹。他曝光了一则重大新闻，让线人的声音被大众听到，针对国家权力提出了一些重要的问题。他写的内容中有很多令我敬佩不已，但也有很多我不敢苟同。我想，相比两人保持步调一致，我们之间存在这种分歧才能更好地服务大众的利益。

2013年6月5日，我正在为发表有关“棱镜”项目的新闻做准备，我用自己在《华盛顿邮报》内部的新账号给本·罗兹发去了一封邮件。罗兹是奥巴马政府内部主管战略通信的副国家安全顾问。我告诉他，我手中有一则内容异常敏感的新闻，他肯定会想要马上了解，具体细节最好能通过更为隐秘的渠道进行沟通。我们具体应该怎么做呢？

我已经很多年没有从事日常的新闻工作。罗兹不认识我，所以他究竟是否会把我的邮件当真，我无从得知。我请老朋友安妮·科恩布卢特帮忙强调了一下信息的重要性，她曾担任白宫记者。然后，我又通过秘密渠道给曾担任中央情报局局长和美国国家安全局局长的迈克尔·海登的私人邮箱发去了一封邮件，邮件内容与前一封相似。距离我上次通过他的私人邮箱与他联系已经过去了很多年。他应该能够明白这意味着什么。

我与这位退休的空军四星上将相识已久。我们俩的交情要追溯至1990年，那时的海登还只是一名一星准将，负责为空军部长管理国防部的一个智囊团。那时的我则是一群缺乏经验的军事记者中最稚嫩的一个。就在美国入侵伊拉克之前，有一天，我走进他的办公室，请他为大众解释美国空军将会如何在这场战争中发挥作用。我告诉他，要先假设大众根本不知道F-16（战斗机）和M-16（步枪）的区别是什么。之后，我们进行了很长时间的交谈。海登是我见过的最令人钦佩的谈话者之一，他条理清晰而且富有魅力，经常会使用一些通俗的比喻。他会在一些小问题上做出让步，只为让自己在更大、更难证实的问题上更加可信。在之后的日子里，海登的事业蒸蒸日上，每当我获知一些秘密信息，就会时不时去找他聊聊。他会先听我说，然后在不违反相关规定的前提下，为我提供一些他所了解的信息。每当他认为我了解的事实有误或者某些行为有可能造成我无法预知的负面影响时，他就会想办法提醒我。2008年之后，我们的关系变得有些紧张。因为就在那一年，我开始认为他在未获授权的监控项目问题上有意误导我。在我写作的那本有关前副总统切尼的书中，我称海登在有关该监控项目的公开发言中存在误导性。不管我们之间存在怎样的分歧，我想他还是会帮我把话传达给愿意听的人。

第一个给我打电话的是美国国家情报总监办公室的通信主管肖恩·特纳。我对他说出了“棱镜”项目演示文稿的标题、日期、作者和保密标志，并且告诉他，我打算近期发布一则关于该文件的新闻。“我想你们的人应该不想在电话上谈论这件事，”我说，“我建议你先拿到一份文件副本，然后告诉我他们准备如何处理这件事。”

6 月 5 日晚上，《卫报》基于斯诺登档案文件中提供的线索，发布了第一则新闻，这让我有些猝不及防。这则新闻中披露了，联邦调查局代表美国国家安全局正在搜集美国最大的通信运营商——威瑞森电信（Verizon）的用户通话记录。威瑞森电信每天都会向联邦调查局提交一张光盘，里面存储着每位用户的最新通话记录清单——本地通话、跨州通话、国际通话等全都被包含其中，无论是美国用户还是其他国家的用户，无一例外。

在信息科学家那里，这类记录被称为“元数据”，类似于密封的信封上的收信人地址和寄信人地址。每次通话中用户所说的话，就像是信封里面的信件，被视为“内容”。美国法律不太重视元数据隐私的保护，但这类数据所传达的信息量远远超出了外行人士（包括法官）所认为的水平。如果政府能够得知每通电话背后通话双方的身份、通话时间、通话时长等信息，就可以打造一个巨大的档案库。人们在与朋友、恋人、同事、商业对手、神职人员、医生、医学实验室的每一次通话中，甚至在拨打自杀求助热线时，都会透露很多的信息。已经获得法院授权，每年得以访问近 1 万亿条通话记录的美国国家安全局，所拥有的原始材料足以勾勒出一幅包含整个国家的社交网络、商业网络、政治网络和宗教网络的综合性地图。每部手机都有一个独一无二的硬件标识符，政府通过搜集硬件标识符和“综合通信路由信息”，就能够大致定位来电者的地理位置。该计划被公开后，美国政府官员表示，美国国家安全局实际上并没有存储位置数据。

重要的是，政府用这些数据记录来做什么。不过，政策并不是一成不变的。这就是斯诺登所说的“一站式专政”（turnkey tyranny）——系统太强大了，把它们交到任何政府的手中都太过危险。在任何情况下，宪法限制的范围都不光涵盖政府应该如何使用通过搜查和扣押所获得的证据。单单是搜查行为本身就会对隐私保护产生重大影响。作为一个国家，我们不允许警察在遇到剧院失窃案件时就去搜查现场每个人的口袋，无论他们会如何利用最终搜查到的证据。

为了证明在国内实施大规模监控这一极端冒险的行动是合理的，行政部门提出了一项全新的法律解释。当然，这一法律解释是完全保密的。早在2001年时，美国《爱国者法案》第215条授予了联邦调查局简化的访问权限，可以访问经外国情报监控法院认定与已获批准的恐怖主义调查案件“相关”的商业记录。“相关”这一法律标准通常被用来限制政府的权力范围，它区分了调查者能够触碰的领域与不能触碰的领域。但在小布什总统和奥巴马总统执政时期，司法部彻底颠覆了这一概念。政府律师秘密说服外国情报监控法院，每一通电话的每一项记录都符合相关性要求，因为一场恐怖阴谋很可能牵涉一个或多个未知的群体。美国国家安全局提议通过“联系链”来找到那些深藏的恐怖分子，这是一种针对朋友之间的联系、朋友的朋友之间的联系等进行数学分析的方法。在由数万亿节点和边组成的图形上应用这些计算方法，会带来何种影响，这已不是法院能够评估得出的。（外国情报监控法院的法官并没有雇用任何的技术顾问。）法院只知道，美国国家安全局想要获得对国内民众所有通话信息的访问权限，它也确实选择授予了美国国家安全局这项权限。

根据制度设计，外国情报监控法院的裁决都是在保密会议上做出，这些裁决听不到任何的反对意见。公众和国会的大多数议员，包括《爱国者法案》的一名主要起草者，都不知晓这些裁决的存在，更不用说裁决的内容了。外国情报监控法院下达的指令，保密级别为“绝密 // 特殊情报 // 不可向国外泄露”（TOP SECRET//SI//NOFORN）。绝大多数立法官员的下属都不具备接触这一级别保密信息的安全许可，因此他们根本无法看到如此复杂的材料，也无法向立法官员提供任何的建议。《卫报》的报道中并没有涵盖以上全部内容，但依然在世界范围内引起强烈反响，其中当然离不开格林沃尔德的贡献。

此时，我知道，竞争已在所难免。我告诉肖恩 · 特纳，《华盛顿邮报》准备加快节奏，尽快发布“棱镜”项目的新闻。第二个给我打电话的是罗伯特 · 利特，这是两年来我们第一次通话。作为美国国家情报总监詹姆斯 · 克拉珀的总法律顾问，利特是政府的资深情报律师。他听起来很紧张，但一开始还是先寒暄了几句。我们以前见过面，他说，就在马里兰州的瓦伊河会议中心，不知道我还记不记得。我怎么可能不记得。那是在 2011 年春天，阿斯本研究所召集了一小群记者和情报官员，我们在同一间会议室里度过了紧张的两天。会议以对话的形式进行，对话的主题是针对国家安全秘密的新闻报道。会议桌旁一共坐着 28 名参会者，有男有女，其中一人后来成为联邦调查局局长，还有一人曾经担任国家情报副总监。我想，在场的那些人中，数我和利特之间的分歧更大。

利特告诉我，他手上正拿着“棱镜”项目的演示文稿，此刻坐在电话前的不光有他，还有其他人，但他没有说具体是谁。显然，他们打算正大光明地通过电话跟我谈。这让我感觉很震惊。后来我了解到，利特和克拉珀此前刚刚被召唤到国会山。事态紧急，他们来不及召开面对面的会议。

我知道，利特和他那群没有报上姓名的同事肯定开始着急了。我不是一个盲目相信那些保密标志的人。我曾亲眼看到，署有我名字的新闻报道再版的时候被打上保密标志。但是，“棱镜”项目的演示文稿中的有些内容倘若被打上“绝密”标志，应该没有任何人会提出异议。有些幻灯片上展示的被拦截的通信内容和文件，确实足以让人惊掉下巴。有些外国人正在密谋杀害美国人，有些人正准备制造条约中明令禁止的武器，还有人打算非法侵入美国承包商的保密文件。正是得益于“棱镜”项目，美国政府得以趁其不备，将其抓获。通过“棱镜”项目搜集到的信息，美国政府还发现，有一个与美国不甚交好的政府正在秘密实施一项危险行动，另有一个政府部署了一项秘密设备，只为避开美国间谍卫星的监控。但凡承认间谍活动在一国的国防行动中发挥着有效作用的人，都不会质疑这些发现的重要性。如果我在新闻中曝光这些内容，那些监控目标肯定会就此销声匿迹。

“我一般不喜欢夸大其词，但这件事真的让我全身汗毛都竖起来了。”利特说。

“我大概知道你心里在想些什么。”我告诉他，“我想，为了节省双方的时间，我就直接一点儿。”

这份文件中的有些内容，《华盛顿邮报》不准备发布出来。我在电话中没有点明具体是什么内容，在本书中我也不准备说明。我只是说出了这些内容所在的页码和位置。第 14、19、21、22 页幻灯片上的任何内容都不会出现在我们的新闻报道中。当然，还有第 23 页幻灯片上的地图、备注中的文字、超链接视频文件，都不会出现。第 28 页幻灯片上的列表中的任何内容也都不会出现，因为出现其中一项就可能牵扯出另一项，那样整个文件的内容都会受到影响。我们之所以做出这一决定，并不是因为害怕得罪政府，也不是因为害怕会受到政府的惩罚。我们有自己的判断，要做出这些判断并不困难。就我个人而言，我很清楚我忠于的是谁。在这一背景下，我不是一个世界公民，我不能对这一事件可能导致的国家冲突漠不关心。刚才我所暗指的那些细节内容一旦曝光，会对我的国家及其盟友造成的伤害显而易见。我们在公共政策辩论中没有看到对其持相反立场的人。无论依照何种法律标准，这些都是有效的情报目标。

我可以听到电话那端的人按下了静音键。过了一会，利特的声音再次传来，他说："我们很高兴听到这些。"

在这之后不久，我们之间的对话形势就急转直下。《华盛顿邮报》不想爆出具体的操作细节，但我们坚信这里面肯定大有文章。所搜集信息的体量之大、附带性搜集带来的影响、法律边界的秘密变更，这些都是很重要的新闻。我告诉利特，我打算公开那9家企业，并引用里克的原话来描述对这些企业的服务器的直接访问权限。

利特是一名立场非常坚定的辩护律师。他在任何事情上都不会留有余地。他说，美国政府不允许公开披露任何保密信息。这句话保留了所有的合法选择。他是认真的，这一点我毫不怀疑，但这句话只能流于形式。他很清楚，事情已经没有回转的余地。我试图从他那里证实一些信息，并了解一些背景信息，以确保自己真正理解所看到的那些内容。他之所以愿意和我详谈，只是为了指明这些保密性事实中，有哪些是政府认为最需要予以保护的。针对里克的描述——那些数据是从硅谷的"服务器中直接"获取的，利特并没有提出任何异议。"显然，我们更希望报道中完全不要谈及这方面的内容。"他说道，但实际上，他真正介意的是曝光那些企业的名称。

"为什么？"我问道。

利特回答说，公开曝光会使企业陷入窘境，而且会导致它们以后不愿意与政府合作。

"如果你所声称的曝光这一信息会带来的伤害是指会影响企业的名声，原因是大众不喜欢它们正在做的事情，那么我认为更不应该隐瞒。"

我说，“同样地，我们也不应该因为害怕曝光这一信息之后选民会希望缩小情报搜集的范围，从而导致之后的情报搜集工作受限而隐瞒这一信息。因为我们发布新闻的目的就在于，让大众自己决定要支持什么，不要支持什么。”

我推测利特会直接去找我的上司进行理论。我把马蒂·巴伦的私人联系方式给了他，还开玩笑称，他肯定已经有巴伦的联系方式了。利特没有给巴伦打电话，利特的上司也没有打。就在那天晚上，也就是6月6日，我们发布了有关“棱镜”项目的新闻报道。不到一小时之后，《卫报》也发布了自己的版本。我们决定删去的那些幻灯片内容或有关国家安全的细节，在《卫报》的报道中也丝毫没有出现。不久之后，来自硅谷的激烈反对声开始涌现。那些企业最开始拒绝发表评论，或者只是发表一些避重就轻的言论，现在纷纷发表声明，断然否认任何美国政府机构对它们的服务器拥有“直接访问权限”。我急忙将这些企业的声明与“棱镜”项目文件中美国国家安全局项目经理的原话进行对比——项目经理的原话非常明确，而且重复了两遍。那天晚上，我在斯诺登发来的档案所包含的另一份文件中找到了一条线索。这份文件中包含针对“棱镜”项目的前身进行的描述，我从中发现了与里克不同的措辞。它说的是，“至于互联网内容选择器，由催收经理将内容任务指令直接发送至安装在公司控制范围内的设备”。这句话的意思似乎是，美国政府将“黑匣子”置于企业内部，但政府本身并没有直接接触企业的服务器。我更新了报道，指出了这些信息存在的自相矛盾之处，并且列出了新的证据。

“直接访问权限”，这个看似明确无疑的术语，实际上却出人意料地含糊不清。它在硅谷和在米德堡具有完全不同的含义。在那些技术企业的理解中，这个词意味着政府的监控设备能够直接连在企业的核心硬件上。这将代表着彻底的失控，可能会带来毁灭性后果，因此企业予以否认是正确的。美国国家安全局内部所说的从“服务器中直接”搜集数据，是与所谓的非直接搜集相对，后者是指机构在互联网上被动地拦截正在传输中的数据。正如里克向分析师解释的那样，“棱镜”项目确实无须去追逐光纤电缆中的光子。“棱镜”项目是直接从源头获取数据，这个源头就位于9家企业的数据库。在美国国家安全局的分析师看来，这种联系是相当直接的：只需发出一个选择器，就可以收回一堆数据。而在脸书或谷歌看来，在政府的设备与它们自己的设备之间建立防火墙具有天大的意义。“实际的架构存在很大不同，但从客观效果来看，除了因为存在审查环节而有一定的延迟，搜集过程几乎是直接的。”美国国家安全局副局长克里斯·英格利斯向我解释道。

现在回过头来看，我不太赞同自己写作这篇报道的方式。相对而言，我当时了解的信息还太少，很多信息都是我后来才了解到的——主要是通过花时间去研究文件，以及做采访。那个“直接访问权限”的问题严重分散了我的注意力，虽然对于企业来说弄清楚这个问题至关重要，但相对于公共政策的核心问题，这个问题就显得不那么重要了。我完全错过了隐藏在“棱镜”项目文件中的一则新闻，这则新闻可谓远在天边，近在眼前。《外国情报监控法》修正案授权了两个新的信息搜集项目，这两个项目是并行的。其中一个就是“棱镜”项目，另一个被我忽略了，它被称为“上游”搜集计划。在接下来的几个月里，这个“上游”搜集计划的重要性越发凸显。

就在有关“棱镜”项目的新闻报道发布三天之后，斯诺登通过一个12分钟的视频向世人公开了自己的身份。这个视频是劳拉·珀特阿斯为《卫报》所拍摄的。当时，丹妮尔·马萨里尼正在纽瓦克自由国际机场的一个吧台前消磨时间，她正要飞往德国。“我当时正在翻看我的推特页面，不断看到‘斯诺登’‘斯诺登’‘斯诺登’。”马萨里尼后来回忆道。为什么这个名字听起来这么耳熟？就在这时，位于吧台上方的屏幕上出现了斯诺登的头像。马萨里尼尖叫了一声："糟糕！"此时的她刚加入一个新的行动小组——陆军境外反情报活动组（Army Foreign Counterintelligence Activity）。只见同组的一个操作官员一脸疑惑地看着她，马萨里尼说，"我曾经雇用那个家伙教授网络安全课程"，就在国防部的联合反情报培训学院。"你最好马上打电话给上司。"那个操作官员说道。不久，联邦调查局就一一拜访了所有与斯诺登有过交集的人。

第5章

反冲

丹尼斯·布莱尔：我们不打算如那些狂热分子所愿，公开这一项目，使其接受审查。

我环顾四周，试图找到一个空着的位子，同时还要尽量避开那些不喜欢我靠近的人。出席这场自助午餐会的人中，有许多国防和情报部门的领导。当看到威廉·麦克雷文上将周围有位子空出来时，我便端着餐盘，在他右手边找了一个位子坐下，与他之间隔着一个空位。为了能有这种在吃饭时间和休息时间与相关人士不经意接触的机会，我每年都会来到阿斯本安全论坛。如果说美国存在一个所谓的国家安全权势集团，那就是每年夏天相聚在落基山下参加这一论坛的人。该论坛于每年 7 月举办，为期 4 天。副部长、副国务卿、情报部门的一把手、作战指挥官、国防部门的承包商、总统顾问、国会议员在这里相聚一堂，交流彼此的想法，畅谈世界局势。对于像我这样的记者来说，这真的是一个采访目标颇为充足的环境，至少从之前的经验来看是这样。2013 年 7 月 18 日的这场午餐会开始时，斯诺登事件已经持续发酵了 6 周时间。

麦克雷文和我是老相识。两年前，就在他执掌美国特种作战司令部之后不久，我们曾进行过一次深入的交谈。

“很高兴见到你。”我开口说道。

他没有说话，表情变得很紧张。

“上将先生？”

他仍不肯看向我。麦克雷文给人一种令人敬畏的印象，他身材瘦削，身高有六英尺二英寸，身穿蓝色制服，佩戴着海豹突击队的三叉戟徽标。12年前，他遭遇了一次灾难性事件——在跳伞训练中摔碎了骨盆，之后好不容易才恢复至可以参加战斗的状态。当时，他从高空跳下，在经历了两英里的自由落体之后，突然在空中与海豹突击队的一名同伴相撞，这一撞使得他几乎失去意识，时间一分一秒地流逝，他差一点没来得及打开降落伞。当他终于打开降落伞的伞篷时，降落伞的吊绳缠在了他的腿上，然后“把我从中间劈开，像个核桃夹子一样”。他是在2011年的时候告诉了我这些。就在那一年，他在巴基斯坦的阿伯塔巴德指挥了击毙乌萨马·本·拉登的行动。

在台上，美国国家安全局总法律顾问拉杰什·德与美国公民自由联盟的执行董事安东尼·罗梅罗发生了一点儿小争执。他们谈话的主题是“新闻自由和国家安全之间的紧张关系”，斯诺登事件是他们不可回避的问题。麦克雷文一直盯着自己的盘子，从亚麻桌布下面抽回了一条腿，时不时发出较重的呼气声，那声音听起来更像是在咆哮，而不像是叹气。我拿起了一个会议上发的那种小记事本，写下几个单词，然后把它推向了我的左手边。

记事本上写的是：“你显然有些心事重重。我们能谈谈你在担心什么吗？”

麦克雷文低头看了一眼，摇了摇头，然后往后推了推椅子，推椅子的时候明显有些过于用力。接着，他迈着大步朝出口走去。走了几步之后，他突然停了下来，转过身，用食指指着我。

“我们没有经历又一场‘9·11’恐怖袭击事件。”他说道，脖子上的青筋已经暴起，“除非有一天你不得不亲手扣下扳机，除非有一天你不得不亲手埋葬自己的同胞，否则你永远都不会理解。”他反手一挥，指向台上的罗梅罗，“还有你们，以及在场的所有人，没有人会理解。”说罢，他扬长而去，附近桌子旁原本在窃窃私语的人们瞬间变得安静。

单从字面意义上来说，麦克雷文说得没错。虽然我也曾在实地工作中遭遇一些险境，比如曾在检查站被人用枪口对准，也曾在仅有一墙之隔的地方目睹交火的场景，但我从未真正经历过战争。（这仅代表我的个人经历。我有一些同事曾经历过比这糟糕得多的情况，还有人因此丧命。）我从未将别人的生死掌握在自己手上，也从未因为别人的死亡而长期受到良心的谴责。尽管如此，麦克雷文的怒火还是让我有些猝不及防。战士和平民本就生活在不同的世界，这并没有什么新奇的。况且，在外人眼中，麦克雷文不是一个情绪容易失控的人。在突袭本·拉登行动结束之后，有目击者告诉我，麦克雷文在行动现场以“沃尔特·克朗凯特[①]般的声音”向奥巴马总统做了简报，即便是当场有一架直升机坠毁、基地组织领导人死亡的消息得到证实的时候，他的声音也未失一丝冷静。

麦克雷文早年曾在得克萨斯大学主修新闻专业。我强调这一点，并不是说他会从记者的视角来看待国家安全机密。在我与麦克雷文相识之前，处在职业生涯中期的他曾写过一篇关于特种作战的论文，文中强调了秘密行动的至关重要性，这里的秘密行动就是指保持隐蔽、实施突击、秘密监控敌人。当谈到在阿伯塔巴德的那场突袭行动时，他将功劳归于中央情报局、国家安全局和国家地理空间情报局。“这将作为有史以来最伟大的一次情报行动被载入史册。”当时，麦克雷文这样告诉我。他确实是这么认为的。

① 沃尔特·克朗凯特，美国著名主持人、记者，总是以沉稳、冷静的声音主持新闻节目，评论美国大大小小的新闻事件。——译者注

麦克雷文在那场午餐会上并没有停留太久，对于他口中提到的“又一场‘9 · 11’恐怖袭击事件”并没有做进一步解释。根据我的理解，他想说的是，斯诺登所曝光的那种电子监控手段为追捕本·拉登及其手下提供了助力。美国国家安全局的势力广泛渗入，迫使基地组织领导人转入地下，使他们失去指挥权和控制权，无法再组织又一场复杂的攻击行动。正是因为掌握了情报，海豹突击队才得以找到本·拉登的老巢；也正是因为掌握了情报，突击队得以数千次在敌众我寡的情况下发动闪电攻击，并且占据优势。倘若那些情报来源和获取情报的途径都就此葬送在斯诺登手中，麦克雷文无疑会将其认定为一场有预谋的破坏行为。从这个角度来看，我明显也算是破坏者。

我从未体验过麦克雷文所生活的世界。在那个世界里，秘密有时可能直接决定着一些人的生死。但这并没有影响我希望和他对话的想法。麦克雷文也从未体验过我所生活的世界。在我的世界中，秘密有时会为谎言提供借口，秘密有时会遮掩那些在光天化日之下无从辩解的行为，秘密有时会打造出一种全民共识的假象，而事实上民众根本不知道自己拥有选择的余地。在读研究生时，我就对自治和自卫的困境很感兴趣，那时我的毕业论文的主题是战时保密，与麦克雷文的那篇论文的主题有重叠之处。我和他身处同一个处于战时状态下的民主国家，我们关注的利益截然不同，但同等重要。

多年之后，我再次试图与麦克雷文取得联系，这时的他已经退役，在他的母校得克萨斯大学担任校长一职。我想，我知道是什么原因使得他在阿斯本的那场午餐会上勃然大怒，我在给他的邮件中写道，“但我更希望能将你亲口说出的理由，而不是我主观臆断的理由”放在我的书中。有时候，看上去机会比较渺茫的方式反而能够取得成效。“我很愿意与你聊聊。”一个小时之后，麦克雷文回复了我的邮件。第二天，他从办公室给我打来一通电话。他的办公室位于奥斯汀市中心一栋办公楼的四楼，办公桌旁放着一个印有演员约翰·韦恩头像的咖啡杯，还有一个“一分钟人”[①]的小雕像立在那里，俨然是在放哨。他已经不记得究竟是“什么原因导致我情绪突然爆发”，但他还是很大方地表示了歉意。“我一直很担心美国人民的安全和保障会受到威胁，”他说，“我想这也是一名优秀的记者所关切的问题……在你认为大众需要知道的事情与一旦曝光就有可能危及生命的事情之间，你是如何权衡的？”

他想要找出我们之间存在的一些共同点，但没太能如愿。“我是一个坚决拥护透明的人，请务必引用我的这句原话。”麦克雷文说，“切切实实存在一些程序，可以在适当的层级保证透明。”这里，他所说的“适当的层级”并不属于公共范畴。恰恰相反，他所拥护的透明仅仅存在于由外国情报监控法庭、众议院情报委员会和参议院情报委员会构成的有限区域内。对于这一有限区域内的政策和法律，大众无须知晓，也无须贡献任何外部观点。换句话说，麦克雷文所拥护的是保密的透明。他认为这一模式并不矛盾。这种模式在麦克雷文所处的那个世界中非常流行，而且已经远远超出了监控政策的范畴。特种部队实施突袭行动时，有多少非战斗人员丧生？交战规则是否符合美国的价值观或者是否符合国际法？美国无人机是否应该被允许自主决定生死？这些事情都是保密的，没有经过公共辩论。

麦克雷文已经准备好接受我“品德高尚、正直”的一面，但他依然认为，当初我选择与斯诺登进行交易是犯下了原罪。“他泄露了那些信息，终究违犯了法律。你在和一名罪犯做交易。”他说，“在做这件事时，你

① “一分钟人”指的是美国独立战争时期马萨诸塞州的特殊民兵组织，具有高机动性、快速部署的能力，在接到号令之后一分钟内即可集结起来进行战斗，因而得名。——译者注

的正直何在？”（我在后面第 7 章会回答这个问题。）不管我如何努力权衡潜在的危害，也不管我与政府进行了怎样的协商，麦克雷文始终认为，我根本没有能力理解自己所写的那些东西会带来什么样的后果。他的话外之音是，我所基于的动机可能决定了我不会尽最大努力。

上将虽然有意克制自己的声音，但话语中依然难掩激动的情绪。“作为一名记者，你总是要力争抢在别人之前把新闻报出来，口口声声说是为了民众的利益，但在我看来，这只是为了记者自身的利益。”他说道，“你的工作性质就是报道新闻。这一工作已经深入你的骨髓。在我看来，你默认的立场就是要把新闻报道出来。至于为什么美国民众需要知道一些事情，你总是能找到理由的。”

早在我和斯诺登初次接触之前，阿斯本研究所就已邀请我来主持一场全体会议，预定出席会议的重磅嘉宾是约翰·内格罗蓬特大使和丹尼斯·布莱尔上将。这两人都曾担任美国国家情报总监。这场会议指定的主题是：“任务完结？情报界是否已经串联起所有线索？”就这样，距离斯诺登事件初次曝光过去了 6 周后，在命运的安排下，我得以与这样两位曾经参与定义现代监控时代的人物同台一小时。在过去的一个多月时间里，华盛顿政府的谈话内容中没有提供太多有价值的信息。在此背景下，以这次会议的嘉宾阵容，势必会谈论一些实质性内容。这两名嘉宾虽然都已经卸任政府职位，但在电子情报搜集项目呈变革性发展的那 10 年间，他们都曾扮演监管者的角色。2005—2007 年，内格罗蓬特担任第一任国家情报总监，是他帮助重塑了小布什总统任下所实施的未经过授权的监控计划，使之成为外国情报监控法院和国会所认可的形式。在此之前，外国情报监控法院和国会对这一项目一无所知。2009—2010 年，丹尼斯·布莱尔接任这一职位期间，有些情报搜集项目扩张得太快，以致美国国家安全局面临海量信息已无从下手。

在距离我与这两位嘉宾真正会面之前8天时，我们进行了一场电话会议。当时，我擅自发挥了一项“主持人特权”，试图重新确定我们的会议主题。观众肯定很期待我们谈论有关美国国家安全局和斯诺登的问题。但会议的官方主题早已确定，已经来不及修改。为了满足观众的预期，我提议在会议上转换一下提问的方式，将其变成：“美国情报界是在串联起所有线索，还是在搜集过多线索？”

布莱尔最先给出回应，语气中充满不悦。“我不喜欢这个问题。”他说，“这有什么可探讨的？所有项目负责人都已经发声，说明了项目是经过恰当授权的，而且是在监督下执行的。我们不打算如那些狂热分子所愿，公开这一项目，使其接受审查。”话到此处，他的语气转为讽刺似的抱怨，我想他是在模仿他印象中的狂热分子的腔调，“‘不要对我们有所隐瞒，因为我们不信任你。’”

内格罗蓬特是一位职业外交官，偏向于使用外交辞令。“我确信，项目实施过程中有采取适当的保障措施，”他的男中音让人听起来很是放心，“我非常确信。”

布莱尔接过话茬，但仍然是在铺垫。“大众和媒体不理解，这就是我们的行事方式。”他说道，“在这件事情中，令我震惊的是，根本没有确凿的证据能够证明这项权力被滥用了。一切都只不过是‘存在这种可能’。”他再次模仿起狂热分子的腔调，“‘天哪，这下可真是不得了了！’但从我的亲身经历来看，相关人员始终在按照规则行事，他们时刻牢记：未经允许，不得监控美国人。”

布莱尔又继续说了一会儿。我提出，阿斯本论坛可能是最合适的平台，可以用来澄清这件事。到时候，我会提出问题，他们会给出答案，现场会有很多人都是站在他们那一边的。值得称道的是，40分钟后，他们两人同意了。

会议按照预定的日期召开，地点位于阿斯本瑞尔福克峡谷上方的一个宴会厅大小的礼堂里。我引用了一个“怪异盟友”（strange bedfellows[1]）的典故作为开场，试图活跃一下气氛。“可以肯定地说，几个月前我们确定召开这场座谈会的时候，座谈小组成员们肯定想不到，与他们同台的会是一个曾与斯诺登进行秘密通信的人。”

对于这一开场，现场只能说反响平平。用孩子们的话来说，这就是“老爸的笑话”——一点都不好笑。这不是一个好兆头。我发现，主持人的才智能否得以发挥，要视现场情况而定。发言者和听众之间存在着一种联盟关系。听众要从发言者的发言中寻找线索，并且从主观上想要做出回应。而我现在面对的听众，似乎都还没有进入状态，就只是盯着我，沉默无言。无论是布莱尔还是内格罗蓬特，脸上都没有露出笑容。

好吧，那就直奔主题。2006 年，外国情报监控法院秘密授权美国政府，允许其搜集和存储美国境内的所有通话记录。（实际上，搜集的含义还不够全面，但确实是这样授权的。）在那之前，小布什政府已经连续几年秘密搜集这些记录，而且并没有告知法院。“你们究竟为什么要搜集这些信息呢？”我问道，“这一过程中，如何能够确保不跨越美国人民所期望的隐私保护方面的界限？”

坐在我右手边的内格罗蓬特说，前段时间发生的波士顿马拉松爆炸案就足以说明这个问题。“理由之一就是，只有这样做才能获得所需的数据，才能逮捕察尔纳耶夫兄弟[2]，并且找出他们曾与车臣或其他地区的哪些人取得联系。”他说道，“将那些人的电话号码与数据库中的电话号码

① 这一典故出自莎士比亚的戏剧《暴风雨》，指的是两个性情、处事原则等完全不同的人密切合作的情况。——译者注

② 察尔纳耶夫兄弟是波士顿马拉松爆炸案和麻省理工枪击案的嫌疑人。——译者注

进行比对，也许你就会发现与那些人保持联系的还有其他人。”

内格罗蓬特在说话的时候非常谨慎，用词尽可能地准确。华盛顿方面给出的说法则不具备这种特点。已经有多名官员对此事件发声，据参议员林赛·格雷厄姆最近的说法，美国国家安全局搜查的只是那些“与恐怖分子进行通话”的人的通话记录。但内格罗蓬特的说法也并非真实。他只是将2006年1月新闻爆出一个相关的监控项目时小布什总统所做的回应换了一种方法表达出来而已。“在我看来，如果有人在和基地组织进行通话，那么我们很想要知道其背后的原因。”小布什总统当时这样说道。内格罗蓬特还补充了一句：“这就是项目所基于的基本理念。”

事实上，美国国家安全局搜集通话记录并不完全是为了这一目的。该项目旨在确定美国的电话用户是否与恐怖主义阴谋存在某种联系，而非旨在找出为何存在联系。为了实现这一目的，它搜查了我们所有人。

在联邦调查局的配合之下，美国国家安全局针对它能接触到的所有账号搜集了一份5年内的通话记录清单。通话记录数量达数万亿。要在如此海量的信息中找寻那些曾与邪恶分子进行通话的人，无异于大海捞针，没有人会这么做。美国国家安全局的真正意图是用它来打造“联系链”，这是一种非常复杂的分析方式，试图在一个庞大的数据集中找出隐藏的、间接的联系。“联系链”从一个目标电话号码开始，以波士顿爆炸案中的嫌疑人之一焦哈尔·察尔纳耶夫的号码为例，将搜查范围逐步拓展至曾与察尔纳耶夫通话的人，再拓展至与这些人进行通话的人，以此类推。然后，借助一些复杂的软件工具，将这些通话记录以“节点”和“边”的形式绘制在一幅网格图中，这个网格是如此之大，单凭人的大脑根本无法将其囊括。每个节点体现在图上就是一个点，每个点代表一个电话号码。每条边体现在图上就是连接两个不同点的线，每条边代表一通电话。通过一个名为MapReduce的相关工具，可以将数万亿数据点进行浓缩汇总，形成人类分析师能够理解的形式。

在网络理论中，这张图被称为社交图谱。正是它所模拟出的那些关系和群体，定义了个人与这个世界的互动。随着“联系链”的逐步拓展，这张社交图谱的大小呈指数级增长，最终，美国国家安全局的分析几乎触及了所有美国人。所谓“链接”的全部意义就在于，从目标的直接联系人向外拓展，至直接联系人的联系人，再至直接联系人的联系人的联系人……这个过程中，“联系链”每向外拓展一步就被称作一“跳”（hop）。

假如你现在手中有一分钱，倘若你手中的钱每天翻一番，不出一个月，你就能拥有 100 万。这就是指数级增长的力量，哪怕基数非常小。“联系链”每经历一跳，社交图谱中的人数增长速度会快得多。如果平均每人每年与 10 个人通电话，那么“联系链”每进行一跳，国家安全局的社交图谱中的人数将增至 10 倍。我们大多数人每年都不止与 10 个人通电话。不管这个数字是几十还是几百，“联系链”每进行一跳，社交图谱中的人数就要在原有的基础上乘以这个数。

就在我与内格罗蓬特和布莱尔同台的前一天，美国国家安全局副局长约翰·C. 英格利斯前往国会做证。英格利斯称，美国国家安全局的分析师在通话数据库中形成“联系链”时，通常“向外进行两三跳”。在此需要说明的是，数据科学家早在几十年前就已经估测，“联系链”只需进行六跳，就能找到地球上任意两个人之间的联系路径。这就是后来为大家所熟知的“六度空间”理论。美国戏剧作家约翰·瓜尔由此创作出了戏剧《六度分隔》（*Six Degrees of Separation*），之后基于该戏剧的同名电影也上映了。后来，阿尔布莱特学院的三名学生将这部电影改编成了一款室内游戏，名为《凯文·贝肯[①]的六度空间》（*Six Degrees of Kevin*

① 凯文·贝肯，美国演员，曾在宣传活动中说自己已经和好莱坞的每个人或他们的朋友合作过，这句话引发大众的激烈讨论。——译者注

Bacon）。随后，有人在该游戏的启发下建立了一个网站，名为“贝肯的神谕”（The Oracle of Bacon），可以计算出凯文·贝肯与他的任何一名好莱坞同行之间的联系路径。就在我写下这些文字时，那个网站依然存在。这是一种非常有趣的方式，可以帮助你了解“联系链”的运作方式以及它所能产生的影响。

曾与贝肯出演同一部作品的演员有很多。这些人就是贝肯的直接联系人，也就是贝肯的“联系链”进行一跳的结果。那些从来没与贝肯合作过，但与曾经同贝肯合作过的演员出演同一部作品的人，就是贝肯的“联系链”进行两跳的结果。斯嘉丽·约翰逊从未与贝肯合作过，但两人都曾与米基·洛克合作：贝肯与洛克共同出演了电影《餐馆》（*Diner*），约翰逊与洛克共同出演了电影《钢铁侠2》（*Iron Man 2*）。因此，通过洛克，贝肯就可以与约翰逊联系起来，在这里“联系链”进行了两跳。贝肯没有参演过《星球大战》系列，但其“联系链”进行两跳后，他就可以与哈里森·福特、凯丽·费雪、马克·哈米尔、詹姆斯·厄尔·琼斯建立联系。在这个网站上多玩几次，你就会发现，“联系链”只需经历两跳，贝肯几乎与其他任何一名演员之间都能建立起联系，不论他们的年龄相差多么大，也不论他们出演的电影风格是多么不同。甚至默片时代的电影明星卓别林、格劳乔·马克斯、弗雷德·阿斯泰尔都能与贝肯建立联系，尽管他们与贝肯都不是同一个时代的人。海蒂·拉玛呢？汉弗莱·博加特呢？同样可以。（他们与贝肯都曾和埃迪·艾伯特合作过。）在好莱坞这种产业极为单一的城镇，人们之间存在这样的链接关系，从直观上来说似乎也是有道理的。美国国家安全局的数据集中涉及的人数肯定比好莱坞的人数要多得多。倘若不经常涉猎数学上的对数领域，那你肯定很难想象，在美国国家安全局那极为庞大的数据集中，“联系链”进行一跳或者两跳之后，涉及的范围有多么广。学术研究表明，平均而言，“联系链”经过三跳，也就是英格利斯所说的那个数，就可以追踪到任意两名美国人之间的联系路径。

我想把话题引到这方面。布莱尔先开了口。

“事实上，”布莱尔说道，“在2012年，那些记录被访问的次数，你可以猜一猜，巴顿。我可以给你几个选项：10、250、10 000、5 000 000。”

他应该知道这个问题难不倒我。就在前一天，英格利斯已经提到这个数字。这是故意给观众设置的一个悬念。

“政府提供的数据是不到300。”我回答道。

布莱尔做出了一个胜利的手势，正是如此。联邦调查局和国家安全局拥有关于我们的海量数据，但它们几乎从不查看这些数据。它们真正使用的数据只可谓九牛一毛，有谁会对此提出反对呢？

“我们来谈谈这些数据背后的真正含义。”我说，“我们昨天从英格利斯口中得知……对于那些被选中的电话号码，其‘联系链’会进行两三跳。我们假设在一年中，平均每个人与100个不同的人进行过通话。”

就这样，我大声地说着整个运算过程。“联系链”每进行一跳，社交图谱上关联的人数就要乘以100。倘若要调查300个人的通话记录，这些人的“联系链”在进行一跳之后，关联人数就变成了30 000，两跳之后，关联人数就变成了300万，三跳之后，关联人数就达到了“大约3亿，这差不多就是美国的总人口数”。

丹尼斯·布莱尔与斯嘉丽·约翰逊之间，可能最多只隔了两个朋友的距离，也就是说，布莱尔的朋友的朋友，就与约翰逊是朋友。约翰逊的“联系链”只需进行两跳，她就可以与贝肯建立联系，倘若进行三跳，那么她与几乎任何一名美国人之间都可以建立联系。

这时候，内格罗蓬特插了进来。“请容许我打断一下，”他说，“我们现在是在探讨一个假设性问题还是真实存在的问题？”

“这只是一个数学问题。”我回答道。

“这只是一个数学问题，”内格罗蓬特接着说道，故意忽略我话语中的要点，“而不是真实发生的问题。”也许，通过批量搜集通话记录，美国国家安全局确实有能力绘制出在座每个人，甚至是任意一名美国人的通信图谱。但手握这一权力的人员在行使这一权力的时候，都是受到纪律约束的。“他们在这一过程中的每一步都会实施自查。”布莱尔说，“而且，他们并没有在上万亿条数据记录中搜寻、翻找，以确定其中是否存在一些有趣的东西。”

他们会实施自查。项目设有主管和监察人员，有一名总监察长、一名总法律顾问、一名国家情报总监，其中国家情报总监曾秘密出面做证，称美国国家安全局会遵守规则。(这些规则也是保密的。)我们是否应该像他们信任自己那样信任他们？对于布莱尔、内格罗蓬特、奥巴马总统，以及该监控体系之后的每一任负责人，我们是否都应该予以同等程度的信任？如果那时候布莱尔能够预料到唐纳德·特朗普会在2017年赢得大选，那么他是否会放心地进行权力交接？事实上，在2017年，布莱尔的很多已经退休的同行都站在了“绝不选特朗普”(never Trump)阵营，称特朗普无法胜任总统一职，理由之一就是特朗普对待权力不够谨慎。

上述问题的答案可能在一定程度上要取决于其中的利害关系。一个人真正能够从我们的通话记录清单中了解到多少信息？面对外国情报监控法院，美国政府给出的官方回答是，这种“元数据”中不包含任何隐私信息。所谓“元数据”，指的就是关于信息的信息。它是关于通话双方、通话时间、通话地点的信息，但都不是通过文字来表达的。我在普林斯顿大学做访问学者时，曾与艾德·费尔滕一起研究元数据的意义。费尔滕是一位计算机科学家，曾担任联邦政府的副首席技术官。我们在对话中曾一再谈到大规模数据集里普遍存在的“嵌入模式”。就在那年夏天，在一起针对美国国家安全局的诉讼案件中，费尔滕在原告宣誓书中阐明了自己的观点。随着信息科学的发展，人们已经掌握了如何从大量细微的线索集合中提取出私密的信息。“从前那些不太可能暴露隐私信息的零散数据，现在一旦被汇总起来，就有可能暴露我们日常生活中的一些敏感的细节信息，而这些细节信息是我们无意分享或压根不想分享的。”他这样写道。

有朝一日，政府也许真的可以通过大众的通话记录识别身份不明的恐怖分子，但事实证明，这绝非易事。根据那一年白宫审查小组给出的结论，国家安全局在这方面尚未实现突破。从大众的通话记录中更容易发现的往往是一些其他的事情——通常是非常私人的事情。政府只需稍稍花费力气，就能查出是哪些人拨打了举报电话，哪些人存在吸毒、强奸等行为，哪些人曾拨打自杀求助热线。费尔滕没有提到记者这个行业。其实，如果不采取一些非常规的防范措施，记者的线人也是很容易被发现的。一旦获得通话记录数据的访问权限，政府通过大数据技术就可以提取出那些人权组织或抗议组织的“成员、捐款人、政治支持力量和秘密线人”。现在，通过发送短信的形式进行捐款变得越来越流行，这就使得政府通过访问通话记录可以很容易地确定政党和宗教机构的捐款人。只要对通话记录的数据加以挖掘，你就能够很容易地识别通话者的性取向，还能够追踪一段秘密恋情从开始到高潮再到终结的整个发展轨迹。通过通话记录数据，你还可以区分老板和员工的身份，部分原因是老板的电话往往能更快得到回复，而且老板在晚上给下属打电话时不会有那么多顾虑。

倘若将时间和顺序考虑进去，你就会从中发现一些令人震惊的结果。“一条明显的故事线就会从中显现。”费尔滕写道，“一名年轻女性先是打电话给她的妇科医生，然后立即打电话给她的妈妈，接着打电话给一名男性，在过去的几个月里，她曾多次在晚上11点之后与这名男性通电话。在这之后，她又打电话给一家计划生育服务中心，该中心也提供堕胎服务。”政府可能很少在意这些信息，也许永远都不会滥用这些信息。但现在，政府在历史上首次获得了这么做的权力。

美国国家安全局前任总法律顾问斯图尔特·贝克早早地就在电视上、报纸采访中和博客文章中对斯诺登发起批判。他同时也尖锐地批判了我的一些新闻报道，但他倒是直言不讳地说出了社交图谱的力量。“通过元数据，你完全能够了解一个人生活中的一切。”贝克说道。要想获取信号情报，“如果你能拥有足够的元数据，那么你完全不需要任何具体的内容。”曾任美国国家安全局和中央情报局局长的迈克尔·海登在第二年春天，曾直白地对贝克的观点表示了赞同。“我们是基于元数据而杀人，”海登说，“但我们基于的并不是这一元数据。”

就在我们召开座谈会的前一天，在华盛顿特区，众议员、弗吉尼亚州共和党人鲍勃·古德拉特询问国家情报总监办公室的总法律顾问罗伯特·利特：情报官员们是否真的认为，这一批量搜集通话记录的行动“可以无限期地对美国人民保密”？利特用不无遗憾的语气回答道：“至少我们试图这样做。”

对于这一问题，布莱尔和内格罗蓬特的态度都有些犹豫。“我们这些曾经担任情报界高级官员的人，在诠释这些项目的基本原则方面确实做得远远不够，不应该纠结于个别案例，这样对我们没有任何好处，只会给敌人以可乘之机。”布莱尔说，“如今的项目执行者因为斯诺登的爆料而要采取防守姿势，一边还要说着：‘是的，但我们还好。请信任我们。’……这有点像是迟早要经历的事情。”

接着，我们的对话围绕着信任展开。我告诉他们，早在你们仍处于监管者之位时，政策制定者和情报部门的领导者就经常欺骗大众，在那之后也一直如此，他们在向民众做出保证时所用的话语明显是在颠倒黑白。美国国家安全局局长基思·亚历山大曾在2012年斩钉截铁地说道："我们不持有美国公民的数据。"我认为这就是赤裸裸的谎言。倘若亚历山大否认这一点，那只能说他口中的"持有"和"数据"拥有某种隐秘的含义，而且这种含义是大众无法猜到的。在有关斯诺登的报道首次发布的三个月之前，参议员罗恩·怀登曾在一场公开听证会上询问国家情报总监詹姆斯·克拉珀："国家安全局是否针对数百万或数亿美国人搜集过任何类型的数据？"克拉珀低头盯着桌子，摸了摸自己的光头，一只手呈握拳状，脸上呈现一副勉为其难的表情。"没有，议员先生。"他对着桌子说道。说完，他抬眼看向怀登，摇了摇头，又补充了一句："没有有意这么做。"正是基于这一对话，后来有批评者，其中包括共和党人指控他做伪证。

对此，我倒是不这么看。克拉珀是一名老派的情报工作者，他不屑于玩文字游戏，也没有这个天赋。克拉珀位居"高层"，所有的保密信息都会流向他那里，而且他向来以为人诚实、坦率直言而著称。克拉珀在公共场合一向表现得很不自然，因为在这种场合，他所说的每句话都要经过三思。当时的克拉珀使自己陷入了一个两难困境，倘若换成更机敏一点儿的人，可能就会选择体面地避开这种困境。根据相关法律和法规，他不得在非保密环境下回答保密问题。迈克尔·海登就很擅长避开这种问题，但克拉珀并不擅长。怀登打定了主意要揭开这个通话记录搜集项目的面纱。他故意设计了这一对话，就是要做给公众看。事实上，他早已经知道问题的答案。克拉珀也知道怀登是明知故问，因为他曾在一场保密会议上亲自向一众参议员做了简报。但怀登想要在镜头面前得到一个明确的回答——"是"或者"否"，克拉珀明显不擅长应对这种情况。

后来，真相被曝出来之后，克拉珀给出的解释更加糟糕。他告诉美国全国广播公司（NBC）记者安德烈娅·米切尔，他已经尽自己所能给出了“最不虚伪的”回答。真相的定义变成了最不虚伪，这个回答没有给他带来任何好处。在我看来，克拉珀的罪责在于，在听证会后仍然拒绝更正自己之前的错误说法。

令我惊讶的是，在阿斯本论坛上，布莱尔仍然口口声声将那些虚假的情节称为真相。这导致我们的对话一度变得几乎有些形而上。美国国家安全局确实大规模搜集了美国境内的通话记录，我说道。克拉珀说美国国家安全局没有搜集有关美国公民的任何类型的数据。亚历山大称美国国家安全局不持有美国公民的数据。布莱尔是如何做到真诚地为这些话语辩护的呢？

“我想你误用了‘搜集’这个词，”布莱尔说，“我认为‘存储’一词在这里更为恰当，在获得许可之后可以对这些数据进行访问。”

获得谁的许可？布莱尔没有说明。外国情报监控法院的法官曾授权批量获取通话记录，但对于美国国家安全局调取记录并且形成“联系链”的行为并没有做出裁定，甚至对此行为毫不知晓。

“在我看来，正是这种隐秘的所谓专业术语削弱了你话语的可信度。”我告诉布莱尔。如果联邦调查局的特工将我们所有人的通话记录都集中起来，“放进某处的一个容器中，还说这并不是在搜集我们的信息，那么只能说，你所说的并不是大多数人所理解的语言”。

我还举了另一个例子。早在 2009 年，布莱尔还负责监管情报界时，司法部和联邦调查局在宣誓证词中向国会保证，会非常谨慎地使用《爱国者法案》第 215 条赋予它们的权力，来获取访问相关“商业记录”的秘密情报授权。根据联邦调查局的报告，在那一年里，外国情报监控法院一共发布了 21 项此类命令。“现在，”我告诉布莱尔，“事实证明，只需要获得其中的3项命令，你就可以获得大约1万亿条通话记录。”（这里我说的信息有误。这些命令是法院针对3家电话公司发出的，每一季度向每家电话公司发布一项命令，所以应该是需要获得上述21项命令中的12项，而不是3项。）

假设你正处于青春期的女儿向你坦白，当你不在家的时候，她在家里举办了一个派对。她向你保证没有搞得太离谱，她只邀请了21个朋友。但后来你发现，派对上来了1万亿名青少年。她算是对你撒谎了吗？她可能会咬文嚼字地为自己辩解，但什么样的父母会纵容孩子这样做呢？她欺骗了你，而且是有意为之。这正是联邦调查局的所作所为。

“你想要为该项目辩解，”我告诉布莱尔，“但我所说的是诚实，是公开辩论的明确性。”

截至此时，我显然已经偏离了自己本来的角色。“我不应该是这台上的辩论者。”我承认道。内格罗蓬特大笑起来，布莱尔颇为夸张地叹了口气，在场的国家安全权势集团的成员们爆发出一阵讽刺性的掌声。布莱尔很快就抓住时机占据上风，这是他在海军部队时所掌握的技能。

“如果你的身份是国家情报总监办公室的通信主管，那么你就会获得安全许可，就可以这么做，但即使那样，你仍旧会是那个难对付、多疑、杞人忧天的巴顿·格尔曼。”布莱尔说道。

事实证明，我还不够多疑。那时候，我并没有发现政府对于这个通话记录搜集项目还隐瞒着多少信息。即便到现在，政府依然有很多信息没有向大众坦白。我一直未能找到机会使这则新闻见报。现在，我将在本书中首次讲述。

这则新闻之所以一直未能见报，一个原因是它需要读者极具耐心。

这一事件中的线索都是零零散散的，需要进行一定的拼接。一些小事逐渐累积，终将导致重大事件的发生。我认为，现在的我们即将见证一些重大事件的发生，我想在此展示自己的工作成果。

2013年夏，在我的想象中，政府所搜集的通话记录只是一份简单的清单，虽然其数量庞大。我认为，美国国家安全局会对该清单进行一定的处理——将通话日期单独存储在一个地方，将通话时长单独存储在另一个地方，然后将其转换为该机构常用的“原子信号情报数据格式”。除此之外，我认为这些通话记录不会被执行其他的操作。毕竟，根据布莱尔提供的解释，这些数据只是被“存储”起来，不会被启用，除非再有类似察尔纳耶夫那样的恐怖分子出现。而我没有任何理由怀疑他的这一解释。

即使事实真的如此，美国国家安全局所搜集的通话记录规模是如此之大，让人不由得想起法律学者保罗·奥姆的一句话：任何信息，只要达到足够的数量，就相当于一个“具有毁灭性力量的数据库”。其中所包含的个人秘密“一旦泄露，将不仅仅会导致难堪的局面，还会带来严重的、具体的、毁灭性的伤害”。根据奥姆的说法，在发达国家，几乎任何人“都可以与计算机数据库中的至少一个事实关联起来，而对手就可以利用这一事实实施勒索、歧视、骚扰，甚至从事金融盗窃或者身份盗窃”。举个例子，一旦一个人“过往的行为、健康状况或家庭丑闻”被揭开，可能直接会导致这个人婚姻破裂、事业崩溃、无家可归，甚至人身安全都无法得到保障。

仅仅是建立这样一个数据库，尤其是在不为大众所知的情况下建立这样一个数据库，就会导致统治者与被统治者之间的权力平衡状态被彻底改变。这正是黑镜的寓意所在——镜子的一面是完全透明的，另一面却什么也看不见。如果你觉得对权力平衡的这种影响还不够有说服力，可以试着在脑海中颠倒一下这一关系。如果有一小部分公民能够秘密访问政府的通话记录和社交网络，会产生怎样的结果？获知这些保密信息将会如何影响他们对于局势的控制权？如果他们手握当权者的把柄，可以随时羞辱当权者，或者毁掉当权者的前程，那么他们的互动行为会发生何种改变？能力是很重要的，永远都是，不管它是否得以发挥。手枪在被拔出来之前，其杀伤力也并不低。事实上，在历史上，能力从来都没有被长时间闲置过。契诃夫对戏剧家的著名告诫——在第一幕中展示的手枪，在最后一幕一定要打响，不仅适用于戏剧，而且适用于人们的现实生活。不光是手枪，还有核弹头、生化武器、大街上实施人脸跟踪的“奥威尔式”摄像头，都是如此。那些新发明，无论其潜在力量一开始多么令人厌恶，都不会永远被搁置在政府的武器库中，终会有用武之地。

这些可能会被视为抽象意义上的问题，就如同上文中的“这只是一个数学问题”，但我认为它们都是切切实实存在的。到9月时，我忽然意识到，有一些非常具体的问题我还没有充分地去探究。在美国国家安全局内部，那些通话记录到底被存储在哪里？它们究竟被用于做什么？斯诺登提供的档案中并没有直接给出这些问题的答案，但提供了一些线索。

我在寻找其他东西的时候，偶然发现了第一条线索。之前，我对美国国家安全局内部关于“批量搜集”的对话内容产生了兴趣。所谓批量搜集，就是整体性地获取大容量数据集。通话记录是美国国家安全局“批量搜集”的几种数据之一。事实上，在搜寻和整体性地获取他人的信息方面，该机构已经变得越来越熟练，而且极具创造力。最近，美国国家安全局开始意识到，它获取的信息量太大，已经无法及时处理。中层管理人员和工程师在为其指挥系统准备的简报中已经发出了警示。有一份演示文稿的封面上提出了一个问题：“信号情报的世界已然为我们所知晓，这是否意味着它已经走向终结？”文稿作者试图使用一种欢快的语气，但没有给出确定的答案。实施监控所依赖的基础设施正在超负荷运转，承受着极大压力。

有一张图中列出了风险最高的系统，其中一个名称吸引了我的注意力。

“主干道”（MAINWAY）。我知道这个名字。在 2001 年“9 · 11”恐怖袭击事件之后，美国国家安全局的工程师紧急打造出了“主干道”项目。最初是由时任副总统切尼的办公室起草了命令，然后经小布什总统签字，具体内容是要求美国国家安全局做一项之前从未做过的任务。这项任务就是追踪美国人在美国领土上拨打和接听的电话，这是法律明文禁止的。该行动所产生的结果，就是我在第一章中所描述的“星风”计划的一个部分，也是我与内格罗蓬特和布莱尔辩论的那个范围更广的通话记录搜集项目的前身，它从未经过法律授权。

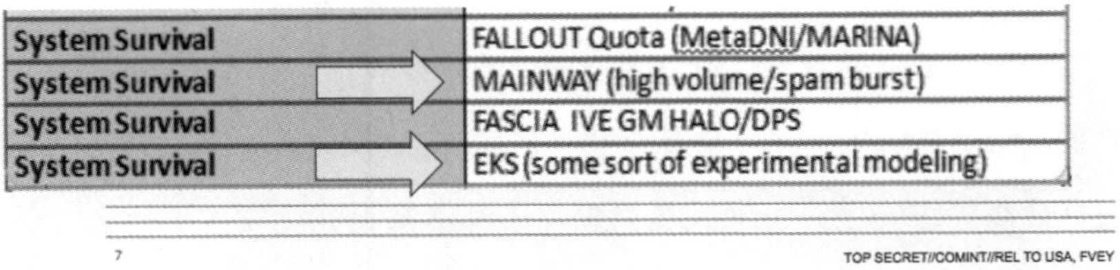

System Survival	FALLOUT Quota (MetaDNI/MARINA)
System Survival	MAINWAY (high volume/spam burst)
System Survival	FASCIA IVE GM HALO/DPS
System Survival	EKS (some sort of experimental modeling)

7 TOP SECRET//COMINT//REL TO USA, FVEY

在基地组织成员驾驶客机撞向五角大楼和世贸中心之后的最初几周里，人心惶惶，“主干道”项目就是在此时与“星风”计划一起面世。“星风”计划定义了行动的内容，“主干道”则是实施行动的工具。美国国家安全局懂得如何针对境外通话实施这类操作，但它缺乏在境内实施这类操作的设备。2001 年 10 月 4 日，时任美国国家安全局局长迈克尔 · 海登接到“副总统的特别计划”的执行命令。自那时起，美国国家安全局的工程师们几天之内就在裸机上组装起了一套系统，并且借用了代码，可以说在重压之下取得了令人惊叹的成果。他们从戴尔公司征用了 50 台最先进的计算机服务器，将其组成了一个运转迅速且功能强大的服务器集群。这些服务器原本是要被运送到另一个客户那里。在那由深色玻璃覆裹的闪闪发光的米德堡总部建筑群中，OPS 2B 办公楼相当于一个指挥中心。海登就在 OPS 2B 办公楼的一个侧翼腾出一片空间来放置服务器集群，出入那里要受到特别限制。后来，该服务器集群的规模不断扩大，包含了大约 200 台设备。于是，“主干道”项目就搬到了附近的托德拉超级计算机大楼的配楼里。10 月 6 日和 7 日，可靠的助理人员召集了一小群分析师、程序员和数学家。10 月 8 日，刚好是“哥伦布日”，海登向这些人简要介绍了他们在一个新的特殊保密项目中所要承担的工作。那天，他给该项目起的代号为“星暴”，不久之后，它就被“星风”取代。就在那一周的周末，海登派出“特殊来源行动组”的人员前去谈判，准备秘密从美国电话电报公司、威瑞森电信和斯普林特（美国通信公司）批量购买通话数据。在接下来的 5 年里，这项开支超过了 1.02 亿美元。

这一切不可能完全瞒得过美国国家安全局其他工作人员的眼睛。他们眼见新设备以迅雷不及掩耳之势被武装押运进办公楼。但即使是那些拥有最高等级安全许可的人员，也几乎都不知道究竟发生了什么。“星风”计划被归类为 ECI，即“异常受控信息”，这一类别的保密信息是所有保密信息中被保护得最为严密的。在位于白宫西翼的办公室里，切尼下令，“星风”计划要对外国情报监控法院的法官和国会的情报委员会成员保密。

根据我的线人提供的信息，以及我本人在 2013 年秋通过研究那些文件所获得的信息，“主干道”项目很快就成为美国国家安全局用来绘制社交图谱的最重要的工具，而社交图谱正是该机构所谓的“大型访问利用”（Large Access Exploitation）行动的基石。在米德堡，“大”不是一个会被轻易使用的形容词。“主干道”项目是为实施超大规模行动而打造的。其他系统负责解析所截获的通信内容——语音、视频、电子邮件和聊天文本、附件、传呼机信息等。“主干道”系统则是“元数据之王”，专门负责处理来自国内和国外的元数据，旨在找出数据内容背后隐含的模式。此外，许多更为宏伟的计划都是以“主干道”为原型衍生出来的。项目规划者写道，下一代系统可以实现“从被动地分析所搜集到的信息转变为主动地分析要去搜集什么信息”，从而放大监控的力量。从通话记录中发现的模式可以被用于识别电子邮件数据库或地理位置数据库中的目标，反之亦然。美国国家安全局计划对所截获的各种形式的内容之间的关系进行“识别、跟踪、存储、操作和更新”，元数据是实现这一计划的关键。最终，只需一张以图形方式呈现的集成地图，美国国家安全局就得以展示几乎任何人在全球范围内的踪迹和通信网络。在最初的任务说明中，规划者给该项目取了一个名字——“超大超棒图形”（the Big Awesome Graph），绝无半点讽刺的意味。按照习惯，它也获得了一个较为轻快的简称“the BAG”。

在一张制作于2012年的大型网络流程图中，我找到了有关这一项目的关键线索。在那张图的右下角有一个小框（如下页图所示），它回答了我一直存疑的一个问题：我与布莱尔和内格罗蓬特所谈论的那些通话记录究竟被美国国家安全局存储在何处？答案是：那些记录都位于“主干道”中。之后，这一发现所带来的影响令人震惊不已。

这整张流程图的尺寸太大，根本无法在此完整地展示出来。图中追溯了“源于通话记录账单的元数据流”从美国电话电报公司发出，中途历经迷宫般的中间站，最终流入米德堡的全部过程。该数据流途经的倒数第二站被称为MAILORDER，它的角色类似于一个电子交通警察，是一个负责文件分类和转发的系统。该数据流的终点站就是“主干道”系统。

在该网络流程图中，“BRF 分区”（BRF Partitions）中的 BRF 指的是外国情报监控法院发布的“商业记录”命令，其中就有 2009 年签署的那 12 项命令。正是基于这些命令，上万亿条通话记录才得以流入“主干道”系统。

第一次看到网络流程图的读者在看到“主干道”的圆柱形图标时，可能会联想到一个储油罐。但事实上，圆柱形图标是一种标准的符号，所代表的是数据库，它是一种运行在硬件上的分析服务。“主干道”并不是一个存储静态数据的容器。美国国家安全局对于存储静态数据的容器有专门的称呼——数据集市或数据仓库。倘若美国国家安全局只是想要存储通话记录，那么它会将这些数据存放在一个名为“FASCIA II”的系统中。该系统又被称为“通话详细记录仓库”，负责为“主干道”系统传输数据。

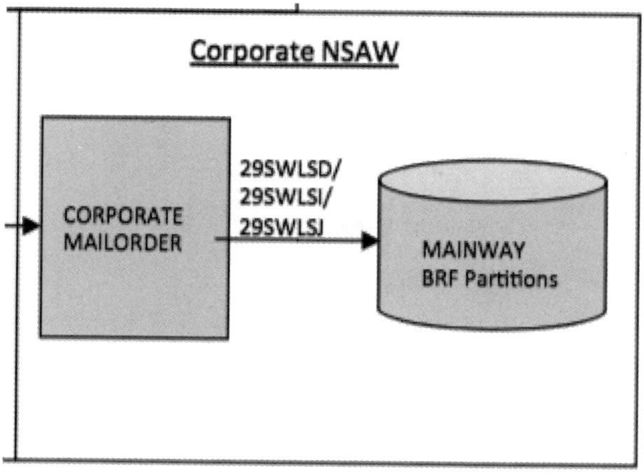

有关“主干道”系统的使命，在该项目的第一财年曾有极为明确的表述，那就是：“使美国国家安全局……主导全球通信基础设施，使那些正在实施匿名操作的目标在美国国家安全局面前统统现出真面目。”它通过我们在阿斯本论坛上探讨的那种联系链技术，来破解这种匿名性。

我想在此原封不动地重现《SSO词典》(美国国家安全局内部的一份保密的参考文件)中有关“主干道”系统的完整记录。至于我这么做的原因,你很快就会明白。

> “主干道”,保密等级为“绝密//特殊情报//可发布”(TS//SI//REL),又称““主干道’预计算联系链服务”,是一种用于建立联系链的分析工具。目前,其功用是使分析师能够快速、容易地浏览体量不断增加的全球通信元数据,从而帮助分析师发现目标。“主干道”攻克了全球通信网络分析过程中存在的体量问题。

在这段简短的文字中,有两个术语值得关注——“预计算”和“体量问题”。预计算彻底颠覆了我对那个通话记录搜集项目的理解。在具体展开这一点之前,我们先看体量问题。

事实上,美国国家安全局面临非常多的体量问题。在全球网络中,有太多信息以太快的速度进行传播。因此,美国国家安全局有太多的信息要处理、要存储、要通过现有管道从遥远的搜集点获取。干扰信息太多,而有用的信号情报太少,因而很容易被忽视。然而,在我刚才引用的那段文字中,体量问题指的是不同的问题,它是一种深入监控系统内部的、更深层的问题。它指代的是美国国家安全局因为“胃口”太大而导致“消化”系统承受压力。信息搜集系统吸纳的数据过多,已经超出了“主干道”系统的处理能力。因此,真正的问题在于处理数据,而不是存储数据。

要在包含整个国家的通话记录这般巨大的数据库中建立联系链,即使对于“主干道”系统来说,也是一项异常艰巨的计算任务。它需要绘制出如同星图一般密集的通话点和通话集群,各点之间和集群之间都通过错综复杂的线网相互关联。这就是我在上文中所说的社交图谱。“主干道”的分析引擎负责在该图谱上追踪隐藏的关联路径，寻找人类分析师无法发现的关联。每当系统操作人员要求提供一份新的联系链时，“主干道”系统就需要立即制作出这类图谱，而且时间紧急。毕竟，没有人能够预测出下一个像察尔纳耶夫那样的恐怖分子的姓名或电话号码。对此，从数据科学家的角度来看，应该采取的补救措施是很明晰的。如果任何一个人都有可能成为情报搜集的目标，那么“主干道”系统就应该提前对每个人的通话记录进行分析。

“你必须先建立起所有那些关联，并且给它们贴明标签，这样当你有一天真正需要启动查询功能时，你就能迅速找到它们。”多年后，美国国家安全局前副局长理查德·莱杰特告诉我，“否则，你每次都要花费一个月的时间去翻阅那数目庞大的通话账单。”

就是在这种情况下，“预计算”系统被引入。根据一份保密的项目概述，“主干道”持续地在其数据库中建立链接——“24小时不间断运行”。从最基础层面来看，你可以将其工作比作为一本书编制索引，只不过这本书有数以亿计的主题（即电话号码）和数万亿条条目（即通话）。但这个比喻有一点不恰当之处，那就是编制索引的工作终会有完结的一天，而“主干道”系统的工作永远不会完结。因为它正在为其“编制索引”的这本“书”仍在写作之中，而且永远无法完结。联邦调查局每天会从电话公司获得超过10亿条新的通话记录，并将其全部提供给美国国家安全局。同时，“主干道”系统每天都不得不清理掉10亿条记录，因为根据外国情报监控法院的规定，项目中只能保留5年内的通话记录。通话记录的任何一个变化都会给社交图谱带来一连串的变动，就需要重新绘图，这就使得“主干道”系统需要不停地更新。

换句话说，“主干道”系统的存在既不是为了存储数据，也不是为了编制一个简单的清单。它所实施的持续性、复杂性、高要求的操作，都是为另一个名为“内存图谱”（Graph-in-Memory）的数据库提供支持。具体的工作流程如下。

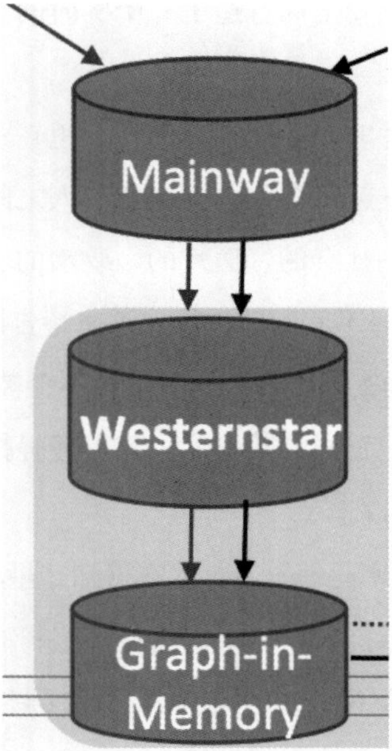

当波士顿马拉松爆炸事件发生时，“内存图谱”数据库已经建成。不幸的是，当时存在数据缺口。否则，该数据库就可以基于察尔纳耶夫兄弟的通话记录，生成有关其联系人的汇总图谱。一些基本的细节信息——通话日期、通话次数、通话时长、电话占线情况、未接来电、呼叫等待等，一旦需要就可以轻松检索到。“主干道”会先对这些通话记录进行处理。在对联系链的一跳结果进行预计算后，“内存图谱”就可以更快地完成联系链的二跳和三跳。

美国国家安全局希望一旦有像察尔纳耶夫那样的恐怖分子出现，就能随时找到其社交图谱。要想做到这一点，“主干道”系统不得不预计算出每个人的社交图谱。只要“主干道”系统获取了你的通话记录，它就会形成一个关于你的工作和私人生活的粗略的、现成的社交图谱。

我通过解析那些文件，还采访了一些线人，终于完全理解其中的含义。事实上，美国国家安全局打造了一个实时的、持续更新的美国社交图谱。

我们的通话记录并非静静地被存储在那里，不被执行任何操作。事实上，它们被用于建立起每个人与其他所有人之间一跳后的联系链。其中包含的各种秘密——社会的、医疗的、政治的、专业的，都会被实施预计算，而且是24小时不间断地进行。莱杰特告诉我，在他看来无须担心，因为“除非你启动查询，否则这些链接不会被整合起来”。而在我看来，这是一个被预先配置好的数据库，只需轻轻按下一个按键，就能再现每个人的日常生活图景。

比尔·宾尼是一位密码编码者，他在得知“星风”计划之后便从美国国家安全局辞职，以示抗议。后来，他被诬陷将有关该计划的信息透露给《纽约时报》。据宾尼说，2007年7月，联邦调查局的特工突袭了他的家。当时，他刚从浴室走出来，还没有穿衣服，就看到那些特工一边拿枪指着他，一边自报家门。对于宾尼的这一说法，政府方面并没有提出反驳。那些特工不愿说明，宾尼究竟被指控泄露了什么保密项目。宾尼和我见过的其他美国人一样，是个无所畏惧的异议者，他语气颇为欢快地问那些特工：“哦，你们是说‘巨型屁’项目吗？”宾尼是在测试那些特工是否已经获得安全许可，有权接触那些分区信息。只见那些特工都紧盯着他，面色凝重，只有一个人听出了这是个笑话，不自然地笑了笑。

宾尼之所以选择离开美国国家安全局，是因为他不愿意在未获授权的情况下对美国人民实施监控，哪怕这一行动是出于总统授命，从表面上看起来完全合法。这是他的底线。在美国国家安全局担任世界地缘政治和军事分析报告组的技术指导时，宾尼曾参与设计了一些分析工具，用于从国外元数据中自动生成一个巨大的社交图谱。据宾尼描述，2001年10月的一天，他听说 OPS 2B 办公楼三楼的一扇红色密封门后正在安装一些新设备，他的同事本·冈恩负责监督这一事宜。冈恩之前曾是英国政府通信总部（与美国国家安全局对等的机构）的雇员，为人非常努力上进，后来成为美国公民，并且加入了美国国家安全局。有下属非常惊恐地告诉宾尼，冈恩正在对宾尼的一款名为 ThinThread 的软件进行改编，以用于分析国内的通话记录。当我将上述谈到的那张网络流程图（该图展示了美国国内的通话数据记录被传输至“主干道”系统的整个过程）拿给宾尼看时，他非常惊讶，反复查看了几次。

“我从来没有跟别人提过这个名字。”宾尼说道，“这是‘星风’计划中被用来重建社交网络图谱的一个项目。他们获取了一个包含数万亿条通话记录的数据集，并将其折叠成一个网络图，以展示出谁与谁曾进行过通信。”宾尼所说的“折叠”是一个数据科学术语，也被称为“简化数据处理”，是一种数据分析技术，它通过剥离掉那些烦琐的细节（即社交图谱上的点和线），以总结出个人和与之有交集的社会群体之间存在的隐含的关联。这一过程就如同从繁星密布的夜空图中抽离出一个具体的星座。

最关键的是，宾尼向我证实了，他所设计的这些技术并不是只被应用于个别目标。他们应用这一技术，计算出了这一庞大数据集中每个通话者的社交图谱。

“这一软件确实会为数据库中的每个人都建立一份档案，无论分析师是否会去查看这些档案。”他说。如果分析师真的选择去查看某个人的档案，那么他们可以从此人的通话记录中提取出一条时间线，从而追踪其详细信息。与此同时，他们还可以从美国国家安全局的其他资料库中提取相关的元数据和内容，从而获取关于此人的更加丰富的信息。比如，他们可以从 PINWALE 数据库中获取所拦截的电子邮件和其他类型的数字文本。

按理来说，在“主干道”系统中，美国国内的通话记录数据应该与其他数据集隔离开来，而且需要有特别的权限才能访问。这也是为什么上文提到的网络流程图中出现了经外国情报监控法院授权的“分区”。但自 2010 年 10 月，时任美国司法部长迈克尔·穆凯西批准了适用于信号情报部门的新的、更宽松的规则之后，无论是在制度层面还是在实践层面，上述限制都不复存在。

在美国国家安全局分发给分析师的一份摘要文件中满是庆祝的口吻，称他们可以更自由地实施“更好、更快的分析工作”，而不需要耗费心思去保护美国公民和居民的隐私。在此之前，外国情报分析师必须先确保一个电话号码（用美国国家安全局的搜索术语来说就是“选择器”）不属于美国人，然后才能将其用于联系链分析。然而，根据穆凯西批准的新流程，美国国家安全局的工作人员在计算社交图谱时，可以“基于或涉及任何一个选择器，无须考虑国籍和地点”。也就是说，美国的电话号码可以出现在联系链的起始、中间和末端，所受的限制条件并不比外国情报目标更多。同样的变化还适用于英国、澳大利亚和其他五眼联盟成员国的国民，通常这些国家的国民信息也是被禁止随便访问的。分析师无须得到上级的特别许可，就可以将美国人的信息纳入他们的工作中。摘要文件中称，这一变化的价值在于，“它可以基于非常庞大的通信元数据集进行大规模的图谱分析，而不必检查图谱中的每个节点或地址是否具备外国属性”。文字间洋溢着欣喜之情。

2012 年，就在斯诺登事件曝光的前一年，时任美国国家安全局局长基思·亚历山大冒险参加了拉斯维加斯年度黑客大会 Def Con。这是一次非常大胆的尝试，毕竟他所进入的是一个不太友好的领域。他的目的在于消除一些外界的误解，顺便猎取人才。在美国国家安全局的管理层眼中，Def Con 是一个潜在的人才库，尽管那里的人都对国家安全局抱有敌意。大会上有一个有名的例行活动，名为“寻找联邦人员”，能够在参会人群中找出联邦特工的人就可以获得奖励。亚历山大英勇地站在了台上。

“美国国家安全局真的保存着每个人的档案吗？”Def Con 大会创办者杰夫 · 莫斯直白地问道。

“没有，我们不保存，绝对没有。”亚历山大回答道，“如果有人告诉你们，我们保存着所有美国人的文件或档案，那么那个人一定是在有意说谎。”

当时，没有人知道“内存图谱”的存在，没有人知道美国国家安全局和联邦调查局正在窃取我们的通话记录，也没有具体的证据可以证明亚历山大是错的。他是否利用了我们的集体无知来撒谎？

“元数据”“社交图谱”等有关电子监控的技术性术语，让人们很难看清，大众已经多么系统地陷入“煤气灯式”[①] 心理操控的陷阱。要将这些术语转化成人们容易理解的日常用语，就像上文中我曾通过“派对上来了 1 万亿名青少年”的搞笑故事来说明情况一样，是一项非常有难度的工作。尽管如此，偶尔使用这种方式还是可以给人们一定的启发。现在，我们假设这样一个场景：你发现你的手机旁站着一名“政府人员”，手里拿着一支钢笔和一个笔记本。他会记下你所拨打的每个电话号码和

① 这一说法来源于一部黑色悬疑电影《煤气灯》（*Gaslight*），指的是一种心理操控方式，具体而言，操控者通过长期将虚假、片面或欺骗性的信息灌输给受害者，使受害者怀疑自己，质疑自己的认知、记忆和精神状态，从而达到控制受害者的思想和行为的目的。——译者注

你手机所有的来电号码。他会用放在马甲里的怀表对你的每次通话进行计时。每当一天结束时，他会把手中的笔记本送到联邦调查局总部。一天下来，所有人的笔记本加起来大概有1万吨重，由一个卡车车队装载着，沿着巴尔的摩—华盛顿大道，驶入米德堡。在那里，有一支文员大军专门负责将每个笔记本上的每一页内容誊抄在一卷羊皮纸上，这卷纸展开来足以从美国大陆的东海岸延伸至西海岸。还有数百万人轮流值班，不分昼夜地交叉参考每条记录，制作索引，并绘制出一幅巨型图谱。

这张图谱上的其中一个点指代的就是你口袋里或钱包里的手机。如果你的办公桌上或者墙上还装有一部固定电话，那么图谱上还会有一个点指代这部电话。美国国家安全局根据这一图谱可以追踪到你的配偶、你的老板、你的心理医生、你的房东、你的赌注经纪人，也许还有你不愿提及的人。好消息是，政府不会闲着没事干而去随意窥探你的生活，在那张巨型图谱上，你所在的那个小角落也许永远都不会得到政府的注意。但政府确实有能力这么做。当它决定要秘密搜集和分析你的通话记录时，它拥有这项权力。不出意外，画在图谱上的东西会永远保留在图谱上，除非有一天有人提出异议。

当然，我所描述的这种虚幻的机构在现实世界中是不可能建成的。它所需的工作人员数量远远超过了美国的总人口，而且所消耗的笔和羊皮纸足以毁掉这片大陆。在此之前，在整个人类历史上，人类所创造的工具都不足以实现如此大规模的监控行动。然而，数字技术的出现使这一行动成为可能，政府则将这一行动转变为现实，而且是在从未征得公众同意的情况下。

当面临复杂、抽象的问题时，我们的直觉往往不太可靠。这时候，我们就需要借助思想实验的方式。与想象中的“政府人员”、笔记本和文员相比，“主干道”系统对于我们的通话记录实施的操作要复杂得多，但我们至少可以基于这一场景发挥想象力。面对大数据技术，我们可能会不知道如何反应，但倘若那个拿着钢笔的家伙真的出现在我们的门前，我们会作何感想？我想，大部分人应该都很清楚。至于那个羊皮纸的比喻，也没能体现出通话记录可能带来的最严重的风险。

真正的“主干道”系统，从本质上来说是一台实施监控的时光机器。它可以追溯到过去，对目标实施长达几小时、几天或几周的监控，尽管在当时美国国家安全局并没有将其列为监控目标。这是因为，“主干道”系统和“内存图谱”所绘制的每一张社交图谱的副本都会被保存下来。要知道，外国情报监控法院允许美国国家安全局保留近5年的通话记录。每一条通话记录都包括日期、具体时间和持续时长。社交图谱，即关系图谱，每天都可能发生巨大变化。每天都有一些电话账号被开通，每天也都有一些电话账号被关闭。某些联系人之间可能在一周之内频繁通话，而之后一年都不再联系。“主干道”系统可以像天文馆里的显示屏一样，对图谱进行倒带、审查，然后继续推进。稍加想象，你很可能就会发现，这会使你的职业生涯和个人生活面临风险。以我本人为例。假如我现在四处去拜访那些秘密线人，我认为自己不会被监控，因为在我的报道发布出来之前，政府没有理由监控那些和我通话的人，也没有理由大费周章地申请针对我的搜查令。但这并不意味着我现在就是安全的。一旦未来某一天，政府判定我的工作危及了那些事关国家安全的保密信息，那么它就会追溯至现在时刻实施监控。对于调查人员而言，监控我的线人比监控我要容易，因为对那些签署了安全协议的人员实施监控的法律门槛较低。调查人员只需列出有哪些人员有可能知道我的报道中所涉及的事情，然后找出在报道发布之前的一个月里，其中哪个人曾与我有过接触，哪个人曾接到过一次性手机打来的电话，哪个人的IP地址或局域网地址曾登录新创建的账号，哪个人的行踪与我的行踪有交集。如果我和我的线人没有特别谨慎的话，调查人员要搞清楚以上问题都是轻而易举的。政府可以轻松地追溯到过去对我们实施监控，就像对我们实施实时监控一样。这是一项全新的突破，政府在没有权限访问足够体量的元数据之前，是不可能实现这一点的。

通常，我们一想到监控就会想到监控目标。美国国家安全局可能正在监控你、我、他或者他们。那些负责确定监控目标的人，必须要提前明确把监控的镜头对准哪里。现在，有了批量搜集的数据和大规模的社交图谱，一切都发生了改变。尽管在新闻报道发布之前，政府没有理由追踪我的联系人，但事过之后，它通过“主干道”系统和相关工具可以回过头来实施监控。

让我们回到基思·亚历山大在 Def Con 大会上所说的话。值得称赞的是：在有关档案的问题上，他并没有撒谎。但前提是，他所说的档案指的是存放某个文件柜里的马尼拉纸文件夹。美国国家安全局甚至也没有保存每个人数字形式的档案，因为技术的发展使得它无须这么做。不过，“主干道”系统中的东西比档案更能揭露事实。事实上，我们每个人的档案都以一种无定形的方式飘浮在加密云端中，经过预计算后便安静地存储在那里，直到有需要才会被调取。它们就如同“内存图谱”里的幽灵，随时等待被召唤。

我很清楚，有人可能会觉得我的这种思路未免太离谱。也许真的是这样。毕竟，美国又不是当年的民主德国。当我把这些线索全都拼凑起来时，我依然没有理由认为，美国国家安全局对于这样一份反映美国人民实时生活的图谱存在滥用的情况。即使是在穆卡西将规则放宽之后，对于美国国内通话记录数据的使用仍然是受到限制的。根据隐私和公民自由监督委员会的说法，只有 22 名高官有权下令基于“主干道”系统内部的、经过外国情报监控法院授权的分区数据建立联系链。但是，历史总是给人以当头棒喝：政府并不会永远依据规则行事，规则也不会永远不朝着危险的方向转变。规则是可以避开或者改写的——也许会预先通知，也许不会；也许并非出于恶意，也许就是出于恶意；也许一次只改变一点儿，也许一次就会改变很多。也许有一天，政府决定通过“主干道”系统或者类似的系统来寻找暴力犯罪行为（甚至任何犯罪行为）或嫌疑人的证据。毕竟政府以前也不是没有这样做过。人们应该都还记得，当年理查德·尼克松总统曾下令对他的政敌实施窃听。联邦调查局曾通过秘密监控手段记录下马丁·路德·金的性关系，理由是认为他是一个“危险且富有影响力的黑人”。埃德加·胡佛政府的一名高级助理人员曾怂恿马丁·路德·金自杀，否则就要将他的丑闻曝光。

近期，监控权限也曾被严重滥用。联邦调查局曾在没有获得授权的情况下非法安装了数百个 GPS（全球定位系统）跟踪装置。纽约警方曾有计划地对清真寺进行监控。各级政府曾采用最粗暴的手段甚至是非法手段行使国家权力，监控那些因贫困、种族、宗教、族裔和移民身份而处于弱势地位的社区。唐纳德·特朗普还只是总统候选人时，就曾明目张胆地威胁要把竞争对手送进监狱。刚一上任，他就宣布自己对所有政府机构拥有绝对控制权。在公开场合和私下里，他都曾向司法部施加巨大压力，要求司法部对他的批评者展开刑事调查。

“内存图谱”并不知道这些事情。它不懂所谓的法律或规范，更不懂滥用的含义。它只负责计算联系链，并在一张巨大的、实时更新的图谱上标识出我们之间隐藏的关系。它只负责执行那些用代码表示的指令，而不管指令的内容具体是什么。

在这场于国家安全势力集团内部展开的谈话中，斯诺登的名字频频出现，不过是作为一个不受待见的名字而出现。当然也有例外，但也只是例外。在阿斯本论坛上，有些与会者认为，针对监控的问题展开公开辩论是有好处的，还有一些与会者认为美国国家安全局的行为太过了。在我们的访谈结束一个小时之后，内格罗蓬特悄悄告诉我，通话记录搜集项目并没有带来任何重要的成果。

出席该论坛的还有来访的外国官员，当然也是少数。他们对于自己在论坛上听到的消息表达了强烈的不满。我看到欧盟反恐协调员吉勒斯·德凯尔乔夫独自一人待在楼上的休息室里，已掩饰不住自己的怒火。有那么一瞬间，他好像在冲我摆手，让我离开。然后，他又点了点头，仿佛是在让自己下定决心。他向我讲述了三周前的那个早晨，他从《明镜》杂志上得知他的传真机被安装了美国国家安全局的监控设备。此时的德凯尔乔夫已经56岁，曾与他的美国同行打过多年交道，自认为也算是经历过一些场面。但最近美国国家安全局局长私下的一番言论，还是令他感到非常愤怒。"'人人都心知肚明，人人都会这么做。'——基思·亚历山大这样说。"德凯尔乔夫说道，"美国国家安全局要在我的办公室里安装窃听器，我可不喜欢这个主意。不，我不喜欢这样。竟然对盟友这么做！令我惊讶的是，有人竟然还以此为荣。"

参加论坛的大部分美国人谈到斯诺登时，话里话外都将他视为叛徒。很多人都指控他违背了神圣的誓言，把美国国家安全局的文件交给我。几乎每个人都是这套说辞。这一从表面看来十分坦诚的论断，实际上是保密文化下的有趣产物。显然，斯诺登除了违犯了相关法律之外，还违背了那些人能够强烈感知到的某种行为规范。但他们一直谈到的那个誓言，其实根本不存在。事实上，他们是在脑海中将两件彼此独立的事情混为一谈了，而且是将其中一件事情完全纳入另一件事情中。所有拥有安全许可的人员，包括斯诺登，都曾签署"312标准表"，即《机密信息保密协议》。那是一份政府合同，一旦违反就会面临刑事处罚。而斯诺登所立下的誓言（那些后来指控他的人也都曾立下同样的誓言）是他要“支持和保卫美国宪法，反对一切国外和国内的敌人”。对于这一誓言，斯诺登和指控他的那些人有不同的理解。

一些内部人士表示难以置信，为什么政府还允许我继续写作有关保密档案的报道。乔治·科特后来写邮件给我：“现在是考验你是否关心这个国家的安全的时刻，我建议你把从斯诺登那里拿到的所有东西都交给联邦调查局。”科特曾担任美国国家安全局首席科学家，鉴于他已经退休，我在此可以不用隐去他的名字。还有一些人曾在私下里很认真地说，美国联邦调查局应该主动采取措施，而不是等我自首。

从吧台到室外，到处涌动着一股不满的暗流。国民对于整个国家的不信任程度，令许多在场的人深感不解。就在该论坛召开之前不久，有人做了一项国民调查，发现更多国民将斯诺登视为“吹哨人”而不是叛徒。该调查显示，登记选民“在态度上发生了重大转变”，大多数人认为“政府的反恐行动做得有些过分了”，这是多年来首次出现的情况。阿斯本论坛上的那些国家安全势力集团的成员坚信自己的使命。公众和媒体怎么会不明白他们是在保护我们？谁会将这样的事情视为情报工作实施过度？倘若情报部门未能及时预知一些麻烦的到来，总统、国会和广大民众肯定都无法原谅它们。在走廊里，我还无意中听到一个人说：“一个在裤裆里塞满了烈性炸药的家伙登上飞机，结果因为太笨把自己的内裤给点燃了，人们认为这应该被视为整个情报界的系统性失误。现在，还是这些人，却告诉我们美国国家安全局应该缩减行动规模。”

出现在这个论坛上的大部分人，无论男女，整个职业生涯都是在那个被称为“高层”的密闭环境中度过的，那些保密网络筑起了一道高墙，将他们的工作环境与外界隔离开来。在高墙之内的每个人几乎都在一定程度上依赖于信号情报。至于这台国家监控机器的覆盖范围，于他们而言似乎已经成为一件习以为常的事情。“我没有太多时间去退一步思考那些虚无的哲学问题，”一位最近刚刚从美国情报界最高层退休的官员说道，“我们都没有时间这样做。我们都在忙着四处灭火，忙着处理一系列复杂的问题，忙着回答主人们的问题，他们想知道我们怎么能预料不到那些出乎我们意料的事情。”政策制定者、间谍人员和分析师在意识到这一监控机器存在的那一刻，就已经接受了它。他们试图合理地发挥这一机器的价值，完全没有想到它在被普通人看到时会引发怎样的怀疑和愤怒。

美国国家安全局的总法律顾问拉杰什·德，说起话来总是温声细语，他承认在有关监控的界限上可能存在法律争议。“我只是不喜欢人们的弦外之音，好像是在说，‘你们这些家伙在撒谎’。”他跟我说道，“人们完全可以说，‘我们有不同的看法’。我只是很不喜欢整件事情的基调。”

内格罗蓬特试图给出一种冷静的解释。“我本以为埃德加·胡佛和理查德·尼克松的幽灵早已被驱除，没想到他们还是给我们当前所做的事情带来了如此恶意的影响。”他说道。

在阿斯本论坛上听到的一些事情使我不由得想起了不久前在斯诺登提供的档案中偶然发现的一份演示文稿。那份文稿制作于 2001 年秋，保密类别是“绝密 // 通信情报 // 仅限国内公民访问 //X1”（TOP SECRET//COMINT//NOFORN/X1）。在这份文稿中，美国国家安全局用了 7 页幻灯片的篇幅，盘点了在即将展开的与基地组织的战争中必须不遗余力保存下来的力量。其中，美国国家安全局列出了自己在“关键国家资产”等级中的位置。基于这一分析，“美国开展信号情报行动的能力”属于“一级”国家资产，即“生存”资产，此类资产“一旦失去，将会使美国不复存在”。信号情报部的组织健康状况被列为“二级”国家资产，即“危急”资产，意味着其“与决定国家的生死存亡只有一步之遥”。

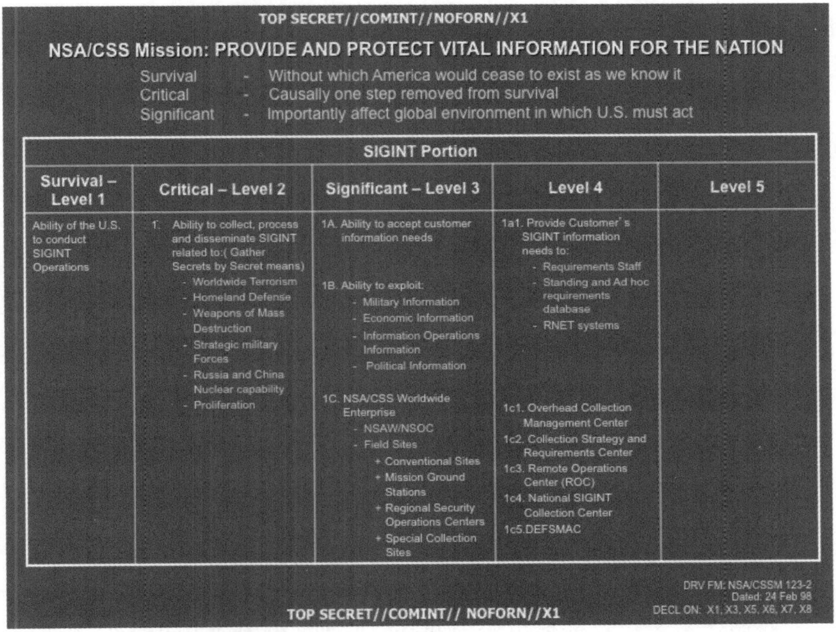

制作这些幻灯片的人是一名职业公务员，资历相当深，但绝非身居“高层”。我很怀疑，这些是不是仅仅出自她的个人观点。后来，她的名字和这份演示文稿均出现在约瑟夫·J. 布兰德的一份备忘录中，我的疑惑也就此得以消除。当时，布兰德是信号情报部门的政策参谋长。他委托人制作了这份幻灯片文件，并标明要将其分发给整个情报界。后来，他还以此为由，支持为该文件的制作者颁发特别成就奖。

他们坚信自己的工作生死攸关，正是这种信念使得他们戴着有色眼镜看待任何公共辩论可能带来的好处。在他们看来，政府应该将其监控机器对准哪里，不对准哪里，全都由不得外部人士决定。在论坛上，一些和我相识多年的人，一看到我就避之不及。不止一个人公开表示，我终有一天会自食恶果。甚至还有一位资深政府律师尖锐地问道，记者行业是否存在一个专业机构来制裁记者的不道德行为。（我们的行业并不存在这样的机构，任何人都可以从事新闻工作，无须特殊许可。）正当我在咖啡机旁与人闲聊时，一名与我素未谋面的国家安全律师未经任何铺垫，直截了当地表示，威廉姆斯与康诺利律师事务所在援引宪法第一修正案时采取了“非常激进的态度”。该律师事务所是《华盛顿邮报》和我的法律代理机构，这不是什么秘密，但也谈不上尽人皆知。我更加仔细地观察着他。他问我，我是否有仔细想过，一旦所依据的建议是错误的，自己将会面临什么样的后果。

那天晚上，基思·亚历山大发表了讲话。他说，他希望自己能够“把所有美国人都召集起来，并向他们展示整个行动计划”，但他不能这么做，因为“恐怖分子……就躲在我们中间，他们正试图杀害我们的人民”。有外国情报监控法院和国会情报委员会负责实施密切监控，美国人民应该感到安心。

我站了起来，想要提出一个问题。此前，我和亚历山大从未见过面。当现场的主持人——美国全国广播公司的皮特·威廉姆斯点到我的名字时，只见亚历山大低着头，抿了抿嘴。我想就他刚刚的话进行追问。据我所知，外国情报监控法院和国会对于“棱镜”等项目的具体操作细节并没有进行深入了解。举个例子，它们根本不知道那些监控目标的名字，也不知道那些人被列为监控目标的理由。而亚历山大的说法刚好相反，据他话语中的意思，立法机构和司法机构“正在审查你们所使用的45 000个选择器中的任意一个或者正在审查‘合理的、可阐明的怀疑’依据。我想说，它们并没有这么做，对吧？”

“它们确实未必会这么做。”亚历山大承认，“但我们的总法律顾问、我们的监察长，他们确实会实施监督，确保我们所做的事情是正确的。”亚历山大说，他不知道有什么更好的办法能保障公民自由。接着，他用一种非常平淡的语气补充说，也许“你拥有更高深的见解”。

难对付、多疑，这就是他们对我的评价。我显然已经越过了某种无形的界限。这也许是无可避免的，毕竟我拿到了斯诺登的文件，而且有时候还会站在他那一边。也许，我追问了太多问题。也许，回看现场的视频，他们发现我的行为很无礼，对那些权威人士不够尊重。毕竟，阿斯本安全论坛的召开要依赖那些发言人的善意和那些试图获得政府业务的承包商提供的资金。私营军事公司“黑水”（Blackwater），现已改名为“阿卡德米”（Academi），是当年阿斯本安全论坛的主要赞助商。（在一次非公开的午餐会上，该公司请来了中央情报局前行动负责人何塞·罗德里格斯，他曾下令烧掉实施“水刑”的视频证据。此时的罗德里格斯在阿卡德米担任顾问，负责提供关于该企业行为准则合规性方面的建议。）在那之后的第二年、第三年、第四年……，阿斯本安全论坛再也没有对我发出过邀请。

第6章

“童军大会”

2012年2月7日，上午8点刚过，美国国家安全局和中央情报局的人员陆续抵达坐落于弗吉尼亚州赫恩登的一座碉堡式办公楼，那里位于杜勒斯国际机场以东几英里处。办公楼的外墙被水泥和深色反光玻璃包裹着，绝密空间周围的内墙都有细细的铜网缠绕，以防止电磁泄漏。这栋办公楼所在的社区本身就具备一定程度的隐蔽性。它的一边是一个不起眼的办公园区，另一边隔着一条马路就是小橡树蒙特梭利幼儿园。附近还聚集着几所其他的学校，有居里夫人学校、橡树山基督教学校和卢蒂·刘易斯·科茨小学。

这一天，来自美国各地的数字武器设计者们聚集到这里，见证其所在领域的最新进展。政府实验室展示了各种新的电子盗窃工具。整个现场洋溢着极客们的热情。专门为詹姆斯·邦德制作各种稀奇古怪的间谍装备的Q博士，倘若不仅能够在实验室中制造出“牙膏炸弹”，还能制造出一些软件植入工具，那么他在这里应该会如鱼得水。私人承包商提出了一些概念验证的设计，以“规避或利用”世界各地所研发出的智能手机、计算机和网络硬件的最新安全性能。研究人员之间互相分享现场测试结果。这是一个可以绕过Windows系统中的“安全启动”功能的方法。那是一个很有前途的计划，可以破解LTE（长期演进）无线网络，实现对手机上的“无线电进行秘密控制”，并且能够远程激活手机的麦克风。这里有一种技术，可以利用X射线计算机断层扫描（即CT）技术从硅电路中提取加密密钥。那里有一种名为 STRAWHORSE 的技术，它是对 iPhone（苹果手机）进行秘密监控的突破口。该集会的集体目标就是将监控势力渗透到位于世界上任何一个地方的任何机器、任何网络、任何电子数据源。虽然目前人们尚未实现该目标，但一直在朝着这一目标前进。

美国国家安全局的领导者对于这一野心勃勃的目标并没有做出主观性的评价，只是就事论事：我们花钱请他们，就是去窃取外国机密的。诚然，但就目前而言，这一表述还是存在局限的。就如同斯诺登给我发来的第一份文件——“棱镜”项目演示文稿中首页幻灯片上的徽标一样，美国国家安全局就像是站在地球上方的那只老鹰，掌握着全球的电信业。虽然它的控制范围还不能深入具体的位和字节，但已经很接近了。这整个图景中是否留有自我约束的余地？该机构是否设想过那些没有法律明文规定的边界？规章制度固然至关重要，但工作规范也不可忽视。法律是存在空白区域的，当技术的发展推翻旧有假设时，先例就不再具有参考价值。秘密行动，囿于其保密性质，通过非公开的司法程序很难检验其合法性。在具体实践中，有大范围的监控现象是司法机构和立法机构的监管部门根本没有试图去触及的。正因如此，当易犯错的人类获得了窥探他人秘密的权力时，文化的重要性就得以凸显。文化会填补法律的空白领域。衡量美国国家安全局的工作规范（在本书的语境中，这诚然具有一定的讽刺意味）的一种方法，就是聆听信号情报部门内部的对话。

这一于弗吉尼亚州北部召开的年度黑客大会，自 2006 年首次亮相后就被赋予了一个特别的名称——“童军大会”（Jamboree），至于其背后的具体原因已经不可考。也许是人们为了开玩笑而随口说出的一个名称，它会使人联想到男童子军、女童子军、篝火、和平之歌等与之完全不搭调的场景。只不过这个“童军大会”是以搭线窃听者为主体，现场少了些乡野风情——它位于一个保密等级为“绝密 / 敏感隔离信息”的会议室内，现场响起的歌声不是围绕和平，而是有关数字战场。“童军大会”鼓励技术求精、敢于进攻、坚定不移地追求胜利，绝对专注于任务的完成。这些都是一名优秀的间谍应该具备的品质，而且是非常重要的品质。但一名优秀的间谍光具备这些品质还不够。“童军大会”建基于一个只关注行动的世界，那个世界可以对无辜者的隐私毫不客气，并且对于黑客口中那些允许自己被美国网络战士“拥有”的男男女女极为蔑视。在美国国家安全局内部的语言环境中，性暗示、种族歧视性话语、对逝者的不敬之词都是很常见的，丝毫不加掩饰，而且他们说这些话的时候明显并不担心会受到上级的指责。就是这样一群人，可能正通过自己的工作直接决定着战区的哪些人可以活下来，哪些人会去死。“你们中的许多人都知道，我们在伊拉克的部队完全是基于信号情报成果来投放炸弹。”信号情报部门前参谋长查尔斯 · H. 柏林三世曾在 2004 年的一份内部通信文件中告诉他的员工。

美国国家安全局内部的很多专业人员是不会开这种玩笑的，而且我毫不怀疑，这样的人是占大多数的。我所见过的美国国家安全局员工和资深人士对自己手中的权力都是极为谨慎的，当不可避免地要擅入不属于外国情报目标的私人领地时，他们的内心是极为矛盾的。即便如此，在美国国家安全局黑客俱乐部的那群顶尖高手中，以及那些基于黑客的成果展开工作的人中，散漫的语言和态度也是司空见惯的。在我所看到的文件和秘密采访内容中，这样的例子有不下几十处。这些人似乎尤其偏好在官方报告中插入一些带有嘲讽意味的侮辱性话语和表情包，这些话语和表情包多是由网络上的一些青少年、游戏玩家和书呆子所发明的。

2013 年秋，我请《华盛顿邮报》雇用了这样一个书呆子。阿什坎 · 苏丹尼，此时已 38 岁，年轻时常年混迹于各大黑客论坛和反建制的技术集会——从拉斯维加斯的 Def Con 和纽约的“地球黑客”（Hackers on Planet Earth）到柏林的“混沌计算机俱乐部”（Chaos Computer Club）。在成长过程中，他取得了学历证书，曾为州政府机构和联邦政府机构工作，还与人共同创办了一家创业公司，逐渐在隐私与安全领域赢得了一定的声誉。尽管如此，他一直对自己最初爱好的领域保持敏锐的感知力。我一开始找他的目的很明确：请他帮我解读斯诺登提供的档案中最难理解的技术资料。

在报道有关美国国家安全局的新闻时，多亏了《华盛顿邮报》的杰出同事们为我提供的帮助，尤其是格雷格·米勒、艾伦·中岛、卡罗尔·莱昂尼格和朱莉·泰特。其中没有一篇报道是轻而易举就完成的，真的一点儿也不容易。但相对来说，有一些新闻素材会比其他的要容易获取一些。到 9 月时，容易获得的新闻素材已经越来越少。还有一些最为重要的线索没有出现。为此，我需要向其他人寻求帮助，尽管我一直以来都不愿意接受这种帮助。有一些线索引起了我的兴趣，这些线索指向的一些行动要么徘徊在法律边缘，要么与政府多年来的口径不符。但我手中的这些线索太过零碎，仿佛一整幅拼图中的零星碎片。虽然《华盛顿邮报》的新闻编辑部人才济济，但据我所知没有一个人具备我所需要的计算机科学和计算机工程方面的技能。遇到这类问题时，通常的解决方法是在全世界范围内广泛搜寻了解内情的人，并向其咨询。这其实正是一名记者核心竞争力的体现。但此时的我面临一个困境：在理解这些加密文件的内容之前，我不想将其随便传播出去，即便是在理解其内容之后，我也很少会将其发送给其他人，可我单凭自己的力量又无法弄懂这些文件的内容。在对这一新闻的调查持续了三个月后，我发现自己遇到的障碍超出了原本的预期。

如果找一个人和我一起审查斯诺登提供的这份档案，有谁是我足够了解并且可以信任的呢？鉴于我需要的是一个在网络基础设施、终端安全、监控技术、公共政策和隐私保护法等方面均具有不俗能力的信息科学家，有谁能够满足这一条件呢？这个人必须要立场坚定，不能一心二用，不能被某种意识形态困扰，从而对证据的选择有倾向性。有些人可能其他方面的条件都符合，但一想到要承担的法律风险就望而却步。任何曾经拥有政府安全许可或者希望获得这类许可的人，都不可能加入这一泄密信息的挖掘工作。我列出了几个可能的名字。可能还有其他符合条件的人，但可惜我不认识他们。最终，我锁定了一个人。

随着时间的推移，苏丹尼成了我在这一新闻调查工作中的亲密战友。除了提供技术层面的帮助，他还帮助我了解了一些我原本没有意识到自己会需要的东西：那些男男女女（主要是年轻人）在文字背后透露出的思考模式和行为习惯。

9 月 19 日，我向苏丹尼展示了第一份演示文稿，里面充满各种术语和图形，而我根本没有能力解读其中的具体含义，只能根据内容要点进行推测。如果我的推测准确，这里面应该隐藏着一则重要新闻。其中一个要点似乎是，美国国家安全局发现，在某些操作领域，很难从无用的信息流中挑选出它想要窃取的信号情报。苏丹尼全神贯注地翻阅着这份演示文稿，第一眼看到这份机密档案时他显得有些震惊。从第三张幻灯片切换到第四张幻灯片时，他停在那里，定睛看了一下，然后笑起来。他抓着我的胳膊，对我说：“你一定要看看这个。”我从自己的计算机前起身，看向他的计算机。只见，在第四张幻灯片上，“特殊来源行动组”的一个团队解释称，他们所讨论的信息搜集系统无法“给流量类型赋值”。换句话说，当将系统伸入一个数据流时，他们并不知道挖掘到了什么类型的数据。在他们看来，这会带来的问题不在于所抓取的信息超出了任务所需，而在于所抓取的信息数量会超出可用的存储空间。因此，他们需要实现“信息搜集最优化”。这张幻灯片上还放了一张黑猫的图片，看样子像是一只俄罗斯蓝猫。它的脸位于一个方框内，棕色的眼睛低垂，嘴巴让人想到皱眉的表情。方框下面有一个标签，用大大的字写着“情绪猫”（EMO CAT），接着还有一行小字：“没人能理解它。”（NO ONE UNDERSTANDS HIM.）

对于那群精通表情包的人而言，这则笑话的寓意是明摆着的——源源不断传入的数据海洋，就像猫科动物的内心一样，深不可测。演示者应该是旨在通过“情绪猫”的绝望表情逗得听众一笑。苏丹尼向我解释道，这种带有讽刺性标语的猫咪图片起源于万维网的边缘地带。它们先是出现于“互联网中继聊天室”和公开的厌世论坛（比如 4chan）中，接着开始出现在社交新闻网站红迪网（Reddit）上，然后才流传于面对大众市场的社交媒体中。之后出现在脸书上的小猫表情普遍走可爱风，看上去毛茸茸的。而“情绪猫”则透露出一种刻薄的倾向。在这里，“EMO”所暗含的是带有嘲讽意味的悲情。

“那又如何呢？”我问道。我之前也看到了这只猫，但并没有在意。

“你不明白。”苏丹尼回复道。他说，我们看到的这些表情包就像是洞穴里的壁画一样——是一种文化符号，简单但能揭示很多东西。“我知道这些人。我跟他们打过很多年交道。他们来自红迪网和 Def Con 大会，都是一类人。”

苏丹尼刚开始从事这一工作时，对于我们所面对的这群位于全球最强大的电子情报机构背后的人是存在一定幻想的。而这些发现让他最初的幻想开始破灭。

“我和很多人一样，都以为美国国家安全局里面的人员要么是精神抖擞的军人，要么是‘黑衣人’。”他后来在邮件中告诉我（这里他所说的“黑衣人”是科幻电影《黑衣人》中专门负责处理人类与外星人之间关系的秘密机构），“然而，通过这些文件的写作风格、语气和使用的意象可以明显看出，那里至少有一部分人是不善社交、常年混迹于红迪网的书呆子。（我能够想象到的他们的形象是年纪轻轻、脸上还带着点婴儿肥、身材胖乎乎的，工作时手里可能还端着超大杯饮料。）这些人不是典型的政府雇员形象——于海量文件背后所浮现出的这一人物形象，所揭示的东西远远超出预期，而这些东西对于像我这样的极客来说更为熟悉。”

美国国家安全局的正式员工分为文职人员与军职人员，其中军职人员主要来自陆军、海军、空军、海军陆战队和海岸警卫队的情报部门。军职人员是经过预先筛选的。文职人员在应聘时则要接受一系列严格的考验：先要做一份共有 567 道问题的心理测试，接着要参加面试，然后要填写 SF-86 国家安全职位问卷，还要通过一项测谎仪测试，以排除反情报威胁。即便如此，置身互联网时代，美国国家安全局也不得不调整自己的要求，以招募到一批所需的天才黑客。这群黑客通常可不会每天穿着擦得锃亮的鞋子，留着干净整洁的寸头。据斯诺登说，这个圈子的文化就是，“T 恤衫、牛仔裤、经过漂染的头发、耳环、印着各种表情包的衬衫、贴满了各种搞笑图文的工位”。负责筛选的人员要具有一定的包容度。不然，那些顶级黑客很容易被排除在外。

艾伦·杜是一名数学家和计算机科学家，他不是这个圈子里的一员，但对这个圈子了如指掌。2005 年，艾伦从佐治亚理工学院研究生院毕业之后，直接进入美国国家安全局工作。他在夏威夷的国家威胁行动中心从事一线工作（与斯诺登最后那段时间所在的岗位位于同一个办公室），负责对来自亚洲的黑客执行反监听任务。艾伦处理起事情来深思熟虑，很会审时度势，而且拥有超凡的记忆力，因为人正直坦率而名声在外。他获得了一沓嘉奖证书，不过都是保密的，所以不能展示给外人看。基思·亚历山大在一次访问夏威夷的时候，曾授予艾伦美国国家安全局局长的挑战币，这是一枚铜质雕饰纪念币，用于表彰他的出色表现。

国家威胁行动中心的任务既包括网络防御，又包括网络进攻，这在美国国家安全局内部是非常罕见的。艾伦的任务是搜寻美国军用网络中的外国侵入者，并指明新的监控方向，以追踪侵入者的来源。当发现外国侵入者时，他就能帮助锁定反监控行动的目标。有时候，通过这些行动能够对海外的“威胁源”进行秘密控制，从而扭转局势，对间谍进行反侦察。只要获得一项特殊权限（该权限很少被授予），机构就可以发起反击，破坏外国设备或者使其失效。在日常工作中与艾伦紧密合作的是网络攻击端的黑客，包括“摇滚团队”——远程操作中心的那些精英。

在美国国家安全局工作了 6 年后，艾伦离开了那里。此时的艾伦对于那群曾一起共事的伙伴已经有了非常全面的了解，深知其优势和劣势。“我对那里并不抱有敌意，也没有任何爆炸性消息可以提供。我在国家安全局所做的工作都是很普通的，大部分工作都不存在任何争议，有些工作是非常伟大的。”他告诉我。

“无论是军职人员还是文职人员中都不乏怪人存在。”艾伦说。要成为军职人员，“你可以在20岁左右时报名，接受基础的训练，之后要接受3~6个月的技术性培训，经过审查，然后——还没等你反应过来，你就已经出现在了国家安全局。不久之后，你就开始访问一些未经分析的数据。此时的你已经足够成熟，可以做出恰当的决定了吗？你难免会产生这种疑问”。而负责招聘文职人员的人“面对一些比较怪异的人时必须得稍微成熟一点儿”，这些人主要来自Def Con大会，喜欢搞恶作剧，还喜欢破解一些对智力要求较高的竞技游戏。

接着，他补充道：“我们这个圈子就是以一种极客文化而著称的。”在人际关系方面，一般员工都是“比较内向、安静，习惯独来独往的类型”。机构内部一个典型的笑话是：那些说话时会盯着对方的鞋子的人都是外向的人。只有坐在计算机前面时，他们才会释放自我，回归自然的状态。他们所做的简报和所写的加密博客文章，有时候让人读起来好似“重返狂野西部”。艾伦告诉我。

2013年9月20日，就在我们发现“情绪猫”图片的第二天，我带着苏丹尼去见了《华盛顿邮报》的主编马蒂·巴伦。我知道，对于我们的工作持批判态度的人可能会揪住苏丹尼的国籍问题不放。所以，在让两人见面之前，我已经告诉巴伦，苏丹尼出生在伊朗。我解释说，苏丹尼从小就离开了德黑兰，很早就已经成了美国公民。在这简单的一句话背后，其实隐含着一段复杂的背景。苏丹尼的父亲老苏丹尼成长在由穆罕默德·礼萨·巴列维统治下的伊朗，巴列维是背后有美国撑腰的政治强人，也是伊朗集中制王朝的最后一任君主。老苏丹尼是一名多才多艺的音乐家，会演奏通巴克鼓（一种外形呈高脚杯状的鼓）。巴列维出行时，经常让老苏丹尼和伊朗国家管弦乐队随行。后来，老苏丹尼成为伊朗保险公司的高级管理人员，负责监管巴列维在波斯湾地区的资产。1979 年，伊朗伊斯兰革命爆发，巴列维被废黜，伊朗的社会秩序发生了翻天覆地的变化。简而言之，老苏丹尼的前景不容乐观。于是，他带着两个女儿逃到美国，想等家里的事情都处理好之后，再让妻子带 4 岁的儿子苏丹尼前往美国与他们会合。但苏丹尼和他的母亲很快就遭遇困境，因为革命军占领了美国驻伊朗大使馆，并且扣留了美国人作为人质，他们的签证彻底无望了。于是，苏丹尼的母亲带着儿子转而前往欧洲，然后到达加拿大，最后乘汽车进入美国境内。他们申请了政治庇护，并且很快获得批准。第二年，移民局就给他们签发了绿卡。那个年代与现在的情况完全不同。

苏丹尼来到美国后，最初几年的童年时光是在俄亥俄州的阿克伦度过的。他掌握了一项本领，那就是打破事物原有的结构，并进行重建，以改变其运行方式。在苏丹尼最早期的记忆中，他有一辆由电池驱动的“达特桑”（Datsun）玩具汽车模型。他通过对数字键盘上的按钮进行编程来遥控指挥汽车模型，让其在屋子里移动——向前移动 4 个单位，向右移动 2 个单位，再向左移动 3 个单位，就可以绕开一把扶手椅。在苏丹尼 10 岁时，全家搬到了位于洛杉矶中部的一个社区，那里是伊朗移民聚居地，因此被称为“小波斯”。当时，他正在组装电话自动拨号器，还用 BASIC 语言编写计算机代码。他自学如何解读十六进制符号，以破解当时炙手可热的电脑游戏《飞人》（*Jumpman*）的复制保护。后来，他绕过固件锁，在一个索尼游戏机的主板上焊接了一个可重写的芯片。他通过一个拨号调制解调器，在被称为“公告板”的计算机论坛上与人交流黑客技巧。通过这种方式，他学会了如何变更早期移动电话的软件指令。15 岁时，他获得了一部摩托罗拉的移动电话 MicroTac，并将其连在了家里的一台笔记本电脑上。通过一连串的输入命令，他推翻了内置的控制装置，将这部电话改成了一个临时的间谍设备。只要他想，他就可以嗅探到附近移动电话信号的电波，从而可以假冒该范围内任何一部电话。他还发现，只需用氟利昂和一把锤子就可以破解当时的可利泰（Kryptonite）牌自行车锁。对于苏丹尼所在的那个青少年黑客圈子的成员们来说，这是他们共同的追求。苏丹尼和很多后来的安全专家一样，用他自己的话来说：“我从小到大就是在寻找各种系统漏洞。”

苏丹尼获得了认知科学专业的学士学位，后来在加利福尼亚大学伯克利分校攻读硕士研究生学位，学的是计算机安全和隐私保护专业。他和两名研究生同学合作完成了一个名为“了解隐私”（Know Privacy）的论文项目。他们的研究展示了那些知名网站是如何搜集并出售访问者信息的，而且所涉及的数量要远远超过这些网站在隐私政策中所披露的限度。后来，苏丹尼担任《华尔街日报》的顾问，负责拦截智能手机应用程序的秘密信号，因为这些程序会在不知不觉中泄露用户的个人数据。他创建的创业公司 MobileScope 将他的这一技术实现了商业化。2012 年 5 月，与苏丹尼首次见面时，我在家里的一台备用 iPad（苹果公司生产的平板电脑）上伪造了一个账号身份，并让他针对这台设备实施操作。他向我展示了软件开发商是如何违反政府规定和服务条款中的承诺，偷偷地追踪我在纽约市内以及在互联网上的踪迹的。我在 iPad 上启动了一个医疗应用程序，设想出了一个令人尴尬的问题，然后在查询栏中输入“淋病”一词。只见 MobileScope 的界面上，象征我的 iPad 设备的图标立马冒出了二十几行内容，每一行内容代表被广告商、信息中介或数据经济的中间人抓取的一条数据。转瞬之间，存储在 iPad 上面的我的年龄、性别、设备 ID、位置等信息已经被传输过来。根据这些信息，足以确定我的这一身份——“Bart Testbed”（巴顿测试版），所幸这个身份是伪造的。有些公司也抓取了这令人尴尬的搜索词。之后，苹果公司加强了隐私保护控制，谷歌针对其研发的安卓手机系统也实施了同样的操作。但在某个地方的某个数据库中，始终存储着 Bart Testbed 这个不幸的人的医疗档案。最初促使苏丹尼启动这一项目的那些模糊的想法，就来源于他从小养成的“黑客思维”：“关于这些漏洞，法律中所说的是一回事，在真正的技术操作中是另一回事。”

在本科毕业之后，开启研究生阶段生活之前，苏丹尼一直在随心所欲地工作和玩乐。他曾被一家温哥华的公司派去香港执行一项计算机安全任务。后来，他又找了一份 DJ（调音师）的临时工作。再后来，他厌倦了这些工作。在 2003 年的大部分时间里，他都在和一群朋友一起滑雪，通过给人授课换取滑雪票，生活过得十分节俭。当所在半球的冬季即将过去时，他们就会转移到另一个半球，以继续生活在冬季，他们的足迹踏遍太浩湖、新西兰、日本。2005 年，美国电话电报公司聘请苏丹尼协助打击噩梦般的垃圾短信浪潮。之前，美国电话电报公司开启了一项功能，使用户能够收到通过电子邮件发送的短信。于是，就有垃圾邮件发送者向每个可能的十位数号码发送邮件，导致美国电话电报公司的手机用户收到了数十亿条垃圾短信——这又是一个令人意想不到的安全漏洞。苏丹尼设计了一个防御性边界，使垃圾邮件过滤器运行在高速路由器上。“在一段时间内，这变成了我的专长。”苏丹尼说。他在这一领域赢得了口碑之后，法国电信和日本电报电话公司纷纷找他合作。随后，美国海关和边境巡逻部门聘请苏丹尼负责位于西弗吉尼亚州的一处计算机设备的安全维护工作，以防止其受到拒绝服务攻击，这类攻击者通过数千万次虚假查询来使其网络瘫痪。由于不具备安全许可，苏丹尼被禁止触碰这些属于政府部门的计算机设备。于是，他只能一步一步地指导他的雇主要点击哪里，要输入什么内容。

在我与苏丹尼见面之前，他还曾在联邦贸易委员会担任过一段时间的技术专家。在那里，他把自己变成了谷歌和脸书的噩梦，因为正是他的取证工作证明了这些企业存在非法监控其用户的行为。自那之后，苏丹尼的主要工作就是担任州检察长的顾问，当他们想要在新泽西州、加利福尼亚州、俄亥俄州和纽约州的州法院起诉那些科技公司时，为其提供技术咨询。苏丹尼身型不高但身材结实，而且富有魅力，在政府部门、业界和学术界收获了一众"粉丝"，甚至在他曾得罪的那些企业里，也不乏他的仰慕者。他在旅行途中，常常会在华盛顿、旧金山、纽约的一些地下酒吧的密室里即兴召开"科技政策鸡尾酒会"。

2013 年 4 月，就在有关斯诺登的新闻被曝光之前六七周时，我约苏丹尼一起在曼哈顿南端的炮台公园散了很长时间的步，我们都没有随身携带任何电子设备。我告诉他，我必须强化自己的数字安全等级，而且是越快越好。我们一边散步，一边详细探讨了具体的场景、操作流程和所需的工具。我没有告诉他我为什么要这么做，他也没有问。他的这种谨慎给我留下了深刻的印象。6 月 6 日晚，我的第一篇有关美国国家安全局的报道发布，苏丹尼给我发来一封加密邮件。"原来是为了这个。"他在邮件中写道。大约 4 个月后，在 9 月 23 日那天，我把苏丹尼引荐给马蒂·巴伦。他们两人一见如故，巴伦很看好我们的合作。当苏丹尼告诉他，我最初针对斯诺登提供的档案采取的保护措施不够安全时，巴伦完全没有提出任何质疑。用苏丹尼的话说，我们需要对一些高端的笔记本电脑进行"脑叶切除"，具体来说就是封锁端口、拆除电池、拔掉网络电路板。

《华盛顿邮报》与苏丹尼签订了一份合同，合同条款和我的一样。巴伦向他保证，如果有需要，《华盛顿邮报》会为他支付所有的法律辩护费用。当天晚些时候，我写邮件给苏丹尼："在这方面，《华盛顿邮报》行事一向可靠，这关乎它的名声。"我还告诉巴伦，他肯定不会后悔雇用苏丹尼："我们非常期待那些隐藏在电缆中的新闻。"

在我和苏丹尼着手合作之后，我们定期就会发现更多"洞穴里的壁画"——表情符号。它们直接指向了美国国家安全局内部负责搜集信息的数据极客的身份、地位和所持的态度。

美国国家安全局所接收的大部分信息都来源于该机构口中的"特殊来源"，就是那些作为全球通信网络支柱的美国互联网和电信企业。美国国家安全局要求秘密访问这些企业的数据库。那些经过安全审查的企业高管同意了。美国国家安全局当然很高兴。既然车主已经把钥匙借给你了，为什么还要费尽力气去偷车呢？其中有些企业高管将支持美国情报工作视为一种爱国义务（斯诺登事件曝光之后，有人就不这么想了）。有些企业高管则是迫于法律的压力，不得不同意。有些企业（比如美国电话电报公司）自 20 世纪 70 年代就已经与美国国家安全局秘密合作，配合其实施行动，行动代号为"布拉尼"（BLARNEY）。还有一些高管希望借此获得优势，以争取到更大的政府合同或更好地避开相关的条例规定。美国国家安全局有一项针对"企业伙伴"的秘密预算，用于弥补给这些企业造成的不便。在 2011 财年，这项预算达到 3.94 亿美元。

在无法通过协商获得访问权的领域，美国国家安全局就开启了自便模式。在海外，由于国内的法律限制不再适用，信号情报部门中负责数据采集的机构（编号为 S3）就可以毫无顾忌地在任何想要的地方打通数据搜集通道。有一个在全球范围内发动黑客攻击的基础设施，名为"量子"（QUANTUM），它部署了广泛的工具来植入软件漏洞，通过"中间人攻击"和"旁观者攻击"的方式拦截通信内容，并通过重新路由通话和电子邮件的内容，使其通过美国国家安全局的信息搜集点。大多数此类操作都是当电子信号通过大型主干道和联结点时进行自动搜集，因此被称为被动操作。当这种被动模式无法满足需求时，用美国国家安全局的话来说，它们的工作就变成了交互模式。在 2012 年 4 月的一个具有代表性的一周，此类交互式操作一共实施了 2 588 次。这种定制的黑客攻击行为属于特定侵入行动组的工作范畴，远程操作中心就是隶属于该行动组下面的精英团队。

有时候，远程操作中心也会遇到无法突破的障碍。一般而言，这意味着监控目标使用的是不接触公共网络的设备或者网络连接，因而没有途径来利用软件漏洞。这时候，美国国家安全局就要依赖“侵入行动组”（Access Operations division）通过人工辅助的方式进行信息搜集。侵入行动组专门针对外国驻美大使和海外相关的目标执行秘密任务。该行动组的徽标与特殊来源行动组的徽标有些类似，都是有一只捕食性动物环绕着地球，不过这只动物不再是老鹰，而是一条有着长长的分叉形舌头和恶魔般红色眼睛的蛇。徽标上面还刻着拉丁语座右铭“Decipio—Circumvenio—Latrocinor”，对应的英文含义为“我欺骗，我规避，我掠夺”。

这句话源自一名游戏玩家曾夸下的海口：我们欺骗，我们偷窃，我们会彻底打败你。这种一般见于漫画中的吹嘘之词在一份官方简报中被一张真正的漫画取代。在这张画中，侵入行动组化身为一个简笔画版的超级英雄。戴着恶魔之角的“坏蛋”试图将自己隐藏在美国国家安全局总部的那些黑客无法看到的网络之地。只见“CNE 侠”（CNE 的全称是 computer network exploitation，意为“计算机网络漏洞利用”）突然出现，挽救了局势，口里还一边大喊：“太棒啦！成功实现数据搜集！”美国国家安全局针对此类工作还有一个专门的术语，叫作“流量整形”。侵入行动组的员工通过某种方式（比如放置一个硬件植入工具）控制交换机，从而改变他们想要获取的通话、网页搜索和电子邮件信息的通行路径。这也是为什么这幅漫画中提到“中点”（midpoint）搜集——美国国家安全局使数据流中途发生了转向。这里所谓的坏蛋，通常也并不坏，而只是非常有趣——他们一直在毫无防备地说话。“CNE 侠”是一个披着斗篷的强盗，但在这里他的行为是好的，因为他所抢夺的对象已经被恶魔化了。

基于这一英雄主题衍生出来的相关代号，灵感均来源于詹姆斯·邦德的系列电影，仿佛现实中的间谍从虚构的同行那里借来了神秘的特工魔力。他们将 Windows 系统的一项植入命名为 ODDJOB，这是詹姆斯·邦德电影《金手指》中的一名反派的名字，他拥有一顶边缘如同剃刀般锋利的圆顶礼帽。

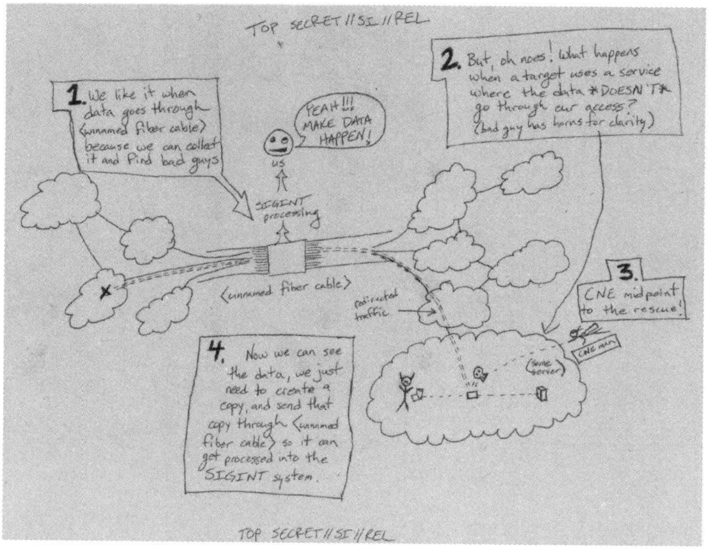

更有趣的是，在一份备忘录中，他们引用“否认与欺骗”来指代情报官员所说的隐藏自己并且误导对手的工作。毕竟，“CNE 侠”胸前戴

着侵入行动组的徽标去执行秘密行动，肯定是不可行的。外勤人员需要说一些假话来帮助他们融入普通人中。他们一般会假装成维修人员、检查员或类似的职业，这样一旦在执行任务的过程中被别人发现，也好找理由消除对方的怀疑。有的人还需要预定行程，因此需要用到虚假的文件材料。事实上，有一个完整的官僚机构专门为他们提供“作为掩护的工资单、行程和财务状况”，以及其他所需的服务。不可避免地，这一支持系统也有自己的代号——Miss Moneypenny（钱班霓），这是 007 系列电影中那名忠心耿耿的女秘书的名字，她是邦德的红颜知已，一直渴望着一段不可能实现的爱情。有了这个帮手，虚张声势的数据盗贼就俨然成了詹姆斯·邦德本人。

“CNE 侠”在现实中的工作中都是保持在安全距离的，因此并不需要拿身体去冒险。另一个行动组则更符合好莱坞电影中间谍的形象。当“中点”搜集方式无法完成任务时，国家安全局就要派出编号为 S3283 的“远征侵入行动组”（Expeditionary Access Operation）。该行动组的人员要跨越外国的国界线或者前往国界线附近，找到有利的位置来对终极目标实施监控，这类目标通常很难接触得到，美国国家安全局除此之外别无他法。该行动组的工作内容被美国国家安全局称为“人工辅助式近距离侵入网络漏洞利用计划”（human-enabled close access network exploitation program），他们也有一句拉丁语座右铭——“Si ceteri non”，意思是“如果其他的都不行”，也就是当其他路径都走不通时。

暗中接近监控目标是有风险的。但也不一定，因为有时候监控目标是盟国的政府领导者，如果他们发现自己被监控，最多不过是口头发泄一下愤怒的情绪，并不会有其他后果。而如果是其他人发现自己被监控，后果就会比较危险。这时候，S3283 行动组成员就要误导对方，并且迅速离开现场。根据具体情况，他们可以选择携带武器，但只会携带轻武器用于自卫。“我有一个蓝军[①]跟踪仪。”一位在战区实施远征监控工作的老兵告诉我，这种装备可以显示部署在相当远地方的美军位置，“我会和美国大使馆威胁行动中心的一名人员配合行动。我带了足够的子弹，大概能坚持30分钟，还有一把M-4步枪、手枪、一些水和一个隐蔽与逃跑计划。”

在斯诺登提供的档案中还包含更多关于S3283行动组的资料，包括其目标所在的位置、外勤人员的照片，以及他们的战术与技术细节。但我不打算写这些东西。我感兴趣的是美国国家安全局谈论自己的工作内容的方式。平时，在行动现场难免会出现一些“更衣室谈话”[②]之类的脏话。但在这里，脏话已经成为米德堡内部的官方词汇，工程师和经理们在描述近距离侵入工作时就会使用这种话。根据正式的远征行动记录中的描述，那些监控目标好似喝酒喝到“断片儿”的女人，等酒醒之后肯定会为自己的行为感到后悔。

S3283行动组的一项常见任务是侵入本地的无线网络。无线网络的信号，即使有监控设备将其强化，也无法覆盖太远的距离。这意味着行动组的成员必须潜入距离监控目标相当近的地方。他们每阶段的工作都有一个代号，这些代号都带有性暗示的意味。最初阶段的代号是BLINDDATE（“初次见面”），具体是指行动组成员大范围搜索存在漏洞的设备。紧接着是HAPPY-HOUR[③]（“欢乐时光”），指成员混入一个网络中，对那些计算机实施操作，以引诱防备不足的设备与自己建立连接。再接着是NIGHTSTAND（“一夜情”），指操作人员将一系列恶意软

① 美军在军事演习中，习惯把己方称为蓝军，把假想敌称为红军。——译者注

② “更衣室谈话”指的是男性之间粗鲁、低俗，具有冒犯性，通常还有性意味的交谈内容。——译者注

③ Happy hour指酒吧在特定时间段提供的打折活动，或饮酒减价，或免费供应小吃。——译者注

件植入毫无防备的设备中。之后更进一步的漏洞利用与其他行动则都属于 SECONDDATE（“第二次约会”）。根据具体行动的差异，又可以细分为不同的阶段，代号分别有 BIMBO（“荡妇”）、ROOFIE（“迷奸药”）、BAREBACK（“无套性交”）、THE CALP（“性病”）等。

这一切都不是为了掩饰行动本身。从本质上来说，远征行动的使命是实施精准监控，它与大规模监控刚好相反。美国国家安全局选择这些监控目标，是为了服务其政治“主人”。我在文件中看到的行动目标，并没有超出你能想到的情报部门的工作内容。但问题是，那字里行间透露出的玩笑意味，是出于何种意图呢？近距离侵入行动在官方层面被比喻成性剥削。我认为，这种说法并没有夸张。因为它已出现在行动报告中，并通过指挥系统层层上传至高层那里；同时它还出现在培训材料中，从而被分发至基层人员手中。例如，关于无线利用技术的资质课程一共由7部分组成，其中就有两部分的题目分别为“BLINDDATE 简介”（“找个伴！”）和“NIGHTSTAND 简介”。类似的内容远不止这些。美国国家安全局的档案中出现了几十个同样风格的代号，从 VIXEN（“悍妇”）和 BADGIRL（“坏女孩”），到 LADYLOVE（“情妇”）和 PANT_SPARTY（“内裤派对”）等。“内裤派对”是流行文化中通用的俚语，可以指代几种亲密行为中的任何一种。在监控术语中，它代表着将美国国家安全局的软件工具插入监控目标的防御体系的“后门”。会开这种玩笑的人，无论是开发者、做简报的人，还是培训师，据我所知都是男性，无一例外。

曾担任威胁行动分析师的艾伦·杜告诉我，会开这种带有性暗示玩笑的“群体的年龄非常小，都是年轻的男性。其中的大部分人要么是大学毕业之后刚参加工作，要么是19~21岁的军事行动人员，都是正值男性荷尔蒙最旺盛的时候”。接着，艾伦补充道，这些人根本想不到会有他们那个圈子之外的人读到他们写的东西，更想不到有人会找到理由对此提出反对。监管的力度有时是很薄弱的，他回忆说：“要找到合格的管理人员有时候很难，他们往往会从看起来最合适的技术人员中挑选，而这些人之前从未有过担任领导者或管理者的经验。”

斯诺登虽然拒绝了加入特定侵入行动组的机会，但他在成长过程中早已习惯这个圈子的文化。“这些表情包有助于鼓舞士气而且充满乐趣，但这是在拿那些真正关乎人命的系统开玩笑。”他告诉我，“这就像是给青春期的人赋能，使其真正实现了‘我可以做任何我想做的事。你有什么能耐来阻止我？我是无所不能的’。我想指出的是，根据我们的理解和定义，青春期意味着人还不够成熟，缺乏自知之明和自制力。”

有业内人士将这种兄弟式的聊天内容比作外科医生与护士之间私下的逗趣对白。这可能确实有些道理。使用一些诙谐幽默的语言确实有助于缓解压力，而且能够培养团队精神。但这个类比并不十分恰当，因为医护人员的这种行为本身也存在争议。确实存在有的医护人员在背后拿绝症病人开玩笑的情况，而且有的人会觉得这种行为无可厚非，但患者和公众在知道后往往都不太能接受。近年来，类似的丑闻频频爆出：有的医生被发现在病人因打了麻醉药而失去意识的情况下与病人自拍，有的医生嘲笑他人的相貌，还有医生称一个疑似患有梅毒的病人为“傻子”。对于这些手握手术刀的人，社会大众的期望是他们能够稍微成熟一点儿。否则，他们手中的权力就会令人们感到恐惧。

2018 年年底，我与联邦调查局前局长詹姆斯·科米在位于纽约中城区的酒店套房里进行了一次长谈。2017 年 5 月，科米遭唐纳德·特朗普突然解雇，在此之前，他投入了很多精力，试图变革联邦调查局内部的文化氛围。与美国国家安全局一样，联邦调查局也在努力招募和接纳一些年轻的技术人才。联邦调查局之前一直禁止招募曾有过吸食大麻历史的人。在特朗普政府上台之前，科米一直在想办法放宽这一限令。他曾在接受《华尔街日报》采访时说道：“我必须要雇用一支强大的员工队伍来对抗那些网络犯罪分子，有些潜在的符合条件的孩子在成长过程中可能会有吸食大麻的想法。”时任美国司法部长杰夫·塞申斯制止了任何试图放宽该限令的行为。但就像美国国家安全局一样，联邦调查局动摇了人们长久以来形成的一些根深蒂固的看法，比如究竟哪些人不受禁令限制。我问科米，他认为米德堡是否已经开始适应那些被招募进来的年轻黑客所带来的亚文化。

“这是个好问题。”科米说，“我怀疑并没有，我还记得自己是在2004年或2005年时第一次去那里，当时我感到非常震惊，有种回到20世纪50年代的错觉。我记得自己走进去，看到了陈旧的木地板和老式地毯，感觉自己好像回到了过去。后勤人员似乎大多数都是白人女性，统一梳着复古的“蜂窝头”，且精心打扮，许多男性都穿着短袖。有点像你在电影中能看到的20世纪60年代美国国家航空航天局（NASA）内部的场景。那里给人的就是这种感觉。我记得，当时我还拿这一点开了个玩笑，有人随即说道，那里有大量员工都是子承父业。他们的父母就曾在那里工作，就像是家族企业。”

按理来说，美国国家安全局内部使用的代号应该都是随机分配的，但在实践中这并不是常态。一个真正能起到匿名作用的代号通常是由一组随机选择的单词组成，这样就不会透露出任何有关其背后秘密的蛛丝马迹。例如，BYZANTINEHADES这个代号就丝毫不会让人想到它与网络间谍活动相关。但还有数以百计的其他代号压根不具备匿名作用。它们都是被特意挑选出来的，就是为了传达某种或简单或复杂的含义。有时候，有些代号的选择是出于其字面意思。比如，有一个与英国政府通信总部共享的保密分区，代号为 VOYEUR（“偷窥狂”）。在这里，这个代号指代的就是当其他某个国家的间谍在监控别人时，对这个国家的间谍人员进行监控。还有一个代号更加平淡无奇，那就是 SCISSORS（“剪刀”），指代的是一种处理系统，它能对数据进行分片，以实现数据分类。“偷窥狂”透过窗户窥视别人，“剪刀”是用来裁剪东西的，这些代号没有任何神秘感，也没有任何隐含的意思。

最不具备匿名作用的代号是通过简单的常用语传达一种文化，有点类似街头艺术。这种文化的形成在很大程度上要归功于外部世界的游戏玩家、编程者和其他数字原住民群体。比如上文中提到的从 BLINDDATE 到 NIGHTSTAND 的一系列代号，就是这种文化下的产物，它们让人联想到美国知名主持人艾米丽·张在一本讲述硅谷的书《极乐男权》（*Brotopia*）中描述的男权主义泛滥的场景。还有一些代号是如此直白，近乎自我嘲讽，例如 BOUNDLESSINFORMANT，它指代的是一个能够实时显示世界各地的监控信息搜集情况的地图。（尽管针对这一地图本身存在一些令人窒息的评论，但它并没有什么阴险的企图。）在公开的言论和证词中，美国国家安全局的官员经常谈到他们的“合规文化”，在法律面前保持谦卑，严格遵守“水门事件”之后的相关法律规定。这话有些道理，但一旦该机构的黑客漫游到境外的网络世界，所适用的约束规则就要少得多，这时的他们就俨然一副亡命之徒的架势。信号情报部门中负责数据采集的机构下面有一个行动组，编号为 S31177，专门致力于一个代号为 TRANSGRESSION（“违法行为”）的项目。档案中提到了一个代号为 BADASS（“坏蛋”）的神秘分区，但没有进一步解释。PITIEDFOOL（“可怜的傻子”）指的是针对 Windows 操作系统发起的一套技术攻击。这个代号不免让人联想到电影《洛奇 3》中，T 先生扮演的黑人拳击手凶神恶煞地威胁对手时说的一句台词：“我可怜这个傻子！”（I pity the fool！）BLACK-BELT（“黑腰带”）、FELONYCROWBAR（“重罪撬棍”）、ZOMBIEARMY（“僵尸部队”）和 DEVILHOUND（“恶魔之犬”）等代号，无不透露着大男子主义。还有另一类代号，比如 EPICFAIL（“史诗级失败”）和 ERRONEOUSINGENUITY（“错误的独创设计”），则意在嘲笑那些自以为已经掩盖了踪迹的监控目标的战略失误。

美国国家安全局泄密事件被曝光 5 个月之后，我在北卡罗来纳大学的一个座谈会上与汤姆·多尼伦对话。多尼伦曾担任奥巴马政府的国家安全顾问，不久之前刚刚卸任。座谈会结束后，我们一起留下来喝了一杯。他很生气，对于斯诺登的事情不愿多谈。于是，我将话题转向了美国国家安全局内部的黑客文化。我告诉多尼伦，这些键盘勇士让我想起了当年我担任国防部通讯记者时认识的一群海军和空军的战斗机飞行员。多尼伦笑了笑，说道：“他们的好胜心真的很强。”

美国国家安全局的内部谈话中，透露着对那些倒霉的监控目标的虚假同情。“我们近来使用的方法非常简单，竟然能够奏效，这还真是让人觉得有点悲哀。”写下这些话的人来自美国国家安全局技术理事会下面的“终端用户解决方案”项目组（编号为 T-314）。在为同事准备的指导性材料中，他提供了 5 种方法来侵入那些自认为正在发起攻击的外国对手所使用的路由器。“受害者可要遭殃了。”他评论道。

这种内部特有的行事习惯象征着某种特定圈子的存在。这个圈子的成员都喜欢科幻小说、奇幻作品、漫画英雄，喜欢《星际迷航》《星球大战》《哈利·波特》，喜欢吃快餐、喝威士忌，喜欢开一些有关数学、程序员、民族等话题的玩笑，喜欢拿非技术人员开涮，还喜欢印在图片上的那些讽刺性标语。美国国家安全局的那些书呆子喜欢一本正经地把一些脏话带入日常工作中。他们还会在报告中使用一些处境尴尬的动物图片作为说明，其中一个人用一匹头卡在树上的马来指代监控目标的处境。他们对于那些“精英”对手摆出一种居高临下的态度，认为那些人只不过是自认为可以与美国国家安全局这条“鲨鱼”共泳的伪精英黑客。他们吹嘘称，要把那些“还在磨炼技能”的对手吞噬——这是另一种嘲讽对手的方式。美国国家安全局网络行动的主题和所使用的那些表情包都在告诉我们，这是一个生活在屏幕上的“码农阶层”，丝毫不关注现实世界中的人们在进行互动时所使用的社交暗示。“我们看到的是一种文化，在这种文化下，你的主要发泄途径和形成团体的机制是以数字为媒介的维基或论坛。”苏丹尼这样跟我说。

这些键盘极客的想法有时候可谓天马行空。有一名负责培训的官员在一次密码学讲座中凭空抛出了一个关于二进制数字的笑话。“这个世界上有 10[①] 种人：懂二进制的人和不懂二进制的人。”这名培训官员写道。每周一次的例行监控行动简报会倘若轮到 3 月 14 日那天就会暂停，只为庆祝“圆周率日”（Pi Day），因为圆周率作为数学中最有名的常数，前几位正是 3.14。此外，还存在一个美国国家安全局圆桌会议，这实际上是一个电子讨论组，邀请所有参与者对彼此的评论进行投票，可以选择“顶”或者“踩”。这个投票系统是从红迪网借鉴而来，旨在奖励论坛中出现的那些有趣的内容，而这个表面上看起来致力于保密事务的论坛中不乏侮辱性的内容。有一天，一个名叫迈克尔的论坛成员提出了一个疑问：“为什么餐厅里一勺土豆比一勺蛋看起来要多？”一个名叫保罗的家伙最先跳出来“引战”。“我要第一个‘踩’你。”保罗写道，并列出了几个充满学究气的原因。由此，论坛内引发了一场争论：你认为迈克尔的帖子应该被“踩”、被标记还是被删除？一个名叫克莱德的人用一个滑

① 这里的 10 为二进制中的数，对应着十进制中的数字 2。——译者注

稽的理论把话题拉了回去：因为土豆本身比蛋个头要大，所以一勺土豆比一勺蛋看起来要多。接着，一个名叫斯科特的人回复道：如果真是这样，“要是我们餐厅供应的蛋个头比土豆大，比如鸵鸟蛋”，会发生什么情况呢？还有人干脆提出了一个一了百了的方法：“一勺把它们全搞定。”（One Spoon to scoop them all.）这里是致敬了电影《指环王》中的经典台词：“至尊魔戒统领众戒。”（One Ring to Rule them all.）众人纷纷在旁边抛出双关的梗，要求“内附勺子”（inside scoop，另一意思为“内幕交易”），哀叹自己之前不该把时间浪费在“小土豆”（small potatoes，另一意思为“小人物”）上。

美国国家安全局内部的一众代号都是出自这种书呆子式智慧。有一个能够打开监控目标的手机设备上的麦克风以监听其谈话内容的软件工具，有人给它起了一个代号为 CAPTIVATEDAUDIENCE（“陶醉的听众”）。许多代号都是将动物的名字——兔子、山羊、猴子、小猫等所有可能在动物展览中看到的，与一个形容词并列，看起来极其不和谐。

在仿若“万神殿”的所有代号中，占据重要位置的是漫画中的英雄角色和反派角色。神话中的 MJOLNIR（“雷神之锤”）被用来指代美国国家安全局破解 Tor 的匿名性武器。BATCAVE（“蝙蝠洞”）指代的是一个数字藏身处，机构内的黑客可以隐匿于此，趁机窃取另一个国家的软件代码。还有一个项目的代号是 DEPUTYDAWG（“大狗副警长”），这是一档儿童节目中的卡通副警长的角色名称。NIGHTTRAIN（“夜间列车”）这一代号的来源不太容易确定，有一首蓝调歌曲和一首乡村歌曲都叫这个名字，枪炮与玫瑰乐队有一首歌曲也叫这个名字，但从语境上看似乎最有可能出自《地狱男孩》系列漫画中的一卷的名字。在美国国家安全局内部，这一代号指代的是一个特别敏感的项目中的一部分，该项目是在与一个亲密的美国盟友并肩对抗共同敌人的同时，对该盟友实施间谍活动。NIGHTTRAIN 指代的就是该盟友的监控技术。美国国家安全局使用了代号为 IRONAVENGER（“钢铁复仇者”）的技术黑进了它，这一代号来源于漫威漫画中关于那些著名超级英雄的机器人复制体的情节。美国国家安全局有一个针对加密数据进行自动解密的系统，被命名为 TURTLEPOWER（“神龟力量”），取自漫画《忍者神龟》。

同样地，《哈利 · 波特》的粉丝想到用 QUIDDITCH（“魁地奇”[①]）来指代美国国家安全局“特殊情报搜集部门”的功绩。负责将霍格沃茨魔法学校的每名年轻的巫师分配到各个学院的魔法帽 SORTINGHAT（“分院帽”），在这里被用来指代国家安全局内部针对与英国同行交换信息的流量控制系统。BLADERUNNER（“银翼杀手”）和 ALTEREDCARBON（“副本”）这两个代号都出自反乌托邦小说，后来这两部小说都被改编成电影，搬上了荧幕。GROK（“神交”）是科幻小说作家罗伯特 · 海因莱因发明的一个动词，表示“深入了解”。在美国国家安全局内部，它代指的是一个键盘记录器，能够记录被监控者输入的每一个字符。最受欢迎的酒水品牌，比如 MAKERSMARK（“美格”）、WALKERBLACK（“黑方”）、CROWNROYAL（“皇冠”），以及零食品牌，比如著名的甜甜圈品牌 KRISPYKREME、曲奇饼干品牌 COOKIEDOUGH、糖果品牌 LIFESAVER 等，也经常会被用作代号。UNPACMAN（“吃豆人”）这个代号则致敬了一款早期街机游戏。

《星际迷航》的粉丝们则贡献了另外一拨丰富的代号。VULCAN-DEATHGRIP（“瓦肯星人的‘死亡之握’”）是《星际迷航》中大副斯波克的终极战斗动作，它在美国国家安全局内部则成为一个网络行话，指的是在两台设备之间创建安全连接后进行“交握”的过程中获取加

① 魁地奇是《哈利 · 波特》系列中重要的空中团队对抗运动，是魔法世界中由巫师们骑着飞天扫帚参加的球类比赛。——译者注

密密钥。BORGERKING 这个代号则起到一箭双雕的作用，既让人想到快餐品牌汉堡王，又致敬了《星际迷航》中打败了联邦星舰企业号舰长让 – 卢克 · 皮卡德的博格集合体。这群《星际迷航》的粉丝还用到了 VULCANMINDMELD（“瓦肯星人的‘心灵融合’”）和 WHARPDRIVE（“曲速引擎”）等代号。其中最好的一个无疑是 KOBAYASHIMARU（“‘小林丸号’测试”），在这里指代的是美国国家安全局与通用动力公司签订的、旨在让后者帮助破解他国监控设备的合同。在《星际迷航》中，它指代的是星舰学院的一个模拟测试任务，旨在考验年轻学员在面对必然的失败时所做出的反应。根据该测试系统的程序设定，每一条路径都将通向同一个结果——星舰和舰上成员统统被摧毁。詹姆斯 · T. 柯克作为学员参加测试时，没有选择任何一种路径，而是侵入模拟器，添加了一项获胜模式。这个隐喻背后的含义还不止于此：它不仅代表了美国国家安全局的特长——创造性地规避障碍，还代表一种将工作游戏化的黑客精神。

这种玩乐与游戏的态度，有时让人读来不免泄气。在美国国家安全局的夏威夷行动中心，文职人员和军职人员利用他们的工作设备发送了数十张表情包图片，这些图片都源自红迪网、4chan 和 somethingawful.com 等网站。其中很多图片的内容明显带有性暗示的意味。其中一张图片中有一只塑料唐老鸭，它的屁股位于一个扎着马尾辫的小女孩的两腿之间。另一张图片中是一个小男孩在拉扯玩伴的裙子，旁边的配文是：“我要把那个屁股撕烂！”（I would tear that ass up!）还有一张蓝色球（blue balls[①]）的图片，旁边附有一条警示，警告那些刚进入青春期的女孩如果不准备跟男朋友发生性关系，就不要“挑逗”他。有一张图片中有

① “blue balls”在英语中还有一层意思，指的是性欲被激发而没有得到发泄的男人。——译者注

一群满脸笑容的中学生，其中一名学生坐在轮椅上，旁边的配文是：“谁不属于这里？没错就是你，快推着你的轮椅离开这儿。”另有一张在特殊奥运会竞走项目的终点线那里拍摄的照片，旁边是对胜利者的揶揄：“即使赢了，你仍然是弱智。”

以上这些图片都是在工作期间发送的，没有一张图片与正事有关。就连美国国家安全局的简报和培训材料中，也不乏一些种族歧视性语言和其他的污言秽语。每当培训课程大纲的制作者被要求编造出一些不相关的名字时，这类词语最常出现。虚构的名字是美国国家安全局培训课程材料中的一项重要内容，接受培训的分析师没必要知悉外国监控目标的真实身份。因此，培训人员在教授选择监控目标的技术要点和程序要点时，只需使用虚构的名字。

分析师首先需要了解的是，在断定拟监控目标是身处美国领土之外的外国国民时，什么样的理由才算得上充分。（倘若不能满足这一条件，就会受到美国宪法第四修正案的约束。）美国国家安全局“智能目标增强计划”（Smart Target Enhancement Program）的大纲中列出了12项“境外元素”，以供分析人员采用，其中每一项元素都有实例予以说明。有些虚构的监控目标的名字单纯是为了好玩，比如Elmer Fudd（“爱发先生”）、Dr. Evil（“邪恶博士”）、Bad Dude（“坏家伙”）、Bad Girl（“坏女孩”）、Bad Guy（“坏小子”）、Super Bad Guy（“超级大坏蛋”），但大多数名字都带有刻板成见的味道。比如，Lotsa Casho（“大量现金”）指的是一个贩毒集团在“哥伦比亚的协调员”。有一个土耳其的监控目标（邮箱为kababs4u@yahoo.com），名字是Master Kabob（“烤串大师”），美国国家安全局认为此人“为那些饥饿的囚徒提供了烤肉串”。

这种轻浮的态度也延伸至为美国特种部队和中央情报局的无人机操作员提供的战地支持行动中。在定位和识别敌方战斗人员时，信号情报部门的工作可能直接决定着生死。美国国家安全局人员在敌人毫无防备的情况下把枪瞄准敌人，表现得如同一名游戏玩家，对流血事件的态度极为冷漠。一份官方简报中附有一张监控图片，上面是一名戴着阿拉伯头巾的男子在弹奏乐器，照片的背景预示着死神的降临，而该男子对此丝毫不知。这张图片的配文是：“即将抓到一名吉他英雄？”这里的“吉他英雄”（Guitar Hero）是动视（Activision）公司发布的一款视频游戏的名字。基地组织曾经最喜欢使用一款加密软件来标记那些死亡目标，这一软件也被赋予了一些极不正经的代号——EXPLETIVEDELETED（“被删除的秽语”）和 EXUBERANT CORPSE（“精力充沛的尸体”）。

2006 年夏，针对伊拉克基地组织头目阿布·穆萨布·扎卡维展开的一场漫长而令人沮丧的追捕行动已接近尾声。在此之前，美国国家安全局和其他美国情报机构已经花费了多年精力，试图发现他的行踪。为了驱逐外国军队，恐吓占伊拉克人口大多数的什叶派穆斯林，扎卡维发起了恐怖的大屠杀，包括数百起绑架、斩首和爆炸事件。2006 年 6 月 7 日，扎卡维死在美国战机之下，在一份庆祝性的状况报告中，美国国家安全局也贡献了自己的一份功劳——他们搜集了 6 张卡扎维的尸体照片。鲜血从他的鼻孔中流出，在头颅下方积聚、凝结，苍蝇爬满了他的身体。美国政府后来发布了一张已被清理过的扎卡维的遗容照片，试图平息外界对其死亡的质疑。而美国国家安全局文件中的那些照片全都是残酷的特写。除了这 6 张照片之外，还附有一份音频文件。“哦，不——”文件中传来的是一个带有鼻音、类似卡通人物的声音。这是一个由来已久的表情包，表示看到别人经历失望或痛苦而发出欢呼。在早期的网络聊天室里，它被频繁使用于口水仗中。（那些打口水仗者有时会将其改为其他的版本。）这一表情包的来源可能是 20 世纪 70 年代晚期的喜剧小品类节目《周六夜现场》（*Saturday Night Live*）。该节目中曾播出一个仿儿童节目的系列短片，其中的明星是一个泥塑角色“比尔先生”（Mr. Bill）。几乎在每一集的最后，“比尔先生”都会被“手先生”（Mr. Hand）碾坏、压碎或肢解，因此往往以“比尔先生”的一声尖叫“哦，不——”结尾。

在特朗普上台之后，我发现情报界中那些曾对我持尖锐批判态度的群体中开始有人改观了。一些在斯诺登事件曝光后对我避之不及的人，开始愿意跟我交流。其中一个就是空军中将詹姆斯·克拉珀，他刚从国家情报总监的职位上退休不久。克拉珀的父母都曾在米德堡工作过。在长达半个世纪的职业生涯中，克拉珀自己也曾在那里短暂工作过一段时间，那时的他担任美国国家安全局局长的助手。2014 年，克拉珀和政府部门的其他所有人员一样，指控我与劳拉·珀特阿斯、格伦·格林沃尔德一起参与了斯诺登的犯罪阴谋。4 年之后，时间来到 2018 年夏，他同意与我面对面交谈。一开始，当我提出要占用他半天时间时，克拉珀的反应有些暴躁。他回复道：“在我坐在那里接受长达数小时的录音审讯之前，我需要知道要谈论的内容是什么。”针对他的这一用词，我开了个小玩笑，但还是很详细地做出了回答。最终，他同意在麦克莱恩家庭餐厅和我共进早餐。这家餐厅位于弗吉尼亚州北部，是中央情报局的员工经常光顾的场所。半个餐厅的人似乎都与克拉珀相识。到餐厅后，他先是四处走动一下，和老朋友、同事聊会天，然后点了一份蛋白煎蛋卷。我们的谈话持续了几个小时，其间服务员清理了我们的餐盘。他一直态度谦逊地听我讲，回答我的问题时从不拐弯抹角。我向他详细讲述了一些我打算在这本书中谈及的事情。

谈话接近尾声时，我问克拉珀，如何看待这样一种机构文化——黑客和分析人员随意嘲笑死者，并在执行公务的时候使用种族歧视性语言和一些与性相关的污秽语言。“这些人未必是你中意的下属。”我说。

他的表情变得严肃起来。“TAO,”他说道，指的是特定侵入行动组，“你知道的，理应是经过政府官方认可的合法黑客。”

“是的，他们理应是这样。”我回答道，“但如果他们在背后取笑……”

没等我说完，克拉珀就打断了我，带有讽刺意味地说道：“但我们希望他们态度友好一点儿，我们不想做任何政治不正确的事情。是吗？你是不是就想说这一点？”

“你想要的是，他们至少在一定程度上能让人感觉是成熟的，他们会尊重自己手中的权力。”

说完这些，克拉珀的语气缓和了一些。“好吧，你肯定是这样想的。但是，要知道，他们也是人。我相信我们可以改掉这种现象。”

像克拉珀这种级别的领导者，能保持这般开放的态度并不是一件理所当然的事情。即便他真的保持这般开放的态度，他也应该更深入地调查一下。毕竟语言只是表征，而不是真正的问题所在。美国国家安全局的那些极客与其他的极客不同，尽管他们的行事风格都是属于一个圈子的。美国国家安全局请的这些高手负责打造和运作一个全球性的监控霸权机制，并获得授权可以做某些事情。而倘若离开了美国国家安全局，他们在其他任何情况下试图做这些事，都会把自己送进监狱。如果没有他们，特殊来源行动组和侵入行动组就无法成为头号信息掠夺者。每当遇到规则漏洞时，他们就只能靠判断力和自制力来约束自己。而在一个庞大的组织中，规则漏洞通常都是无法避免的。就像任何领域的工程师一样，数字武器的设计者倾向于做有效的事情。他们所做出的选择已经远远超出了“坏女孩”和“坏小子”的范畴。

一群该领域最顶尖的人才每年都会数次聚集在一起，旨在进行信号开发。他们是电子监控领域黑暗艺术的孵化器，依靠惊人的创造力研发出数字武器，以对抗数字防御领域的最新进展。这一过程所产生的附带效应并不总是能得到很好的控制。2012 年，“童军大会”开始走向危险的方向。

自 2007 年 6 月 29 日 iPhone 上市以来，美国国家安全局和中央情报局的研究人员一直对其予以密切关注。这款面向大众市场的智能手机集相机、麦克风、定位信标等于一体，可以称得上是监控界的一大“宝藏”——前提是政府能够找到破解方法。这在早期算不上一项挑战。每次新的 iPhone 操作系统发布后，几天之内就会有一些技能熟练的业余爱好者凭借极为有限的资源，成功绕过苹果系统对未经授权代码的限制。这种操作被称为“越狱”，是通过解锁固件，诱导手机运行未获苹果系统批准的软件。“任何‘完美越狱’[①] 都是可以远程利用的。”一位从业者曾对我这样说。

美国国家安全局、中央情报局和其他美国机构就会利用这些业余爱好者的成果。约翰斯·霍普金斯大学应用物理实验室的贾里德·奥斯本在 2010 年的“童军大会”上做了一场机密报告，总结了“iPhone 社区中使用的越狱方法以及如何利用这些能力”，这里指的是通过政府的监控工具加以利用。令美国国家安全局的那群黑客感到困扰的问题是，比起竞争对手，苹果公司更加积极地致力于持续提升 iPhone 系统的安全等级。苹果公司对软件版本进行更新的频率极快，而且每年都会推出一款新的机型。来自桑迪亚国家实验室的一个三人研究组在 2011 年的“童军大会”上做了一场秘密演示，其中提到：“情报界高度依赖的是极少数的安全漏洞，其中很多漏洞都是公开的。”他们补充说：“苹果公司在每次发布新

---

① “完美越狱”是指彻底破解操作系统的读写权限，越狱完成以后可以自由使用设备，进行开关机、下载等操作。——译者注

的固件和硬件时，都会迅速解决这些漏洞。”

后来，苹果公司推出 iPhone 4，该机型的主打特点是采用了定制的 A4 芯片，在手机的主处理器中融入了强大的加密技术。现在，控制手机所有其他功能固件的密钥，是通过美国政府自己研发的先进加密标准进行加密的，即使是美国国家安全局也无法通过正面攻击来破解密码。

2011 年，来自桑迪亚国家实验室的两个研究团队分别通过不同路径试图攻破这个问题。这两个团队看起来都颇有希望，但在“童军大会”上报告自己的工作时，没有一个团队取得现成的成果。重要的是，这两种路径都需要实际接触到手机。其中一个团队所探索的技术被称为“差分功耗分析”（Differential Power Analysis），是对苹果新芯片的电子放射进行极端灵敏的测量。这一程序可以被比作，对解密密钥通过硅电路路径时硅电路所发出的声音进行记录。另一个团队所使用的技术则需要对手机进行拆解，并连接专门的硬件。研究人员正在日渐接近目标，但他们仍然没有搞清楚新芯片到底将密钥存储在何处。

这两种路径都还需要克服一些障碍。即使哪天真的可以被应用于现实世界中，它们也只适用于近距离的、定向的监控行动。其中没有任何一种路径试图实现或者有可能实现大批量或远程攻破 iPhone 设备。

2012 年的“童军大会”标志着原本的自我约束机制的彻底终结。在这次大会上，一项更为大胆的项目进入大家的视野。项目负责人克莱德·罗杰斯为该项目起名为 STRAWHORSE，他告诉“童军大会”的观众，他的研究团队已经测试了这款新数字武器的组件，而且取得了成功。这是一项突破性成果，其中最引人注目的一点在于，STRAWHORSE 看起来能够实现大批量且远程攻破 iPhone 设备。

苹果系统为防止执行未经授权的代码而建立了防火墙。STRAWHORSE 并没有去尝试打破这道防火墙，而是反其道而行之，寻找方式诱使 iPhone 设备主动放松安全防御。如果可以使 iPhone 用户主动关闭其安全防御设置，就可以将恶意软件植入 iPhone 允许用户自由安装的一些应用程序中。除此之外，STRAWHORSE 还适用于苹果笔记本和台式机。

著名的计算机科学家肯·汤普森早在 1984 年就指出了一个计算机安全领域的“鸡与蛋”难题。程序员以源代码的形式编写软件，他们可以审查和验证这些源代码。但在计算机运行软件之前，源代码必须被编译成二进制指令，而人类根本不可能读懂这种指令。问题是，编译器本身就是一个软件，很容易受到黑客攻击，但程序员除了信任它之外，别无选择。如果编译器受到某种程度的破坏，它就会改变所构建的软件，而且是以一种很难被人察觉的方式。STRAWHORSE 的研发者就是从这个难题中获得了灵感。

苹果公司采用的编译器是“Xcode 软件开发工具包”中的一部分。Xcode 就像一个软件工厂。就如同汽车制造商在装配工厂中制造出成品汽车，苹果开发人员则是在 Xcode 中构建 iPhone 设备的应用程序。根据桑迪亚国家实验室的研发团队报告，STRAWHORSE 就是一个“被攻击”或者说经过恶意修改的苹果编译器。如果该工具真像其团队所声称的那样，那么对于在受到 STRAWHORSE 感染的设备上所创建的任何一个 iPhone 应用程序，美国国家安全局都有办法将监控工具植入其中。

美国国家安全局的黑客们不必再每次侵入一台 iPhone 设备。有了 STRAWHORSE 之后，他们就如同汽车装配工厂的经理，可以重新装配一条生产流水线，在每辆车上都安装一个隐藏的麦克风。

在介绍该项目的执行摘要时，罗杰斯描述了他的桑迪亚团队是如何使用“我们被攻击的 Xcode”，在其编译的每个应用程序中插入一个可以远程控制的后门。这一植入工具已经通过测试，可以“将嵌入式数据发送到监听站”，重写 iPhone 设备的安全检查程序，并用数字证书签署未受感染的 iPhone 应用程序，从而允许恶意软件传播。为了延长自己的使用寿命，STRAWHORSE 还使用了更加阴险的一招：它修改了苹果的软件安装程序，使得程序开发人员的设备上未来安装任何版本的 Xcode 时，“都能包含我们的……攻击程序”。

就在 STRAWHORSE 进入研发阶段时，乔恩·卡拉斯作为苹果公司“安全私掠者”的经历已经接近尾声。对于这样一位先锋软件工程师而言，这一称号明显带有自嘲的意味。他拥有众多头衔，其中之一就是 iPhone 和 Macintosh（麦金塔）操作系统的加密协议和安全架构的主要设计师。当我和苏丹尼发现有关 STRAWHORSE 的文件时，我们联系了卡拉斯，想听听他对该项目的评价。卡拉斯看到文件后的第一反应是愤怒。“我很恼火，”他对我们说，“这关系到苹果公司的声誉。你们知道的，作为一名开发者，我的职责就是开发一个安全的系统。你不可能开发出一个用来决定你是否符合某些政治信仰的安全系统。它是一个机械化的东西，要么能用，要么不能用。”卡拉斯特别注意到 STRAWHORSE 的一项功能——它移除并取代了 iPhone 内置的“安全守护进程”。这是一个持续监控操作系统的后台进程。“如果你把自己的‘安全守护进程’放置进去，那么你就可以为所欲为。”他这样说道。

与以往攻击 iPhone 系统的程序不同，STRAWHORSE 的设计目的并不是（我们通常意义上所理解的）确定其恶意软件的攻击目标。一方面，STRAWHORSE 项目并不指望实现大规模监控。STRAWHORSE 的设计者没有计划将他们的恶意软件放在苹果公司的官方应用商店中，以供苹果公司所有的注册开发者下载，他们也没有任何可行的途径能实现这一点。另一方面，STRAWHORSE 不能被称为一项有差别攻击武器。它的目的是感染各组织、机构和公司雇用的内部开发人员的设备，美国国家安全局的监控目标可能会使用的软件就出自这些设备。这些内部开发人员所服务的通常都是大公司。STRAWHORSE 的内在设计是，为了侵入一两台 iPhone 设备，它可以连累成百上千台设备。内部开发人员之所以会成为恶意软件的攻击目标，并不是因为他们本身就是情报目标，事实上他们只是垫脚石。为了侵入某一台 iPhone 设备，STRAWHORSE 会感染一名开发人员的设备，使用了该设备所编写的任何软件的 iPhone 都会被感染，而且每台被感染的 iPhone 上的所有应用程序也都会被感染。这就如同，工厂生产出的每辆车都上配有麦克风，但只有其中一辆车上坐着监控目标。

这是一种完全合理的策略，它很符合黑客的迂回战略和不惜一切代价获得胜利的精神。如果你无法侵入一台设备，就试着先攻破其外围防护，然后加足马力，拿下目标。通过这种方式来部署 STRAWHORSE 项目，违犯美国法律的概率就会变得很小，只要这一切发生在境外，并且聚焦一名确定的外国情报目标，无论有多少无辜的 iPhone 用户会受到连累都没有关系。以这种方式来行使那些令人敬畏的权力，这是否明智？又是否适度？在实践中做出这些选择的人只是一心想着去突破障碍，赢得游戏，没有人教他们去思考这类政策问题，也没有人提醒他们去关注无辜者的隐私。毕竟，这不是他们的文化，也不属于他们的工作内容。

斯诺登提供的档案中有很多类似 STRAWHORSE 的操作项目，其中有一些项目更具野心。The Intercept 网站上报道了另一个令人瞠目结舌的案例。美国国家安全局和英国政府通信总部携手，侵入了一家名为金雅拓（Gemalto）的荷兰数字安全公司内部。金雅拓是全球最大的手机 SIM 卡制造商，威瑞森电信、美国电话电报公司、T-Mobile 和斯普林特所出售的 SIM 卡都是出自该公司。该公司生产的每一个 SIM 卡中都嵌入了一个独特的加密密钥，用于最新的 LTE 移动网络，以防止被窃听。美国国家安全局和英国政府通信总部侵入了金雅拓公司工程师的在线账号，窃取了数千万个这类加密密钥。要破解这类加密技术本身是非常困难的，即便是美国国家安全局也束手无策。面对这一问题，有人就想到以金雅拓作为突破口，然后就可以“结束游戏”。现在，这两个情报同盟就可以监听数千万部手机的通话信息。

这场游戏一直在进行，永远不会真正结束。就在 STRAWHORSE 项目在“童军大会”上亮相几个月后，美国国家安全局的那群精英黑客发布了新的招募令。远程操作中心下面一个负责进攻的团队（代号为 POLITERAIN）发出公告，称正在“寻找想要搞破坏的实习生”。

“我们的任务是，通过攻击使用低级别编程的硬件，远程削弱或破坏对手的计算机、路由器、服务器和网络启用设备。”该机密公告中称，“对于任何想法，我们都永远持欢迎态度。”

第7章

初果

斯诺登：你要想告诉所有人，就不可能不告诉那些坏人。

2013 年 12 月 5 日

就在斯诺登事件爆发那年的夏末，当我正在奋力整理那份有关美国国家安全局的档案时，我在文件中偶然看到了自己的名字。我盯着屏幕，抑制住了想骂脏话的冲动。我突然意识到，自己的反应未免太过天真。我很清楚，政府机构肯定不愿看到自己的秘密变成头版新闻。有时候，他们会因为对一篇报道感到不满而展开调查：记者到底是怎么得知这件事情的？在严重的情况下，甚至司法部门也可能会介入。这一切我都知道，只是我并不常亲身体验到。在我的职业生涯因斯诺登而彻底发生改变之前，我几乎从未想象过自己会成为被特别关注的对象。我会花费时间和心思保护那些秘密为我提供线索的人，但对于风险的认知还停留在抽象层面。大多数时候，我并不能确认自己是否在被监控。

在刚刚收到这份美国国家安全局档案的那混乱的一周里，我曾浏览过这份文件的第一页，然后就没有再留意了。直到两个多月后，我才再次看到这份文件，并且在第 7 页看到了自己的名字。为什么花了这么久的时间才发现这一点？出于虚荣心作祟，我有时也会在一本书的索引中查找“格尔曼”或者“巴顿”。（作者有没有提到我的作品？为什么没有提到？）只需要敲击几下键盘，我就能发现自己的名字出现在斯诺登提供的材料中，但我并没有这么做。对我来说，这未免也太具有戏剧性了。

但眼前的文件证明，我的想法是错的。这是一份 10 多年前的文件，是为时任美国司法部长准备的一份备忘录，内容是有关“引起美国政策制定者高度担忧的……未经授权的信息披露”，安全等级为“绝密 // 通信情报 // 由发起机构控制 // 仅限国内公民访问”（TOP SECRET//COMINT//ORCON//NOFORN）。这篇备忘录中称，我的三篇新闻报道已经于 1999 年年初提交司法部进行刑事调查。瞬间，一种自己已经暴露的感觉袭来。联邦调查局早就已经开始调查此案，而当时的我对此毫无感知。联邦调查局究竟查到了多少东西？备忘录中没有提及。据我所知，我的那些线人并没有受到伤害，但我意识到，在某些情况下，我还真的不敢肯定。毕竟事情已经过去很长一段时间了。

这份文件之所以会引起我的注意，是因为它的名字颇耐人寻味：“否认与欺骗——Ashcroft（阿什克罗夫特）.com”。当基地组织通过发起“9 · 11”恐怖袭击夺取了 2 996 名民众的性命时，约翰 · 阿什克罗夫特正担任小布什政府的司法部长。在为即将到来的与乌萨马 · 本 · 拉登的对战做准备时，美国司法部启动了一个特别工作组，任务就是阻止机密信息被泄露。美国国家安全局极力想要参与这一行动。接近年底时，国家安全局局长迈克尔 · 海登为阿什克罗夫特准备了一份长达 9 页的备忘录，其中说道：“我们知道贵委员会对那些可能影响情报行动的未经授权的信息披露很感兴趣。”这份草拟的备忘录未注明日期，里面列出了 49 篇近期的新闻报道，声称其中均包含“我们认为十分过分的信息披露，已经明显违犯了联邦刑法”。

除了我之外，同样在列的还有《纽约时报》记者詹姆斯 · 里森和小唐·范·纳塔，《华盛顿邮报》记者道格·法拉、史蒂夫·穆夫森、托马斯·李普曼和凯西·索耶，以及《纽约客》记者西摩·赫什。这份名单原本应该还要更长。只要写作有关外交或战争主题的报道，要想不触及任何机密信息是不太容易的。我注意到，这一统计工作终止于“9·11”恐怖袭击事件发生几周后。这份名单上的许多人，包括我在内，在随后的10年中都对有关国家安全的新闻进行了最深入的挖掘。我不由得想到，我后来的工作可能不止一次被置于联邦调查局的监控之下。

这份备忘录中特别提到了我的三篇报道。我报道的是1990—1991年海湾战争的余波未消时所实施的一次出错的情报行动。当时，伊拉克确实实施了一个核武器发展项目，并且拥有一个生物与化学弹药库。这场战争结束7年之后，联合国的武器核查员仍旧在寻找大规模杀伤性武器的踪迹。美国政府指责巴格达政府继续隐藏大规模杀伤性武器。伊拉克总统萨达姆·侯赛因则指责美国政府在联合国特别委员会（简称“特委会”）中安插了许多美国间谍。在我的报道中，这两方的说法都被证明是事实。美国政府以实施武器核查为借口，实则开展间谍活动。在中央情报局的协助下，美国国家安全局将极具隐蔽性的微波天线安装在伊拉克境内的联合国设备中，由此得以监听巴格达政府内部的对话。特委会自己的人员都不知道，该组织已经成为萨达姆口中一直声称的“特洛伊木马”。美国的这一行动在技术层面称得上极为巧妙，但在外交层面可谓是一场灾难。就在我的报道发布几周前，随着有关这一监控行动的消息在联合国秘书处内部开始流传，特委会作为一个中立性裁军机构失去了所有的政治支持。在1999年年底，联合国安全理事会解散了特委会。

根据美国国家安全局的“危害评估报告”，我的报道：

> 披露了一个高度保密的国家安全局信息搜集系统的基本概念，

以及与伊拉克的外交通信系统。该通信系统在被披露之前一直处于闲置状态，但在被媒体披露后，由于风险增加，就没有再被试图启用。机构就该通信系统被披露的情况，已向司法部进行了汇报。

这份备忘录中最令人好奇的地方是，国家安全局将我的报道所带来的危害归类为“否认与欺骗”。这是一个反间谍领域的术语，是为防止有价值的秘密落入间谍之手而采取的策略。美国国家安全局在备忘录中写道，历史带给我们的教训是，“新闻泄露有可能导致我们的对手采取‘否认与欺骗’措施”。换句话说，一旦对手知道美国正在以何种方式对其展开间谍行动，他们就能更好地掩盖自己的行踪。这种担忧是合理的，但也有些说不过去。好的新闻报道有时会揭露美国政府本身存在的欺骗行为——这种欺骗行为不光存在于间谍情报领域，还存在于基本政策和原则层面。即便特委会已经将武器核查员变成了不知情的间谍，克林顿政府仍然公开捍卫其公正性。我在报道中谈到，随后该行动的瓦解揭示了，为获得战术层面的优势而颠覆国际使命，导致了战略层面的代价。在美国国家安全局看来，对美方的这种背叛行径进行揭露的行为构成了犯罪。

在斯诺登提供的档案中，有一个文件夹全是关于“否认与欺骗”的。这里的反间谍行动所针对的对象并不是外国间谍，而是像我这样的记者和为记者提供信息的人。这些备忘录和幻灯片文件的制作者从理论层面和实践层面展示了新闻报道所带来的严重危害。他们打算对此采取一项计划，并在文件中勾勒出了一个计划开端。在国家安全这个竞技场上，政府相对于记者的优势可谓达到了巅峰。相比其他任何领域，无论是美国的民选官员还是被任命的官员都在这一领域享有更大的权力，能够防止、阻止、改造和惩罚那些他们不希望看到的信息披露行为。在报道斯诺登事件的过程中，我面临的最严重的威胁可能还并非来自自己的政府。我从事新闻报道的环境是极其危险的，我从来不敢忘记这一点。

在这个“否认与欺骗”的文件夹中，每个文件中都提到了一个化名，但没有一个文件给出其完整的定义，它似乎是一项追踪和追溯新闻泄密事件行动的代号。

FIRSTFRUITS（“初果”）。我以前听说过这个名字，当时我以为它是一个虚构的东西。

“顺便告诉你，”几天后，我在与斯诺登进行线上聊天时假装淡定地告诉他，“我的名字出现在了文件中。”我特意跟他提到了“初果”，但他不知道这是什么意思。

“也许你应该求助《信息自由法》[①]，要求政府提供有关这一项目的信息。”他回复道，“也许会获得几页关键信息被涂黑的宝贵文件。”

“要是这么做，我简直可以把删改的内容做成街头艺术。”

我们俩其实是心照不宣地开了个小玩笑。当时我不太可能真的援引《信息自由法》，请求政府部门提供更多关于“初果”项目的信息。

不过，多年后，我确实援引了《信息自由法》提出申请，得到的结果中最有趣的大多是与白宫、司法部和国家情报总监办公室的高级官员之间的交流内容。

能与斯诺登这般开玩笑打趣，不管是关于何种话题，都让我松了一口气。这是我们近几个月来第一次取得联系。自从6月我在报纸上发表

① 《信息自由法》是美国关于联邦政府信息公开化的行政法规，美国公民可以要求政府部门提供某些信息，政府部门在收到请求后必须在一定时间内做出答复。如果公民对答复不满，可以向法院提起诉讼，法院有权命令政府部门披露相关信息。——译者注

了一篇有关他的简介，斯诺登就再也没跟我说过话。他的愤怒我完全可以理解。因为我在报道中提到他的化名 Verax 时，无意中暴露了他仍在使用的一个网络账号。第二天，他就从我们进行线上聊天的隐藏服务器上消失了。我没有其他办法能联系上他。

2013 年 8 月 24 日，我再次登录我们之前交流时常用的服务器，终于在那里找到了他。他换了一个新的匿名账号，以故意表示对我的谴责，新账号名称的大意类似“巴顿很逊”，但没有这么直白。我当作没有看到，对此没有发表任何评价。当我的电脑屏幕上弹出斯诺登的账号时，我正坐在从华盛顿出发往北行进的美铁列车上。我的服务器加密连接时断时续，但我必须与他保持对话。我还有很多问题要问他，我绝对不能让我们之间的隔阂永远这么存在下去。

“多谢你能回来，”我写道，“之前不小心曝光你的网络账号真的是很愚蠢的行为。”

“我不在乎你的道歉。你想要什么？”

要从哪里说起呢？我想要的东西太多了。其中之一是，我想受邀去俄罗斯拜访斯诺登。在有关“棱镜”项目的报道发出之前，我曾有机会前去香港当面访问他，但我放弃了，尽管这并不是出于我的本意。等到那篇报道发出之后，便为时已晚。已经过去了这么久，我还没有亲眼见过这个人，也没有当面听他跟我说过话。倘若我能成为第一个在莫斯科采访斯诺登的记者，也算是在一定程度上弥补了我的遗憾吧。6 月 23 日，斯诺登在莫斯科的谢列梅捷沃国际机场转机，打算前往拉丁美洲，结果发现自己的护照已经失效了。自那之后，他便一直滞留在莫斯科。美国国务院选择撤销斯诺登的护照的时机真是太糟糕了，原本是希望将斯诺登留在香港以便将其引渡，结果却使他留在了美国法律最无力触及的地方之一。司法部的一位高级官员告诉我，这是一次有意的冒险。“鲍勃·穆勒的任期即将结束，”这位官员说，此时的穆勒是联邦调查局局长，“他很迫切地想要抓到斯诺登。”斯诺登在莫斯科的机场中转区滞留了 39 天后，于 8 月 1 日获得了俄罗斯政府的临时庇护。现在，事情仅仅过去三个多星期，斯诺登看似将无限期停留在莫斯科。数十名记者都在找他，但他还没有和其中任何一名记者通过话。

我没有跟他提起莫斯科之行，只是暂时没有。存在于我俩之间的记者与线人关系需要先修复一下。斯诺登从不喜欢闲聊，此时他想知道我下一步的报道方向。

“我的下一篇报道已经完成初稿，是关于黑色预算的。”我回复他，这里的黑色预算指的是政府在情报项目上的秘密开支计划。

“你这样做可就会把所有人都给得罪了。”

“确实，他们已经开始有所行动了。”

就在三天前，我和我的合作搭档、《华盛顿邮报》记者格雷格·米勒一起驱车前往位于弗吉尼亚州北部的“自由十字路口”，那是一个高度机密的园区，是国家情报总监办公室所在地。我们被告知，总监办公室里已经聚集了来自 17 个情报机构和办公室的利益相关方，就是为了讨论我们即将发布的报道。这份黑色预算文件有数千页，列举了数目多达 530 亿美元的机密开支，涉及很多利益相关方。一位明显受到惊吓的公共事务官员在门口迎接我们，后来我们才知道，他刚刚经历了一场混乱的预会过程，现场充斥着喧哗声和咒骂声。“这些家伙来势汹汹”，他悄悄地提醒我们。我们来到了一个小小的讲台前，面对着人声鼎沸的听众席。这次会议显然应该由首席情报律师罗伯特·利特主持，但他迟到了。在现场没有主持人的情况下，我和格雷格清了清嗓子，向在场人员介绍了我们计划发布的报道。现场有 20 多名情报人员和分析师，只有一个人自报家门，他们提出的问题都充满了敌意，他们的目光是如此锋利，仿佛要刺穿我们。有人问道，你们凭什么这样做？你们凭什么认为自己可以这样做？格雷格表现出的镇定令我印象深刻，但我们一直都没能找到机会提出任何问题。后来，利特终于到了，他对着现场其他的人，同时也对着我和格雷格说了一席话，这些话很像他经常在电话里跟我们说的：“我郑重声明，对于你们将自己手中可能有的或者可能没有的任何机密信息进行披露的行为，我们不会给予反馈、指导或肯定，我们也不会默许或暗示默许。”

“那些话是什么意思？”会议结束后，我们逃也似的来到停车场，我问格雷格。格雷格后来说，他作为《华盛顿邮报》的情报记者，曾经参加过许多次咨询会，但“没有一次是像这样的”。我不相信他们组织这样一场会议单纯是为了吓唬我们，实际上，现场太过混乱，根本谈不上组织。我猜测，这些人中可能很少有人曾与记者打过交道。他们很害怕我们可能会发布什么报道，而且不能理解为什么决定权会在我们手中。格雷格事后回忆说：“他们是真的不敢相信，竟然找不到什么方法能阻止我们。”

几天之后，空军中将、国家情报总监詹姆斯·克拉珀要求与《华盛顿邮报》的执行主编马蒂·巴伦和国内部编辑卡梅伦·巴尔会面。

“他是个很沉闷的人，”这次会面结束后，巴伦告诉新闻编辑部的人，“几乎连招呼都没打。他说，他明白媒体分为两种：负责任的和不负责任的。然而——”

“这两种他都痛恨。”巴尔插进来一句，用少有的半点开玩笑的语气。

“在他看来，我们暂时属于‘负责任’的媒体阵营。”巴伦说。

巴伦说，克拉珀提出了四项优先级别最高的保密要求。我们经过充分讨论，同意这四项请求都是合理的。其中一项要求是关于为应对海外突发的某种非常糟糕的局势而准备的应急计划。如果我们在报道中透露出这些应急计划的存在，它们很可能就会失效。其他几项要求虽然没有这么显而易见，但经过一番解释之后，也是可以接受的。我们这个小型编辑组还敲定了一份我们将要发表的预算汇总表清单，这个清单很短，只是我们手上那厚厚的四卷、共达 7 000 页的文件中极小的一部分。

“事实是，我认为其中藏着真正的秘密。”我告诉斯诺登。“我不主张把这文件发布出来。但里面确实有很多事情的合法性有待探讨。我们会发布其中的一些图和表等内容。”

“可以的，只要坚守基本原则：公共利益，不可损害。”

这话说起来容易做起来难。到底怎样算是“损害”，什么算是“公共利益”？我应该如何辨别它们，又该如何权衡？人们凭什么相信像我这样的人或者《华盛顿邮报》可以做出这种选择？一旦我认定公开某个秘密是有害的，难不成我的工作就要变成守护这个秘密？我也有我自己的秘密：秘密线人、内容敏感的笔记、未来将要报道的对象。我怎么才能保证它们不被那些技术熟练的窃贼窃取呢？我的对手到底是谁？曾经的新闻工作给人的感觉远远没有这么复杂。

我擦掉为上镜而化的妆，拿掉领夹麦克风，走出位于乔治城的哥伦比亚广播公司的新闻演播室，感受到了宜人的夏日周末氛围。这时，有关斯诺登的新闻播出之后还不到两周，我刚刚录完一个现场直播节目《面向美国》(*Face the Nation*)。我坐上一辆出租车，拿出 iPad，按下电源键，只见显示屏仿佛受到静电干扰，之后就死机了。这是怎么回事呢？过了几秒钟之后，屏幕又亮了起来。全黑的屏幕上有白色的文本在滚动。文本的滚动速度太快，我没能看清全部内容，但捕捉到了几个片段。

```
# root:xnu . . .
# dumping kernel . . .
# patching file system . . .
```

等等，这是什么？它看起来像一个Unix操作系统的终端窗口。“root”这个词和“#”这个标签符号意味着设备已经被设置为超级用户模式。有人控制了我的iPad，冲破了苹果系统的安全限制，获得了对该操作系统之下的一切进行重写的权限。我瞬间陷入一阵惊慌，但记者的本能使我想把这一切记录下来。我摸索着去找笔和纸，赶紧把iPad丢到旁边的座位上，仿佛那上面带有什么传染性病毒。我甚至产生一种冲动，想把它扔出车窗外。我当时的反应肯定太过激烈，导致司机有些惊慌地问我怎么了。我没有理会他，而是疯狂地按着电源键，再也没有兴趣去了解接下来会发生什么。我的iPad中没有存储任何秘密，但眼看它已经被对手控制，我感到非常不安。这个由光滑的玻璃镜面和铝制外壳组成的设备上装有麦克风，前后都配有摄像头，还有一系列的内部传感器。这是一种典型的间谍装置。

我在心里快速盘点了一下。我从未在这台iPad上登录过我的任何网络账号，也从未在这上面保存过任何敏感的笔记内容。事实上，我从未在上面保存过任何笔记内容。虽然我很希望这意味着我的信息不会被泄露，但我知道这是不现实的。首先，这明显不是新手黑客所为。要在没有有线连接的情况下远程侵入一台iPad设备，需要一些稀缺且易损的工具。苹果公司会在发现软件漏洞后第一时间将其修复。于是，那些老练的犯罪分子和情报机构就急需找到新的漏洞。那些隐藏在阴暗角落的私人中介会悬赏百万美元，只为实现我刚刚亲眼见证的那种软件漏洞利用。为了侵入我的设备，有人是花费了工夫的。我真不希望看到自己值得别人这么大费周章。我不明白对手是如何发现我这台 iPad 设备的。我的苹果账号中使用的并非公开的邮箱地址。如果入侵者能够找到我的 iPad，我不得不想到，他们也能找到我的手机，以及我曾经用来上网的任何一台计算机。有一点我很确定：刚才发生在我的 iPad 上的一切是我无意之间看到的。它完全有可能发生在我睡着的时候，我能够看到这一切纯粹是出于运气。如果这个漏洞利用真的发挥效用，我根本不可能知道。在那种情况下，这台 iPad 从表面看来仍可以正常工作，只是不再为我工作。

这是我所知道的自己在数字领域第一次遭遇严重入侵，但远不是最后一次。在我对美国国家安全局实施的监控行动展开新闻调查的过程中，源源不断的证据出现在我眼前，使我认识到，我所面对的是一群极为强势的敌人。

在 2013 年的最后几天，美国国家安全局的“吹哨人”汤姆·德雷克告诉我，他收到了从我的一个电子邮箱地址发出的邀请，邀请他和我一起使用谷歌环聊（Google Hangouts）软件聊天。它看起来与真实的由谷歌发出的通知没有任何区别，但德雷克留了个心眼，跟我确认了一下这个邀请是否真的是由我发出的。这个邀请并不是我发出的。有人想让德雷克与一个冒充我的人进行交谈。我还经历了另一场与这一模一样的骗局。汤姆·洛温塔尔是一名计算机科学家，有时会给我提供一些计算机安全方面的建议。有一次，我给他写了两封加密邮件，他回复说：“我收到两封你发来的邮件，但我无法查看，因为它们被发给了一个冒牌密钥持有者。”有人把虚假的加密密钥放在了一个被称为“密钥服务器”的公用目录上，而我没有进行检查就傻乎乎地使用了它。这样一来，那个冒牌密钥持有者就可以查看我的加密邮件，但洛温塔尔无法查看。同样，公用密钥服务器上也开始出现冒牌的 Barton Gellman（巴顿·格尔曼）密钥，一旦有人使用了这些密钥，必然是向别人发送加密信息。

2014年年初，我有两个账号的登录凭证开始遭到谷歌拒绝。其中一个是我的私人账号，另一个是我担任世纪基金会的高级研究员所使用的账号。我的邮件客户端弹出了一条错误信息：“并发连接数超限。”（Too many simultaneous connections.）我看了下，发现大部分连接都来自我不认识的IP地址。在Gmail邮箱的网页顶部出现了一个粉色的警示条：“警告：我们认为由国家支持的黑客可能正在试图入侵你的账号或计算机，请立即实施自我防护。”

根据政策，谷歌不会告诉目标用户更多的信息。黑客是由哪个国家支持的？要是能知道这一点就好了。但谷歌害怕会违反其安全协议，所以不会向用户提供这一信息。接下来，我又做了进一步的报道。大约一个月之后，我从一位秘密线人那里获悉，试图侵入我的账号的黑客可能来自土耳其的国家情报机构Millî İstihbarat Teşkilatı。我从未通过电子邮件来处理保密工作。尽管如此，我依然觉得非常可怕。此时，肯定已经有十几家外国机构正在试图追查那些美国国家安全局文件的下落，而且它们动机更强，资源更加充足，其中最积极的应当是俄罗斯、以色列、朝鲜和伊朗。如果连土耳其都已经试图对我发起黑客攻击，那就说明形势比我想象得还要严峻。有些国家的黑客可能比土耳其的黑客更厉害，也许太厉害了，甚至能够直接攻破谷歌的防御系统。总之，形势不容乐观。

我日常使用的那台MacBook Air笔记本似乎是黑客最可能攻击的目标。我将这台设备的主存储器的取证图像发给了一位Macintosh操作系统安全领域的顶尖专家。他发现我的设备上运行着一个颇为奇怪的守护进程，至于该守护进程的功能，他也无法确定。（守护进程是一个后台运行程序，大多数守护进程都是有益的，但这个似乎透露着要搞破坏的意味。）我决定不再使用这台笔记本。有些软件漏洞一旦渗入就很难被消除，哪怕你重新安装操作系统。普林斯顿大学的艾德·费尔滕告诉我，他要在自己的安全工程课上布置一项新的任务：巴顿如何能在不将旧设备上的病毒带到新设备上的前提下，将旧设备上的文件转移到新设备上？但据他说，他后来改变了主意，因为他开始觉得这项任务根本不可能通过合理的途径完成。

我当时在一所大学担任研究员。于是，在购买新笔记本时，我就通过那所大学匿名下单，经手了两个中间人，没有在任何一份纸质文件上留下我的名字。而且，我特别留意没有在任何邮件中提到这次交易。我想，我所做的这一切应该能够降低设备在运输过程中被篡改的风险——这是美国国家安全局、联邦调查局和外国情报部门都会使用的手段。如果一台设备在到达用户手中之前就已被感染病毒，黑客就无须再费心思专门攻击这台设备。我新买的是一台 MacBook Pro 笔记本，刚到手就遇到了一系列硬件故障。首先是键盘的反应速度太慢，尽管这是一个全新的系统。我一直没有去了解是否有什么异常的东西在作祟，毕竟这些问题本身就已经不同寻常。

我把这台满是问题的设备带到 Tekserve 零售店里维修。位于纽约“熨斗区”[①] 的 Tekserve 是当时美国最大的独立苹果服务商。这家店于 1987 年开业，几年之后，我便开始经常光顾那里。我喜欢那里古怪的氛围，室内挂着一个门廊秋千，还有一台古老的可乐机，曾经一瓶可乐只卖五分钱。而与我此行最相关的事实是，Tekserve 的服务经理德布拉·特拉维斯允许我前往维修专区，亲眼看着一名高级技术员对我的设备进行操作。我不太希望它离开我的视线。

负责维修我的设备的技术员名叫安东尼，是一个很好打交道的家

① “熨斗区”是纽约市曼哈顿的一个街区，得名于熨斗大厦，23 街、百老汇和第五大道在此交会。——编者注

伙。他逐一测试并更换了键盘、逻辑板、输入/输出板，最后还检查了电源接口，但始终没找到问题所在。折腾了三次之后，问题依然没有得到解决。当你按下键盘按键时，它没有任何反应，过了很长时间之后才会突然冒出一长串字符。Tekserve 的工作人员咨询了苹果公司的主管，但没有人能够解释这个问题。我小心翼翼地问安东尼，他有没有在电路板上看到什么不该存在的东西，他说他不具备检测那种间谍装备的能力。“我只知道，我已经更换了这台设备中的每一个零件。”他告诉我，“我们以前从未见过这种情况。”我放弃了，就又买了一台。

斯诺登事件爆发时，我使用的是一部黑莓智能手机。后来，我开始收到一些空短信和空的电子邮件，从表面上看没有任何内容，也没有回信地址。这种幽灵般的邮件显示的时间戳是 1970 年 1 月 1 日 0 点，对于使用 Unix 操作系统的计算机而言，这标志着时间的开始。没有可见文本的短信和电子邮件通常被用来传输恶意的有效载荷。我弃用了这部黑莓手机，买了一部 iPhone。专业人士告诉我，iPhone 是普通大众可用的最安全的移动设备。我不会在智能手机上处理敏感的事情，但我不喜欢被监控的感觉。

我时常收到一些看上去是由美国国家安全局前局长迈克尔·海登和司法部长埃里克·霍尔德发来的电子邮件。每封邮件中都包含一个网络链接，但我都没有点击。事实上，海登和霍尔德根本没有发过这些邮件，但两人未公布的私人邮箱地址是有效的。这曾在一小段时间内引起了我的注意，但我认为，他们本人应该也是普通网络钓鱼攻击的受害者。情况很可能是，他们在不知不觉中把链接发给了通讯录里的所有人。这里要给所有高级官员提个醒：记得关闭你的美国在线账号，因为它的安全性太差了。

2014 年 1 月，我成为 SecureDrop 的早期使用者之一。这是一个供线人与记者进行沟通的匿名加密通信系统。如果你存在任何顾虑，这依然是可以秘密联系我的最安全的途径。（在我的推特 @bartongellman 个人主页上，你可以找到它的使用界面。）SecureDrop 是前几年由新闻自由基金会（Freedom of the Press Foundation）推出的新闻获取工具，所基于的代码是由亚伦·斯沃茨、凯文·波尔森、詹姆斯·多兰编写的，用户无须具备任何专业知识就可以使用。

在公开发布了这一匿名联系方式后，我预料到自己肯定会招来一批网络“喷子”和阴谋论者，而且会收到一些恶意软件。事实也正如我所料，但与此同时，我也收到了一些有价值的提示信息。我收到的恶意软件大部分都是比较常见的。有的人会发给我一个标准的钓鱼链接，意图窃取我的线上凭证。还有人会发给我一个勒索软件包，一旦我稍有不慎点击了一些不该点击的东西，他们就会锁定我的文件，并要求我付款以换取文件解锁。我从来都不会运行电子邮件中包含的可执行文件或脚本，所以这些对我而言都不是大问题。

然而，有一天，我收到一个很有趣的恶意软件。发件人为了能更好地引诱我上钩，将文件伪装成一份被泄露的、有关监控行动的演示文稿。我询问摩根·马奎斯–博伊尔是否有兴趣看一看这个文件，他当时是总部位于多伦多的公民实验室的安全研究员。“你这个文件倒是很有趣。”他回复道。

大多数黑客发动的都是大规模攻击，将同样的恶意软件包以电子邮件附件或受感染网站链接的形式，一次性发送给数千人或数百万人。而这个恶意软件是为我量身定制的。这是一类被称为“远程访问木马”（RAT）的恶意软件，能够监控按键输入，捕捉屏幕截图，记录音频和视频，并且可以渗入我计算机上的任何一个文件。“你最近得罪哪个俄国人了吗？”马奎斯–博伊尔问我。他的这一推测并不完全合理，但他提出这一疑问也不是毫无依据的。首先，这个远程访问木马旨在将我的计算机连接到一个远程命令和控制服务器上，而这个服务器被托管在位于莫斯科科热夫尼切斯基巷（Kozhevicheskiy Lane）的科尔比纳电信公司（Corbina Telecom）。一旦我触发了这个远程访问木马程序，在那边的黑客就可以实时监控我的计算机，并且与我的计算机进行互动。这个恶意软件所调用的其他 IP 地址经过解析，是位于哈萨克斯坦的。还有内部证据表明，其背后编写代码的人的母语是阿塞拜疆语，这是阿塞拜疆人和俄罗斯联邦达吉斯坦共和国人所使用的语言。这个远程访问木马还有一个有趣的自卫机制。马奎斯 – 博伊尔试图探查有关该木马的更多信息时，表现出了追查其源头的意图，于是那个远程命令和控制服务器立马就从互联网上消失了。

时不时地就会有人直接要求我交出档案中的敏感文件。“亲爱的巴顿 · 格尔曼先生，”从俄罗斯的一个邮件服务器上发来的一封电子邮件中写道，“请问是否可以将有关‘黑色预算’的原文件发给我，以作科研所用。等待您的答复。祝您一切顺利！雅罗斯拉夫 · 阿法纳西耶夫。”我不知道这是用的真名还是假名，也不知道发件人属于什么机构。我出于好奇问了一下，但他没有回答我。

我的朋友兼同事阿什坎 · 苏丹尼和我的名字一起出现在《华盛顿邮报》上面之后不久，他也成了那群人的接触目标，不过是通过另类形式。苏丹尼是个年轻的单身汉，是约会服务网站 OkCupid 的常客。就像大部分男性一样，苏丹尼在该网站上通常都要主动与女性接触。“仅在一个星期内，就有三名性感且非常有魅力的女人突然给我发消息。”后来我与苏丹尼在纽约市中心的一家酒吧喝酒时，他这样告诉我。根据 OkCupid 网站的介绍，它是为那些真正想要交友的人设计的，而不是为那种随便勾搭的人提供便利的。它对用户的宣言是："你不仅仅停留在照片上。"（You're more than just a photo.）然而，有两名女性还未曾与苏丹尼见面，就已经对他表明了心意。

苏丹尼保留了他们聊天界面的截图，并且拿给我看。

"请原谅我这样厚脸皮的行为，但我发现你真的非常可爱且有趣。"其中一个人写道，"我们可以见见吗？"

然后，就在他们约定好见面的那天，她提出要去苏丹尼家里坐坐。

"外面天阴沉沉的，让我很想抱抱。"她写道。

"她想勾搭我，而且太直白了。"苏丹尼说，"一连有两个女孩在第一次约会的时候就向我投怀送抱，我当时就在想，这究竟是在搞什么鬼？我是不是中了——那个词怎么说来着——"

"美人计。"我说道，"在这件事上，我很庆幸自己不是单身。"

"是的，美人计。我跟女孩一般都是要出去约会几次之后，才会有进一步发展。而这两个女孩都是在我们第一次约会的时候就投怀送抱，这是前所未有的情况。虽然我认为自己长得不算难看，但一般也很少有女性会主动给我发信息并且投怀送抱。"

苏丹尼怀疑这是情报机构设下的圈套——"某国政府试图对我下手"，以获取有关美国国家安全局文件的信息或试图窃取数字文件。我们两个人详细探讨了一种有名的信息安全场景——"邪恶女仆"攻击，这种攻击需要对计算机进行短暂的物理访问，以窃取其加密凭证。事实上，斯诺登发来的文件当时被锁在《华盛顿邮报》的保险库里，并且钥匙藏在别处，但外人不会知道这一点。一个充满魅力的间谍可能会认为，只要能搞定苏丹尼，任何事情就都有可能。

这些事情过去之后不久，苏丹尼再次登录 OkCupid 网站，试图记录下她们更详细的信息。他搜索了那些主动联系过他的女性，发现她们的个人资料都已经不在了。

大约在同时期主动跟苏丹尼打招呼的，还有第三位女性。苏丹尼最后和这位女性出去约会了。“但在很长一段时间里，我都不会把她带回家。”苏丹尼说，“我感到很不舒服。我清楚地记得那种感觉，哪怕去卫生间的时候我都是手机不离身。约会的时候还要考虑行动安全性，这种感觉太诡异了。”

他有必要生活得这么谨慎吗？答案是肯定的。在任何情况下都有必要这样吗？我无从得知。

我们进行此次对话时已是2015年的深秋，我和苏丹尼已经不再为《华盛顿邮报》写新闻报道了。我忙着整理这本书的资料。苏丹尼也已经继续自己的生活了。他弃用了原来的那台笔记本电脑，并把一个加密密钥卡归还给我，与那些机密资料再无任何联系。“当我们的工作进入收尾阶段时，我想到再也不用背负这个包袱，那种感觉真的很爽。”他告诉我，“我想说的是，要保护这些东西确实责任重大，毕竟里面有一些东西是我认为绝对见不得光的。”

他把难题踢回给了我。“你还是得一刻也不能放松。你都已经坚持三年了，休假的时候你都是怎么办的呢？”

关于这个问题。由于长时间专注于监控领域，我的职业生活和个人生活均已受到严重影响。有一次，我和妻子达夫娜以及我们7岁的儿子站在迪士尼乐园门口，当我意识到需要扫描指纹，并且要戴上一个有无线电标签的腕带时，我犹豫了。达夫娜和儿子站在那里，用眼神示意我不可以拒绝。当然，最后我还是屈服了。除了非常特殊的情况，我一般都会随身携带我的笔记本电脑，哪怕是去海滩度假或去远足旅行。我去参加派对时，从来都不会把包放在衣帽间。我对自己的电子产品所采取的防范措施给我的朋友们带来了不便，也让我的家人感到尴尬。“你正在一步步深入那个世界，我不属于那个世界，也不了解那个世界，更不想成为那个世界的一部分。”有一天晚上，达夫娜告诉我。直到那一刻，我才意识到自己的行为已经变得多么反常。我沉浸在风险之中，再也体会不到安全感的存在。

在我内心深处一直有一段偶然被牵扯进情报界的经历。2003年12月，我一直行走在伊拉克境内，采访那些武器科学家和工程师，试图记录他们与大规模杀伤性武器的历史。有一天，我去了巴格达大学校园里，想找一位被美国官员指控从事病原体研究的生物学家。我的翻译人员向旁人打听了方向，得到答复之后，转过身严肃地对我说：你在这里不安全。有一个人在我之前来过这里，自称是“巴顿·格尔曼”，像记者一样提问了一些问题。我的翻译人员把他听到的话转述给我：要么那个人是中央情报局的人，要么你是中央情报局的人。美国的情报政策是，不鼓励情报人员以记者身份作为掩护，但“极端特殊情况”下也可以破例。后来，我询问中央情报局的发言人，该机构是否曾在那里破例，但他没能给我一个明确的答复。当然，那个冒名顶替者也有可能来自其他任何机构。

在电子世界和现实世界中，我都建立起了越来越厚的防护墙。我所面对的都是世界顶级的专业技能水平，而我自己从没有接受过正式的行动安全领域的培训。说得稍微严重一点，我是作为一个业余选手在与专业选手对决。我有两次进家门时把钥匙插在门上整晚都忘了拔。有一次，我与一名线人相约一起去喝杯酒，一轮酒下肚之后，俩人意犹未尽，于是又喝一轮，接着又喝了第三轮，我很少会喝这么多。结果，第二天早上，我怎么都找不到装笔记本电脑的背包了。我发了疯似的排查着各种可能性。酒吧的失物招领处没有，会不会是那名线人偷偷把我的包拿走了？我最终还是觉得这不太可能。我反复回忆着前一天晚上出了地铁之后的场景。当时，我差一点儿坐过站，列车门快要关闭的时候我才匆匆下车，我清楚地记得背包撞击着我的肩膀的感觉。那它能去哪儿呢？我知道这件事很讽刺，最终我说服了公寓的管理员，让我查看大厅的监控录像。（我知道，有的读者读到这里肯定会说：看来监控对你来说还是有好处的。）小小的黑白显示器上出现了我的身影，只见我溜达着走向电梯，肩上什么东西都没有。我回到家的时候是没有带背包的。最后，我终于记起来，在从地铁站回家的那一小段路上，我中途去吃了个热腾腾的蘑菇比萨。想到这里，我立马跑出大厅，赶往拐角处的比萨店。最终，我满怀羞愧地在附近比萨店的柜台后面找到了我的背包。

除此之外，我还出现过其他失误，虽然次数不多，但也足以令我惭愧不已。我曾坚定地要求在《华盛顿邮报》内部设置一个单独的、上锁的房间，以供处理斯诺登文件的记者使用。随后我们前去参观房间时，只见一位负责设备的工作人员自豪地向我们展示了位于总裁办公室旁边的一个房间。这个房间有一个特点是我特别提出要避免的——有一面墙全是窗户。坐在那里，你只需稍微动动脖子，就可以瞥见西边半条街外的一座学院派风格的豪华建筑，那是俄罗斯驻华盛顿大使的官邸。“你这是在跟我开玩笑吧。”苏丹尼说。我有些心灰意冷，要求换到一个没有窗户的地方。《华盛顿邮报》非常尽责地找了这样一处地方，安装了一把安全性能较高的锁，还在外面的走廊里装了一个摄像头，又搬来了一个保险箱。这个保险箱非常大，肯定得有400磅重。

我在纽约也购置了一个又大又重的保险箱。我为了保证工作的安全性而采取的措施繁多且复杂，有时候甚至把自己都给绕晕了，在此就不一一列举了。我们用于存储国家安全局档案的计算机更是被特别锁定。苏丹尼和我打开了两台笔记本电脑，拆掉了上面的Wi-Fi（无线网络）和蓝牙硬件，并且拔掉了电池。一旦有陌生人出现在房间门口，我们只需要拔下电源线，就可以瞬间关闭笔记本并对其重新加密。我们将笔记本电脑存放在保险箱中，并将加密密钥保存在硬件上，硬件本身也是加密的，我们每次离开房间时都会带走，甚至连去卫生间的工夫也会随身带着。我们还封住了笔记本电脑的USB接口。在我位于纽约的办公室里，我每天晚上都会把网络路由器断开并且加密。在我所有设备外壳底部的螺丝上，我都涂上了环氧树脂和闪光剂，这样万一有人趁我不在的时候动了我的设备，我就能够及时发现。（闪光剂干燥之后会形成随机的、独特的图案。）安全专家尼古拉斯·韦弗告诉我，与预防对手侵入同样重要的，是及时发现对方的侵入行为。于是，我尝试在纽约办公室的保险箱表盘上用紫外线粉末做试验。但事实证明，这操作起来非常麻烦。我把我的笔记保存在多个加密卷上，而且这些文件的排列方式较为复杂，我每天都需要先输入5个长长的密码，才能开始工作。我几乎从没有一次性输对所有的密码。我还把一个很少使用的PGP密钥的密码给忘记了，这导致有几个文件永远都无法访问了。我的行为惹怒了新闻编辑室的同事，他们只想用正常一点儿的方式来沟通与这则新闻相关的事项。

安妮·科恩布卢特曾负责监督有关斯诺登事件的报道，后来她离开了《华盛顿邮报》。在为她举办的告别派对上，新闻编辑室的同事们表演了一个短剧，声称要再现我们开会时的场景。只见在这个虚拟的会议场景中，由记者卡罗尔·莱昂尼格扮演的安妮拿出了为所有与会者准备的眼罩，并解释说，他们必须遮住眼睛，巴顿才能说话。我不得不承认这个短剧很有趣，而且并没有太过夸张。我确实是一个令人头疼的家伙。

我从不认为有任何一道关卡是绝对无法攻破的。与我相识于夏令营的一个老朋友拉里·施瓦布现在经营着一家锁具和保险箱公司。他告诉我，对于专业人员来说，破解大部分商业性保险箱所需的时间都不会超过20分钟。情报机构中往往有专门的部门负责隐秘地绕过障碍或封锁，它们利用特殊的天线，可以透过墙壁读取计算机发射的信号。我所能做的就只有层层设防，尽量让自己不那么引人耳目，坦白来说，是不像其他拥有斯诺登文件的记者那样引人耳目。我从格林沃尔德的同事那里得知，他采取的预防措施没有我多，至少在最初几个月里是这样。有个同事去拜访他，说他家里的 Wi-Fi 路由器都没有设置密码。我知道这么说不是特别厚道，但我确实由此联想到自己的问题。我不希望因为我而导致大规模文件被盗事件。无论如何，即便我不能阻止一个超级大坏蛋，但我至少可以阻止一般的窃贼，或许还可以阻止一些颇有能力的窃贼。我有义务去尝试。我设置了如此多重防护，以致光是应对这些防护措施就长时间地消耗着我的时间、精力，而且影响着我的情绪。

理查德·莱杰特曾担任美国国家安全局媒体泄密工作组的监管人员，后来成为该机构副主任。他在多年之后实事求是地告诉我，我应该想到自己的防护措施会被突破。“在我看来，无论你们这些人手中有什么东西，只要外国情报机构想要，它们几乎分分钟就能得手。”我们两人在马里兰州郊区一起吃午饭时，莱杰特这样跟我说，“无论是俄罗斯人、法国人、以色列人、英国人，还是其他国家的人。对于你、珀特阿斯和格林沃尔德而言，可以肯定的是，但凡一个成熟的国家政府试图侵入你们的计算机设备，你们根本无力抗争。而且不光是远程侵入计算机这种在虚拟世界实施的行动，还有现实世界实施的行动，比如派人晚上偷偷溜进你家里。这只是我的猜测，我并没有任何这方面的具体信息。”提到俄罗斯时，他又说：“我相信，作为斯诺登的三个主要对话者之一，你在这个国家会有一份不错的档案。”

我问道：难道你们没有在背后监控吗？或者说，难道联邦调查局没有在背后监控吗？外国间谍在追查美国的记者，难道你们没有丝毫警觉吗？我意识到，就在我们说话时，我已经做出了肯定的假设。我不太喜欢这样。

“没有，那样就构成了反向目标定位。”他说，这里的反向目标定位指的是以监控外国人为幌子，非法监控美国人。倘若没有司法授权，那就真正成了一个法律问题。莱杰特说，不管有没有证据，至少他认为这件事几乎没有可怀疑的余地。

“如果有些情报机构想找你，它们就一定能找到你。你作为个人，根本没有反抗的能力。”

此时，在走廊另一端的是弗吉尼亚州东区联邦地区法院的检察官尼尔·麦克布莱德，他发现了我。我和他必定会在这次会议上碰到，我们俩都在发言名单上。他会过来我这边吗？他会的。麦克布莱德和我对视了一下，然后他开始在房间里缓缓移动。这感觉像是在传达一种信号，他想让我看到他来了。麦克布莱德是“美国诉爱德华·J. 斯诺登案”的首席检察官。截至目前，他已经指控斯诺登窃取政府财产，另外还指控斯诺登犯下两项间谍罪。麦克布莱德称，斯诺登将“机密的通信情报信息”提供给了一个或多个未经授权的人。这些人的名字尚且保密，但其中必定有我的名字。另外两个人——珀特阿斯和格林沃尔德，都遵照律师的建议留在海外。如果政府想要抓来一个人，我是最容易的目标。

在我所属的行业内，麦克布莱德可以说已经声名狼藉了。在此之前，他曾花了三年的时间试图把《纽约时报》记者詹姆斯·里森送进监狱，只因里森拒绝在一起泄密事件中指证自己的线人。不久前，里森在最后一次上诉时败诉了。多年前，当我指责麦克布莱德针对起诉里森的事情过分热心时，他告诉我：“这无关私人恩怨，只是公事公办。”这是《教父》中的台词。我听说，他对办公室里的每一名新检察官都说过这句话。他说，联邦助理检察官分为两类，分别是《教父》电影中的两兄弟：一类就像桑尼·柯里昂，最终因性急鲁莽而丧命；另一类就像迈克尔·柯里昂，是个有思想的杀手。麦克布莱德更喜欢后者。

《华盛顿邮报》的律师告诉我，如果我惹上官司，那么遭遇应该跟里森很像。联邦大陪审团会命令我出席弗吉尼亚州亚历山德里亚联邦法院的法庭，并且展示我的笔记。如果我拒绝这么做，肯定不会有什么好下场。后来有新闻报道称，麦克布莱德的办公室还监控了里森的电子邮件和通话内容，并获取了他的信用记录和银行记录。

麦克布莱德肯定不会在这里讨论斯诺登的案件，确切地说，我肯定不会这么做。那他想做什么呢？麦克布莱德恶作剧似的冲我笑了笑，走到离我很近的地方，因为他个子比我高，所以我不得不抬起下巴看向他。

“我只是想知道你是否愿意给我的《垂钓者》签个名。”麦克布莱德说。这里他所说的是我写的那本有关切尼的书，但他手里什么东西都没有。

出于礼貌，我似乎应该配合他把话说完。

“当然。”我说。

“不巧的是，我忘记把书带来了。”麦克布莱德不动声色地说道。

这场对话中包含的全是潜台词。我想知道他到底想要传达什么信息，但又没有什么明智的方法去问。（给记者提出一个小建议：如果你的线人被指控犯有联邦罪行，千万不要和他的检察官聊这个案子。）据我猜测，麦克布莱德的潜台词应该是那句他多年前对我说过的话：如果有一天我们在法庭上见面，无关私人恩怨，只是公事公办。

就在我和麦克布莱德这次会面后不久，时任美国国家安全局局长基思·亚历山大出现在为国防部内部电视网制作的一档特殊节目中。直到后来，我才明白其中的用意。这档名为《我是间谍，不说谎》（*I Spy, No Lie*）的节目看起来拍摄水平极为业余，简直出人意料，让看节目的人有一种在偷窥的既视感。毗邻米德堡的国家密码术博物馆内部，在灯光昏暗的展厅内，下班之后的助手和后勤人员在画面中进进出出。摄像机镜头里还出现了胶带和一条明黄色的延长电线，从亚历山大所坐的那把朴素的木椅下穿过。这是一个迫不及待地想传达信息的人，他已经没有耐心等到一个专业的媒体关系团队。

亚历山大尽力让自己的体态和声音都显得没有那么严肃。他身穿一件休闲的黑色拉链夹克，佩戴着自己的四星，白色的制服衬衫最上面的一颗扣子没有系。他时不时地会反问一下主持人，比如："不知道我的意思有没有表达清楚？"这时候，画面上就会呈现出一串硕大的大写字母，意思为："是的，您表达得很清楚。"画面背景中播放着轻柔的爱国主义音乐。我把这段采访视频拿给达夫娜看，她说看起来就像是《周六夜现场》中的短剧"韦恩的世界"，场景设定就像是在平壤。

亚历山大努力控制自己的情绪，尽力展现出自己亲和的一面。面对手握斯诺登文件的记者持续不断的揭秘，任何坐在他那个位子上的人肯定都会感到困扰。亚历山大似乎已经有些无计可施了。谈及记者（而不是斯诺登），亚历山大说："倘若有人为此失去生命，应该追究那些泄密者的责任。"亚历山大认为，关于美国国家安全局实施监控项目的成本和收益，没有所谓的合法性辩论可言。"就因为那些记者放出的消息，我们才会在媒体界遭受这种打击。"他说，然而，"没有人会希望我们停止保护这个国家不受恐怖分子侵害。"他通过一个类比来说明公众没有资格提出异议。"你有孩子吗？"他问主持人。如果他们坐车的时候不系安全带，你会允许吗？国家安全局的工作就像是安全带。"你知道吗，在如何保护我们的民众方面，我们已经吸取了教训。这些项目能够帮助我们保护好民众。因此，我们不会终止，也不应该终止实施这些项目。"

就像其他官员一样，亚历山大抱怨称，那些记者根本不了解他们所写的那些东西。"这太荒谬了。"他说，"他们完全搞错了……那些记者看到一些数据，然后就匆忙得出错误的结论。”但他的抱怨中最紧迫的还是有关精准披露的问题。就在这时，事态开始发生严重偏离：他呼吁采取积极措施，制止我们的工作。

“他们的所作所为将会对我们的国家和我们的盟友造成严重的伤害，”亚历山大说，“所以我们得想办法解决这个问题……我认为，任由报纸记者拥有那些文件——那 5 万份文件或者他们手中的其他文件，并且眼睁睁地看着他们在不断出售、爆料这些文件，这是不对的。你知道，这么做是不合理的。我们必须得想一个阻止这种行为的办法。我不知道具体应该怎么做，这更多的应该属于法庭和政策制定者的责任。但从我的角度来看，这种行为是错误的。不应该再任由这种情况继续下去。”

我当时没有太仔细关注他的这些话语。“一个阻止这种行为的办法”。亚历山大想表达的是字面意思吗？后来我了解到，他想表达的确实就是字面意思。在那年秋天的会议上，亚历山大不止一次提起要发动突袭，夺取格伦·格林沃尔德、劳拉·珀特阿斯和我手中未发表的斯诺登文件。他认为，政府没有理由坐视其珍贵的秘密被泄露。在他看来，这就是常识。那些都是机密文件，政府有什么理由不把它们拿回来呢？

无论间谍小说里遇到这种情况都是怎么处理的，在现实生活中，这种直接的行动并不属于美国国家安全局的职责范围。倘若亚历山大的意见得到采纳，那可能就得出动联邦调查局。当我最初意识到斯诺登所提供档案的规模和价值之大时，所担心的正是这种情况。正是出于这种担心，我才计划制作难以被找到、获取或销毁的文件备份。当马蒂·巴伦同意将其中一份文件备份保存在《华盛顿邮报》时，我几乎感激涕零。尼克松政府曾在 1971 年试图阻止媒体发布五角大楼文件，这是一种事前限制行动，已经被最高法院驳回。但即使是理查德·尼克松也从未派遣联邦调查局去搜查一个新闻编辑室。

亚历山大的意见并未得到采纳。“他只是在表达自己的失望情绪，”4 年后，他的副手莱杰特告诉我，“国家安全局局长不负责制定政策。”他还说，在特朗普总统的领导下，“我无法预测这届政府会做些什么。在上届政府那里，这件事永远不会有任何进展”。

曾为克拉珀工作过的肖恩·特纳后来回忆说，他曾多次与国家安全局的高级项目经理进行过这样的对话。每当有记者准备披露一些新的项目时，“我就要去找到那些人，跟他们说，‘轮到你的项目了’”，特纳说，“那些人就会很生气，他们不明白为什么我们不采取进一步行动。这是政府的财产，我们明知道它在哪里，为什么我们不能去把它拿回来呢？”

在亚历山大的视频采访播出之后不久，一场合法性危机开始在官方层面显现征兆。1 月 29 日，克拉珀坐在参议院的证人席上，发表了年度全球威胁评估报告。这是他每年发表的涉及内容最为广泛的公开证词，涵盖美国面临的所有最严重的威胁。他在开场中并没有谈及恐怖主义、核扩散、俄罗斯等话题，而是谈到了斯诺登，并且有几句话引用了我的一篇报道。

> 斯诺登声称他赢了，他的使命已经完成。如果是这样的话，那么我呼吁他和他的同谋主动归还尚未被曝光的剩余被盗文件，以防止对美国安全造成更大的损害。

当“同谋”这个词出现时，我几乎就已经听不下去了。这可不是随口一说，而是提前准备好的证词，代表的是奥巴马政府的立场。这份证词之前已经报送多个部门，其中就包括司法部，进行了为期几周的审查。

“同谋”这个词是有其刑法含义的。

“我当时脑海中想到的是格伦·格林沃尔德或劳拉·珀特阿斯。”多年后，当面前吃剩的蛋白煎蛋卷残渣被清走时，克拉珀告诉我，话语中没有丝毫悔意，“他们与斯诺登合谋，帮助保护他的安全，并且有选择性地传播他手中的东西，所以在我看来，他们就是同谋。”

“我不认为自己与他们有明显的不同。”我回答道。

“那也许你也是同谋。其实这整件事情就是，一个人眼中的吹哨人是另一个眼中的间谍。”

与此类似的，还有国家安全局监察长乔治·埃拉德的言论。2014年2月，我曾两次与埃拉德出现在同一场合，我就坐在他的视线范围内，埃拉德两次将报道斯诺登事件的记者称为斯诺登的“代理人”。按照他在乔治敦大学的一次会议上的说法，我们比臭名昭著的联邦调查局叛徒罗伯特·汉森造成的损害更大。罗伯特·汉森曾帮助苏联安全部门追捕和杀害美国情报人员。会议结束后，有人介绍我与埃拉德认识，只见他双唇紧闭，颇显唐突地走开了。近两年之后，我们终于有机会进行交流，他说：“我必须承认，我以极浓厚的兴趣阅读了你的作品。”

克拉珀同意亚历山大的想法吗？

2018年年底，克拉珀对我说：“我明白亚历山大的意思。”此时，克拉珀已经从国家情报总监的职位上退休，出版了一本书，并且持续遭到特朗普总统的言论攻击。“我明白他为什么会这么说。当我还在国家情报总监的位子上时，但凡有办法追回（斯诺登）所窃取的东西，我肯定会全力以赴。但现在的我对于这种做法持保留态度，毕竟我现在是‘假媒体’中的一员。我在政府任职的时候，对这件事情的感受与现在是不同的。”不过，要将亚历山大的想法付诸实践确实存在现实阻碍。这些文件已经被珀特阿斯带到德国，还被格林沃尔德带到巴西，而且肯定也被存储在网络上的某个地方。“我不记得（这个想法）有取得过任何进展。”克拉珀说。

后来有人告诉我，国家安全局的总法律顾问拉杰什·德告诉亚历山大，不要再想着拿回斯诺登的文件了。按照德的说法，美国宪法第一修正案为我和其他记者提供了保护，无论我们的工作造成了多么负面的影响。但这其实并不正确，至少并不完全正确。真正为我们提供保护的，是美国的政治文化和管理规范，而不是法律条文。

按理来说，斯诺登文件的副本是刑事案件的证据，可以说是违禁物品，个人拥有是非法的，因此当局理应予以搜查和扣押。也许更重要的是，它们是所谓的间谍活动的成果。我想，基于这一点，当局就能够援引反情报工具，比如根据《外国情报监控法》展开秘密搜查行动，这里既包括实地搜查，又包括电子搜查。但具体是什么情况，我们无从得知，因为司法部有关这方面的政策本身都是保密的。曾经有人援引《信息自由法》提起诉讼，之后联邦调查局不得不公布了一份经过删改的《国内调查和行动指南》，其中标题为“关于获取新闻媒体或新闻组织成员的电话收费记录的国家安全密函”的部分完全被涂黑，关于依据《外国情报监控法》针对记者使用秘密搜查令的那几页内容也是如此。The Intercept网站后来公布了一份被泄露的2013年秋季的保密附录G的副本。其中称，联邦调查局在得到该局总法律顾问、一名执行副局长和负责司法部国家安全部门的副部长的批准后，可以使用秘密行政传票“识别新闻媒体的保密线人”。

我是一个有效的反情报行动目标吗？

“嗯，从理论上来说你可能是。”克拉珀告诉我，“鉴于情报界对斯诺登的看法，一个与他站在同一阵线、与他共谋的人，确实是一个有效的反情报行动目标，也就是执法目标。从情报界的角度来看是这样的。”

从严格的法律意义上来说，联邦调查局持有同样的观点。詹姆斯·科米在联邦调查局局长的位子上被唐纳德·特朗普解雇后，我曾问过科米，我的笔记和报告材料是否一度有可能被联邦调查局扣押。

“我认为是可能的，”他说，“当然，从法律上来说，联邦调查局完全有可能这么做。在巴拉克·奥巴马担任总统、埃里克·霍尔德担任司法部长的情况下，这种事情发生的可能性为零。但在特朗普担任总统、杰夫·塞申斯担任司法部长的情况下，联邦调查局完全有可能去搜查记者的住所、跟踪记者等”，以找出记者的秘密线人。不过，科米也说：“这将会背离行事规范，他们要冒很大的风险，因为这种事情极有可能会被泄露出去。”

“他们可能会说：‘我们只是在寻找犯罪证据，就像我们平时会为了寻找犯罪证据而搜查储物柜一样，所以理应能够获得这一行动的授权。’只不过这次搜查的范围是记者的计算机。从技术角度来说，联邦调查局确实能够实现这一点，但是……这最终会为公众所知，届时整个世界将会陷入水深火热。联邦调查局将面临的是规范、惯例、传统、文化层面的挑战，以及由记者施加的外部压力。会施加压力的不仅仅是记者，而是整个情报界。”

当我具体问到他对亚历山大的提议持何种看法时，科米沉默了一会儿。

“因为我了解你，所以我的态度没有那么极端。”他最后说道，“但我也清楚，那种对立的情绪确实存在。你当时确实应该多疑一些，因为外面确实有人要对付你。”

格尔曼要当心。这已经成了在美国官员之间流传的一个笑话。2014年5月，白宫前幕僚长和国防部部长莱昂·帕内塔发起了一场讨论会，我与科米的前任鲍勃·穆勒都出现在该讨论会上，来谈论斯诺登问题。

穆勒在会上对我进行盘问：国家安全局的文件不属于合法机密吗？这些文件没有被偷吗？我没有公布文件中的内容吗？我把双臂伸向他，手腕并拢，做出一副准备好要戴手铐的架势。在场的人看到这一幕都笑了，但穆勒没有笑。同年晚些时候，我在纽约萨拉托加斯普林斯一家民宿的餐厅里再次碰到穆勒。“你也在这儿啊！”他把餐盘推到一边，一副大男子主义的做派，用他那低沉有力的声音冲我说道，“我刚刚还在与人谈论我们在帕内塔公共政策研究所的活动。”

“你好，局长。”我说。

“你是在监视我吗？”他问道，然后走出门去。

要想去访问一个获得弗拉基米尔·普京统治下的俄罗斯庇护的逃亡者，需要做哪些准备？在第一次访问斯诺登前的筹备阶段，我先是找到安全领域的专家，咨询了一些几乎可以说是未经掩饰的问题：假设一名记者要前往莫斯科，没有特别的理由。（说到此处，我用胳膊肘碰了碰对方，给他使了个眼色。）他还不至于蠢到携带内容敏感的笔记，更不会携带美国政府的文件。他会带一部刚刚刷过机的旧手机、一台旧笔记本电脑，电脑的固态硬盘是全新的，里面什么东西都没有。在路上时，他不会登录自己的网络账号。他所使用的一切都是一次性的。我的疑问在于：这名记者如何能够在不被任何一国政府发现的前提下，把一些笔记、照片、录音带回国？

我和斯诺登的见面肯定会成为俄罗斯方面实施实际监控和窃听行动的目标，对此我无能为力。毕竟是在他们的地盘，要遵守他们的规则，我没有什么有效的自我防卫措施。只要俄罗斯人想监听，他们就一定有办法。但我还是会采取一些惯常性的防护措施——我会带着水溶纸，以防斯诺登想要传达一些私密信息。但临了斯诺登对于我的这一举动只是笑笑。“别费力气了。”他告诉我，“你可以当作这里的一举一动都在被监控。”

此行之前，我们进行了很长一段时间的谈判。离开香港后，斯诺登认为不再有必要与我或任何记者见面。那些文件就是新闻。那些对斯诺登持批判态度的人认为他只是想成名，后来他也确实吸引了越来越多的关注。但事实上，斯诺登对于自己的事一向不愿多谈。他只接受过两次采访：一次是就自己向世人公开身份的视频，接受了珀特阿斯和格林沃尔德的采访；另一次是他在香港的律师试图阻止引渡时，他接受了一名驻香港记者的采访。来自世界各地的媒体界知名人士向他发出了数百次采访邀请，但都未获回应。他担心我在“努力保持中立派立场”时，会对他造成伤害。他用第三人称来指代自己：“如果你像过去那样，在文章里加入一些具有破坏性的内容，那么在整件事情过去之前，我们的朋友都无法恢复过来了。”

“我不会拍你马屁的。”我回答道，“我不是你的代言人。我只是从根本上来说与你对同一件有待辩论的事情感兴趣。”

最后，斯诺登似乎终于有意向要见我了。我问他是否要给他带些东西，他说不用麻烦了。他在网上以“source”（线人）或其缩写“src”自称：“src 一如既往地以拉面和薯片为生，他有 400 本书（好像人人出门都会带书，但永远都没有时间看），他就像一只家猫，不需要太多东西……外界不知道的是，src 是一个天生的禁欲主义者，他没什么需求。”我给他打包了几罐辣番茄酱，让他可以配薯片一起吃（他曾提到过，这东西“供不应求”）。我和达夫娜在我们当地的一家老字号中餐馆吃完饭后，达夫娜打开了一个签语饼，只见签语条上印着蓝色的小字：“把你所发现的数据用在有益的地方。”我把这张签语条裱了起来。

阿纳托利·库切雷纳是一个与普京有交情的寡头，曾被任命为斯诺登在俄罗斯申请庇护案件的代表律师。他给我发来了办理商务签证所需的邀请函。但我并不是太想和他打交道，也不想让他知道我的行程。库切雷纳有一个坏习惯，之前斯诺登的家人到访时，他曾向其在俄罗斯媒体界的朋友通风报信。而我不愿意像小朗尼·斯诺登那样，一到机场就被当地电视台的工作人员包围。于是，我申请了旅游签证。2013 年 12 月 5 日上午 10 点 15 分，我抵达莫斯科谢列梅捷沃国际机场，避开了一些媒体的骚扰。

“现在你的手表显示的准确时间是几点？”那天下午，斯诺登在电话里问我，这是斯诺登第一次在真正意义上与我开口说话。我看了看手腕上的表——下午 3 点 22 分。“好。4 点整我们准时见面，到时候我会背着背包。”斯诺登当然会背着背包，他才不会把笔记本电脑放在自己看不到的地方。

斯诺登选择的会合地点是位于科西吉纳大街上的一家装修得很花哨的赌场酒店，名为“科斯顿俱乐部”。酒店的外墙上装饰着巨大的、五颜六色的闪光螺纹图案，这是在致敬拉斯维加斯。酒店大厅内摆放着一架全尺寸自动钢琴，弹奏着充满活力的流行音乐。长廊内是一个用紫色霓虹灯装饰的“女士酒吧”，不锈钢椅子、镜子、仿木镶板、仿制的波斯地毯、12 英尺高的塑料叶饰上挂的脉冲频闪灯，令人眼花缭乱。另外，现场还有羽毛。整个地方看起来就像是一场龙卷风过境，一个装满了麦当娜演唱会上用过的舞台布景的活动房屋被吹翻后的场景。

正当我试图克服这种感官超负荷的不适感时，一个年轻人出现在钢琴附近。他伪装得极为巧妙，哪怕是一张世人皆知的面孔，在这一伪装之下也可以自由穿行在人群中而不被发现。在这个热闹非凡的大厅里，任何地方都有可能隐藏着政府人员，但我并没有看到。我们握了握手，朝彼此竖起大拇指。斯诺登默默地把我带到后面的电梯。通过俄语常用语手册，他很快就订好了客房送餐服务——汉堡、薯条和冰激凌。在接下来的两天里，采访过程共持续了14个小时，其间他没有一次拉开过窗帘，也没有走出过房间一步。有不止一个国家的情报部门对他有超乎寻常的兴趣，所以他要保持低调。

斯诺登拒绝了我带摄影师一同前去的提议，认为这样会使安全问题变得更加复杂，于是我带去了一台较好的相机。他换上了淡蓝色细条纹衬衫和炭黑色西装外套。他对自己的外表非常讲究，很介意脖子两边的痣，还称它们为“弗兰肯斯坦的螺栓”[①]。我在这里为斯诺登拍下了第一组照片：画面中的斯诺登侧对我站着，旁边的镜子里映照出他的姿态，只见他站在一幅薄纱似的画作下方，画中是一个撑着白色阳伞的女人。斯诺登若有所思地盯着一个未出现在画面中的笔记本电脑屏幕，那台笔记本电脑的盖子上贴着一张贴纸，上面写着：“我支持在线权利。”我在《华盛顿邮报》上发布了这组照片后，它们便成了斯诺登的标志性图像，被转载了上千次。他坚持要拿走我相机的存储卡，确保每一帧画面都经过了他的审查之后，我才能够使用。对此我觉得很不爽，但还是试着站在他的立场上看待这个问题。这些照片和这次采访是他在沉默了6个月之后，重新走进大众视野。他所爆料的内容仍在轰动着整个新闻界。此时此刻，世界上还没有比这更大的新闻事件出现，而他正是处于这一新闻事件中心的神秘人物。

斯诺登围绕自己的隐私、安全以及我的报道主题划定了一个界限。而我提出的问题中有一半以上都触碰到了这个界限。他现在的生活条件如何？“这是不必要的问题。”他说。他在硅谷的一些支持者曾捐出“足

① 弗兰肯斯坦是英国作家玛丽·雪莱的同名小说中的主人公，他是一个疯狂的科学家，因创造出了人造怪物而著名。后来该小说被改编成多个版本的电影，其中最具标志性的版本中，弗兰肯斯坦的形象是脖颈两边分别有一个螺栓。——译者注

够支撑他活到太阳毁灭的比特币”，但他不愿指明任何支持来源。在谈到另一件事时，他说道：“你知道，这是不宜公开报道的信息，而且本质上并不相关。”“你这是不守信用。”他跟女朋友谈过了吗？“别耍我。”他说。他承认想念家里的一些小东西，比如奶昔。为什么不自己做呢？他有搅拌机吗？对此他没有承认，但也没有否认。就像所有其他电器一样，搅拌机在启动的时候会发出一个电信号。斯诺登认为美国政府正试图发现他的住处。他不想主动暴露出电磁方面或其他方面的任何线索。“举起你的防护盾，降低可攻击表面。”他说，这是他的安全准则之一。斯诺登对于美国政府的能力估计得没错。美国情报机构在侦察本·拉登位于巴基斯坦的藏身之处时，确实曾仔细研究过电发射问题。

斯诺登限制采访的内容，在一定程度上是为了控制我的报道内容。我一直在提问问题。

“你有点儿用力过猛了。”他说，“这不是一份人物介绍。你应该侧重于指出我已经付出的代价。‘看看这个家伙已经为此失去了多少东西。他放弃了自己的家庭、工作、优渥的薪水，失去了与家人的联系。’我不想让这次采访变得像是在窥探隐私，只要围绕报道主题获得足够的素材就可以了。”

在采访中途，斯诺登去卫生间的时候会随身带着他的笔记本电脑。他对我的不信任程度不亚于苏丹尼对其新女友。我看到他如此警惕，不禁笑了笑。见此状，他说道：“要保持一定程度的多疑，也许你会想，‘你知道吗？ 这可能有点太过了’。但它并不会带来任何成本。你会慢慢养成习惯，从而调整自己的行为。既然这能降低你的风险，为什么不做呢？”

我回答说，我对于自己的安全状况越来越没有信心。

“我一直在想，如果我能在这方面做得足够好的话——”我开始说道。

“——你就能保护好自己。”

“我就能保护好自己。”我附和道。

“安全。”他模仿着戏剧性的声音低声说着。

“这么看来，并没有一个纯技术性的答案。”

“但你忘了一点，虽然想到自己不能彻底安全确实挺让人沮丧的，可事实是，我今天依然能自由行走，还能与你交流，这说明在有些环境下，在有些状况下，只要你做正确的事情，并且保持谨慎，你就能赢。这并不是因为你不可战胜，而是……你真的可以赢。你可以击败他们。”

第一天的采访持续了6个小时，第二天持续了8个小时。其间，斯诺登的防备开始有些许放松。他第一次解释了为什么在前一年的春天会同意让我参与这一事件的报道。他说：“很重要的一点是，这不是一个激进的项目。”这里，他影射了格林沃尔德和珀特阿斯的政治立场。“我以为你会比较认真，但可能没那么可靠，所以我对你的审查比对别人要仔细得多。但事实是，你欺骗了我，所以我对你的审查还不够。”这里他所指的是，我曾在报纸上发表了一篇有关他的简介，暴露了他仍在使用的一个网络账号。

我本以为自己会看到的是一个四面楚歌、孤独无依的斯诺登，每天只能东躲西藏，很可能会为自己所失去的那种生活而感到懊悔不已。而事实是，这只“家猫”似乎过得很满足。

“非常有趣的一点是，只要你做的是正确的事情，至少你晚上不会睡不着觉。”他这样说道，“你可以坦然度过每个夜晚，而不会有任何顾虑。人们可能会觉得这件事会成为我的一大噩梦，但事实并非如此。对于我来说，我已经获得了个人满足，而且完成了使命。我已经赢了。只要记者能够对此展开工作，我想要的一切就已经达成。我并不想改变这个社会，我只是想让它有机会自己做出改变。我坚决拥护知情同意原则。但在我看来，我们在很久以前就已经开始偏离了这一原则。”

至于当下的生活条件，对于斯诺登来说，俄罗斯和夏威夷的相似之处多过不同之处。

“你觉得你每天会花费多少时间上网？”我问道。

“只要是我清醒的时候，都在上网。要让我离开住处真的很难，我没有太多需求。”他说，“偶尔，我会有一些事情要去做，要去看一些东西，要去见一些人，要去完成一些任务，但都必须是目的非常明确的活动，你懂的。否则，我只想坐下来思考，写写东西，与人进行（线上）交谈。对于我来说，这真的比出去看那些标志性建筑更能让我感受到生命的意义。我喜欢学习，喜欢阅读，因而互联网对于我而言极富吸引力。”

时不时地，我会向斯诺登追问档案中的未解之谜，或者针对他已告诉我的那些事情进一步询问其隐含之意。特别是，他第一次发来的那批文件中附有一个名为“README_ FIRST”的文本文件，其中提到了一个说法，一直萦绕在我的脑海中。那是一个令人震惊的断言，大概的意思是，斯诺登称他所做的事情是为了证明，即便是普通的分析人员都可以随意访问美国的任何通信数据。在没有证据的情况下，我不会让这一说法见报，而斯诺登当时并没有向我提供任何证据。

在2013年的莫斯科，斯诺登依然拒绝提供证据。“那将是失能材料。”他简略地说道。这里，他所指的是“失能开关”。他之前跟我说过，这是一种装置或安排，一旦启用，他所拥有的那些最敏感的文件会以某种方式自动曝光，至于会在何种情况下曝光，他没有说明。维基解密的创始人朱利安·阿桑奇曾在2011年公开做出这类安排——他在网上发布了一份加密的“保险文件”，并威胁称，如果美国政府做了任何有害于他的事情或关闭维基解密，他就会释放文件的解密密钥。斯诺登本人从未发出过这样的威胁，但格伦·格林沃尔德曾在一次公开的采访中这样做。“斯诺登所拥有的信息量之大，在一分钟内可对美国政府造成的破坏程度可谓无人能及。”格林沃尔德告诉阿根廷《国家报》，“美国政府应该每天祈祷斯诺登不要出事，因为一旦他出了什么事情，所有的信息都会被曝光，那才是美国政府最可怕的噩梦。”

在私下里，斯诺登将这整个观点斥责为“愚蠢的复仇言论”。从表面上看，格林沃尔德是在试图保护斯诺登。斯诺登说，按照格林沃尔德描述的方式行事是极度不理性的，因为那将“鼓励所有的外国情报机构朝我脑袋上开枪”。杀了斯诺登，公布秘密。与此同时，在最初的几个月里，斯诺登也不想给华盛顿方面太多的确定性信息。“如果你断然否认失能开关的存在，那你就消除了约束政府行为的那一丝不确定性因素。”他说，“他们在追查像格伦这样的人时已经变得谨慎得多，因为他们担心不这样做的话结果会更糟糕。”

当我追问其他某类问题时，斯诺登也会用“失能开关”的事情来应付我。他说，证据是切实存在的，而且有朝一日可能会出现，但这些资料已经不在他的控制范围之内。他没有把秘密资料带到俄罗斯，也没有解密密钥。也许存在着某种更为巧妙的末日装置。“关于这一点，我能说的之前都已经说过了。事到如今，已经有太多的心思被花费在这件事情上，我想理应给我们的朋友一点信任，他会考虑到明显的激励问题，并且会围绕这些问题进行设计。”斯诺登这样说。那么，到底存不存在失能开关？未来是否还会有更多的文件有可能被曝光？这种几乎要把人逼疯的模棱两可，正是斯诺登无法逃避的现实生活的写照。

当我们晚上休息的时候，我走进酒店的楼梯间，又往下走了两层，在一个无人的走廊里找到了一把扶手椅。我还有一件事需要在回房间之前处理了，因为我想我的房间应该已经被监控了。此时此地，我有可能正在被监控，也有可能没有，但无论如何，这已经是我能找到的最隐秘的工作场所了。

我把录音机内存卡中的音频文件移到笔记本电脑上的加密档案中，并把我所做的电子版的笔记文件进行打包。然后，我把档案进行加密。除非拥有解密私钥，否则任何人都打不开这份档案，而私钥已经被我留在了纽约的一个安全的地方。我将加密档案上传到一个匿名服务器中，然后又上传到另一个服务器中，接着上传到第三个服务器中。要从服务器上下载档案需要另一个私钥，这个私钥也被我藏在了纽约。在确定网上已经存在不止一份副本后，我便把这些加密文件从我的笔记本电脑上彻底删除，并将录音机的未加密内存卡剪成碎片。这样一来，俄罗斯当局在我的设备上就什么都找不到。在入境美国时，美国宪法第四修正案中有关搜查令状的要求并不适用，因此海关当局可能会出于任何理由对任何人进行搜查。而通过上述操作，当我抵达美国海关时，当局就不会从我身上搜到任何与此次采访有关的证据。即使是在法律的强制作用下，我也无法取回那些传输中的录音和笔记。我在心里默默祈祷自己回到家后还能找回它们。

自从第一批有关美国国家安全局的报道发布，一直有读者要求我给出一个解释，我究竟隐瞒了哪类信息。一段时间之后，我想到了一个寓言。我们假设这样一种场景：国家安全局向火星皇帝的情妇提供了读心耳环，因此火星皇帝准备入侵地球的计划被发现，并被及时制止。这种通常是电影大片的素材，可谓一个时代的独家新闻。但如果我把这件事情讲出来，理智的读者可能会出现以下 4 种反应。

> 天哪，真是太险了！
>
> 都不知道国家安全局还可以这样做。
>
> 当然，很高兴他们这样做。
>
> 现在他们再也不能这么做了，都怪你这混蛋，把这一切都告诉了火星人。

（来自火星的后续报道是那名情妇被斩首，有关耳环等一切事情都被曝光。）

当然，具体的分析过程要比这更深入。政府掌握了秘密的读心技术，这是一件危险且有争议的事情。即使我对火星上的行动守口如瓶，公众也会有强烈的诉求去了解这一技术的发展。我认为，这一寓言在这里足以说明问题。这应该是一件很简单的事情。大多数人可能都会赞同的一点是：将情妇和她的耳环的事情曝光是不对的，尤其是在事关星球征服的情况下。

在莫斯科，斯诺登和我就划定此类界限的问题展开了谈论。他提出了两种加密通信渠道。美国国家安全局能够解密其中一种，但无法解密另一种。知道可能会被监听，所以我们的对话内容较为简略。我说我的报道不会谈到其中任何一种。

“为什么？”他问道，语气与其说是争论，不如说是好奇。有关应该报道什么内容，他很少发表意见。

“因为……通常来说，我不喜欢指出弱点或盲点。”我说。

“我明白你的意思。你要想告诉所有人，就不可能不告诉那些坏人。”

“正是。在另一种情况下，你有一个特定加密标准，备受某些群体青睐。而几乎所有人都会认为，那些群体是合法的外国情报目标。我知道美国国家安全局对付那些群体时有多大本事，所以我对于披露这些东西一点儿都不感兴趣。”

在这里，我不会具体说明我选择不予曝光的那些信息。我坚信，美国国家安全局档案中的有些信息永远不应得见天日。我在前文中已经提到过，里面有一些外勤行动人员的照片、被监控对手的姓名以及他们进行通话时所使用网络的细节。美国国家安全局所获得的这些信息都很珍贵，但凡盼望美国好的人都会希望美国政府能够获得这些信息。我没有考虑过要披露这类信息，但这并不是说我从来没有遇到过棘手的情况。

毫无疑问，其他人在划定这一界限时会有不同的观点。“非该领域的专业人士根本无法估量这一损害的大小，很抱歉，你并不知道什么会造成损害，什么不会造成损害。”美国国家安全局前首席科学家乔治·科特在邮件中跟我说道，“你认为公众拥有知情权，但这种观点因为作者有限且（令人遗憾的）非专业的判断力而大打折扣。”比尔·麦克雷文、鲍勃·利特、詹姆斯·克拉珀，以及他们的许多同行都不假思索地认为，我不应该发表任何机密的信息，永远不应该，这一点不容辩驳。这个命题在他们看来是显而易见的。有关当局划定了保密界限，我就应该遵从这一界限。然而，那些主张绝对透明的人原则上反对我隐瞒任何事情。很多主流评论家写道，我应该披露更多信息，例如黑色预算中的额外细节，从而使公众在更为知情的情况下对于公共支出的优先级展开辩论。

面对来自各方的批判之声，我并未进行权衡。我一直认为这一争论是非常荒谬的。从逻辑上讲，它可能意味着我每次所做的选择都是错误的。权衡新闻的价值与潜在危害，这必然是一项有争议的工作。在我看来，这一责任是无法回避的。有道德的新闻工作者不会将其了解到的每一个秘密都公之于众，但也不会将政府的判断作为最终标准。

很多人听到这里都会感到惊讶——我们在这个问题上竟然有选择的余地。在这些人看来，公布机密信息是非法的，或者公布机密信息应该是非法的。事实上，当前美国的法律状况并非如此。根据美国现行的法律惯例，一个受政府委托掌握机密信息的人一旦将机密信息提供给未获得相关安全许可的人，就可以以间谍罪被起诉，即使这些信息是被提供给记者而不是外国情报部门。但是，记者从未因为公布这些机密信息而被追究刑事责任。鉴于言论自由和出版自由在美国宪法体系中处于核心地位，人们普遍认为美国宪法第一修正案禁止提起此类起诉。出于同样的原因，没有任何一项法律禁止发布虚假信息（诽谤等少数情况例外）。同样，公布他人窃取的信息在法律上也不属于非法贩卖赃物。

然而，《华盛顿邮报》的律师曾警示我，现在事情出现了反转。之前，美国政府从未试图根据 1917 年《间谍法》起诉记者或出版人。该法案起草得非常宽泛，可以理解为，一切关于“国防信息”（无论保密与否）的新闻报道都是被禁止的。没有人知道根据对美国宪法第一修正案的解读，此类起诉是否会成功。2019 年年中，特朗普政府决定测试一下。在一份针对维基解密创始人朱利安·阿桑奇的公开起诉书中，司法部指控阿桑奇犯有 16 项间谍罪，其中 3 项罪名完全是基于他将秘密信息“通过在互联网上发布的形式曝光给全世界”。也许你会质疑是否应该将阿桑奇视为“记者”，但这种区别在法律意义上并不重要。就阿桑奇被指控犯罪的要件——向公众披露秘密信息而言，我对于斯诺登提供的有关国家安全局档案的所作所为，与阿桑奇并无本质区别，只不过我在所披露的内容方面更具选择性。如果阿桑奇因为发布秘密信息而被引渡、审判、定罪，并且该判决未被最高法院驳回，那么针对国家安全领域的调查性报道的环境将会发生明显改变。截至我写作本书时，这一天尚未到来。

斯诺登事件发生时，我对这些问题做了很多思考。我在牛津大学攻读硕士学位时，在学位论文中所探讨的主题就是：国家安全背景下的“知情权”在民主理论中的基础。我曾两次在普林斯顿大学教授一门名为“保密、问责与国家安全状态”的课程。其间，我邀请了一些嘉宾来参加我们的研讨课，其中就包括美国国家安全局前信息安全主管迈克·莱文，他曾在镜头前称我为“叛徒”。在每次长达三个小时的研讨课结束后，大部分嘉宾都赞同一点，那就是在某些情况下，披露保密事实是正确的做法。

倘若美国政府有意使美国军队暴露在核辐射之下，只为了解其医疗效果，那么我们应该怎么办？这是在二战之后真实发生的事情。1947年，美国原子能委员会的一名负责人在一份备忘录中写道：“希望不要公布任何涉及人体实验、可能对公共舆论产生负面影响或会招致法律诉讼的文件。”这份备忘录直到1994年才被曝光。“涉及这种工作领域的文件理应被列为‘秘密’等级。”如果记者知道了其中真相，是否应该将其隐瞒下去呢？

倘若美国政府故意将淋病和梅毒传染给危地马拉的性工作者，我们该怎么做呢？这也是真实发生过的。美国政府于1946—1948年实施了一些极其非人道的实验。当发现性工作者传播病毒的速度不够快，未能满足其科学研究之需时，他们便将“研究方法改为直接对士兵、囚犯和精神病院病人进行病毒接种”。美国政府在2010年曾公开承认这些行为，并为此道歉。

倘若有一项秘密军事调查，发现美国存在“许多残酷、公然、肆意虐待”外国被拘留者的犯罪事件，违犯了《日内瓦公约》和《统一军事司法法典》，我们又应该怎么做呢？这些事件就发生在2003年的阿布格莱布监狱。安东尼奥·塔古巴少将的这项调查的保密等级被归为“秘密//仅限国内公民访问”（SECRET//NOFORN）。就连国会的监督委员会收到的文件都是经过编辑的版本，直到后来发生了一次未经授权的泄密事件，未经编辑的文件版本才被曝光。此外，政府还在秘密监狱中对基地组织嫌疑人施以酷刑，下令对美国公民实施未获授权的监控行动，并在有关伊拉克境内大规模杀伤性武器的情报中撒谎。这些事件后续也遵循了类似的曝光路径。政府官员对于自己不愿或不能做出合理解释的信息，通过保密标记来进行隐瞒。这些都是具有历史意义的事件，在政治层面和法律层面都具有较大的影响力。但在新闻报道冲破保密障碍将其曝光之前，它们都未能接受公众的监督。

我自认为在这个问题上所持的观点是相当温和的。当面对要不要对某件事情进行保密的问题时，将其印上保密标记并不能反映全体公众的利益。即便在上述例子中，保密是出于合法的目的，也不可否认它妨碍了对相应选择进行追责。“冷战时期的保密行动变成了一种习惯。”行政保密领域的权威历史作家玛丽·格雷厄姆写道，“总统们扩大了监控范围，旨在抓住间谍，发现敌方的秘密。但与此同时，他们也隐瞒了自己的精神或身体缺陷，掩饰了自己的道德失范，遮蔽了自己侵犯普通公民隐私的行为，掩盖了自己削弱政治对手的非法手段。”自20世纪50年代以来，出现了许多研究保密问题的两党小组，其中最著名的是莫伊尼汉委员会。该委员会发现，保密制度“经常被用于剥夺公众了解决策过程的权利，而不是被用于对情报活动和其他高度敏感的事项进行必要的保护”。

让我们考虑一个简单的问题。美国国家安全局违反自己的隐私规则的行为有多么频繁？该机构对于那些“合规事故”保有内部统计数据，但这些数据属于机密信息。所谓机密，理应是指一旦泄露就会危害国家安全的信息。为什么单单一个数据、一个简单的错误统计，就应该被视为国家机密呢？一个更难解释的现象是：司法部在为国会和外国情报监控法院准备的一份类似的合规报告中，将同样的统计数据的保密等级归为“绝密 // 特殊情报”（TOP SECRET//SI）。这产生了非常实际的影响。国会工作人员中很少人拥有高级别的安全许可，因而大多数办公室中都无人有资格阅读合规报告。你可能会怀疑，有人巴不得看到这种情况。

国会议员经常因无力监督行政部门的秘密机构而深感失望。面对你自己压根不知道如何问出口的问题，即使拥有宪法授权，你也很难让别人做出回答。“你一开始只能随便抛出一些问题，”我曾听到议员贾斯汀·阿玛什在解释国会为何会在监督监控行动方面遭遇失败时这样说道，“政府拥有月球基地吗？政府拥有一只会说话的熊吗？政府拥有一支机械人军队吗？如果你压根都不知道政府可能拥有什么，那就只能靠猜测，这就变成了可笑的20个问题[①]的游戏。”

有时候，有些官方秘密其实并不重要，只因出于习惯而被归为秘密。美国科学家联盟的史蒂文·阿弗特古德曾经翻出一本海军洗衣和干洗手册，上面盖有“秘密”的标记。在斯诺登的文件中，我发现了另一个典型的例子。下面是从2003年制作的一份演示文稿中摘取的一个比较完整的段落，它被列为“绝密”信息。

（“绝密 // 特殊情报”）1979年11月4日，一群伊朗学生冲进美

① 该游戏的规则是，一名游戏参与者在脑海中想到一样东西，其他参与者可以通过向他提问20个问题猜出他所想的东西，但所有问题只能用“是”或“不是”来回答。——译者注

国驻德黑兰大使馆，并将外交人员扣押为人质。学生的行动很快遭到伊朗革命政府的制裁，美国和伊朗就 52 名美国外交官被扣押的问题形成了对峙局面。这一局面持续了近两年，直到 1981 年 1 月（罗纳德·里根总统的就职日那天），这些人质才被释放。

在现代历史上，很少有事件比伊朗人质危机被新闻媒体报道得更为全面。然而，在距离事件发生已经过去 20 年之后，美国国家安全局内部依旧有人认为，公开提起该事件会“对国家安全造成极为严重的损害”。根据第 13526 号行政命令，这正是划分“绝密”等级的法律标准。

在海量的保密信息中，这些例子既不属于稀奇古怪之列，也并非具有代表性的样本。其中也有很多合法的秘密，这里我们所说的合法是指这些秘密一旦被披露就会带来可预见的糟糕结果。但并非所有的保密信息都满足这一标准，在有些情况下，这一因果关系仅仅存在于假设层面，是有条件的或者不甚明确的。有时候，所谓的信息披露会造成的损害是存在争议的。如果因为披露美国政府的秘密行动而得罪了盟友，引发了诉讼案件，造成了立法层面的压力，导致美国国家安全局招募新员工的数量减少，或者导致私营企业对其电子邮箱服务器进行加密，这算不算造成损害？在斯诺登事件之后，所有这些情况都发生了，而且其中任何一种情况都有可能导致信息搜集的数量减少。但如果真的是这样，那么在我们的管理系统中，结果就是一项特性，而不是一个漏洞。外交、法律、政治和自由市场都在如期运作。

以上所述并不是要否认有关斯诺登所提供档案的报道（包括我自己所做的有关这一档案的一些报道），对美国国家安全局的行动所造成的实际损害。具体的细节我不清楚，因为这种损害本身也会被列为保密信息。但我不愿意装模作样地称，自己原以为这些秘密被曝光之后不会产生任何不良后果。“我希望，你不要自欺欺人。”美国国家安全局前分析师艾伦·杜告诉我，“尽管你也做出了很多努力，但你确实已经对他人所做的一些有价值的工作造成了负面影响，实际上是对很多工作都造成了负面影响。你可能会说，要在不利环境中破除那种具有破坏性的、不透明的状态，这是必须要付出的代价。但你也应该知道，你所做的一切也是有代价的。”

身在莫斯科的斯诺登拒绝在这方面做出任何让步。“那些绝对拥有最强烈的动机去诋毁报道、夸大这件事情的危害、编造负面影响的人，实际上并没有这么做。”他告诉我，“他们没能这么做，根本没有证据表明事情在往坏的方向发展。”

我反驳说，一些监控目标肯定已经改变了行踪。斯诺登则说，我根本没有意识到，在信号情报领域，没有什么东西能长期保持不变。全球电信系统是人类有史以来所打造的最复杂的系统，它的物理架构和虚拟架构都是持续变动的。脸书调整了一项协议、思科更新了固件、谋智（Mozilla）修补一个漏洞、俄罗斯有人更换了路由器等，有无数事件可能发生。但凡其中一件事情发生，美国国家安全局工具箱里的东西就不能用了。但据斯诺登说，每一次改变也会带来新的机会。“情报来源和情报获取途径每天都在消逝，”他说，“它们消逝的原因与泄密、行动安全或类似的事情毫不相干。这只是情报过程发展的自然结果。美国国家安全局和情报界负责产生新的情报来源和情报获取途径。”

在一定程度上，斯诺登和克拉珀在这一方面有可能达成共识。在我前往莫斯科之前不久，克拉珀就斯诺登泄密事件在最初几个月所产生的影响，向国会议员做了简报。据他所说，情报界已经对重大安全泄密事件发生当时的损害评估进行了追溯复核。历史表明，早期的分析夸大了这些泄密事件的危害。在泄密事件发生后，情报机构通常立即断定这会使其项目退回至10年前甚至更早。事实证明，这一般都与事实不符，尤其在信号情报领域，因为该领域通常都会找到重新获取目标的方法。“人们必须要进行通信，”克拉珀在闭门简报中说，“他们想要进行通信。他们一定会犯错误，而我们会利用这些错误。”

不过，克拉珀所说的找到重新获取目标的方法会产生很大的机会成本。因为会有大量的资金和劳动力被用于评估和修复国家安全泄密事件（比如斯诺登事件）的损失。在这一点上，没有人能够提供太多的确定性信息。与此同时，美国国家安全局也可能会错失一些原本有可能拦截到的信号情报。披露秘密（有时）会产生代价和危害，同样，对公众保密（有时）也会产生代价和危害。

从根本上来说，国家安全保密工作其实体现了核心价值观的冲突：自治和自卫。如果我们都不知道我们的政府在做什么，那么我们就无法对其进行追责。一旦我们知道了我们的政府在做什么，那便意味着我们的敌人也知道了，而这就可能会带来一定的危险。我们所面临的正是这样一种困境。战争时期，安全的价值达到顶峰，因而就更需要保密。然而，保密对自治的危害也是在战争时期达到最大值，因为发动战争本事就是一种典型的政治选择。

我们如何应对这个难题，应该由谁说了算？我想到了一长串名字，但这些人都无法胜任。先以我为例，我没有资格评估任何特定国家安全信息被披露所带来的危害，而且我也无法对结果负责。而至于公众究竟需要获知哪些信息才能对政府进行追责，总统及其所任命的官员则并无资格来做出这一决定。我并不是说他们不擅长这项工作，而是说，在一个追求自治的国家，如果总统以法律规定的保密权为由，根据个人喜好有选择性地向民众隐瞒信息，从原则上来说，民众是不会接受的。

在美国的保密和泄密生态系统中，我们大致存在两个相互影响的不合格当事方。双方都无权单独决定应该对哪些信息进行保密。政府试图保守自己的秘密，而且通常都能成功。记者则会试图找出政府的部分秘密。从表面来看，新闻中似乎充斥着未经授权而被披露的信息。但相较于数百万拥有安全许可的人员每年所做出的数十亿次保密选择，被披露的信息只能算是九牛一毛。真正导致严重后果的泄密事件更是极为罕见，在秘密的汪洋大海中显得微不足道。上述生态系统在竞争与合作相结合的过程中处理这些泄密事件。传统的主流媒体以及许多新的媒体机构在考虑发表一些敏感的内容时，都会尊重政府的意见。我们会通过协商找到一种中间路径，这通常都是经过双方同意的，虽然这种同意有时候会带有一定程度的勉强和默认的成分。

2018 年，我与克拉珀共进早餐时，我开始解释《华盛顿邮报》是如何处理这种事情的。我想问他如何评估这个过程，但我一句话都还没说完，克拉珀就失去了耐心。

“你知道吗，巴顿，你的话在我听来就像是，在事情已经过去四五年之后，你仍在试图让我相信你是一名负责任的记者。”他打断了我的话，如此说道，“而我的观点是，在情报世界，从保护情报来源和情报获取途径的角度来看，这不是一个可靠的标准。”

“我只是想问——”我刚想说话，克拉珀就开始继续说下去，他已经有些气急败坏。

“你让我们来做判断，好吧，以前的巴顿·格尔曼是个好人，他会保护我们。现在的巴顿可能会保护我们，也可能不会。其他人也许不会保护我们。”

我想说，你说得没错。有时，你会遇到像 2016 年“影子经纪人”泄密事件那样的情况，当时不明身份的各方在网上公布了美国国家安全局一整套最有力的软件漏洞。这一事件所造成的影响是毁灭性的，很可能比斯诺登事件带来的影响更严重。这一泄密事件的唯一目的似乎就是搞破坏，并将责任推到美国国家安全局身上。我想要跟克拉珀谈论的就是，这一过程应该如何运作，才能使得记者和政府都能做出最好的选择。

我声称，记者一旦有所发现，进行协商是最好的选择。克拉珀反驳了我的这种说法。按照他的理解，在那种情况下，更可靠的信息控制机制已经失灵了。我不会归还斯诺登所提供的档案，也不会将基于此档案所做的报道全部撤销。但我并不想肆意地造成破坏。尤其是，我决意在对自己当下的处境没有十足把握的情况下，不轻易冒险。有时候，对于任何一起信息披露事件中都要考虑的公共利益平衡问题，我会持有不同意见。但我必须知道政府眼中的风险是什么。随着斯诺登事件的发展，我发现很多时候都可以在不削弱新闻价值的前提下，删除相关机构所介意的细节信息。

例如，在一则报道中，我想指出一个有争议的监控计划产生了有价值的情报，以此来给政府加分。其中三个最典型的案例很显然是不适宜发布的，因为一旦提到它们就会破坏针对美国一个重要对手所展开的正在进行中的、富有成效的信息搜集计划。格伦·格林沃尔德和劳拉·珀特阿斯对这个三个案例都有所了解，但俩人都各自决定不予发表。（我也是后来看到他们都没有发表才知道这一点。我们之前并没有针对此类决定进行过协商。）我和朱莉·泰特一起处理一大堆截获的情报时，她注意到有 4 名所谓的恐怖分子嫌疑人（当时都已经要么丧命要么被拘留了）。之前这些嫌疑人的位置被锁定，都要归功于一些监控工具，我想要报道的正是这些监控工具。于是，我走进克拉珀的办公室。既然现在这些人已经不再是逍遥法外的威胁因素，还有什么理由不能在报道中提到这 4 个人的名字吗？中央情报局率先给出了一个答案，要求我们在报道不能提及其中两个人的名字。那里的官员提出了一个不便公开的理由，解释了他们的担忧，我们认为很有说服力。于是，《华盛顿邮报》同意不提这两个人的名字。最后，我们公布了另外两个人的名字，对此中央情报局没有提出反对。

进行这类协商的最大障碍是政府自己设计的一个陷阱。按照规定，保密信息只能通过安全的政府通信渠道进行讨论。因为我没有相应的安全许可，所以不能使用这些通信渠道。因此，当无法面对面沟通时，美国国家安全局和国家情报总监办公室都坚持要求我们通过普通的电子邮件或者电话来谈论那些最为惊险的秘密。对于我来说，这种行为简直不可理解。他们怎么会想要这么做呢？从他们的角度来看，他们唯一的目的就是找出那些他们认为一旦被披露就有可能造成危害的信息。

几个月来，我一直向与我直接对话者，比如美国国家安全局女发言人范妮·瓦因斯提出请求，要使用商业性的、现成的加密软件或硬件来进行对话。国家情报总监办公室的发言人肖恩·特纳在斯诺登的爆料开始之后不久，就致信白宫发言人凯特琳·海登，提到“格尔曼希望就他所掌握的信息进行沟通时变更原来的沟通方式。他要求我们要么面对面交谈，要么使用工具作为协助”。事实上，我在一开始就已经提出了这一要求。经过政府认证的加密技术是可以被卖给任何人的。但凡采取一点儿防护手段，都好过完全无防护。瓦因斯的工作地点在马里兰州的米德堡，而我住在纽约。大多数时候我们都无法面对面交谈，而且我们经常需要与身在其他州的人一起召开电话会议。8个月后，瓦因斯告诉我：“我们清楚你的担忧。它已经被多次提及。但我们不能给你一个答案。”

在通话未受到任何保护的情况下，我们只能采取尽量隐晦的方式进行表达。

我们上周讨论的那件事……不是，是另一件事，关于那个国家的那件事……有三个音节……第四段，第四行……那个以动物命名的项目……

我曾经听到自己有一次对时任美国国家安全局副局长克里斯·英格利斯说道：“有一张流程图，上面有两个押韵的词，在这两个词之间有一个首字母缩略词，位于一个方框旁。那就是你所说的能力吗？”

有一次，我想询问的是一大批似乎未经处理的拦截信息。上面没有页码，没有作者，没有标题，我也想不到什么方法能够在电话上通过三言两语就向对方表明信息的内容。文件有好几十页，瓦因斯建议我给他们发邮件。不可能，我说。我们来来回回讨论了几轮。最后，我同意发给他们一个加密的压缩文件。我没有在电话中直接说明，而是向瓦因斯暗示了一句长且复杂的话语。那就是密码，我告诉她。

第二天，瓦因斯打来电话，说她打不开这个压缩文件。“我这里的信息技术人员说他们不知道出了什么问题。”她说。

你那里的信息技术人员？国家安全局的信息技术人员打不开一个压缩文件？

“你能不能再发一次，换一个简单点儿的密码？”她问，“‘abc123’怎么样？”

她竟然提出这种要求，我拒绝了。最后，我请我在《华盛顿邮报》的研究搭档朱莉·泰特打印了纸质版文件，并送到报社外的华盛顿特区西北区第15街，亲手交给了国家安全局的信使。那个负责取文件的人坐在车里，朱莉在把装有文件的信封交出去之前，要求他出示证件。他简直不敢相信自己的耳朵。“你就是那个……”他吞吞吐吐地说，然后直接闭嘴，拿出了自己的国家安全局工牌。整个场景都显得那么不真实。

我第一次听到“初果”，是一个秘密线人让我去网上搜索这个词。结果我搜索到的都是博客中出现的一些有关恐怖阴谋的胡言乱语。根据其中的说法，小布什政府开展了一项非官方的间谍项目，其工作内容类似之前民主德国的斯塔西[①]。据称，“初果”项目负责监听记者、持不同政见者、国会议员以及其他对全球主义秩序构成威胁者。有一些版本的说法是，该项目标记了那些逮捕行动或暗杀行动的受害者。

就连颇受欢迎的左翼舆论网站“每日思科”（Daily Kos）都在其不受审查的“社区”栏目中收录了关于“初果”的故事，热度极高。据我所知，这些故事都出自一个名叫韦恩·马德森的人所发布的一系列帖子。外界对于马德森有一个非常恰当的描述——“一个完全承袭了亚历克斯·琼斯[②]风格的偏执的阴谋论者，经常出现在琼斯的广播节目中”。（马德森曾报道称，外国情报部门有证据证明奥巴马的出生证是伪造的。之后他又做了一个后续报道，名为“奥巴马政府希望韦恩·马德森被杀”。）我读了一点儿这些立场极端的内容，得出了一个结论：“初果”是一个怪胎的黑暗幻想。

后来有一天，我在斯诺登提供的档案中发现了自己的名字。新闻界的神灵仿佛在冥冥中再一次提醒我，点滴的真相总是出现在最不可能的地方。包括谈及我的那份文件在内，一共有16份文件，将“初果”定义为一个反情报数据库，负责追踪新闻媒体界未经授权的信息披露事件。马德森的博客文章中充斥着荒诞不经的指责，例如，他称美国国家安全局依靠“初果”项目“堵住秘密信息或其他信息被泄露的出口，这些信

① 斯塔西是之前的民主德国国家安全局，曾经被认为是世界上最有效率的情报和秘密警察机构之一，它建立了一套完整的监视网络和控制体系，搜集了海量监控档案。——译者注

② 亚历克斯·琼斯是美国极右翼网站“信息战”（InfoWars）的创始人、阴谋论者、美国网红新闻主播。——译者注

息指向美国政府曾参与了2001年的‘9·11’恐怖袭击事件”。即便如此，马德森的文章中确实透露了三件之前从未被公开报道过的事情：美国国家安全局确实有一个名为“初果”的数据库；它是关于新闻泄密事件的；它位于美国国家安全局信号情报部门内部的一个名为“否认与欺骗”的文件夹中。

根据美国国家安全局高级主管约瑟夫·J. 布兰德所准备的绝密简报材料，“初果”这个名字来源于一个表达——“我们劳动的果实”。布兰德是打击泄密事件的主要倡导者之一，他写道：“如今的对手比以往任何时候都更了解信号情报的来源与方法。”一些具有破坏性的信息披露源自美国政府自己的官方通信渠道。例如，如果华盛顿方面告诫莫斯科方面，要求其停止资助这个国家或那个国家的叛乱分子，这种告诫行为本身可能就暴露了美国国家安全局所获取的信息。布兰德称，这种情况发生的频繁程度简直出人意料。根据他的统计，1999年至2002年年初，共有399次这类“交涉”（也就是所谓的正式外交信函）将消息来源或方法置于危险的境地。还有一些秘密是被外国间谍泄露的，布兰德写道，但“最常见的情况是，秘密是通过媒体被披露的”。他列举了4个“公然的媒体泄密者”——《华盛顿邮报》《泰晤士报》《纽约客》《华盛顿时报》。“初果”项目旨在“大幅降低我们的信息搜集能力所遭受的重大损失”。

用美国国家安全局的话来说，曝光监控信息的来源或方法就意味着“密码方面的安全没有得到保障”。如果曝光行为导致了所搜集信息减少，那就代表造成了“损害”。我完全能够接受有些信息一旦被泄露确实会造成损害的说法。但布兰德的这一说法，就如同政府的许多公开声明一样，总让人觉得有些不妥。

截至目前，在针对这个问题展开的辩论中，人们最常提出的一项指控是，记者曾导致当局在通过本·拉登的卫星电话获取通信情报方面遭受了巨大损失。毫不夸张地说，这件事奠定了情报界对于新闻媒体的认知基调。据我发现，这项指控是由白宫新闻发言人阿里·弗莱舍于2002年首次公开提出的，其依据是布兰德在一份机密报告中列出的一系列事件。根据弗莱舍的说法，有一家报纸在报道中指出，美国国家安全局可以“通过卫星电话监听本·拉登”，从而导致这名“基地”组织领导人放弃使用卫星电话。在接下来的几年里，小布什总统和多名官员都重复了这一论断。

对于这一事件中的涉事媒体《华盛顿时报》，我并没有任何主观偏向。但几乎可以肯定，将卫星电话监控行动的“破产”归因于该报社的报道的说法是不真实的。这种说法所依据的情况纯属巧合。1998年8月21日，《华盛顿时报》刊登了一篇关于本·拉登的简介，其中第22段写道：“他通过电脑和卫星电话与世界保持联系，偶尔接受国际新闻组织的采访。”在这之后不久，本·拉登就不再使用卫星电话。在纪录片《保密》（*Secrecy*）中，包括中央情报局的詹姆斯·布鲁斯在内的一些美国官员称，是因为记者透露“我们拥有拦截能力”，吓到了本·拉登。直到本·拉登消失几周后，才有报道指出这一点。事实上，自1996年以来，本·拉登使用卫星电话这一事实曾多次出现在公开报道中，就连本·拉登自己也从未试图隐瞒这一点。1996年12月，美国全国广播公司播出了这名“基地”组织领导人手拿电话摆拍的画面。1997年，在接受美国广播公司（ABC）新闻网采访之前，本·拉登的助手居然让ABC的一名掮客给本·拉登带去一块备用的卫星电话电池。

那么，为什么本·拉登在1998年夏突然停止使用卫星电话了呢？对此，我们可能只能根据当时的情况来推断。其实，当时的情况能够暗示许多信息。1998年8月20日，也就是《华盛顿时报》的那篇报道发出的前一天，美国对“基地”组织在阿富汗的训练营和苏丹的一家工厂发射了大量巡航导弹，所攻击的目标中有一处建筑是本·拉登近期刚访问过的。自此之后，本·拉登就开始藏身地下，放弃使用可能会暴露其位置的电子通信设备。事态发展至此，将原因归咎于一篇新闻报道，而没有考虑到是因为美国之前的行动使得本·拉登差一点儿丧命，这从逻辑上来说未免有些牵强。不知何故，这一原因在情报界成了不可动摇的信条。

根据布兰德提供的美国国家安全局文件，2001 年，该机构“遣散”了一群泄密事件追踪人员，并将新的工作岗位分配给了一个负责处理外国否认与欺骗行为的机构。中央情报局局长设立了一个跨机构的“外国否认与欺骗委员会”。布兰德写道，有关该项目的记录始于 1995 年 5 月，随着项目规模日渐壮大，它“利用外国否认与欺骗委员会的资金雇用了一个承包商，来打造一个外国信息数据库（‘初果’）”。其主要目的之一是向“负责调查媒体泄密事件的司法部特别工作组”提供有关会造成不利影响的新闻报道的信息。

“初果”项目共调查了 49 起新闻泄密事件（其中有 3 起事件涉及我），并且形成了“提交给司法部的犯罪报告”。这时的联邦调查局则面临着一个难题：它被要求调查的究竟是什么罪行？针对公职人员未经授权向记者披露信息的行为，国会从来没有通过一项有针对性的、明确无疑的法案。英国制定了《官方保密法案》，而美国则没有类似的法案。美国政府雇员需要签署一份承诺保护秘密信息的保证书。如果违背了这一承诺，他们可能会被吊销安全许可或者失去工作。这些都是民事处罚。有可能涉及刑事处罚的情况是被指控盗窃或者非法占有政府财产。然而，在法律层面与上述情况最为接近的，也是此类案件中最常被起诉的罪名是间谍罪。

有些人认为，这是有一定道理的。一个秘密一旦被泄露，潜在的损害就已经形成。从美国国家安全局的角度来看，损害就是损害。外国对手从间谍那里与从公开的新闻报道中得知这个秘密，并没有太大的差别。曝光情报来源或方法的情况是一样的。在其被曝光之前，美国国家安全局拥有一个有价值的情报来源或方法，在其被曝光之后，它便失去了这一情报来源或方法。

但从其他方面来说，将新闻媒体泄密事件比作间谍活动是非常可怕的。从事间谍活动与将信息告诉记者，这两种行为的性质是完全不同的。一方面，我们日常生活中所理解的间谍是代表其他国家窃取美国秘密的人，他们希望我们的政府永远不会意识到这些秘密已经被泄露。他们所服务的对象是单一的，而且是不为大众所知的。正如《间谍法》中对这一罪行的定义，他们的目的是“使该信息被用于给美国带来损害或者给外国带来好处”。另一方面，新闻线人向记者提供信息，目的是将该信息披露给广大民众。他们想让所有人都知道这一信息。他们也许会怀有自利的动机，但无论如何，他们都普遍持有一个理念：将信息披露出来将会使自己的同胞受益。

我并不是要对此展开法律层面的争论。已经有新闻线人曾以间谍罪而被审判和定罪。不过，这一罪名还未被明确写进法律。新闻线人的行为从根本上来说可能就属于纯粹的举报，但因举报人被强行塑造成了间谍，举报行为的性质也因而被改变。如果新闻调查被等同于间谍活动，那么乔治·埃拉德称我为敌方代理人，詹姆斯·克拉珀称我为斯诺登的同谋，也就合乎逻辑了。从这一点来看，政府针对记者行使最具入侵性的反间谍权力，也完全可以理解了。

当我援引《信息自由法》和《隐私法案》提出申请，要求获得我在国土安全部、司法部、联邦调查局、国家安全局、中央情报局和其他政府机构的档案记录副本时，我就想到了这一切。虽然我曾经就此事和斯诺登开玩笑，但我最终还是郑重地提出了申请。对于我的申请，大多数机构以各种理由故意拖延。这种情况持续了两年多之后，我在 2016 年提起诉讼，要求强制机构执行这些请求。

《信息自由法》存在一些局限因素，它规定了 7 类豁免情况，并且为政府的拖延行为提供了无数借口。尽管如此，我还是从“格尔曼诉国土安全部等机构案”中得到了一些有趣的教训。例如，当我要求中央情报局提供有关我的档案文件时，该机构给出了一个所谓的“格劳玛回应”（Glomar Response，即既不证实，也不否认）。“针对你所要求的档案记录的存在与否，中央情报局既不能予以承认，也不能予以否认。”中央情报局告诉我，“你所要求的档案记录存在与否目前处于保密状态。”国土安全部办公室称其目前一共保有 435 份关于我的文件，并在一份保密的、单方面的解释文件中给出了理由，而我在出版自由记者委员会的律师都无权阅读这份解释文件。我在另一份文件中了解到，国土安全部的员工针对 1983 年以来我乘坐的所有国际航班，编写了一份长达 76 页的报告。当我在国外执行完报道任务之后回国时，海关检查人员会暗中搜查我的托运行李，而且这种事情不止发生一次。文件中给出的执行这些搜查行动的原因和结果，都是经过修改的。海关和边防巡逻部称，真实的原因和结果一旦被披露，“执法调查或起诉的技术和 / 或流程就会被曝光”。当《华盛顿邮报》因为有关斯诺登事件的报道而获得一些奖项时，情报官员们在一个跨机构的邮件链中大发牢骚。“你们能相信吗，有朝一日普利策奖的揭晓竟然会如此令人讨厌。”针对如何回应我提出的请求或者我所做的报道，有数百封电子邮件记录了幕后各部门的反应及其内部辩论过程。政府要求法院以审议特权为由扣留所有这些记录。

通过《信息自由法》，我还了解到一些其他的信息。之前，每当我需要为了一篇报道而寻求意见时，我的做法通常是先构思出一些具体、确切的问题，然后将这些问题通过电子邮件发给相关部门的发言人。我这么做的目的是避免误解，同时使对方不容易回避问题。当我依据《信息自由法》提起诉讼时，我收到了政府内部有关我的通信信件。从这些信件中我发现，一直以来发言人都会将我的邮件转发给联邦调查局。公共事务部已经将其工作完全归入执法部门。那些新闻发言人甚至都不是出于被动的要求，而是主动这么做的。“以下是记者巴顿·格尔曼和国家安全局与国家情报总监办公室公共事务部之间的通信内容。”一名高级情报官员在2013年12月21日写给国家反情报执行办公室（NCIX）的一名管理人员的邮件中说道，“在该邮件中，格尔曼提到了他与爱德华·斯诺登的对话……不知道这些邮件对于国家反情报执行办公室是否有用？”

那名管理人员回复到：“这类通信内容对我们来说很有用。我们会确保将它们送到联邦调查局的调查组。”于是，负责信息分析和信息搜集管理的副局长助理便把我的邮件转发给了信息分析与生成工作组的组长，组长又将邮件转发给了联邦调查局总部的某名工作人员。“根据相关要求，需要将以下内容分享给相关的联邦调查局联络点。现将原邮件转发于你，以便你能酌情转达。”那名组长写道。自那之后，我的所有邮件就常规性地被转发给联邦调查局。

截至目前，在相关机构根据《信息自由法》所披露的文件中，没有一个文件承认“初果”项目的存在。不过，在对政府要求法院禁止我接触的那些文件的描述中，我还是发现了两条线索。我在上文中已经提到，外国否认与欺骗委员会雇用了一个承包商来管理数据库，该数据库追踪了将要接受刑事调查的新闻报道、记者、线人等。面对我援引《信息自由法》提出的请求，政府以保护承包商的“商业秘密”为由，拒绝提供一些信息，并以极为平淡的语气将这些信息描述为“由非官方的外部供应商根据合同编写的、基于情报新闻报道总结而成的、受到版权保护的新闻简报”。

其中最令人不安的一点在于，诉讼案件中所暗示的联邦调查局拒绝披露的那些档案记录的性质。根据联邦调查局信息管理处处长戴维·M.哈迪提供的一份宣誓文书，我的名字出现在与“针对一些涉嫌违犯联邦刑法行为的调查和针对一些第三方主体展开的反恐、反间谍行动的调查”有关的文件中。也就是说，这一切不光与斯诺登事件相关。无论是调查行动，还是涉及的第三方主体，都不止一个。哈迪说，其中一些文件可能会出现在电子监控数据库中，该数据库中包括“所有已经被监听的人”。

哈迪告诉法庭，单单是联邦调查局那些文件的名称就会泄露太多信息。包含“格尔曼”的那些文件名称指明了“非公开的调查技术”和“那些已经为大众所知的技术和程序的非公开细节”。联邦调查局尤其注意保护一种未指明的情报搜集方法。“在此调查案件的特定背景下使用了这一方法，这并不是一个公开的事实。”哈迪写道，联邦调查局希望保护“使用这种方法所搜集的信息的性质”。

这些可都不是会令人感到宽慰的话语。

第8章

漏洞利用

我与谷歌的安全工程师见面那天，天气不算太冷，勉强适合在户外的桌子旁坐坐。他本不应该与记者对话，当然是不应该与记者谈论关于其公司业务的问题。但他还是同意找一个周日在远离他办公室的地方与我见面。我曾承诺要告诉他一些与他的工作有关的重要事情。我告诉他，理解这件事对于我的工作来说同样重要。这算得上是一种诱惑了。他知道我是做什么的。

现在听来，这就像是一场交易，但并不是我当时的计划。当时并不存在任何交易。在极少数情况下，我会选择将某一文件展示给线人看，不是为了换取什么东西，而是出于报道所需。有时候，在缺乏专业人员指导的情况下，我无法诠释证据。谷歌内部正在发生一些事情。阿什坎·苏丹尼和我在未借助外力的情况下已经解锁了一些证据，意识到其中隐藏着新闻价值。现在，我们需要一些内部知情者的帮助——他们来自谷歌或美国国家安全局，或者同时属于这两者。这些知情者必须首先看到我们所看到的东西，才有可能帮到我们。

于是，在一个深秋的下午，我和那名安全工程师在哈得孙河边上的一条宽阔的河滨大道旁相对而坐。那天太阳很大，斜阳低垂。一些玩滑板的人正在练习一些特技动作，从一堵低矮的混凝土墙上方滑过。工程师已经喝光了一瓶啤酒，一边等待我打开笔记本电脑，一边跟我闲聊。我们就一些基本规则达成共识。我打开了一个共有 23 页的美国国家安全局文件，翻到第 14 页，然后将电脑显示屏转向他那边。

当他看到那张保密流程图底部微笑的表情符号时，我第一时间就捕捉到了他的表情。只见他挑了一下眉，身体开始靠近屏幕。他嘴里开始说些什么，深呼吸了一下，又重新看了一遍该页的内容。这页的标题是“当前的努力——谷歌”。当前的努力，指的是美国国家安全局的工作内容，其所针对的是谷歌。

“浑蛋。”工程师最后毫无犹疑地说道。他伸手去拿啤酒，发现已经喝完了，于是招手叫来了服务员。“我希望你能将这些曝光出来。我花了好几年时间来维护这个网络的安全。那些家伙太浑蛋了。”

接着，我们又聊了差不多两个小时，并约定下次再见。

我给工程师看的是一张手绘的卡通图片。它为这份原本晦涩的保密演示文稿增添了一抹滑稽的元素。图片中，在柠檬色的天空下，有两朵蓬松的云并排飘浮着。左边那朵云的标签是“公共互联网”（PUBLIC INTERNET），右边那朵云的标签是“谷歌云”（GOOGLE CLOUD）。有一个箭头指向两朵云的交汇点，也就是谷歌的内部网络与外部世界的数字边界地带，所配的文字是：“SSL 在此添加和删除！”（SSL Added and removed here!）绘图者就是在这些文字的旁边画了一个微笑的表情。

添加和删除？这似乎是不可能的。SSL 指的是安全套接层，是在互联网上进行加密的核心技术。它就是浏览器地址栏中的挂锁，是保护信息在网络上流动的盔甲。删除了 SSL 就等于撬开了挂锁，刺穿了盔甲，解除了加密。美国国家安全局能做到这一点吗？

这张图片牢牢地抓住了我的注意力。阿什坎和我花了大半个月的时间来试图破解它。但有一点是当时就已经很明确的。这个微笑的表情符号明确地传达了一种自豪之情，象征着一名键盘勇士的胜利之举。它表明，美国国家安全局以某种秘密的方式战胜了谷歌。它找到了一种路径（在这里是指一个信号情报点），能够访问谷歌内部的一些有价值的信息。而谷歌还以为自己已经将这些信息隐藏起来，不会被外界偷窥。这张图传达出了一条信息：谷歌，如果你还认为自己的云是安全的，那就要笑死人了。这条信息很像是黑客间曾用的一个古老的“梗”，用于嘲笑自己的手下败将：你们所有的基地现在都属于我们了，游戏结束，谢谢参与！难怪工程师看到这里会勃然大怒。

如此简单的一张图，传达的意思却如此不明确。在这张图前后的语境中都没有解释美国国家安全局是如何完成这样一项“抢劫”行动的。在新闻报道中，有时候技术细节并不重要。但在这里，技术细节简直太重要了。无论是人们想要在互联网上保留隐私，还是想要通过互联网进行安全的交易，都要依赖 SSL。如果这一加密方式从根本上被破解了，那么我们实际生活的世界与我们认为自己所生活的世界就会完全不同。也许这张图还想要传达别的意思，但上述问题是最重要的。

“谷歌与这件事绝对脱不了干系。”工程师告诉我。谷歌要依赖 SSL，不仅如此，谷歌的员工是为世界各地的网站提供加密功能的共享软件代码的核心贡献者。

美国国家安全局正在通过某种手段打破公共互联网与谷歌私有网络基础设施之间的界限。在图中，这个边界是虚拟的，是一个数字化的抽象概念，由一个手绘的方框表示，嵌在两朵云之间。在现实世界中，这个方框肯定是一个具体的东西——一种物理硬件，可以看得见、摸得着，并且可以在地图上准确定位。但它究竟在哪儿？信息能够跨越陆、海、空传输至世界各地，谷歌在四大洲都有业务。

除非美国国家安全局已经完全变节（我不相信会发生这种事），否则这项行动一定是在海外展开的。如果该机构在美国境内针对美国企业暗中展开信息搜集行动，那就太无法无天了。即使有联邦授权令，在美国境内实施电子监控一般也是联邦调查局的职责。而在境外，美国国家安全局的行动受到的限制要少得多。《外国情报监控法》不适用于在国外展开的信息搜集行动，除非行动目标是美国人，且该目标使用的电子设备显示位于美国境内。基于罗纳德·里根总统签署的第 12333 号行政命令，还有一些其他的规章制度被制定。该行政命令中规定的标准比较宽松，以机密条例的形式执行，很少受到行政部门以外机构的监督。

“你知道吗，美国国家安全局雇用了一群律师，他们的全部工作就是想办法在法律允许的范围内，利用一切漏洞来最大限度地搜集信息。”在海军战争学院任教的美国国家安全局前分析师约翰·辛德勒告诉我，“公平地说，第 12333 号行政命令的规则限制比《外国情报监控法》的规则限制要少。”

国会和法院基本不参与其中。一位参议院情报委员会的高级工作人员告诉我，外国情报监控法院对此没有管辖权，情报委员会“对于依据第 12333 号行政命令实施的行动了解得更少”。这名工作人员还说：“如果我们知道自己需要了解什么问题，并且明确提出这些问题，我相信国家安全局会做出回答，但它不会例行报告这些事情。而且，一般来说，这些事情不会属于情报委员会的关注范围。”

美国国家安全局不必侵入位于加利福尼亚州山景城的谷歌总部，就可以窃听这家互联网巨头的数据流。谷歌在世界各地打造了规模庞大的设施体系，甚至需要自己的变电站和工业冷却设备。它拥有 16 个堡垒般的数据中心，由数千英里长的私有或独家租赁的光缆将其连接起来。用“云”来形容这个横跨全球的机制，其实是一个抽象的比喻。对于一个不断开拓进取的信号情报机构来说，这一机制一定存在许多潜在的入口。

工程师和我详细考虑了几种假设的场景。要想了解美国国家安全局是如何侵入谷歌云的，我需要提出一些微妙的问题。谷歌究竟是通过何种方式保护谷歌云免受这种侵入行动的？

“我是不会告诉你的。”工程师说。

“看起来，这种方式还不够好。”我说。

“我可以告诉你一件事——这种方式即将发生改变。”他说。

这里令人不解的一点是，美国国家安全局侵入谷歌云究竟是出于何种动机，此时这一行动究竟发生在哪里已经没有那么重要了。至少在我看来，美国国家安全局没有明显的必要去秘密实施这一行动。在“棱镜”项目之下，美国国家安全局已经具备强制访问权限，可以访问谷歌所拥有的与外国情报目标相关的任何信息。尽管在斯诺登事件之前，公众对于“棱镜”项目一无所知，但在谷歌内部，美国国家安全局拥有这一权限已经算不上秘密。美国国家安全局向谷歌发送了数以万计的机密命令，指明了它想要窃听的账号。只要美国国家安全局声称是出于搜集外国情报的合法目的，并以有效形式发送命令，谷歌就必须遵守。根据外国情报监控法院的一项单独授权，美国国家安全局还可以搜集从一个国家传输至另一个国家时途经美国境内的通信信息。根据美国国内简化的法律程序，这一切都已经成为现实。为什么美国国家安全局还要在其他地方针对谷歌的信息采取这种秘密行动呢？

当我与苏丹尼一起查阅相关文件时，我们没有找到任何有关该行动的背景和运作机制的详细说明。斯诺登提供的档案中有 10 多份演示文稿的参考资料和简短的旁白似乎与该行动相关。我们将这些加密技术线索逐条整合在一起：“国际 / 光纤”“私人搜索索引”“内部服务器对服务器认证”“英国政府通信总部访问环境”“gaia 协议”。其中有几个代号不止出现一次，有 WINDSTOP（“风停”）、MUSCULAR（“肌肉型”）、GHOST MACHINE（“幽灵战队”）。我们一次又一次地发现了一起大规模行动的迹象：“批量访问”“全盘接收”“大批量”。有一份简报中称，这一搜集系统必须要应付“真正令人触目惊心”的信息量。这也难怪，毕竟在全球的网络搜索、电子邮件、照片、聊天、在线文档和视频的流量中，谷歌占据了绝大多数份额。

经过了持续一周的侦查之后，在通过一个安全链接与斯诺登进行实时聊天时，我向斯诺登描述了这张有关谷歌云的图。这张图的内容比我目前在这里展示的要多，这里仅展示如下部分。

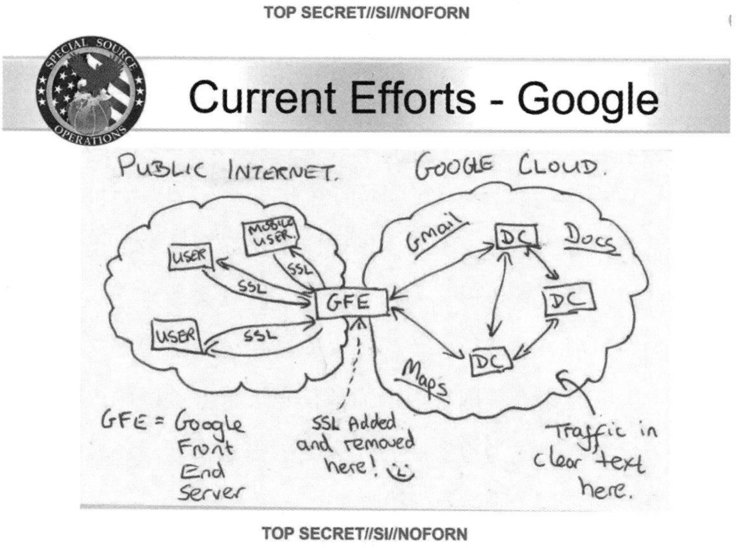

表示加密被“添加和删除”的方框中写着 GFE，全称是 Google Front End（谷歌前端）。这个术语指的是连接谷歌内部系统与公众所使用的浏览器的计算机服务器，其数量有很多。当你查收电子邮件时，你的计算机或智能手机就在与前端服务器进行交互。我向斯诺登解释说，图中右侧指代的是谷歌的私有基础设施，其中包括一些标有 DC（数据中心）的方框。下面有一句配文是：“在这里，流量是明文的。”（Traffic in clear text here.）换句话说，这里没有加密。只有在其数据分界线之外，即在公共互联网领域，谷歌才会将其数据加密。不知为何，美国国家安全局出现在了谷歌的私有领域内部。

斯诺登和我通过技术缩写来对话。实际上我问他的是：美国国家安全局是怎么侵入谷歌内部的？

“这是一个复杂的话题，我无法给出一个全面的回答。”斯诺登写道。

那就换个更基础的问题：为什么美国国家安全局要这么做？

因为它有这个能力，斯诺登回答说。美国国家安全局眼看着成堆的未经加密的信息流经自己触手可及的通道。“我猜，美国国家安全局不会放弃这些唾手可得的东西。”斯诺登写道。

美国国家安全局的一份文件中也使用了同样的措辞。其中说道，海外大批量信息搜集项目可以被“优化”，具体途径是优先瞄准那些知名的“协议和应用——‘唾手可得的东西’”。

在接下来的日子里，我慢慢明白了一点，虽然一开始单纯是靠猜测。美国国家安全局一定是在国外获得了一些在国内得不到的东西。从法律层面来说，地点决定着一切。根据《外国情报监控法》，在国内实施的信息搜集行动是选择性的。“棱镜”项目使得美国国家安全局拥有充分的权限可以访问谷歌的账号，但它必须指定单个的外国情报目标。美国国家安全局的分析师通常是以电子邮件的形式将“选择器”发送给谷歌，监控目标的确定必须遵循法院批准的准则。换言之，美国国家安全局必须事先知道它想监控的目标是谁。这样一来，它就不能使用大规模监控工具来发现未知的目标——具体来说，是不能够在美国领土上使用这种工具。而如果美国国家安全局是从境外进入谷歌云，那就有了更大的操作空间。分析师可以搜集整个数据流，并利用不为《外国情报监控法》

所允许的选择标准进行筛选。例如，他们可以决定搜集使用某个软件的某个特定版本进行的通信，或者在某些互联网域中提到某些特定关键词的通信。这样一来，他们所搜集到的信息肯定远远多于他们想要的，但他们可以对这些信息进行进一步筛选。

有一天，我终于捕捉到了一些想法。这些想法之前一直萦绕在我的脑海中，却始终未能成形。通常我都是通过键盘来记笔记，但这次我把它们记在了纸上。

1.“这里”的就是“那里”的。

2. 批量搜集没有设限。

3. 偶然的。

4. 国内与国外的区别就此消失？

总而言之，我先在纸上列出了4个想法，但还未能将其整合起来。

第一，谷歌有可能将其美国用户的信息存储在国内的艾奥瓦州，同样也有可能将其存储在爱尔兰。谷歌在这两个地方都建立了庞大的设施。美国在全世界范围内建立了多个冗余数据中心，其中有8个位于海外。这些数据中心彼此互为备份，分担在互联网上传输内容的工作负荷。如果其中一个节点速度变慢，另一个节点就要负责将其弥补回来。在一个如此庞大的系统中，实际情况肯定比这复杂得多，但任何网络设计都应基于同一点——负载均衡。这意味着，即使你本人从未出境，你的谷歌数据也会被传输至境外。一封从得克萨斯州首府奥斯汀发往波士顿的邮件可能会途经智利的基利库拉，或者之后在那里进行备份。

第二，美国国家安全局有能力接入海外的大容量通信渠道，并且确实这样做了——“批量”搜集数据，不加区分。美国国家安全局并不会将搜集到的所有数据都加以保存，它也不可能做到这一点。但只要是其能力所及的数据，美国国家安全局一般都会纳入搜集范围。此外，鉴于美国的数据会途经境外，直接在境外实施批量搜集可以保证将美国境内的数据也纳入其中。

第三，根据第12333号行政命令的规定，只要不是刻意将美国人设定为监控目标，美国国家安全局可以保存“附带获取的美国人的信息”。“附带”是一个专门的法律术语，它的意思不同于偶然的、意料之外的、不可预知的，甚至不合意的。它的意思是，美国国家安全局会将美国人纳入其信息搜集网络之中，但不是有意为之，而是出于其他合法目的。尽管美国国家安全局明确地知道美国人会被纳入其信息搜集网络，并且乐于看到这一情况，但这仍然只是附带的结果。美国国家安全局可以保留这些附带的数据，而且它也确实这样做了。一旦这些数据到手，美国国家安全局就可以将美国人的通信内容与外国人的通信内容放在一起进行搜索和分析。将美国人的身份加以掩饰（有时候甚至不加掩饰），美国国家安全局就可以将这些信息分享给其他机构。法律并未规定“谁找到归谁”——现实情况要更微妙，但美国国家安全局也不必抛弃它在国外的行动中搜集到的有关美国人的信息。

第四，鉴于以上三点内容，美国国家安全局过度使用外国情报搜集权限，对美国隐私保护问题的影响可能堪比国内监控计划。甚至前者的影响力很可能会超过后者。在境外开展的情报搜集行动的规模要比境内大得多。如果说，来自南加利福尼亚州的信息可以在新加坡被拦截，那么这就相当于法律在堵住了一扇门的同时打开了另一扇门。从事远距离间谍活动，可能会打破从事近距离间谍活动的规则限制，无须任何迂回策略。

据保守估计，在谷歌的十几亿用户账号中，至少有一亿是美国账号。这一事件已经超出了常人可以理解的“外国情报”的范畴。在几乎未经任何公共辩论的情况下，我们的世界已经走向这样一种局面：美国国家安全局在未经授权的情况下，不可以一次对一名美国人实施监控，却可以一次对数百万美国人实施监控。在谷歌云内部实施规模操作——“大批量”“全盘接收”，便可以预见到上述结果。而且，在缺乏其他证据的情况下，美国国家安全局可以推定在境外搜集的信息属于外国人。“附带”一词在这一语境中，实在是力量巨大。

在一个能够俯瞰旧金山湾的露天平台上，“五角大楼文件事件”中的“吹哨人”丹尼尔·埃尔斯伯格正小心翼翼地走下斑驳的楼梯。由于太过专注于自己此行的使命，他几乎没有注意到眼前的壮观景象。他带领着我绕过一个热浴缸，然后打开了一扇门，门内“过去是一个地下室”，他向我解释说。

这是一个隐秘的地下办公室，有几个彼此连通的房间，整体显得有些杂乱无章。这里堆满了他这一生积累下来的书籍和文件。可以看到一摞摞摇摇欲坠的文件盒，有几摞文件盒的顶部还放着铁丝筐，里面也放着文件。窄窄的过道将一排排参差不齐的书架分隔开来。书架上贴着主题标签：EVIL（“邪恶”）、GENOCIDE（“种族灭绝”）、BOMBING CIVILIANS（“轰炸平民”）、BUSH（“布什”）。埃尔斯伯格和年轻时一样，依然对世界的局势保持愤慨，对政治斗争的兴趣丝毫未减。此时的他已经 82 岁高龄，虽然脸上已布满皱纹，但表情依然坚定，仍然保持着一副猛禽捕食的态势。

1971 年，当时还是一名拥有绝密安全许可的国防部分析师的埃尔斯伯格，向《纽约时报》和《华盛顿邮报》寄去了一份关于越南战争的保密历史文件——共有 7 000 页，足以粉碎先后两位总统关于这场战争所撒下的谎。埃尔斯伯格就此成为持异见者的代表，成为泄密者中的典型，成为社会变革的代理人。当时担任理查德 · 尼克松总统的国家安全顾问的亨利 · 基辛格，称埃尔斯伯格为“最危险的美国人”。但埃尔斯伯格以拥有这一标签为傲。他成为有史以来第一个因向媒体提供信息而被指控犯有间谍罪的美国人。

40 年后的今天，就在我与那名谷歌工程师会面的同一个月，埃尔斯伯格弯腰坐在一台借来的笔记本电脑前。他通过一个自己还不太熟悉的软件登录了一个匿名账号。此时，在与他相差 10 个时区之外的莫斯科某地，爱德华 · 斯诺登正在等待埃尔斯伯格上线。他们都在各自所处的时代发挥了显著的作用。这场有些刻意的历史性会面却打算以非公开的方式进行。最终，两人的会面过程以文字记录的形式被保存了下来。

斯诺登自抵达莫斯科后，还没有接受过任何广播媒体或纸媒的采访。他自称不在乎自己的名声，但对有关自己的报道一直很关注。他要求埃尔斯伯格对两人的谈话内容，甚至包括两人进行谈话这一事实进行保密。“政府会试图将一些丝毫不相关的事情刻意解读为丑闻，所以我一直尽量减少媒体曝光，以迫使人们专注于改革之战。”斯诺登写道。

年长的埃尔斯伯格接受了年轻的斯诺登提出的条件，斯诺登看似放松了下来。通常，即使是在谈话内容不供公开发表的场合，斯诺登说话时也会字斟句酌，但埃尔斯伯格的激情戳破了斯诺登的这种表象。他们两人从性情到政治观，几乎不存在任何相似之处。斯诺登是个冷静的自由主义者，并不像埃尔斯伯格那样激情洋溢。即便如此，在接下来的 2 小时 20 分钟里，斯诺登还是慢慢放松了警惕。

“哇！我真的感觉很激动！”埃尔斯伯格打着字，一双大手放在小巧的键盘上显得有些拥挤，“如果你看到了我对你和你所做的一切做出的评价，你就会知道，你是我眼中的英雄。”

“我也很激动，”斯诺登回答道，“我想，对于你的所作所为，很少有人不持敬佩之情。我非常欣赏你所说过的话和所写的东西。我认为你的事迹和影响力真正帮助扭转了公共关系的走向。”

埃尔斯伯格曾公开承认斯诺登取代了自己的地位。他宣称，在美国历史上，再没有比这更意义重大的泄密事件。“我等了40年，就希望能够找到像你这样的人。”在两人开始聊天的时候，他告诉斯诺登。三个月前，埃尔斯伯格曾在《卫报》中写道，斯诺登证明“所谓的情报界已经变成美国版的斯塔西”。这里的斯塔西指的是之前的民主德国建立的一个情报机构。斯诺登从不使用这种富有煽动性的形象，但他确实受到埃尔斯伯格的启发。他曾告诉我，就在他公开美国国家安全局档案的前几个月，他和女友林赛·米尔斯一起观看了一部关于“五角大楼文件事件”的纪录片。他告诉埃尔斯伯格，这“确实让我‘坚定’了决心”。

两人在开始讨论美国国家安全局之前，埃尔斯伯格提出了一个暗黑理论。他写道：“我认为他们之所以将确定个人监控目标的过程进行保密，是因为这使他们有能力对国会议员和法官进行勒索，并且完全有能力找到记者的线人，从而终结真正的调查性报道。”他对此进行了详细的阐述。“你对于这种可能发生的针对大规模群体或个人的勒索行为有什么想法吗？”

斯诺登提出了异议。“要做到这一点的技术能力是具备的，”他回答道，“甚至可以说没有难度。尽管如此，我个人对此并不了解（甚至也不相信）。如果这是真实发生的，那肯定是高度保密的。现实中，（美国国家安全局的）大多数日常工作人员都是好人，只是在努力做好自己的工作。我认为如果你说的情况是真实发生的，肯定会有人想办法曝光这一点。”

往往在斯诺登还未来得及回答上个问题之前，埃尔斯伯格就已经抛出更多的问题，还有一些题外话、假设性问题和插入性话语，速度非常之快。“你在俄罗斯的精神状态如何？你觉得你有可能离开那里吗？”

“我的精神状态很好。我基本上就像是一个自闭症患者，在不与人接触的情况下也可以长时间正常生活。”斯诺登回避了第二个问题。

“是什么原因让你走上了这条路？”埃尔斯伯格问道。

针对这个问题，斯诺登曾在公开场合给出过各种解释。其中一个解释是，当听到詹姆斯·克拉珀在参议院的证词中否认美国国家安全局“有意”搜集数百万美国人的数据时，他感到极为愤怒。（这种解释和时间线对不上，因为早在克拉珀去参议院做证之前，斯诺登就已经开始搜集文件并与记者接触。）在这里，斯诺登给出了一个更为私人的原因，提到其女友的网上日记和她那些富有挑逗意味的自拍。

“至于‘临界点’，我说不上来。对于这一点我想了很多。我想，当看到林赛开始在网络上发布自己的足迹——众多的、美丽的、富有创意的网络足迹时，我意识到她和数以百万计像她一样的人都会因为这种行为而极易受到攻击，这使我产生了一种信仰危机。我无法明确指出是具体哪一件事导致我这么做。那是一种对某些趋势以及这些趋势会导致的结果的认知。”

埃尔斯伯格让斯诺登回应一些对其持批判态度的人。“你真的能确定俄罗斯等国尚未获得你的数据吗？那些只会纸上谈兵的专家可不是这么认为的。”

“我确定。俄罗斯等国不可能从我这里获得任何数据。至于具体实施的保护方法，我在这里不能谈及。但从物理层面来说这确实是不可能实现的。要获取我的数据，需要花费的能量在这个宇宙中根本不存在。”

“有人提出，你放出这么多关于美国国家安全局监控他国的消息，但美国人并未从中受益。对此，你如何回应？”埃尔斯伯格问道。

“这里存在两个错误的假设：第一，人们认为造成了伤害的是举报者而不是监控行动；第二，人们认为监控行动本身是有利的。我想说的是，美国国家安全局的监控行动并未带来与其风险相称的公共利益。如果我们想要成为道德权威，那我们必须像道德权威一样行事。”

按照斯诺登的说法，外国人应该得到的庇护并不比美国人少，不应该成为非定向性监控行动的目标。如果没有确凿的理由将一个人确定为监控目标，那么就不应该搜集其数据。斯诺登经常将“合理根据”作为在境外实施合法监控行动的适当门槛，这是出具刑事搜查令所依据的严格标准。这也许是斯诺登所持有的理念中最为激进的了。以往，美国政府在境外实施的情报搜集行动从未受到类似的限制。斯诺登从根本上不赞同联邦法院数十年来所做的宪法分析，以及实施外国情报活动的核心概念。他认为，情报部门应该搜寻的是情报，而不是犯罪证据。

“我相信我们的宪法保护所有人，而不仅仅是美国公民。”他对埃尔斯伯格说，“《独立宣言》并没有宣称‘所有美国人生而平等’，难道不是吗？我的很多推论都是基于这一点。”

埃尔斯伯格没有试图逃离美国的司法辖区，但他对斯诺登在国外寻求庇护以避开间谍罪指控的行为表示赞许：“根据目前对这些法律的解释，你无法在美国受到公正的审判。”

“《间谍法》在1917年的时候就应该被废除了。”斯诺登称，并且提出了一个也许不算明智但颇为新颖的论据，“它扭曲了激励制度：在这一法律制度下，为什么一个（没有向外国政府出售情报的）理性行为者受到的惩罚好似他向外国政府出售了情报一样？这是在鼓励叛国行为，而抑制举报行为。从根本上来说，是《间谍法》迫使我逃离美国，根本没有给我留下来进行公共利益辩护（或接受合理惩罚）的余地，而这导致的结果是将机密信息（比如保留在我脑海中的那些机密信息）置于危险的境地。”

斯诺登在这些话中承认了一件他之前从未向我承认的事情，即便这件事只停留在假设层面：他身处俄罗斯这一事实对美国构成了潜在的安全风险。然后，埃尔斯伯格问他，倘若再有“吹哨人”出现的话应该去哪里。

“这个问题不好回答。一个显而易见的答案是俄罗斯，因为根据他们的说法，他们绝对不会将那些会被未来的‘真正间谍’视为‘主动投靠者’的人遣送回去，因为这会使他们在未来无法吸引到‘真正的’主动投靠者。”

我知道，这是斯诺登的真实想法，但他不会在公开场合说出来。这一想法让人有些不舒服，容易让人对他产生反感。斯诺登的意思是：我不是俄罗斯的特工，但俄罗斯政府会保护我，因为在那些潜在的俄罗斯特工看来，我很像是一名俄罗斯特工。斯诺登认为，莫斯科方面之所以会善待他，部分原因是为了更好地招募特工。

没有任何公开的证据表明斯诺登真的向俄罗斯提供了信息。有可能了解内部消息的官员中，没有一个人跟我说政府掌握了相关证据。不过，斯诺登也无法证明其未曾向俄罗斯提供信息。他距离证明这一点最为接近的一次，是在 2013 年 12 月接受我的采访时。“我要说的是，在假设层面上会发生的情况是，你在入境护照检查处会被单独拉出来检查。世界上任何一个国家的入境检查处都会发生这种情况，你会和一群人一起进入一个房间，那些人会对你说：‘听着，现在的情况是，我们可以为你提供……你愿意同我们合作吗？你有什么东西是可以帮到我们的吗？’基本上意思就是，我们能否做朋友。然后你会说：‘我觉得这样做不合适。’我并没在做这种事。事情并不是这么回事。如果你真的想让他们别再纠缠你，你可以说：‘我不能进行这类对话，否则我就要将对话内容上报。’

这时候你觉得他们会怎么做？”

斯诺登通过间接证据指出：滞留在谢列梅捷沃国际机场的 39 天里，他一直都可以上网；他身边有一个目击证人，名叫萨拉·哈里森；在此期间，他还经常与记者接触。如果俄罗斯官员像许多美国官员猜测的那样采取强硬态度，那么斯诺登更有可能被关起来，无法与外界取得联系，也无法得到外界的支持。“如果有别人和你在一起，你就不是孤身一人，”他告诉我，“你就没有那种心理上的恐惧。你身处的机场内的每个房间都有无线网络。他们不能对着你胡说八道，因为你面前就有一台笔记本电脑，你可以查证他们所说的一切是否属实。在糟糕的情况下，你拥有了这一条件，基本上也就拥有了最强硬的谈判立场。”斯诺登不需要俄罗斯政府为其提供资金支持。俄罗斯方面本可以让他多吃点儿苦头，本可以采取更多的措施迫使他就范。但弗拉基米尔·普京对他以礼相待，并由此获益。斯诺登的自由对普京构不成威胁，但会成为美国的心腹之患。因为只要斯诺登是自由的，会扰乱美国外交和政治局面的新闻报道就不会终结。“我与俄罗斯政府没有任何关系，”斯诺登告诉我，“我没有与他们签订任何协议。我和他们没有接触，事情并没有往那个方向发展。”这里有一个旁证：斯诺登劝我不要把机密信息带到莫斯科，这应该不是一个俄罗斯特工会做的事情。我对反面证据持开放态度，但从未发现任何反面证据。

在与埃尔斯伯格的谈话中，斯诺登写道，对于像他这样的人而言，“理想的”目的地是一个拥有强大的“吹哨人”保护制度，并且拥有坚定的意志力，能承受来自华盛顿方面的压力的民主国家。很难相信当今世界有这样一个国家存在。他提到了冰岛、厄瓜多尔和乌拉圭，但这些国家的政府到底会愿意牺牲多少来保护他，又会愿意保护他多久呢？

埃尔斯伯格一次又一次回到他毕生关注的泄密事件和泄密者本身的

话题。世界上存在这么多政府罪行，存在这么多秘密，却很少有勇士愿意去揭露真相。

“我迫切地希望能看到更多个斯诺登，”他对斯诺登说道，“肯定有人与你拥有相似的访问权限，拥有相似的基本价值观，且和你一样认为当下正在发生的事情是不对的。为什么最后做这件事的人是你，而不是他们？你对这个问题有什么见解吗？（这个问题我问了自己 40 年，我必须得说，我并没有什么见解。）”

“我也说不清楚。我想大多数人都不舍得放弃眼前的安逸生活，而我的需求很少。对于一个没有太多欲望的人来说，要放弃现有的东西就容易多了。”

后来，当我前去拜访时，埃尔斯伯格告诉我，斯诺登只给出了一半的答案。“大多数人不这么做的原因很明显，”他说，“他们不想进监狱，不想失去现有的工作。但为什么他们中竟没有一个人会这么做？为什么现在这种人如此罕见？这一赌注是如此之大，有些人愿意因此去坐牢似乎也是理所当然的。我们现在所讨论的是要终结一场战争、避免一场战争，而且很有可能是一场核战争，甚至要挑战宪法。”

多年来，埃尔斯伯格一直在试图采访他能找到的每一个举报人。他在一本日记中详尽地记录下了每一次交谈的情况。（“下午 1 点 46 分：准备好 2 点去见格尔曼。”他在我们见面的那天写道。）“归根结底，我们有一种共同的想法，这种想法对于我们来说是非常自然的。”埃尔斯伯格告诉我，“既然没人愿意做，那就由我来吧。”不过，上述疑团依然没有解开。埃尔斯伯格承认，挑起这个重担的人，无论男女都“并非常人”。“这些人的共同点是什么？我从他们的背景中并没有发现太多共同点。”

埃尔斯伯格没有发现那些人的共同点，我觉得这一点很有趣。的确，他和斯诺登的人生经历几乎没有相似之处。年长的埃尔斯伯格曾担任海军陆战队的排长和连长，职业生涯顺风顺水；年轻的斯诺登在还是一名陆军新兵时就因伤退伍。埃尔斯伯格是一名哈佛大学的博士生，在国家安全体制内一路扶摇直上，成为经过认证的内部精英。他所泄露的有关越南的研究资料是由30多名学者组成的专家团队负责编写的，而他曾是这一团队的成员，可谓这一领域货真价实的专家。斯诺登与埃尔斯伯格一样拥有高智商，但他的资历和在体制内的根基与埃尔斯伯格完全没法比。斯诺登是一个自学成才者，没有接受过常规教育。他之前完全是一个体制外的人，只是抓住了偶然的机会才得以进入体制内。他在美国国家安全局内部属于边缘人物，远离权力中心，但拥有任意访问网络的特权，这使他占据了有利的观察位置。在他所担任的职位上，他的才能得不到充分发挥，从机构的角度回过头来看，这导致了灾难性的后果。

但埃尔斯伯格和斯诺登确实拥有共同点，那就是对于自己对是非的理解有着不可动摇的信心。作为一名记者，我之前也认识一些受到一定动机驱动的泄密者。他们身上最突出的特征就是拥有坚定的信念，即使他们在体制内工作一段时间之后会逐渐产生异议。他们会变得不愿意妥协，会偏离工作场所的一些行事规范。根据我的经验，他们从不声称自己对道德真理拥有独到的理解，他们相信真理对于每个人来说都是显而易见的，这是他们的典型世界观。

当我第一次见到斯诺登的时候，我很努力地想在他身上也找到这一点。很多人并不赞同他们在工作中看到的东西，我说。“但他们中的大多数人只是随波逐流。要试图改变需要很多——我也不知道，智力和道德上的自信，对吗？”我问道。

“或者说是社会性病态。”他开玩笑地说道，他对于这种询问显然感到不太舒服。

“你肯定会有种感觉，在所有有可能做这件事的人中（在这种情况下，这种人有上万个），你最应该成为变革的推动者。”我说，“绝大多数人都会留在体制内，并逐渐接受这种行为，对吗？有一小部分人会说，‘我不能再身处其中了’，于是就离开了。但几乎没有人会说，‘我必须成为那个阻止这种行为的人’。”

斯诺登明显来了精神。“我赞同，这正是让我感到挫败的地方……当你看到事情并没有在发生改变，当你看到事态的严重性，你会觉得自己不得不去做一些事情，因为你意识到自己有能力做到这件事。你不光意识到自己有能力，还意识到身边的每个人都有这个能力，而他们不会这么做。因此，总要有人站出来第一个做这件事。”

那些“吹哨人”与他们身边的人不同之处就在于，他们不能容忍空有信仰而不采取行动。黑就是黑，白就是白，他们拒绝转移自己的视线，即便（或者说尤其是）当有人试图蒙蔽他们的视线时。于是，将事情公开化就不可避免。无论埃尔斯伯格和斯诺登还出于其他什么动机，至少他们的热情是真挚的。

至于美国国家安全局是如何侵入谷歌云的，我和苏丹尼一开始想到了4种假设情况，后来又陆续想到了第五种和第六种情况。我们想，也许是美国国家安全局窃取了谷歌的主SSL证书，使间谍能够冒充谷歌的在线服务。你的计算机以为自己是在与谷歌交流，但它其实是在与米德堡交流。也许是美国国家安全局破解了谷歌正版证书的加密。这样一来，你的计算机确实是在与谷歌交流，但这一过程被美国国家安全局监听了。也许，美国国家安全局可以伪造一份证书，或许它暗中经营了一家可以证明证书真实性的机构（“证书机构”）。也许，美国国家安全局在浏览器内负责管理证书的软件代码中发现了一个漏洞。按照苏丹尼的说法，最令人不安的一种情况是，也许美国国家安全局获悉了加密证书的运行方式中存在的一个“主漏洞”。在我们调查初期，我在日记中夸张地写道：“我们刚刚有了一个发现，我们认为美国国家安全局拥有整个互联网的主SSL证书。”

我们错了，彻底错了。在进一步的报道中，我们的这6个假设全都被推翻。本来报道的作用就是旨在推翻假设，但我们再次回到了原地。

用中世纪的术语来想象这一神秘场景。我们知道美国国家安全局可以读取那些本应该被安全地存放在有高高的城墙环绕的城堡里的秘密信息。我们不知道城堡的城墙是如何被攻破的，也不知道究竟有多少秘密信息丢失了。是因为女王的卫队中有美国国家安全局的奸细吗？是因为美国国家安全局知道如何拦截飞行中的传信乌鸦吗？是因为间谍知道如何从城堡墙壁的裂缝中溜走，撬开门楼，并且在护城河下打通隧道吗？还是说有什么黑魔法使得他们能够穿墙而过？其中有些说法会比其他说法引起更大的反响。

一天，我见到了谷歌安全团队的另一位工程师。我们在一个昏暗的咖啡馆里碰头，在后面的桌子旁坐下。当看到那个微笑的表情符号时，他并没有像他的同事那样忍不住说脏话。但除此之外，他说的第一句话和他同事的完全一致：“我希望你能将这些公布出来。”

“这是有关我们的工作内容的一张简化流程图。”他说，“虽然它并不完全准确，但这并不代表他们不了解我们的工作细节。”他指向了那张图的右侧，那里所描绘出的是谷歌的数据中心在自己的私有云里以“明文”的形式交换信息。“事实是，他们已经进行过调查，并且取得了非常满意的结果。他们显然已经窃取到足够的信息，能够获知我们系统的架构方式。在我们的私有主干网上，流量是不加密的。”

他挤出了一个生硬的微笑，虽然很生气，但依然保持冷静。他的表情就像是一个专业的锁匠刚刚得知，在过去的很长一段时间里，自己家里的锁被撬开了一次又一次。文件中有一张幻灯片显示，这一行动可以追溯到6年多以前。美国国家安全局了解谷歌内部网络的结构，要做到这一点只有一种途径，他说："他们知道明文在哪里。而他们之所以会知道，是因为他们主动去四处搜寻而且最终找到了。一旦他们找到明文，就不太可能只是简单地说一句'这很有趣'，而不采取什么行动。"

这确实不太可能，但从逻辑上而言也并非毫无可能。从理论上来说，美国国家安全局有可能撬开了谷歌的"锁"，看了看内部的情况，发现了一处未加密信息的"金矿"，然后什么都没有碰就离开了。该机构有可能找到了从别处搜集谷歌用户信息的方法。换句话说，它有可能是从谷歌"城堡"的外部实施行动，越过了谷歌的边界线。为了确定这则新闻的真实性，我和苏丹尼需要找到证据来证明美国国家安全局拥有谷歌内部网络中一些独有的数字信息，这些信息在其他任何地方都不存在。

最终，在政府和公司内部消息人士的帮助之下，我们在美国国家安全局的文件中发现了一些原始数据的碎片，与谷歌各数据中心之间使用的数据结构和格式相匹配。这些数据格式是专有的、独一无二的。它们不会在互联网上进行传播。至此，案件告破。不只谷歌，谷歌在硅谷的竞争对手雅虎也遭受了美国国家安全局的侵入。其中一份演示文件中称，机构不得不"开发定制的多路复用器"，以拆解雅虎用来"传输全部电子邮件账号"的"专有格式"。我们掌握了强有力的间接证据，表明微软的海外数据网络也遭到了侵入，但尚不能给出确定无疑的结论。

我们终于明白了为什么我们关于谷歌云漏洞利用的所有假设都是错误的。我们一直以来都在试图回答一个错误的问题。我们假设的是美国国家安全局剥离（"添加和删除"）了保护谷歌流量的SSL加密。我们一直以来围绕的问题是：美国国家安全局是如何做到这一点的？但事情根本不是这样的。事实上，是谷歌对自己的流量进行了解密，就在数据离开公共互联网到达谷歌私有云的边界时，这是其正常操作的一部分。美国国家安全局的数据采集部门根本不需要突破谷歌“城堡”的城墙，也不需要在下面打通隧道。换一种形象的说法，美国国家安全局只需要潜入门房，然后等待谷歌自己打开大门。事实上，在世界上的一些地点，谷歌的“私有电缆”（即连接公司内部网络的电缆）会与互联网的主干光纤实现物理连接。这些连接点是由一些私人公司来托管的。与美国国家安全局相对应的英国机构——英国政府通信总部与其中一家私人公司存在特殊关系。在某一个地点，英国政府通信总部与美国国家安全局共享对谷歌的数据传输渠道的访问权。有关这个地点，唯一能确定的信息是其代号为 MUSCULAR。有一张在该地点的建筑物内部拍摄的照片，上面显示了并排的通信设备架。照片的一边标有“载波设备”，它使光纤连接到谷歌的网络。另一边则标有“多路复用设备”，它将整个数据流多分出一份流入美国国家安全局的 TURMOIL（“骚动”）处理系统。一份数据流流入，两份数据流流出，但谷歌对此毫无察觉。

这一行动的规模相当大。根据 2013 年 1 月 9 日的一次绝密核算报告，美国国家安全局的数据采集部门每天从雅虎和谷歌的内部网络向米德堡的数据仓库发送数百万条记录。该报告中称，在此前的 30 天里，现场数据采集器已经处理并发回了 181 280 466 条新记录，其中包括“元数据”。这些元数据中包含了电子邮件的发件人与收件人、发送时间、接收时间，以及文本、音频、视频等形式的内容。最后，我们准备好将这些内容发布。

2013 年 10 月 30 日，我和苏丹尼在报道的一开始说道：“根据国家安全局前承包商雇员爱德华·斯诺登提供的文件内容以及对知情官员的采访，美国国家安全局已经秘密侵入了雅虎和谷歌在全球各地的数据中心之间的主要通信链路。通过窃听这些链路，该机构得以随意搜集数亿用户的账号信息，其中许多账号属于美国人。”

我们还说：“在一项名为MUSCULAR的项目中，美国国家安全局似乎对美国的那些王牌企业采取了异常激进的谍报技术。尤其引人注目的是，在另一项名为‘棱镜’的项目中，美国国家安全局通过一项获得法院授权的程序，能够以正当途径访问谷歌和雅虎的用户账号。”

截至目前，谷歌已经启动了自己的调查行动，部分程度上是受到我们提出的这些问题驱使。一直以来，谷歌对于大部分有关监控行动的报道都保持沉默，但这一次，它发出了一份不同寻常的声明。谷歌的首席法务官戴维·德拉蒙德说：“长期以来，我们一直担心存在这种窥探行动的可能性，这也是为什么我们一直致力于在越来越多的谷歌服务和链路中拓展加密技术的涵盖范围。”接着，他补充道：“我们对政府似乎不惜一切代价从我们的私人光纤网络中截取数据的行为感到愤怒，这凸显了紧急变革的必要性。”

“那天大家的情绪异常激烈。”当时担任微软总法律顾问的布拉德·史密斯在两个月之后告诉我，“在竞争极度激烈的科技界，整个行业对这一消息的反应高度一致。突然间，我们意识到，也许我们对正在发生的一切并不了解。我们作为技术提供商的基础地位正在被削弱。我们并不像自己以为的那样，对于自己的设施和数据拥有控制力。”

当这则报道发布时，时任美国国家安全局局长基思·亚历山大正在参加一个网络安全会议。现场有记者就此事向其发问。那名记者没有读过我们的报道，略微歪曲了报道的主要内容。“上将先生，”记者问道，“我们得到一些消息，《华盛顿邮报》此刻正在进行报道，称斯诺登又提出了一些新的指控，说美国国家安全局侵入了雅虎和谷歌在全球的数据库，说它秘密潜入了这些数据库。”亚历山大抓住“数据库”一词，给出了一个看似是在断然否认实则不然的回答。“这种事情从未发生过，”他说，“美国国家安全局没有侵入任何数据库，我们这样做是违法的。因此，虽然我不知道这个报道的内容，但我可以实事求是地告诉你，我们没有侵入谷歌服务器和雅虎服务器。”我们的报道中并没有说美国国家安全局侵入了服务器或数据库，这一点亚历山大当时是知道的。我们的报道中说的是，美国国家安全局与其英国同行合作，拦截了连接各数据中心的私人数据传输渠道中的通信内容。其中的区别在于“静止的数据”和“传输中的数据”。美国国家安全局和英国政府通信总部并没有侵入存储在雅虎和谷歌设备上的用户账号，它们拦截的是通过公司内部网络在光纤电缆中正在传输的信息。亚历山大随后便岔开话题，解释说政府在美国领土上拦截数据会获得法院授权。

早在 6 天前，亚历山大和他的幕僚就已经知道我们的报道内容了。令他们尤其感到愤怒的，是报道中对其行动的法律背景的描述。报道中称，由于该行动发生在国外，所受的“限制较宽松，监管较少”。我们还在报道中写道：“这种大规模搜集互联网内容的行为在美国是非法的。”

情报官员认为，这是在指控其行动出于恶意。在报道发布前两天，美国国家安全局内部负责法律事务的副局长瓦莱丽·萨伊尔通过电子邮件提醒政府的首席情报律师鲍勃·利特。“《华盛顿邮报》的巴顿·格尔曼计划可能最早于周二下午刊登一篇关于美国国家安全局基于第 12333 号行政命令实施的情报搜集行动的报道。他认为该行动正在以‘秘密形式进行’，以规避（《外国情报监控法》修正案）第 702 条的授权规定。”她在 10 月 28 日的邮件中写道，“当然，他的分析是错误的。”

萨伊尔和其他人认为，我们的错误在于暗中指控了他们作弊。在我们的报道发布的那天早上，利特和他在美国国家安全局的同行拉杰什·德在美国律师协会的会议上发言时，也是这么说的。向来脾气平和的德，对于“暗指、影射、示意或直言不讳地指出像美国国家安全局这样的机构会利用第 12333 号行政命令所授予的权力来逃避、规避或绕过《外国情报监控法》”的行为表示愤慨。利特抱怨说，毕竟“到目前为止，（媒体）所曝光的一切都是在法律范围内进行的”。

如果说新闻报道可以有自己的观点的话，这就是我们的观点。我们并没有指控美国国家安全局违法或逃避法律的限制。我们只是揭露了，在政府律师对于有关隐私保护的法律条款的阐释与美国人被引导去相信自己所享受的隐私保护权利这两者之间，存在着很大的差距。德和利特的本职工作，就是要在一个规章制度不完整的领域中寻找运行空间。他们这样做是出于善意，是为了正义的事业，而美国国家安全局则充分利用了他们找到的“空子”。这则报道所凸显的问题是，是否正如谷歌的高管和公民自由意志论者所极力倡导的那样，需要对法律进行改革。

2015 年年初，在娱乐时间（Showtime）电视网播出的电视剧《国土安全》的制片人邀请我与该剧组的演员和主创团队对谈。这部谍战剧在现实生活中的情报官员和国家安全人士中大受欢迎，此时已经进入第五季的制作。这部剧的编剧们每年都会从好莱坞前来“取经”，与剧中那些虚构角色在现实世界中的原型进行对话。在今年的对话名单上的，是两位中央情报局前局长和一群之前的情报站站长。这听起来很有趣。

我的朋友亚历克斯·甘萨问我：斯诺登有没有可能愿意通过网络加入我们？出人意料的是，斯诺登竟然同意了。我们决定将斯诺登的出现打造成一个惊喜。对话双方约在乔治城的一家私人会所——城市酒馆俱乐部（City Tavern Club）见面。这家俱乐部始于 18 世纪的一个小酒馆，乔治·华盛顿和约翰·亚当斯都曾在这里喝过啤酒，里面有一股淡淡的皮革抛光剂和古董地毯的味道。午饭吃到一半，正当一名技术人员在会所的密室里摆弄双向视频链接时，我告诉大家：“斯诺登即将加入我们。”

“这太疯狂了。”该剧的主演克莱尔·丹妮斯说，她在剧中扮演的是一名患有双相情感障碍的中央情报局官员。只见她拿起手机，给某人发了短信。“我要把航班推迟。”她说道。

仿佛《绿野仙踪》中的情节一样，斯诺登出现在屏幕上，只露出了一个脑袋，大得夸张。《国土安全》的创作团队之前从情报部门、国务院和白宫官员那里听说了很多关于斯诺登的事情，其中没有一件是好事。今天，在这个房间里既有斯诺登的崇拜者，也有他的批判者。事实证明，斯诺登在面对这群人时，比面对记者更愿意谈论一些私人问题。和埃尔斯伯格一样，《国土安全》的创作团队也激发出了他较为感性的一面。

“你的名字已经被反复提及。”甘萨告诉斯诺登，“说实话，你的名字一出现，就像是打开了某个开关。（政府里的）人对于那些事情被揭露而感到的受背叛程度……我想先听听，当听到我们针对你发出的那些尖锐的反击之词时，你作何感受。”

“这对我来说其实是有点新鲜的，但能听到那些言论是很有价值的。”斯诺登开始说道。华盛顿官方曾花大力气来诋毁他，所以“人们会那么说，我并不感到惊讶。但我很想知道，与你交谈过的那些人中有多少人是真正接触过这些问题、从事过这些工作，或者真正认识我的。有多少人曾参与过这些项目，并且从未改变过最初的想法”。

在情报界的各工作层面，除了最高领导者之外，斯诺登认为自己还是受到一定支持的。“几乎每当你与这些人私下进行非正式交谈时，他们不会拿你当记者，而是当朋友、知己，他们真的感觉很放心。我想你通常会发现那里还存在更多的细微差别。他们不会说，‘嘿，这家伙很棒，给他颁发个奖章并进行公开展示’，我不会抱有这种期望。我认为这是特殊情况……当然，我并不完美，我也有缺陷。我是个人，我也会犯可怕的错误。但我觉得我有义务采取行动。”

此时的斯诺登话兴正浓。“我不是说自己不能被批评，我也不是标榜自己是法律的捍卫者，因为我的这一举动违反了很多规则。但是，在当前的公共辩论中，并没有多少人认为我们在不知情的状况下会过得更好。我所做的就是尽我所能最大限度地维护公众利益，将公众利益可能受到的损害降至最低。”

“我下面要跟你说的，是我们从别人那里听到的原话……”甘萨开始说。

“不要有顾虑，我非常理解，不用有所隐瞒。”

“我们听到的是，那些打击坏人的行动受到了非常严重的影响。”

“他们有进行量化吗？他们有没有举出具体的例子？他们一直在媒体界表达类似的论点，而且是以非公开的方式。尽管我们已经就此举行了国会听证会，但他们从来没有提供哪怕一个具体的案例。”

甘萨说：“他们被禁止在这里谈论这些东西，我们没有机会听到那些保密的东西。”

“他们一直在说，损害、损害、损害。但这只是一种似是而非的说辞，即便不是这样，它在很大程度上也是在夸大其词。我在美国国家安全局内部担任最后一个岗位时的工作内容就是利用这些系统来确定监控目标……我读过真正的恐怖分子的电子邮件，我也读过黑客的电子邮件。我知道这些家伙是如何操作的，我也知道系统是如何运作的。我知道情报来源和情报获得的途径是什么。我知道什么对我们而言是很重要的，因为我的工作需要依靠它们展开。我所做的就是尽我所能，最大限度地维护公众利益，将公众利益可能受到的损害降至最低。”

斯诺登说，他所披露的那些内容对于普通人来说是新闻，但对恐怖分子和外国领导人来说不是，他们早就知道自己可能会被监听。“互联网和电信领域由西方情报界控制，他们并不会对此感到惊讶。那是我们的主场，被视为我们的领域。他们知道自己在实施类似的操作时是不占优势的。”

这时，丹妮斯插了进来。她说，“以一种心照不宣的方式让人明白这种监控行动一直在进行是一回事，但以正式的途径向世人证实这一点则是另一回事——这是他们提出的另一个观点”。

随着谈话的深入，斯诺登时不时地对于国际事务中有关“坏人”言论的价值提出质疑。“我们被世界各地的这些政治冲突搞得焦头烂额，以至选择了站在其中一边。”他一度说道，“面对怪兽之战，有些人说‘我希望哥斯拉赢’，另一些人则说‘我希望摩斯拉赢’。而我们完全忘记了，一旦怪兽之间开战，最终受害的是城市。这才是问题的关键所在，根本没有所谓的好人与坏人。”

斯诺登倡导大家达成共识，他还提到了丹妮斯在《国土安全》中扮演的中央情报局特工卡莉·马西森。“对于中央情报局来说，对于办案人员来说，对于像卡莉那样的人来说，中央情报局在招募特工的时候就对那些特工做出了承诺。”他说，“有一个很常见的场景，当机构说‘把这个人甩掉’时，（办案人员）会感到痛苦不堪。”他说，倘若在现实生活中，卡莉有时还会被总部强迫牺牲掉她招进来的人。倘若对特工信守承诺便意味着“会暴露一次行动，或者会给一家强大的企业造成尴尬的情况”，中央情报局总部就会做出残酷的选择。“他们会说，‘防止这种尴尬情况的发生比这名特工的生命更重要’。这种事情真的会发生。我在这里不能细说，但这绝不仅仅存在于虚构的剧情中。”

这是斯诺登言语中最放得开的一次了，在话语中暗示了事关生死的事件内幕。我不明白，以他在日内瓦担任中央情报局技术官员的经历，怎么会知道这些事情。《国土安全》的创作团队似乎并不相信他的话。于是，斯诺登加倍努力提升自己的可信度。他向众人讲述了我们两人早期的对话。劳拉·珀特阿斯和我曾收到他的第一份泄密资料，但还没有将其发布。斯诺登曾提醒我要加快速度。

“当我和巴顿对话时，他觉得我太过夸张。”斯诺登说，“直到现在，我被拦截的可能性还是非常大的。我告诉他，‘如果美国政府认为你属于单点故障，如果他们认为干掉你就能阻止整个系统陷入崩溃，那么他们就会这么做’。巴顿当时不相信我的话。他可能至今对此仍持保留态度。”

事实上，我对此不光是持保留态度。我不相信政府会暗杀一名记者。那时，我甚至还不知道他的名字，我希望 Verax 所代表的并非字面意思。这个预言并没有帮助他赢得我的信任。我想，也许他是因为压力太大而惊慌失措。现在，斯诺登重提这个故事。这让我感觉很困扰——好像他是认真的，好像他借助这件事成为这满屋子扮演间谍的人员中唯一一名真正的间谍。

此时的丹妮斯脱了鞋，双脚蜷起，窝在一把皮质扶手椅上，身体缩在一条羊绒披肩里。她已经低头不语了好一阵子。

“显然，你对于中央情报局的工作方式真的很不赞同。”她说，“你认为秘密机构有存在的价值吗？你认为这种机构的存在会给我们的国家带来好处吗？”

“其实，我认为是有价值的。”斯诺登回答道，“而且我想说明的是，我认为它们超级有价值。我认为它们很好，我不想看到美国国家安全局或中央情报局被撤销。我认为它们所做的工作大体上是非常有价值的。我所反对的是以特定的方式实施的特定项目，特别是负责实施大规模监控项目的当局，尤其是那些欺骗公众而不是欺骗我们的对手的方式。”

“你为什么会先去中国？你之前想到过自己最后会去俄罗斯吗？”丹妮斯问道。

“关于我选择去中国的情况是，任何引渡请求都需要时间，而我可以利用这段时间与记者沟通他们所需要知道的一切。这样无论我发生什么，这些事情基本上都会被报道出来。”斯诺登说，“我从来没有想过自己最后会去俄罗斯。其实，当时我已经订好了去厄瓜多尔的机票，只是要取道俄罗斯，结果在前往俄罗斯的飞机上，护照就被美国政府吊销了，导致我只能滞留在那里。”

这话不假。当天，斯诺登计划途经哈瓦那和加拉加斯这两个中转站。他在香港的旅伴莎拉·哈里森向我提供了经过确认的订票副本。

Passenger(s):	Ticket(s) #:	Seat(s):
Miss Sarah Harrison	5552102421916	N/A
Mr Edward Snowden	5552102421917	N/A

Date	From	To	Flight	Status
24 Jun 2013	MOSCOW SHEREMET, RUSSIA 14:05 TERMINAL D - DOMESTIC/INTL	HAVANA, CUBA 18:45 TERMINAL 3	SU 150	Confirmed Economy

甘萨说，如果你当初选择待在国内，“你不可能等到上法庭的那一天”。

斯诺登表示同意，还引用了埃尔斯伯格的例子。他说：“人们忘记了，丹尼尔·埃尔斯伯格之所以没有被继续关押在监狱里，他之所以能够离开那里，唯一的原因是，尼克松做出了太多极为出格的举动，以致法官别无选择，只得驳回对丹尼尔·埃尔斯伯格的指控。”这里，斯诺登暗指的是尼克松的特工闯入埃尔斯伯格的精神病医生的办公室。“如果你被指控违犯《间谍法》，根本没有可能辩护成功。”

丹妮斯试图想象斯诺登在俄罗斯的生活。“你交朋友了吗？你生活的社区是什么样的？你会参加聚会吗？你在那里的生活是怎样的？”

“对于你问的这些问题，我可以保证，联邦调查局会说：‘拜托，请再多问些这种问题。'"

丹妮斯做出了一个扫兴的表情。"好吧，那就不要回答了。"

甘萨小心翼翼地说道，我们中的一些人"很担心你在俄罗斯的安全"。

"我必须要说，我对此非常感激。"斯诺登说，"但实际上，我的工作已经完成了。我觉得，在很大程度上可以说，我此生的工作已经完成……如果有一天我发生了什么可怕的事情，从这个世界上消失，请不要为我流泪。"

在《国土安全》中饰演一名中央情报局高官的曼迪·帕廷金悲伤地摇了摇头，低声对房间里的人说："'我此生的工作已经完成。'这话出自一个孩子的口中。我有一个儿子，也是32岁。他还只是个孩子。"然后，帕廷金提高了音调，问斯诺登："你晚上能安然入睡吗？还是会做噩梦？"

"事实上，从来没有人问过我这个问题，除了我女朋友。"斯诺登回答道。

"曼迪像是个不错的女朋友。"丹妮斯哈哈大笑起来。

"我没有太听清你说了什么。但如果你说的是，林赛是个不错的女朋友——"

"没事，没事。"丹妮斯笑着说道，"只是在开玩笑。"

帕廷金坚持问道："告诉我你都会做些什么样的梦，你晚上是否能睡得好。"

"我不做梦。"斯诺登说，"或者说，即使我做了梦，我也不记得了。"

1952年11月4日，美国国家安全局成立，它成长于无线电波和利用铜线传输电流的时代。历经几十年的投资建设，它建成了一个由天线、交换机和卫星组成的全球性设备，所有这些元件被组装在一起，就是为了采集特定类型的电子信号。光子时代于20世纪末开始，使上述设备中的大部分都被淘汰了。到2000年，全球绝大部分的通信都是以光脉冲的形式，通过像人的头发一样粗细的玻璃丝传输的。一条条的玻璃丝被排列成带状，然后被编织在一起。光缆彻底改变了传输中的数据。数字存储彻底改变了静止的数据。于是，美国国家安全局不得不从头开始改造自己。当它逐渐掌握了新的领域时，它对信息的控制范围达到了人类从未企及的高度。

迈克尔·海登在2016年的回忆录《边缘游戏》(*Playing to the Edge*)中写道："我们正在转向主动的信号情报获取，去主动接触目标，并从目标那里提取信息，而不再像传统的、被动的信号情报获取，寄希望于截获传输中的信息。"《边缘游戏》是首部美国国家安全局前局长的回忆录。"我们也知道，哪怕我们把这件事做得只有五分好，也足以迎来信号情报的黄金时代，因为人类以数字形式存储和传输的数据与日俱增。"

"几乎无可争论，"海登补充道，"我们从一个依赖无线电波偶然击中我们的天线的时代，进入一个实现了数字层面的破门而入的时代。"

从上述总结中，你可能会对美国国家安全局形成一个错误的印象。事实上，在早先那个年代，美国国家安全局就已经非常主动了。美国国家安全局与电话公司合作的"布拉尼"项目，可以追溯到20世纪70年代。但到2001年年底，在技术机遇和"9·11"恐怖袭击事件的推动下，美国国家安全局开始在全球通信网络的主要交换点实施大规模信息搜集。

马克·克莱恩是美国电话电报公司位于旧金山办公地点的技术员。2002年夏，他得知美国国家安全局的一名代表曾前来访问，并就机密业务咨询了公司管理层。之后，在位于旧金山福尔松街第611号的美国电话电报公司办公大楼里出现了一个新的密室，房间号码为641A。美国西海岸整个互联网的十字路口便位于这栋大楼里。那个房间的门上装有密码锁（在这栋办公楼里这是不太寻常的），防止没有绝密安全许可的施工人员、维护人员和技术人员进入。克莱恩还发现了一些文件和其他线索，都指向一点：那里有蹊跷的事情发生。

这座大楼为美国西部最大的互联网供应商提供对等链接，那些互联网供应商就是信息高速公路交叉路口上的物理连接点。根据克莱恩与我分享的文件，美国电话电报公司开发了一个“分离器切入和测试程序”，显示了如何制作整个数据流的副本。

2003 年的一个晚上，克莱恩发现只有自己一个人在七楼值夜班。“这给了我一个实施调查的机会，而不会引起人们的怀疑。”他后来在位于旧金山湾区阿拉米达县的家中告诉我，家里除了他和妻子，还有两只猎犬。他所在的电缆室的地板正是 641A 房间的天花板，中间的通道处铺着两英尺见方的瓷砖。他单膝跪地，开始拆除瓷砖，使用通信分析仪——Fireberd 测试工具追踪连接。“我把地板拆开，把瓷砖一块一块地拆除，可以看到下面房间里的布线。”他说，“你可以直接通过追踪它来查看电缆的走向。”在拆除了 4 块瓷砖之后，他找到了电缆插入 641A 房间内的一个分离器柜的位置。在六楼，克莱恩找到一个梯子，“我把头伸到上面去看——天花板的瓷砖开了一个口”。他证实了有一条电缆从七楼接入分离器柜，又有两根电缆从分离器柜接出，其中一根完全是另一根的复制品。这两根电缆是黄色的，因而很显眼。当时，其中每根电缆每秒都携带着数千兆字节的数据。

根据为国会情报委员会成员提供的一份概况介绍，美国国家安全局拥有许多类似的设备，“旨在获得世界各地的高容量国际光缆、交换机和 / 或路由器的访问权限”。其中有些设备是出自美国国家安全局之手，还有一些设备（比如针对谷歌和雅虎实施的 MUSCULAR 项目）则依赖的是五眼联盟中的一个盟友。其中有少数是“单边的”，即不为他人所知，在暗中维持。但更多的是为“企业合作伙伴”所知的，这些企业包括美国电话电报公司、威瑞森电信、摩托罗拉和思科。美国国家安全局的文件中会使用 FAIRVIEW（“美景”）和 OAKSTAR（“橡木星”）等代号来掩饰这些企业的身份。这种占据战略位置的接入点，美国国家安全局不需要太多，就能对全球的通信情况了如指掌。2011 年，美国国家安全局与其英国、澳大利亚、加拿大和新西兰同行召开了一场情报会议，根据该会议上的一份演示文件，五眼联盟“新的情报搜集态度”是“嗅探一切”“了解一切”“搜集一切”“处理一切”“利用一切”“合作一切”。无论是当时还是现在，这种描述都是言过其实的，但它作为一项远大的目标是真实可靠的。

这种身处监控行动黄金时代的雄心壮志在情报集团内部也造成了同等的焦虑。倘若“搜集一切”几乎已是胜利在望，那么任何一部分的情报缺失都会让人感觉是不力之举，应当予以追责。戴维·C. 贡佩尔曾在 2009—2011 年担任国家情报副总监，中间还担任了一段时间的代理国家情报总监。有一次，我俩在普林斯顿大学的 PJ 煎饼屋共进早餐时，他告诉我，他曾多次在国会闭门听证会上做证。从没有国会议员问过他，是否认为美国的情报工作做得太过火，搜集了太多的信息，使太多的隐私信息受到威胁。他说：“他们只问过我，我们怎么没能预料到一些事情，怎么没能阻止这些事情，为什么我们没有获得足够多的信息。”于 2017 年卸任的国家反恐中心负责人尼古拉斯·拉斯穆森同样告诉我：“任何袭击行动、任何伤亡的发生都是不被容忍的，倘若不是这样，他们不会如此执着于了解一切。当外界对他们的要求变成永远不要让意料之外的事情发生时，他们就会不愿意放弃任何权力。”

2014 年 11 月，担任联邦调查局局长刚满一年不久的詹姆斯·科米，在福特汉姆大学国家安全中心的一次会议上发表主题演讲，将这种心态展现得淋漓尽致。正如其前任一样，科米警告称，在消费者技术领域，加密技术的传播（这在很大程度上要归因于斯诺登披露的信息）对联邦调查局的行动构成了阻碍。调查人员越来越常遇到的问题是，证据因被锁定而无法获取，比如存储在 iPhone 上的照片或通过 WhatsApp（瓦次谱）发送的消息。联邦调查局可以使用一些稀奇古怪的破解工具，有时还可以通过其他途径获取证据。但科米表示，联邦调查局针对恐怖分子和犯罪嫌疑人而使用特殊手段的频率过于频繁。苹果、谷歌和其他科技公司在设计产品时，特别强调只有用户才能解锁。它们拒绝为政府使用其数据留“后门”。科米更喜欢使用“合法访问”这个词。他说，如果企业拒绝为政府提供这类帮助，那么加密技术会带来的风险是，可能会打造一个无授权区域，法律在这个区域内根本不适用。

我举手提问。科米做出一副不情愿的样子，然后还是点了我的名字。早在几年前，在我写作《垂钓者》一书时，我们变成了朋友。那时候，科米离开了一个政府要职，后来他又担任了另一个政府要职，但当时他还没有上任。他曾到我家吃饭。现在，我是一个可能被传召的证人，在某些人眼里，我是犯罪分子的同谋，而那些犯罪行动就发生在他管辖的领域。我想，当职业立场允许时，我们也许还能继续做朋友，但现在的情况使我们必须保持距离。像这样的公开会面是唯一谨慎的做法。

我想验证一下之前脑海中一直闪现的一个想法。搜查令赋予政府的是搜查的权力，而不是查明真相的能力，因而并不能保证一定成功。加密在实践中对法治构成了挑战，但它并没有否定法治。社会没有必要为了提高透明度而按照特定的方式进行自我设定。在独立战争胜利之后很久，那些建国者仍会在其私人通信中使用密码和暗号。我们都有权隐瞒那些我们不想让别人看到或听到的事情。为此，我们可以以耳边私语的方式进行沟通而不留下任何记录，我们可以把一封信埋掉或者烧掉。法律的实施一直都面临着各种障碍：保持沉默的权利、排除被污染的证据、陪审团一致裁决的要求。美国的建立并非为了最大限度地提高警察的办事效率。

“以你对公民自由的尊重，你认为是否存在这样一种可能，即在执法和情报搜集领域，某种程度上的低效是一种特性，而不是一项漏洞？”我问道。

“巴顿，我认为这其实是我们需要进行的对话的核心：鉴于我们当前的发展方式，未来形势会不会超越单纯的低效，而使整个执法阵线彻底陷入黑暗。”他说，“我可以想象到这样一种未来的场景，即我们会彻底无法获取这类信息，这还是简单的低效问题吗？也许在某些人看来是这样。但在我看来，这将导致所有领域的低效。”

我问道，如果你坚持要求苹果公司为联邦调查局创建一个特殊的加密密钥，“这与‘除非你告诉锁具公司自己准备设置什么样的开锁密码，否则就不得买锁’或‘除非你告诉制造商自己准备在哪里挖洞，否则就不得买铲子’的逻辑有什么区别？为什么你一定要对于人们究竟拿自己的设备做了什么了如指掌？”

科米说，不同之处在于，“这个世界上没有打不开的锁，没有绝对保险的保险箱”。

我当时的想法是，这是一个很有说服力的答案，比我预想的答案要好。只要拥有恰当的授权，科米已经可以打破国内任何的实体障碍。他有权力清楚地了解任何一个密室内储存的东西。他希望在虚拟领域拥有同样的权力。这也许听起来就像是一回事，但事实并非如此。以往各届政府从未拥有过这样的权力，通信领域从来没有向情报机构全面开放过。大多数人与人之间的互动，即使在盛行书面文字的时代也没有被记录下来。

在以往任何时候，随意搜集任何通话记录都是不可想象的，更不用说搜集全部记录了。时至今日，这一雄心壮志已经有可能实现，科米在情报界的一些同行认为，实现这一点是必要的。其目的不是要事事都知晓，而是要拥有知晓任何一件事情的能力。任何试图逃避监控的领域，任何有效的隐私区，都必须被消除。这就是为什么在美国国家安全局的内部文献中，加密软件、匿名软件和杀毒软件都被归类为“威胁”。美国国家安全局副局长克里斯·英格利斯告诉我，在理想情况下，该机构会拥有“一种通用能力”，能够突破这些防御，而且机构的这种能力不会为对手所知。

执法官员和情报官员想要拥有不受限制的访问特权，我并不责怪他们拥有这种想法。这种想法还要源于他们所从事的工作。但这并不意味着一个经过精心调整的共和政体应该满足他们的这一想法。

微软有理由相信（就如同谷歌和雅虎），其海外数据中心之间的连接也已被侵入。当时担任微软总法律顾问、后来成为微软总裁的布拉德·史密斯在一篇关于我们的报道所写的博客文章中提到：“现在，政府的窥探有可能构成‘高级持续性威胁，与之并存的是复杂的恶意软件和网络攻击’。”这些话语颇具挑衅性。史密斯将美国国家安全局比作外国对手或犯罪集团。我想，微软肯定已经与美国政府对峙，要求政府针对MUSCULAR项目做出解释。两周后，我问史密斯，美国国家安全局是如何回应的。“我没有问过，因为我不想知道。”史密斯告诉我，“因为如果我从他们那里得知了相关信息，肯定会被告知这些都是保密信息，而这可能会对我的言论构成限制。”

关于美国国家安全局在海外利用美国企业基础设施的情况，那些大的科技公司有各种不知道或不想知道的事情。里根时期签署的第 12333 号行政命令为众多的侵入行动提供了法律掩护。苏丹尼和我把注意力完全转移到这类行动上，这些行动均发生在境外，但涉及美国境内的美国公民。批评者指责斯诺登和我们无端披露在国外的行动。然而，我们报道的要点是这些行动对国内的影响。

我们发现一件事，美国国家安全局部署在互联网的各个主要交叉点，采集一切看似电子通信录（即电子邮件的联系人列表和即时通信的“好友名单”）的数据。就如同老式的纸质通信录，这些电子列表通常不仅包含姓名和电子邮件地址，而且包含网络名称、电话号码、街道地址以及企业和家庭信息。美国国家安全局很喜欢这种通信录，因为它们以一种结构化的格式提供了大量关于人际关系的信息。通过计算机可以很容易地处理这些条目，用美国国家安全局的话说，就是用其他存储库中关于相同人物的信息来“丰富”它们。当同一个人使用多个身份时，通信录还有助于将其线上身份关联起来。

美国国家安全局在世界各地的数据交叉点获取了数以百万计的电子通信录。不可避免地，其中有许多都属于美国人。这与谷歌云的情况如出一辙。网络并不受制于地理界限。在境外实施搜集行动并不意味着所搜集的数据是境外的。

由于在线服务的运作方式，当用户登录、撰写信息、将计算机或移动设备与存储在远程服务器上的信息同步时，电子通信录就会被传输。美国国家安全局并没有针对个体用户，而是搜集了在国外站点能够找到的所有电子通信录。这个数量已经足够庞大，涵盖了全球电子邮件账号和即时通信账号的很大一部分。对这些数据进行分析，使得美国国家安全局能够搜索隐藏的关联，将外国情报目标锁定在一个小得多的范围内，从而绘制关系图。

根据一份内部的演示文稿，在一个具有代表性的日子里，美国国家安全局的“特殊来源行动组”从雅虎搜集到了444 743个电子邮件通信录，从热邮搜集到了105 068个，从脸书搜集到了82 857个，从Gmail搜集到了33 697个，从未指明的其他供应商搜集到了22 881个。这些数据被称为典型日采集量，按照这一速度计算，每年能搜集超过2.5亿个通信录。演示文稿中称，除此之外，美国国家安全局每天都从即时聊天服务以及网络电子邮件账号的收件箱中搜集到50万个好友名单。虽然这些搜集行动是在海外进行的，但两名美国高级情报官员承认有美国人被卷入其中。关于被卷入其中的美国人的数量，他们拒绝提供一个估计数值。但当我表示这个数量可能有上千万时，他们并没有进行反驳。

就在斯诺登事件引发公共辩论的初期，美国国家安全局局长基思·亚历山大曾为批量信息搜集项目辩护，认为这是一种必不可少的反恐工具和外国情报工具。“你需要大海捞针。”他说。这是一种大胆的提法，他的这一话语中承认了那项国内通话记录搜集行动的规模之大。那项行动只针对元数据，而通信录中包含的通常不仅仅是元数据，还有昵称、标签和备注栏。有时，联系人会被列在电子邮件账号中，并且附有他们之间近期通信内容的前几行。综合起来，这些数据使得美国国家安全局能够根据一个人的人际关系、职业关系、政治关系和宗教关系，绘制出其详细的生活地图。

美国国家安全局批量搜集通信录的行动，并未获得国会和负责监管外国情报行动的外国情报监控法院的授权。有一些高级官员承认，倘若在美国境内的基础设施中实施这一行动则属于非法行为。一名不愿透露姓名的高级官员告诉我，美国国家安全局通过在“世界各地”的接入点拦截通信录，避开了《外国情报监控法》的限制，对谷歌云的利用也采取了这样的方式。“这些行动都不是在美国领土上实施的。”他说，由于行动中所采用的方法，没有法律强制要求该机构将采集范围仅局限于属于特定的外国情报目标的通信录（机构也不具备这一技术能力）。

这怎么能说得通呢？我问道。美国人的账号是肯定会被纳入搜集范围的。美国国家安全局却认为，自己可以在法律的授权之下，假装这种情况不会发生。那名官员告诉我，当信息通过“海外的信息搜集装置”时，“会假定你不是美国人”。这确实符合正式的规则。根据法院批准的监控目标设定规则，在没有明确信息能够证明一个人是美国人的情况下，“基于合理理由被认为位于美国境外或位置不明的人，将被推定为非美国人”。

与其他批量实施的项目一样，通信录搜集行动也面临搜集过度的问题。美国国家安全局的一份文件中称，所有电子邮件中的大部分“都是来自‘虚假’地址的垃圾邮件，从未被‘传送’至目标那里”。这就产生了大量无用的联系人名单，采集系统不得不对其中一些“紧急解除任务”。在美国国家安全局“大型访问利用”工作组的一份简报中，作者呼吁数据拦截的标准应该更具体。简报中还呼吁“转变信息搜集理念”：“只点你想吃的”与“把菜单上的所有东西都点一份，然后想吃什么就吃什么”两种理念开始较量。

大规模监控技术并不是生来就这样运作的。它们搜集的是一片汪洋大海，而不是其中的水滴。我们还偶然发现了一个异常雄心勃勃的项目：它试图追踪和存储每一个拨出移动电话的手机的位置，并随着时间的推移记录每部手机的行踪，但前提条件是可以通过位于美国领土范围外的交换机对这些设备进行监控。苏丹尼和我发现了一套程序，这套程序每天搜集了近50亿条关于世界各地手机行踪的记录。有了这些记录，美国国家安全局就能够追踪个人的行动轨迹，并在全球范围内绘制出其关系图。

这个位置数据库中至少包含了上亿台设备。美国国家安全局没有理由怀疑，其中绝大多数个体手机用户的行动会与国家安全有关。它在整个宇宙范围内，或者说在可以合法触及的范围内绘制关系地图，因为该数据库提供了一套强大的分析工具，被统称为 CO-TRAVELER。利用 CO-TRAVELER 工具，美国国家安全局可以通过追踪行动有交集的人，找到已知情报目标的未知同伙。如果我关闭了常用的手机，并在大约相同的时间和地点打开了一部一次性手机，美国国家安全局也能建立起关联，并认定这部一次性手机是我的。

同样地，在这一项目中，美国国家安全局实施信息搜集行动的目标并不是要摸清美国人的底细，但它事实上还是摸清了很多美国人的底细。首先，每年都有数以千万计的美国人在国外生活或旅行，几乎每个人都会使用手机。其次，正如一位高级信息搜集项目经理告诉我的，“我们正在获取海量的”位置数据，具体方式是挖掘那些既服务美国手机又服务外国手机的移动网络。

至于其他的批量信息搜集项目，我们发现了一些证据，能够证明美国国家安全局存在一种担忧，即用于绘制关系地图的海量电话数据“超出了我们摄取、处理和存储”数据的能力。与其他情况不同的是，这里提出的解决方案不是将数据搜集变得更具选择性。相反，美国国家安全局正致力于打造更强大的数据存储和处理能力，以应对庞大的数据流。

在斯诺登披露的美国国家安全局的各个监控项目中，从规模、涉及范围和对隐私的潜在影响力方面来说，搜集和分析位置数据的项目可能是其他项目都无法超越的。基于这一项目，分析师可以找到位于世界任何地方的手机，追溯其行踪，并揭露手机用户之间存在的隐秘关系。随着时间的推移，位置数据不断累积，它们在隐私保护者之间被广泛视为独特的敏感数据。通过复杂的数学运算技术，美国国家安全局的分析师能够将一个手机用户的行踪模式和成千上万或数百万与其有交集的其他手机用户联系起来。即使用户没有在打电话或发短信的时候，手机也会暴露他们的位置。“位置数据的关键要素之一在于，客观的物理定律决定了你无法保持该数据的私密性，这也是位置数据如此敏感的原因。”隐私倡导者克里斯托弗·索霍安告诉我。注重隐私的人可以加密自己的电子邮件，伪装自己的网络身份，但“要隐藏自己的位置，唯一的方法就是脱离我们的现代通信系统，住进山洞里”。系统搜集和存储这个地理定位数据库中的数据，意味着当手机用户参加机密的商业会议或进出医疗机构、酒店房间、私人住宅和其他传统意义上受保护的空间时，其行踪都在政府的监控之下。

没有可避难之地，没有可安息之所。美国政府不会接受有任何地方处于其监控视野之外。

一如既往地，我们可以找到的文件都不完整。国家情报总监的总法律顾问罗伯特·利特曾发表官方声明：“情报界没有任何一个部门出于任何授权有意批量搜集美国境内手机的位置信息。”我不喜欢他在这一声明中留有的余地。难道这件事是其他政府机构做的吗？难道政府是以某种在情报法中不被视为“信息搜集”的方式来购买或获取数据的吗？他说的“批量”是什么意思？这句话中的“有意”一词又占有多大分量？当然，利特不会回答这些问题。

2013 年 10 月，基思·亚历山大参加了参议院的听证会，并在证词中披露，美国国家安全局在 2010 年和 2011 年开展了一个试点项目，旨在获取美国手机位置数据的“样本”。当时，他表示该项目因没有“操作价值”而终止。他的话语中，没有任何一点足以引起人们对于其所拥有的法律授权的质疑。他说，搜集美国的位置数据“也许是国家未来会需要的，但并不是现在需要的”。后来情况发生变化了吗？我们无从得知。

在光子时代，一个人可以在莫斯科得到庇护，而同时不必与这个世界脱节。他可以一直隐藏自己的踪迹，而同时可以以虚拟形式出现在几乎任何地方，并参与对话。斯诺登没有像过去的流亡者那样遭遇孤立境地。“只要我想，我随时都可以参与其中。”他在2015年告诉我，“当我在斯坦福大学、哈佛大学和普林斯顿大学发表演讲时，感觉还不错。政府已经失去了其权力。他们现在唯一能做的就是不让我踏入美国境内。”

“凭借互联网和我自身在通信领域的防护能力，我如今可以如此自由地工作——这真的是一件新鲜事。”同年，他告诉《国土安全》的主创团队。他解释说，最新的创新成果使得他能够“在某种程度上‘附身’于一台机器人”。这里，他说的是精神意义上的附身。通过莫斯科的一个键盘，斯诺登能够“寄身”于一台5英尺2英寸高、带有轮子的自动化设备。这台设备被称为BeamPro，共有90磅重，由光滑的钢、铝和玻璃制成。它的制造商合宜科技公司（Suitable Tech Inc.）称之为“远程呈现”。

大家很自然地把这台设备叫作斯诺机器人。斯诺登不仅能通过它说话、倾听，而且能看到别人，并且能被别人看到，还能在房间里或走廊上移动。他用键盘上的箭头控制设备的移动。这个效果让我想起了动画片《杰森一家》（*Jetsons*）中的家用机器人罗茜。2014年3月，斯诺登首次通过BeamPro公开亮相，在温哥华的TED（技术、娱乐、设计）大会上发表了演讲，其间还在主持人和听众之间转来转去。

我必须去见见斯诺机器人。作为斯诺登代理人的美国公民自由联盟，总部位于纽约，我到达那里的那天，斯诺登已经在千里之外的办公室里待了好几个小时。他出席并参加了一场模拟法庭的活动，旨在为即将到来的“美国公民自由联盟诉克拉珀”一案的上诉辩论做准备，该案中对通话元数据搜集项目提出了质疑。斯诺登操控机器人绕过大会议桌，

不断变换位置，以与人进行面对面交谈或检查文件。后来，他还在走廊上溜达，查看门上的名牌，跟遇到的人打招呼，并拜访了其中一位律师贾米勒·贾弗，与其进行面对面交谈。这听起来像是一个噱头，但移动性确实使斯诺机器人具备视频通话所不具备的呈现方式。

“唯一麻烦的是，这个东西没有手臂。”当天下午，斯诺登在透过斯诺机器人跟我聊天时告诉我。

他的首席律师本·维兹纳狡黠地提及《终结者》电影中的赛博格杀手[①]和强大的人工智能，说道：“我们还不会有天网，因为你现在还无法按下电梯按钮。”

电梯。斯诺登想了想，展望了一个战术问题。“如果你要逃离杀手机器人，”他建议我，“可以躲在电梯里，因为电梯能够屏蔽 Wi-Fi 信号。我会追着你进入电梯，而一旦电梯门关闭，我就彻底没招儿了。”

① 赛博格是人类与电子机械的融合系统。《终结者》影片中施瓦辛格扮演的男主角就是一个被称为“终结者”的赛博格杀手。——译者注

“这个我喜欢，”维兹纳回答道，“21 世纪的作战安全。”

维兹纳是在开玩笑，而斯诺登却是在解决问题。

回想起来，斯诺登的战术心理可能会产生惊人的结果。2019 年，当特别检察官罗伯特·穆勒就俄罗斯是否曾干预 2016 年美国总统大选一案展开调查时，我正在查看 2013 年采访斯诺登的笔记以试图查找一些东西，但我要找的东西与上述案件并不相关。就在这时，我偶然发现了一段对话内容，这一内容在当初并没有给我留下特别深刻的印象。当时，斯诺登一直在谈论美国国家安全局的监控项目可能会被滥用以达到某些政治意图，而这会带来危害。他说，在破坏性的选举攻击行动中，另类泄密者可能会以不同的行事方式曝光通信内容。

“假如我是一个真正的政治党派观念十分重的人，对民主党和奥巴马深恶痛绝，搜集了从现在到即将到来的中期选举期间所有民主党官员的电子邮件，并将其全部泄露出去，作为新的‘十月惊喜’[①]。”斯诺登当时这样说道，“想想这会对我们的治理体系的运作方式产生何种影响，会对我们的选举体系的运作方式产生何种影响。这就是这些数据库所代表的风险和损害。”

就在这段对话发生之后两年多，俄罗斯军事情报总局侵入了希拉里·克林顿的竞选团队主席和民主党全国委员会的电子邮件账号。“人肉搜索”在当时已经不是一个新颖的概念。它在 20 世纪 90 年代就被黑客发明出来，最初是作为一种报复手段。那时的它还没有成为一种影响力巨大的政治工具。在斯诺登发表上述言论时，人们谈及人肉搜索还只是将其视为一种无关痛痒的恶作剧。例如，2013 年 3 月，一个或几个不知名的人士创建了一个名为“秘密档案”（The Secret Files）的网站，上面

① “十月惊喜”在美国的政治术语中代表故意制造出来的或算准时机披露的新闻事件，或者是自然发生但会影响美国的选举结果的新闻事件。——译者注

公布了米歇尔·奥巴马、阿什顿·库彻、碧昂斯、乔·拜登、唐纳德·特朗普和其他名人的个人信息，包括电话号码、家庭住址等。大约一年之后，朝鲜对索尼公司发起了毁灭性的黑客攻击，还有其他一系列事件相继发生，这些事件被布鲁斯·施耐尔称为“政治性人肉搜索的兴起”。斯诺登在事情真正发生之前就看到了这一潜在趋势。他的心理自然而然地转向了这个方向。

在我见到范妮·瓦因斯本人之前，我们已经通过电子邮件和电话进行了几十次交流，每次交流的结果都是双方互不满意。在斯诺登事件中，作为美国国家安全局主要媒体联络人的瓦因斯，试图扮演一个从没有人能够胜任的角色——她是一个没有管理权的危机管理者。日复一日地，她给上司们带去坏消息，而没有给记者提供任何消息。她自己也曾是一名记者，从雪城大学毕业后的头几年，她一直在《弗吉尼亚导报》（*Virginian-Pilot*）负责教育版块的报道。在攻读完新闻学硕士学位后，她就转行了。媒体关系是成长型行业。大多数情况下，瓦因斯在台上都能保持沉着冷静，但在台下动不动就会恼羞成怒。我们在乔治城大学法学院初次见面那天，她刚刚听到美国国家安全局监察长乔治·埃拉德把斯诺登以及作为斯诺登“代理人”的我比作联邦调查局历史上最糟糕的叛徒。此时的她把我拉到一边，对我发起了猛烈的抨击。按照瓦因斯的说法，斯诺登在不断地对我撒谎，而我每次都上当。

“你对你的线人付出了真心。”她说，“你有没有考虑过他可能在欺骗你？”

我对此不以为然，在心里想：真正在实施欺骗的是你所在的部门。但我并没有说出来，毕竟瓦因斯并不是真正的罪魁祸首。大多数时候，她只是将别人为她写好的台词照原样读出来。从政府官员口中已经说出过太多虚假的狂妄之词，已经发表过太多经过精心修饰的虚假声明，只为使人们看不到真相。情报机构的成员厌恶斯诺登，想把他打倒。他们认为，他的罪行和缺陷就是新闻。

也许是我太轻易地否定了瓦因斯所说的话。大约就在我们俩见面的那段时间，也就是在 2014 年，我开始投入更多精力思考斯诺登的个人经历中我未能了解的那些部分。自从 Verax 首次发来消息表明自己是“爱德华·约瑟夫·斯诺登”以来，已经发生了很多事情。我已经有一段时间没有去看那条信息了。于是，我回望过去，基于已经了解到的情况，再次查看了那份签名文件。

> 美国国家安全局前高级顾问，以企业员工身份作为掩护
> 美国中央情报局前外勤人员，以外交人员身份作为掩护
> 美国国防情报局前讲师，以企业员工身份作为掩护

早期的职位头衔写得很模糊，根本无法查证。政府不会谈到他的工作档案，他自己也不会。但随着我对斯诺登的了解逐渐增多，我开始越来越不能理解他为什么会这样描述自己的工作经历。一个 29 岁的 IT 承包商雇员称得上是“高级顾问”吗？有过屈指可数的几次在台上做安全培训的经历，算得上是国防情报局的“讲师”吗？一个受雇于承包商戴尔或博思艾伦的员工，算不算是“以企业员工身份作为掩护”从事工作？掩护应该是一种伪装，是为掩盖间谍活动的真实性质而打出的幌子。斯诺登每天去美国国家安全局的夏威夷行动中心上班，难道是要掩饰什么？

他在中央情报局的职位头衔尤其令人误解。在通常的理解中，以外交人员身份作为掩护的外勤官员是指名义上是国务院员工，实则是负责

招募和管理外国特工的秘密行动成员。斯诺登肯定知道我会误解他自封的这些职位头衔。事实上，我后来才知道，他是一名电信官、一名专业技术人员，被派去保持通信渠道畅通和维护设备。没错，他的工作是在外面展开。没错，他的职位里有“官”这个字。没错，就像美国驻日内瓦大使馆里的所有人一样，他持有外交证明。但要通过这些事情来暗示他是一名卧底人员，未免有些牵强。

斯诺登一边在试图赢得我的信任，一边却在误导我。后来他告诉我，他当初担心记者不会拿他当回事。他所拥有的权限和信息超出了他正式的职权范围，但他不知道该如何通过第一印象传达这一点。于是，他借助了一条捷径——夸大自己的职位。这使他从一开始就给我们之间的互动蒙上了一层阴影。当听到他在与《国土安全》的主创团队谈话中影射黑暗的内幕时，我感到有些疑惑，原因肯定也在于此。斯诺登采取了虚张声势的战术。

还有其他迹象表明，斯诺登确实有通过一些手段来接近真相。我们有时候会谈论我的工作，当我在报道中遇到难以跨越的障碍时，他有时建议我装出一副知道更多消息的样子，从而刺激官员披露更多新的内容。

“这件事我好像无法给你提供确凿的证据，但我鼓励你在寻求别人的意见时，把事情说得严重些，即使你不会在最后的报道中这样呈现。”他有一次这样告诉我，“这似乎已经变成查出真相仅有的几种途径之一了。”

“对于我不知道的事情，我不会声称自己知道。”我回复道。斯诺登便没有再继续这个话题了。

还有一次，他更夸张，竟然建议我将推测的结果作为事实予以发布，尽管这个推测是有依据的。他说，如果我的报道超出了现有证据能够证明的范围，政府就会被迫做出回应，从而披露更多的信息。无论如何，公众都可以由此获得更多的信息。斯诺登还引用了《华盛顿邮报》发表的关于追踪手机位置的文章作为例证。阿什坎和我在文章中写道，美国国家安全局每天搜集近 50 亿条位置记录。我们更想指明该机构追踪了多少部手机，可我们不知道这个数据。

“要我说，你不能确定，就让美国国家安全局来澄清。”斯诺登对我说，“你就把位置记录说成是‘手机’，直到他们站出来说，我们没有在追踪 50 亿部手机，我们只追踪了 2.86 亿部手机。”

他是认真的吗？起初我并不确定，因为他在表达这一观点的同时还批判了新闻媒体的中立态度。“我觉得你在意识层面做得还不够。”他说，“你不愿意指控他们，因为主流的美国媒体不会这么做。他们不会指控人民，即使人民犯了明显的错误，他们也不会去谴责。”

“我想，有一个尖锐的拥护者还是有一定作用的。”我回答道，“我想你已经找到了这样一个角色。”

听到我暗指格林沃尔德，正在吃饭的斯诺登通过鼻子发出了一声笑声。他一直都明白我们之间的分工。他想要表达一个观点，那就是公共话语权的市场上存在着一种模式。他说，像迈克尔·海登这样的情报权势集团支持者提供的错误信息，使得公共辩论中的一些术语已经如此偏离中心，只有用夸张的言辞进行反击，才能够澄清事实。

“问题在于，有时你无法得知现场的真实情况，因为双方都各自设置了一个真相之锚，而这两个锚之间又是互相连接着的。所以，当海登将真相之锚拉向他那一边时，你就会脱离真相的领域，而且你无法通过真相到达那一领域。这就是问题所在。”

“我不确定我们能在这一点上达成共识。”我说着，试图跳过这个话题。

但他坚持要我给出一个答案。我之前已经和他讨论过这个问题，不过仅停留在原则层面。于是，这次我尝试给出了一个实用层面的回答。错误会削弱信心。如果我证明自己是不可靠的，读者将来就不会再相信他们所关心的那些报道了。

我告诉他，在我发布一些内容之前，“我真的想先确定其真实性”。“如果有一篇报道因为存在错误信息而被撤回，那整个局面都会发生改变。”

斯诺登说，他曾经跟我持相同的观点，但后来他的观点发生了改变。“我觉得这种策略（我给它起了一个通俗的名字——‘零搞砸策略’）是对的。我不确定事实是不是这样。关于这一点，我的想法是：一篇错误的报道依旧可以产生对公众有利的结果，它可以刺激政府说出真相。”

“我会把这种事情留给别人去做。”我说。

“这是一种策略。尽管有些人会认为‘这真是一场灾难’，但它确实比什么都不做能给公众带来更多的益处。”

在我从未发布过的有关斯诺登的故事中，最吊人胃口的是他自己写的一些东西，而不是带有保密标记的美国国家安全局文件。他只提供了内容概要。我如果要将其发布，就需要找到辅助性的细节信息。越是不同寻常的说法就越需要不同寻常的证据。我知道大概需要什么样的证据，但一直无法确定。直到两年之后，我才明白这是为什么。

我在前文中提到过一个名为“README_FIRST ”的文本文件。2013 年 5 月 21 日，斯诺登首次给我和劳拉·珀特阿斯发来有关美国国家安全局的档案文件时，这个文件也一起被发来，里面的内容是斯诺登写的。他在这份文件中介绍了自己的名字，并发表了一份反监控宣言。但我之前没有提到这份文件中颇富戏剧性的高潮部分。斯诺登讲述了他所做的一些事情，以证明美国国家安全局的监控设备可以被用来对付任何人。能够防止这一权力被滥用的“保护性措施较为有限”，他写道，但“出于经验，我可以告诉你，那些有限的保护性措施可能瞬间失效”。他的依据如下：

> 单凭对一个软件程序做出的一份自我证明，我就窃听了国会现任八人团[①]和最高法院的网络通信内容。

这是一个令人瞠目结舌的说法，明确且清晰，用来说明他的观点，几乎堪称完美。他写道，他已经反常到去证明这件事是可以做到的。即使是那些最了不起、最有权势的人——最高法院的 9 名大法官和参众两院的 8 名高级成员，也未能逃脱美国国家安全局的全面监控。对此，斯诺登仅仅提供了如下解释。

> 愿他们享受自己授权的这一系统的关注。他们不会遭受任何损害，因为所搜集的信息一经发现就会被立即销毁，而我届时会因他们所拥有的特权而受到惩罚。但我祈祷这么做能够证明其中的风险：拯救他们的是政策而不是能力，可政策随时可能被修改。如果世界上最有权势、最受保护的人的通信都可以被如此轻易地监控，那么你的私人通信有什么神圣地位可言呢？

伴随着斯诺登所写的这份文件一起被发来的，还有数万份文件，这让我有些措手不及。当时，我还没有找到能够发表我的文章的新闻机构，

① 八人团包括来自参议院的 4 名成员和来自众议院的 4 名成员。根据 1947 年《国家安全法》，美国总统和行政部门实施的所有情报行动至少要知会这 8 个人。——译者注

还没有找到能够安全存放这些文件的地方，还没有进行过法律咨询。倘若不是处在这种情况之下，他在这份文件中声称的内容肯定会引起我的充分注意。但在那天，所有事情如潮水般涌来，这一内容夹杂在其中，便被我忽视了。在接下来的一周里，斯诺登在向我施压，要求我发布第一篇报道时，再次提到了这份文件中的内容。他写道，时间是至关重要的，因为“此时应该对我在‘README_ FIRST’文件中披露的特定行为展开积极调查”。

随着时间的推移，我定期就会回想起斯诺登提到的关于最高法院大法官和国会八人团的事。让我感到惊讶的是，这一事件一直没有被披露。珀特阿斯和格林沃尔德肯定不会轻易放过这则新闻，但他们可能和我一样，发现自己掌握的信息还不足够。斯诺登是什么时候监听的这些通信信息？他针对的是哪些账号，使用了哪些“选择器”？（他名单上的大多数人都没有公开的电子邮箱地址。）斯诺登如何能够证明自己知道那些人都说些了什么？

对此，斯诺登不想详述，而且总有别的事情要谈。即便如此，这个谜团还是一直牵动着我，因为我相信答案几乎就在我的手边。我想，事实上答案也许已经在我手中。在我的硬盘中有一箱箱的秘密，但我还无法将其打开。

这是我和斯诺登之间更广泛的一个矛盾点。从表面上看，他一次发来了 5 个加密容器，但他只提供了其中一个容器的加密密钥。有一个容器比“潘多拉”还要大，而“潘多拉”是我唯一能够解锁的容器。“你唯一拥有的就是你可以访问的明文，”斯诺登告诉我，“除此之外的任何东西都很有可能连接着失能开关、上有时间锁或有其他类似的设置。”他拒绝提供进一步解释，他说：“讨论这些机制会削弱它们的效能。”

且不论这里的失能开关究竟指的是什么，斯诺登很以此为傲。他曾在与埃尔斯伯格对话时说道："我打造了一个技术系统，可以确保一旦我被拘留，某些信息会被发送。而我在监狱里的时候是完全无法修改它的，这就造成了一些风险。"他在发给博思艾伦的简历中有这样一句话："发明了一种无从审查的情报人员通信方法，可应用于通信发起人已死亡或被扣留的情况下。"

当我提起国会八人团的事情时，斯诺登间接提到了这个诡异的机制。我知道珀特阿斯和格林沃尔德在香港获得了一些我没有的文件。我在 2013 年 10 月的一次线上聊天中问斯诺登，那些文件中是否包括从最高法院和国会八人团那里截获的内容。

"关于这件事情，我想了很多。"他回答说，"我不确定在可预见的未来这些内容会被曝光，因为它们会被用来给披露信息的行为'定罪'。也许在改革之战结束后，这些内容会被曝光，但即使到那时候也是存在很大风险的。现在，这些内容没有在任何人手中。它们属于失能材料，不会被任何人挖走。"

2014 年 6 月，首批保密内容被曝光的整整一年后，斯诺登主动提起了这件事。我那时候请他对另一篇报道发表评论，评论内容可以公开发表。"美国国家安全局，"他写道，"可以获取有关我们过去 5 年私人生活的完整的、全面的记录。这件事情的可怕之处在于，一个高中辍学的人可能在一天早上醒来，决定要带着南希 · 佩洛西[①]的电子邮件副本走出家门。除非他把这些邮件副本主动寄给《华盛顿邮报》，否则没有人会知道这件事。"

我问联邦调查员，斯诺登有没有对名人进行过窃听，但没有得到答案。"我们没有证据能够证明这一点。"一位密切参与调查的官员说道，

① 南希 · 佩洛西，2007—2010 年及 2018 年至今担任美国国会众议院民主党领袖、美国众议院议长，是历来职位最高的女性联邦政府官员。——译者注

他对此表示怀疑，“他可以向传感器提交任务，但他不能直接给传感器指派任务，中间还有一道任务审核的流程。数据搜集项目经理要查看被提交的任务，决定给哪些传感器指派任务以及由哪些传感器实际执行任务。如果让系统中的每个人都能输入任务，会使系统崩溃的。”

斯诺登会不会绕过这些流程？他要想在不引起怀疑的情况下钻空子，一种可能的方式就是将其查询内容转换为一种编码格式，比如可以采用 base64 编码方式。与其冒着招致怀疑的风险搜索“佩洛西”，他可以将目标模糊化为“UGVsb3Np”。鉴于他已经成功打破其他规则，要确定无疑地称他无法找到避开限制的方法，那就太愚蠢了。“我不明白他是如何做到的，”那名调查员说，“我不想说这是完全不可能做到的。毕竟系统和人都不是完美的。”

问题是，我确信斯诺登可以访问在“棱镜”项目的授权之下搜集的信息，这意味着这些内容肯定来自美国境内的传感器。他向我提供了大量被截获的电子邮件和在线聊天信息的样本，从而证明了这一点。出于报道的目的，我假定他手中有我报道最高法院大法官和国会八人团事件所需的证据。我的工作就是把它找出来。2015 年夏，我第二次前往莫斯科，借机当面逼问斯诺登。

“有一件事情是我最想谈的，我必须得想办法说服你谈论这件事。”我告诉他，“在早期的那份名为‘README_ FIRST’的文件中，你对自己所做的某些事情做了非常具体的说明，但这些事情至今还没有被曝光。你说你曾经窃听了国会八人团和最高法院大法官们的通信内容。我没法假装自己没看到这份文件。那些批评者倘若看到这些内容肯定会说：‘这简直就是扯淡。’而这一点会成为你应对他们的攻击时的又一软肋。”

斯诺登试图拖延时间。他说，美国国家安全局的 XKEYSCORE 界面允许分析师输入任何选择器，然后就可以对任何人实施监控。我回答说，问题是，根据美国国家安全局的说法，是存在保障措施的，而你说你实际上已经做到了这一点。

“这一断言非同小可，实际上它会——它会构成你最有力的形象之一。”我告诉他，“我需要更多关于这件事的资料。”

“我想我们已经谈论过这个问题了，我说过，它不太可能被曝（出来），这是有原因的。”他回答说，“我们之前也谈到了香港和东西被破坏的事实。有时候，我不得不发出一种信号，暗示那些事实上永远无法访问的东西是可以访问的，你之所以无法访问只是因为你不是目标受众。”

“所以你原本手中有证据，但你在香港把它销毁了？”

斯诺登显得有些不自在。他开始转而使用被动语态。“事情的广度没有像文件中说的那般被证明，但概念验证确实像文件中说的那般被证明。”他说,“有一个被指明姓名的人是那个群体中的一员，但仅此而已。”

“但我所指的是，在‘README’文件中……你说到国会八人团和最高法院的 9 名大法官。所以我们说的其实是 17 个人。文件中说的那件事情真的发生过吗？”

“并没有在 17 个人身上全都发生过。我不想让你失望，因为我知道这一论断非比寻常。”

当他写下那份文件中的内容时，他觉得“找不到一个可以让所有人相信的方式来解释……”任何人都可以轻易成为被监控的目标。他必须要有一个具体的例子。“先撇开证据不谈，我需要让你和其他记者明白，这件事是有可能发生的。这件事确实是有可能发生的，我曾经做到过，我曾亲眼看到过。我还亲眼看到这件事发生在别人身上。你只要输入一个人的电子邮箱地址，就能获得系统中有关这个人的一切信息。”

等等，他是怎么进行的概念验证？慢慢地，一个答案开始成形。斯诺登并不知道最高法院大法官或国会议员的私人电子邮箱地址。而要想监控他们，他就需要在选择器一栏中输入这些地址。于是，他在一份公开的电子邮箱列表中找到了议员、加利福尼亚州民主党人、时任众议院少数党领袖南希·佩洛西办公室的邮箱地址，域名还是 @mail.house.gov。他把这个邮箱地址输入了 XKEYSCORE，没有得到什么特别的东西。

“我有点儿言过其实了。”斯诺登告诉我。他在构思这段逸事时，本想留有一些模棱两可之处。“我不确定我的表述是否真的像你刚才说的那样直接有力。”

“很直接。”

“但其实，如果单从语义上解析的话，这是一项很直接的断言吗？”

“我没有随身携带那份文件，因为我不会带没有任何价值的废物过境。”我说。

“这份文件本来是想……效仿律师那般措辞。”斯诺登说，“但如果事情是这样的话，我确实要表达歉意……如果文件中的用词是对所有事情做出的直接断言，我真的感觉是非常不合适的。”

是否曾存在一个秘密的额外文件存储器？是否曾存在一个能自动控制文件发送的开关？前一个问题的答案是肯定的，后一个问题的答案则是否定的。斯诺登此时告诉我，他曾经写下了失能开关的代码，“那是最初的计划”。他在一个加密容器里准备了一份额外文件的档案。至于这个加密容器的密钥，他没有与任何人分享过。那里面装满了他还没来得及整理的文件，这些文件可能比其他文件更加敏感。他设计了一个系统，可以“使你、格伦和劳拉通过一个秘密共享计划达成协作”——这是一种加密安排，他将解密密钥进行分解，我们三个人要把各自拥有的凭证结合起来，才能打开失能开关。“但后来我又有了新的想法。”他说，“即使你们同意了，我也不确定这么做是不是对的。”这里他指的是发布那些材料。最终，他并没有激活那个失能开关机制。他销毁了那个额外容器的加密密钥。“那东西永远不会被曝光。”他说。

我被斯诺登误导了。这一发现令我不太开心，但也并不完全让我感到震惊。逃避和夸大其词是作为记者必须要面对的问题。以我作为调查记者的经验，我还从没有遇到过一个完美型新闻线人。我所遇到的线人，有时候会掩盖真相，有时候会自欺欺人，他们会犯错，会做出假设。他们会提出个人主观意见，并且谎称那是事实，或者用推测性信息来冒充第一手资料。我就像是一名警察或者情报人员，会对自己听到的东西进行多方核实，不过也从中了解到了很多东西。

斯诺登异常善于表达，这也使得他后来的突然转变显得更加明显。当他突然使用被动语态，话语中透着学究式精准时，我意识到这是一个值得警惕的信号。对于斯诺登作为线人的价值，我是不确定的，我向来如此，因此会致力于寻找独立的证据。我没有在报道中提到过他那太过完美的资历，也没有介绍过他那完美到不真实的个人逸事。我在报道中很少会真正引用他的原话，甚至很少是关于他的。

尽管如此，相比我在报道这一事件的过程中接触到的大多数批评者和匿名官员，我发现斯诺登更加可靠。当我们谈到具体事件或事实时，他一般都会将自己的说法严格限定在一定范围内，并解释他认为自己是如何知道的。遇到他不知道的一些事情时，他就会坦白地告诉我他不知道。和其他任何人都一样，他也有自己主观的观点。他可能会高估自己对背景情况的了解程度。有时候，情报线人会说他不知道自己在说什么，我想这话也许不假。不过，大体来说，每当涉及一些非主观性信息——我可以进行核实的细节信息时，他基本上还是非常慎重、值得信赖的。

我从斯诺登的对手那里听到了太多的文字游戏，他们经常兜售一些恶意的谈话要点。政府官员经常称斯诺登是一个连高中都没毕业的人，尽管他们明知道斯诺登获得了高中同等学力证书和高级认证证书。他们把他说成是一个低级别的技术人员，而事实上斯诺登作为一名系统管理员拥有最高级别的权限，而且所承担的工作职责超出了其岗位描述。他们会赋予那些普通的语言以秘密含义，对于普通人基于通常的含义所理解的真相予以否认。也有一些坦白直言的政府发言人，在不方便回答某些问题时，他们会选择沉默而不是蓄意伪装。不过，这样的人并没有我希望的那么多。

“我一直被教导不能对媒体撒谎。”美国国家安全局前副局长理查德·莱杰特说。莱杰特从未让我有任何理由怀疑他话语中的真实性。作为一名情报官员，“这样做实际上是非法的”，“因为你这是在让错误的信息流入美国的信息渠道”。

“这倒是很新奇。”我说。他笑了笑，他知道我的经历有些不同寻常。

“我这人在这方面有点天真，不是从政的料。”

在国家安全圈子里，尤其是在斯诺登曝光自己身份之后的前一两年，他经常被贴上“叛国者”的标签。英雄、叛国者、告密者、罪犯——对于这种标签之争，我不太感兴趣，但叛国者这个称呼太愚蠢了，明显出自极端愤怒的人之口。根据美国宪法：“只有对合众国发动战争，或依附它的敌人，予敌人以协助及方便者，方构成叛国罪。”上自国家情报总监詹姆斯·克拉珀，下至其他政府官员，均承认斯诺登不符合叛国者的标准。斯诺登没有承诺效忠于其他国家或替其他国家办事，他不是其他任何人的代理人，他只代表他自己。他旨在服务的是广大公众的利益——在法律层面上，行事意图是一项相关的因素。“我不记得有看到过证据能证明俄罗斯人拿到了材料或者能证明斯诺登是一名间谍。”詹姆斯·科米告诉我，“我的观点是，他把自己视作白衣骑士，要去解决他所认为的滥用职权的问题。”

斯诺登想出了一种颇为精辟的话术。他告诉我：“如果说我叛变了，那我就是从政府那一边叛变到了公众这一边。”这种盗用民主授权的行为激怒了国家安全领域的领导者。美国前国防部部长阿什·卡特在其回忆录中写道：“他做出一种极其傲慢的行为，而没有从给予他信任的 3.3 亿美国人那里得到任何授权，他直接选择了辜负公众的信任。”科米告诉我，“他的论证中存在的核心缺陷”在于，他认为“他是那个应该做出决定，将这一切分享至政府以外的圈子的人”。

时任美国国家安全局总法律顾问拉杰什·德，在斯诺登首次披露信息之后不久就对我说：“即使你和我一样，都认为我们应该对其中一些问题进行公开讨论，但这并不影响我们认为他的做法是错误的，这不是解决问题的方法。在我看来，从某些方面而言，任何个人将自己的判断凌驾于其他人之上，都是很反民主的。”

然而，自作主张地泄露秘密，这始终是泄密者所要承担的责任，也是记者要承担的责任。我从未听说过在任何一种合理场景下，有国民会认为美国国家安全局实施监控行动的环境能够做到密不透风，完全不会出现像斯诺登这样的泄密者。科米告诉我，如果不是因为那些信息被披露，“我认为我们肯定不会就此开展公共辩论。这里存在一个很好的论点：我不会说我们因为这件事情的发生而变得更好，但也没有像人们心中所想或口中所说的那样糟糕，而且它确实对于开展公共辩论是有益处的”。

我问拉杰什·德：“如果说即便没有斯诺登泄密事件发生，我们也可以展开这场辩论，那为什么我们之前并没有这么做呢？”

“我想这很可能是因为我们的政治制度在某种层面上已经崩溃了。”他回答道，“国家安全领域的官僚机构自然是倾向保守方向的……总体来说，这些人都是很好的人，他们正在努力保护每个人的安全。如果这是你的工作，你肯定也会对透明度有所忌惮。这些系统并不是为了更好地进行公共辩论而设计的。一切的动机都是不要做出任何会增加风险的事情。透明度在某种程度上是一种抽象的价值，而炸弹爆炸则是实实在在的噩梦。当人类担心在实现一种价值的同时，会导致另一种风险增加时，事情就会变得非常艰难。”

一些批评斯诺登的人承认，从原则上来说，泄露机密信息的行为也可能带来民主利益。有人说，合理的泄密行为确实是有可能存在的，但斯诺登的大多数泄密行为并不合理。

“你可以提出，披露（国内通话）元数据搜集项目是符合公众利益的——我个人并不完全赞同这个论点。”莱杰特在位于米德堡以北几英里处的埃尔克里奇熔炉旅馆一边喝着海鲜汤，一边对我说道，“当你谈到‘棱镜’项目时，上述论点就会显得更加牵强。再看看自那之后发生的一切，你就会发现这个论点完全不成立。”

莱杰特的观点是，如果有的话，只有这些项目算得上是国内监控项目。而只有国内监控项目才会出现有关合法性的辩论。所有其他的保密信息披露都对有价值的情报技术造成了不必要的伤害。

我不赞同这种观点，否则我就不会写那些报道。即使你对于窃听美国人的行动设置了一定门槛，但你仍然不得不考虑实施境外数据搜集行动的影响。美国国家安全局和中央情报局通过技术性搜集机器大批量窃听国外通信渠道，而这些通信渠道中美国人几乎无处不在。这些机构通过对谷歌和雅虎的云服务进行漏洞利用，搜集了美国人的数据；通过大规模追踪手机位置信息，搜集了美国人的行踪信息；通过电子通信录搜集项目，将美国人纳入美国国家安全局的社交网络数据库。这些批量采集信息的方式从本质上来说，几乎已经尽可能面面俱到了。

中央情报局首席技术官加斯·亨特连续两年在公开展示中提出了这一观点。2012 年，他展示了一张幻灯片，上面阐述了基思·亚历山大的“大海捞针”比喻背后的推理过程。

1. 不知道今天的一个点在未来可能会产生何种价值。
2. 我们不能把我们没有的点连在一起。
3. 旧的信息搜集、筛选、传播模式在大数据世界中严重失灵。

亨特说，因此情报界必须在数据科学允许的范围内搜集所有的点。非业内人士听到这里可能会很惊讶，但规模并不是一个障碍。他写道，有了大数据技术，“6 998 329 787 只是个小数字”。这正是估测的当年整个世界的人口总数。“对所有人产生的信息进行计算几乎已经尽在我们掌握之中。”亨特写道，还特意在“所有”这个词下面加了下划线，以示强调。一年后，在美国知名科技博客网站 GigaOm 于纽约市举行的一场会议上，亨特更加明确地表达了自己的观点。“任何一条信息的价值，只有当你能把它和未来某个时间点出现的其他东西联系起来的时候，才能知道。”他告诉观众，“由于我们无法连接我们没有的点，这就促使我们进入这样一种模式：我们从根本上会试图搜集所有的东西，并且牢牢抓住这些东西永不放手。”

我对于搜集外国情报没有异议，因为它对国防和国家做出合理决策至关重要。然而，要设定在排除美国人的前提下，“搜集所有……永不放手”，这种说法很明显是错误的。当我们共进午餐的时候，莱杰特在这一点上并没有坚持己见，但他认为这一点所带来的风险仅停留在想象层面。他虽愿意讨论这些棘手问题，但也很是气愤。

“美国国家安全局渗透到每个人日常使用的技术和服务，这种想法让人们感觉很不安。”我说。

“那依你看，我们应该通过何种方式了解我们国家的对手正在做什么？”他问道，“如果你能说服他们都去专门的坏蛋网站，那就太好了。那我们就只用集中精力关注那里。”

这就是问题的根源所在。在过去的日子里，情报目标——一个典型的例子是纳粹最高指挥部，使用的是独特的密码、代码和通信技术，这些通信渠道上没有其他人。美国国家安全局的前身与其英国盟友一起，可以侵入这些通信渠道，而不会“附带”影响无关人员。今天，仍有一些情报目标使用的是定制技术，但这些人属于少数。大多数情报目标和我们其他人使用的是相同的通信渠道。

为什么不在情报目标和其他人没有交集的点对情报目标实施监控？比如，去追踪他们的个人设备、本地网络和一些连接点？

“有些事情是需要机遇的。”莱杰特说，“有时候，我们没有这种机遇。除此之外，还存在效率问题。你有足够的资源（主要是人力资源，但也包括资金），去到每一个需要的点实施这种行动吗？”

我们又回到了效率问题，以及我在福特汉姆大学向科米提出的那个问题。美国国家安全局在其历史上的某些时期，已经实现了类似“上帝之眼”的功能，能够透过其目标的专用通信渠道，以全面监控这些目标。现在，为了实现同样的目标，该机构想要获得一些之前从未获得的东西：读取和收听所有通信渠道上的所有信息的有效途径。要在如此大规模的行动中实现太过高效的状态，我本能地对此持反对态度。我很担心，随着这面黑镜的一面变得极致透明，而另一面变得极致不透明，政府与公民之间的权力梯度会变得过于陡峭。

我向莱杰特询问了在境内和在境外实施监控行动的人为界限。早在2001年9月11日之前，情报机构就已经要求解除《外国情报监控法》

的限制，这项制定于 1978 年的法律所针对的就是在美国境内实施的电子监控行为。情报机构指出，纯粹的外国通信信息，例如从俄罗斯到意大利的通信信息，可能会途经纽约的互联网基础设施。根据最初的《外国情报监控法》，拦截这些通信信息需要单独的授权。他们提出一个疑问：为什么身处海外的外国人却要受到美国宪法第四修正案的保护呢？这是一个合理的问题。于是，国会通过了 2007 年的《保护美国法案》和 2008 年的《外国情报监控法》修正案，以放宽对此类行动的限制。立法者们从未真正考虑过这些行动的另一面。正如我在上文中所描述的，全球电信业的革命在使纯粹的国外通信信息途经国内的同时，也将纯粹的国内通信信息送到了国外。几乎没有人呼吁对美国在境外实施的情报搜集行动加强控制，对于将众多美国人纳入情报搜集范围的事情做出解释。国会没有通过这样的法律。第 12333 号行政命令仍旧是在美国领土之外实施的情报行动所适用的唯一法律框架。

“如果你是在美国境内搜集信息，或者利用位于美国境内的搜集系统来搜集信息，默认的假设是——你更有可能遇到美国人，这也是《外国情报监控法》适用的原因。”莱杰特说，“所以你需要在授权方面更具限制性的程序。第 12333 号行政命令的默认假设是：你更有可能遇到非美国人。我不认为这些假设一定是错误的。”

我指出，但美国人已遍布境外的通信渠道。

“事实上，你在全球网络的每一个部分都会遇到美国人。”莱杰特承认，“我刚开始从事这一行的时候，所有工作都是关于苏联的。你进入一个网络，里面全都是苏联人。他们建立、部署并运营自己的网络，专供自己使用。（今天的）全球系统意味着所有的东西都是相互关联的。这也是为什么会有最小化的程序设计，这样当你在追踪外国情报目标的过程中不可避免地遇到美国人——从锁定目标到搜集信息，到处理信息，再到传播信息，每一个环节都设计有旨在保护美国通信者的关卡。这样他们就不会受到……”

莱杰特的声音越来越小。

“你无法通过建立任何法律制度来消除这一点。”他结束了谈话。

“最小化”，莱杰特口中的这一术语，是美国情报界针对无辜人员被纳入监控目标问题给出的回答。这是一个业内行话，指代的是旨在限制侵犯美国人隐私行为的密密麻麻的规则，这里的美国人特指在机构监控其他目标时附带被监控的美国人。最小化规则并未阻止对美国人通信信息的搜集。它实施的是一套事后流程。根据这些流程，情报当局会被告知，他们在搜集了美国人的数据后，可以对其执行哪些操作，不可以对其执行哪些操作。“信息搜集规则防止了政府拥有滥用数据的能力。”正如时任斯坦福大学法学院互联网与社会中心公民自由部门主任詹妮弗·格兰尼克在《美国间谍》(*American Spies*)一书中写到的，“相比之下，最小化规则使得政府官员不具备以特定方式滥用数据的权限。”

莱杰特说得没错，附带信息搜集问题不可能被完全消除。即便美国国家安全局只窃听一条电话线，它仍然可能搜集到目标配偶的私人通话信息或目标与其美国朋友之间的通话信息。即使是在这种最简单的情况下，在采集监控信息的过程中，涉及的非监控目标的数量也很容易超过监控目标的数量。当涉及数字内容时，附带搜集的信息更是会比计划搜集的信息多出数倍。例如，监控目标的笔记本电脑或Gmail账号中的内容有可能（往往确实）包含属于其他人的私人照片和文件，但那些人与外国情报搜集行动毫不相干。在现实世界的大规模监控行动中，这种不平衡是一个基本事实。

为了证明这具体意味着什么，斯诺登向我提供了在“棱镜”项目中截获的 16 万份实际通信内容。这些内容一共有 25 万页，我和苏丹尼、朱莉·泰特对其进行了持续数周的计算机辅助分析。想象一下，这是一大堆被美国国家安全局拦截的对话内容，里面有聊天记录和电子邮件的文本，还有以附件形式发送的照片和其他类型的文件。我们统计了这堆账号中的非重复账号数量。在我们发现的这些账号中，有超过 9/10 的账号并不属于美国国家安全局计划监控的目标。

9/10 这个数字代表着"附带被搜集信息"的无辜者的占比。在 11 400 个通信内容被拦截的非重复账号中，有超过 10 000 个是无辜者的账号。有些无辜者与美国国家安全局的监控目标认识并且通过话。还有很多无辜者被卷入进来，单纯是因为加入了一个聊天室（至于该聊天室是关于什么话题的并不重要），或者因为所使用的一项在线服务与监控目标所使用的在线服务被托管在同一服务器上。

在这些被截获的对话文件中，有一半的文件涉及美国人。为了监控 1 250 个外国目标，美国国家安全局摄取了如此多的信息，以至它不得不将 65 000 条谈及美国公民和绿卡持有者的信息进行涂黑处理。我们还发现了大约 900 个美国账号，是美国国家安全局的分析师因为疏忽而未进行涂黑处理的。

即使分析师明确表示一些截获的文件对于情报行动目标无用，美国国家安全局还是保留了这些文件。这些文件中包含极为私密的内容，讲述了一些爱恨情仇的故事、非法性关系、心理健康危机、政治和宗教皈依、因财务状况而引发的焦虑情绪、落空的希望。其中有家庭成员之间发送的医疗记录、求职者的简历和学童的学业成绩单。有一张照片中，一名身着宗教服饰的年轻女孩在清真寺外对着镜头微笑。还有几十张照片记录的是婴幼儿在浴缸里、在秋千上、仰面躺着或正在被母亲亲吻的样子。有些照片中的男人在展示自己的体态。还有一些照片中的女性穿成内衣模特的样子对着网络摄像头做出暗示性动作，或穿着短裤和比基尼上衣摆出性感姿势。

这些例子都属于非监控目标的信息。“收到的信息中没有一条是相关的。”两名海军密码分析技术员在一份无用监控信息的总结中写道，这类总结有许多。“没有额外的信息。”一位文职分析师写道。如果一个监控目标进入了一个在线聊天室，那么美国国家安全局就会搜集这个聊天室里每个成员的发言内容（无论聊天的话题是什么）和身份信息，就连那些只看不发言的“潜水”成员也不能幸免。一名分析师写道：“那里有 1 名目标人员，38 名其他人员。”该分析师搜集了所有人的数据。还有一些情况下，美国国家安全局会将一台拥有数百名用户的计算机服务器的互联网协议或 IP 地址设定为监控目标。

在美国国家安全局眼中，附带从第三方截获的所有内容都是允许保留、存储、搜索和向其政府客户分发的。拉杰什·德做证说，美国国家安全局一般不会试图删除不相关的个人内容，因为单凭一个分析人员很难知道哪些内容可能会与其他内容相关。

最小化规则要解释起来是极其困难的，因为其中有太多的细节和条件状语。国家情报总监办公室的首席律师罗伯特·利特在布鲁金斯学会向非专业听众这样描述道：“最小化程序是指……必须‘根据特定的监控行动目标和技术合理设计的，旨在尽量减少获取和保留那些与美国需要获取、制作和传播的外国情报信息并存的有关美国人但未经其同意的非公开信息，并且禁止传播这类信息的程序。”后来，利特在另一次公开露面时说，他花了好几年时间才了解这些保障措施。正如格兰尼克所指出的那样，由于规则如此复杂，人们有理由担心这些规则在实践中的应用和有效性。

在最简单的层面上，最小化规则要求美国国家安全局在发出情报报告之前，要对美国人的名字进行处理。通常，这种操作都是合规的，但要视情况而定。因为这些名字只是被掩盖，而不是被删除。那些掩盖措施随时可能被去除，使得真实的名字被曝光，而这种是相当常规性的操作。

举个例子。1997 年 3 月临近月底时，还在担任《华盛顿邮报》驻耶路撒冷记者的我接到了以色列总理打来的一通电话。倘若美国国家安全局就这通电话内容做出报告，那么就要传达以下信息：本雅明·内塔尼亚胡“告诉（信息已作最小化处理的）美国记者，他的报道‘是胡说八道，而且你明知道这是胡说八道，你是故意的’”。然而，如果该报告的接收者要求获得包括我的名字在内的更多细节信息，以了解被截获的这通电话的意义或重要性，那么美国国家安全局就会指明我的身份。有很大可能，这里会涉及一些自由裁量权，但要视情况而定。如果美国国家安全局认为自己从中发现了犯罪之举，也可以将美国人的名字在未经处理的情况下直接报告给联邦调查局或其他执法机构。这本身就是一种重要的例外情况，因为在这种情况下，证据是在没有刑事逮捕令的情况下获得的。

莱杰特使用“关卡”一词而不是禁令来描述最小化程序所施加的限制，这是很恰当的。依据这些限制性规则所设置的每一个障碍都可以被移开。例如，有关美国人的非相关信息应该从美国国家安全局的数据存储中被删除，但这一限制只有在以下情况适用：信息“不可能是”外国情报，而且分析师有确凿的理由相信当事人是美国人。如果通信内容“被加密”或“有合理理由被认为”具有秘密含义，则美国政府可以保留这些通信内容，而且通常情况下存在的时间约束在这种情况下也不再有效。（之后相关人员可能会通过密码分析来破译密码。）此外，有一些最小化程序是保密的。倘若没有政府的安全许可，你甚至无法看到相关的标准应该是什么。而且，正如利特指出的那样，规则“可能会根据实施监控行动的目的和监控行动采用的技术的不同而有所改变，事实上也确实如此”。他介绍说，尽管规则是保密的，但定制规则是“我们为隐私提供适当保护的重要方式”。如果隐私保护措施不那么不透明，可能会更容易让人有信心。根据我的采访和文件中的证据，我相信美国国家安全局的人员尽了最大努力去理解并且认真执行这些程序，我相信他们是想做正确的事，我也相信最小化程序可以减少过度信息搜集带来的危害。我认为，当格兰尼克写到“易改变的秘密规则就像是没有规则”时，有些疑心过重了。

不过，最小化程序的作用很容易被夸大。它有时被称为解决当代形式的电子监控问题的一剂良药，特别是涉及批量信息搜集时。情报机构会通过各种说辞试图传达出一点：我们知道我们搜集的东西太多了（附带意义上），美国人的通信信息也被纳入其中，但你们不必担心，因为我们会在事后将结果降到最低——我们会闭上眼睛，防止自己看到不应该看到的东西。如果你从狭义上去理解，这种说法并没有错。过度搜集是必然会发生的，而事后的保障措施能够减少对隐私的影响。但有时，这种论点被应用的范围太过广泛，好像任何关于是否要限制信息搜集行动的问题，都可以首先用最小化程序来处理。可这种情况是不会发生的。即便最小化程序的相关规定更加严格，含义更加清晰，对公众更加透明，这种情况也不会发生。

我们来试着做一项思想实验。回到我在第七章中提到的富有科幻色彩的读心技术。作家康纳·弗里德斯多夫在《大西洋月刊》中提出了这样一种场景。他问道，假设政府真的能读懂人们的思想，“监控专业人员是否应该避免侵入每个人的头脑，这样才能对于那种可能对美国构成威胁的想法‘充耳不闻’？”在这里，为了说明问题，我们来补充一些细节信息。假设国家读心机构在海外各地的交通枢纽批量搜集过路行人的思想。根据法律规定，可以推定这些思想是属于外国人的，因为那些行人毕竟都身在海外。但这一过程中，有数百万美国人也附带通过了读心传感器。抛开整个行动的荒诞色彩不谈，我们暂时只关注对美国人隐私的保护。如果有程序性规则规定，那些读心者不能以读取美国人的思想为目标，除非出于合法的外国情报目的，否则不能读取美国人的思想，并且（通常）要删除读心报告中出现的美国人的名字。对此，我们会满意吗？对于这个旨在搜集所有思想的计划，只要做到结果“最小化”，我们就会满意吗？

我和莱杰特的这顿午餐持续了三个多小时，其间他一直都表现得非常亲切，但他发现自己很难认真对待我提出的一些问题。他认为，那些担心批量监控行动和最小化漏洞的人，那些会去做那种奇幻的思想实验的人，从根本上误解了他工作所在的那个世界。

“令我感到苦恼的是，要如何让人们相信，在这一层面，政府真的没有在留意他们。你真的没那么有趣。有人戴着用锡纸做的帽子，在偏僻地方储存一地下室的食物，独自实施着防御措施。我明白他们是担心政府正在监听他们的通信内容，但事实上政府根本没有在留意他们。从国家安全的角度来看，他们正在做的事情还不够有趣。”

接着，他直接对我说：“美国国家安全局并没有在留意你。”

政府是否在留意你，这件事是会随着时间的推移而发生改变的。国家安全部门一度非常留意德裔美国人和日裔美国人的忠诚度、黑人民权领袖、越战抗议者，以及理查德·尼克松和埃德加·胡佛指定的敌人。至今，它们仍然在一定程度上留意着在清真寺做礼拜者，尽管对此有些法官觉得不妥。这些行为并非都是由美国国家安全局做出的，而且中途也经历过改革。但政府利益的偶然性，是斯诺登提出的最有力论点之一。在民权领域和社会公正方面取得的许多进步——女性拥有选举权、种族隔离制度的取消、组建工会的权利、同性恋婚姻等，现在都已经被视作理所当然，但当初都是依靠有组织地反抗当时的法律才得以实现的。在一个监控势力无孔不入的时代，“地下铁路”[①]不可能运作得起来，美国独立战争也不可能组织得起来。“他们根本就无法协调行动。”斯诺登谈到建国者们时说道，“他们会一个个从街上被揪出，然后被扔进英国的监狱。”他说，为全面执法服务的全面透明，将意味着“永远冻结在当时的社会状态”。

在21世纪初，美国国家安全局积聚了一定程度的潜在力量，斯诺登认为这是一种内在的威胁。电子监控的机制，特别是批量信息搜集的机制覆盖面如此之广，以至单单是其存在的被滥用的可能性就足以令人震惊。“唯一对监控型国家的行动构成限制的是政策。”斯诺登说。但政策可能会改变，他在第一次录音采访中告诉珀特阿斯和格林沃尔德，“而到那时，人民将无法做任何事情来反对它。这将会导致一站式专政”。

尼克松执政时期的参议员弗兰克·丘奇比斯诺登更早地提出了这一观点。他主持了一个以自己的名字命名的国会委员会——丘奇委员会，负责调查“水门事件”后的情报滥用行为。1975年8月17日，丘奇出现在美国国家广播公司的《与媒体见面》（*Meet the Press*）节目中。那时候，美国国家安全局的技术能力远没有这么先进，机构名称都很少被提及，但丘奇就已经提出了一项警告。

> 我们拥有非常强大的能力，能够拦截电波中的任何信息。现

① 此处指的是美国南北战争前废奴主义者为帮助南方奴隶逃亡而建的地下交通网。——译者注

在，考虑到那些位于国外的敌人和潜在的敌人，这种能力对美国来说是必要且重要的。同时，我们必须知道，这种能力随时都可能被转而用到美国人民身上，届时没有任何美国人还会有任何隐私可言，因为这种能力可以监控一切——无论是电话通信还是电报通信，没有差别。一切都将无处可藏。

如果有一天政府实施暴政，这个国家由独裁者掌权，以情报界赋予政府的科技能力，政府可以实施全面的暴政，而且民众没有任何反击能力，因为民众试图联合起来抵抗政府的行动无论多么谨慎，无论以何种私密的形式进行，都会被政府得知。这就是这种技术的能力。

丘奇委员会促使美国国家安全局等机构内部实施多项改革，并打造尊重规则的文化。但当我与莱杰特相对而坐时，美国已经新选出了一名公然漠视法律细节和管理规范的总统。

“有没有哪些权力和做法原本在你看来是没有问题的，只因你信任行使这些权力、采取这些做法的人，但在特朗普上台后，你因为某些原因开始重新思考这些权力和做法？”我问道。

“我之所以信任这个系统，并不是因为总统或他的部下，不是因为白宫，也不是因为内阁。我之所以信任这个系统，是因为负责操作这个系统的那些人，是因为美国国家安全局内部几十年来形成的文化、经验、专业素养和精神，以及他们对宪法第四修正案的尊重。”

如果总统就像曾试图干预司法部的调查行动那样，试图对其政敌进行监控呢？

“我深知这种事情的严重性，别人也一样。如果有人试图做出这种不当行动，人们会提出反对，并且这种事情会很快传到国会、国家情报总监和司法部长那里。”莱杰特说。

我认为他高估了这些机构面对总统施压时的承受能力。不过，这是一个更大的问题，也是特朗普时代的核心问题之一。于是，我反过来询问了一项对特朗普有利的力量：在美国国家安全局和国防部的所有组成机构内部存在的对指挥系统的敬畏。

“你没有在军队待过，你不知道，”莱杰特说，“军职人员不是向总统宣誓效忠，而是向宪法宣誓效忠。宪法的重要性超过任何一任总统，而且宪法存续的时间更长——对于文职人员来说，也是如此。仅仅因为总统说了一件事，人们就要前赴后继地去执行，这种想法未免有些不太现实，尤其是当这件事明显越界的时候。”

我说，特朗普的天才之处就在于，他会收买那些自以为知道自己的界限的人。他会一次次地引导他们逾越界限，跨出意想不到的一步。莱杰特真的确信，当美国国家安全局或其他任何机构的人开始越界时，他们自己会意识到这一点吗？最后，莱杰特承认，总统确实可能会自行其是。

“他有能力决定用 B-52 轰炸机向任何他想要轰炸的人投掷核弹吗？当然有。我不正是因为这一点而夜不能寐吗？”

莱杰特摇了摇头。这是个老掉牙的谬论，毫无依据。是的，倘若总统真的有能力发动核战争，从而将世界变成一片废墟，而我还在这里担心相较没那么重要的突发事件，这似乎有些自相矛盾。莱杰特太聪明了，他知道这个回答应付不了我。

早在 2013 年的时候，我与当时的美国国家安全局总法律顾问拉杰什·德有过类似的对话。我提出，也许，政府已经赋予自己太多针对信息的控制权。也许，要打造一个能够看到任何东西、任何地方的无孔不入的监控设备太过危险。也许，我们应该想着推迟这个决定。美国国家安全局还不能做到“搜集一切”，但它已经在朝着这个方向努力了。这一设备一旦落入坏人之手，会带来什么样的结果，难道他不担心吗？

德曾经是奥巴马总统的白宫团队的一员。他信任奥巴马本人，信任奥巴马政府，信任他所了解的那些机构的行事规范。对他而言，我所假设的那种黑暗转折是绝对不可能的，对美国国家安全局进行约束以防止其权力被滥用是完全没有意义的。

“想要拥有某种绝对的能力来防止暴政，这种想法简直是痴人说梦。”他说，“希特勒当时就是在一个民主社会中当选的，你不可能彻底防止这种事情的发生。而且我认为，我们不应该以此为动力，来设定我们现在应该采取何种措施保护自己。”这里指的是针对外国情报所采取的措施。“如果你真的想防止一个可能被专制者滥用的监控型政府的出现，唯一的办法就是不要实施监控。”

当时，担任国家情报总监的詹姆斯·克拉珀可能也发表过类似的看法。5 年后，刚从岗位上退休的克拉珀开始重新思考这一问题。特朗普曾指责“深层政府”（Deep State）对其实施间谍行动。就在特朗普抨击克拉珀并威胁要撤销他的安全许可后相隔两天，我和克拉珀在麦克莱恩家庭餐厅见面，我问克拉珀，他是否认为特朗普其实是在彰显自己的意图。

“我猜，他什么事情都有可能做得出来。”克拉珀说，“我都能想象到各种场景。我想，他根本不会费心思去修改第 12333 号行政命令。在我看来，他压根不会在意行政命令的内容。他想做什么会直接去做。”

“我接下来要说的你可能会不太喜欢听，但这正是斯诺登最先提出的论点之一。”我告诉克拉珀，“他称之为‘一站式专政’。其观点是，系统中积蓄了太多的潜在力量，即便现在采取各种保障措施，也无法发挥效用。”

克拉珀的脸上闪过了一抹酸楚的表情。他曾严厉指责斯诺登，怀疑斯诺登的动机，但出乎我意料的是，他竟然在主要观点上与斯诺登达成共识。

“如果是在特朗普上台之前的背景下，这根本是不可想象的。”他说，“在缺少国会监督的情况下，好吧，确实，他可以做很多事情。当你遇到这样一种前所未有的情况，所有之前的规则、规范和标准就都过时了。”“当然，系统并不是铁板一块，它是非常脆弱的。它存在的基础在于，人们要以特定的方式行事，遵守国家的原则和宪法，遵循长期形成的惯例、程序。现在，因为特朗普，所有这些都已化为泡影。人们在前特朗普时期形成的任何认知，现在都已经发生巨大改变。现在几乎可称得上是纯真年代。”

我说，情报界一定有人认为20世纪七八十年代的改革走得太远。我想知道，特朗普在系统内会不会有一些志同道合的盟友，准备好要削弱隐私规则的效力？会不会有人主动愿意帮助他重新阐释那些标准，或者帮他发现一些余地？克拉珀点了点头。

“我想，当人们对现行的规则或者他们希望实施但实际上未能实施的规则产生失望情绪时，他们会做出自己的判断。所以说，是的，当然有。这就是人性。我无可争辩。”

“这让我想到一个问题。”我说，“我不知道确定的答案是什么，但我有一种不太好的直觉——如果你得出的结论是，真的有人可以利用那些潜在的力量做出不好的事情，那么对于那个赋予他如此大权力的机制，你是否会改变看法，重新思考这一机制是否应该被打造出来？你是否会觉得也许这一机制的存在本身有些离谱？也许当这一机制充分发挥其能力时，并不见得是一件好事？”

“现在我们就在问自己这些问题。当初之所以打造这一机制，显然是为了保护国家安全无虞。本着这一精神，我想，确实，它存在被滥用的空间。”

“说得再明确一点，是不是从特朗普身上得到的教训让你意识到，也许你想要削弱这一机制的能力。”

“问题在于，当你说要削弱能力时，你默认的是自己所拥有的技术能力存在一个控制器。但木已成舟，技术能力一旦形成，就会永远存在。你唯一能做的就是主观上决定放弃使用这一能力。但客观上，这一技术能力依然存在。巴顿，问题是，只要你下定决心，你就可以重新打造起这一能力，就可以重新获得之前失去或放弃的能力。因为只要这一技术还存在，人们过去曾打造出这一技术，就随时可以去利用或开发其功能。哪怕制订任何规则或通过任何法律，都无法逆转这一点。”

克拉珀想不到能够解决这一问题的方法。德认为这一问题无解。莱杰特认为，最终能够依赖的只有规则和文化。

敲响了这一警钟的斯诺登，相信可以通过技术来抵挡美国国家安全局权力的过度扩张。斯诺登在他的第一封签名通信文件中说道：“休要再谈及对人性的信赖，而要用加密的锁链加以约束，防止其行为不端。”这里，他改写了托马斯·杰斐逊针对宪法的颂词。[①]“我们的未来取决于开源社区的努力。”在后来的一次采访中，斯诺登告诉我，“将会使这一切发生改变并且是永久性改变的，是今天的那些在校生。他们还没有走出校园……他们正在写论文，致力于找到能够有效抵抗监控系统的新模式。”

身在莫斯科的斯诺登，大部分时间都在与科技公司的高管和工程师召开网络会议，他倡导加强商业产品的安全性。他与开发人员一起研发了一些奇特的工具。他参与了一个能够将智能手机变身篡改检测设

① 杰斐逊的原话是：“在权力问题上，休要再谈及对人性的信赖，而要用法律的锁链加以约束，防止其行为不端。”——译者注

备的项目，还参与一个旨在实现加密密钥的“秘密共享”自动化的项目——这正是他之前放弃的“失能开关”设计背后的理念。他定期就会告诉我：“我现在正在使用嵌套虚拟化技术做一些很有成就感的事情。”

正如斯诺登所言，在历史上，“通信内容总是私密的，只因访问权受限。在19世纪，你不可能在每个人家里都安插一名政府间谍。直到我们开始有了电子通信，一切突然变得更加开放。从大约10年前开始，一切都变得可以被监控。那时候，加密是非常罕见的。基本上，你可以找到有关任何地方的任何人的信息。因此，整个通信空间是可以观察到的。现在，这种动态机制开始发生变化，我们正在将其改变。从根本上来说，我们正在收回部分空间，使其中部分信息再次变得私密。这些其实并不是无法解决的问题。如果你能使安全工作在最常见的环境下发挥作用，你就能将监控资源的重点从观察所有人转向观察真正可疑的人。”

斯诺登效应改变了大众文化。它在法律、外交、政治和立法层面对美国国家安全局现行的模式提出了挑战。除此以外，也许它带来的最重要的影响是，私营部门要求对美国国家安全局的大规模监控技术进行更有力的抵制。安全和隐私成为互联网巨头的营销点。谷歌加快了为消费者和企业客户加密所有服务的计划，同时也加强了谷歌云内部的安全保护措施。“在单纯的防御层面，我愿意帮助（美国政府）。”在一次公开发表的采访中，谷歌的首席安全工程师埃里克·格罗斯在提到网络安全时这样说道，“但帮助实施信号拦截是完全不可能的。”他说，谷歌不会在这一领域与政府合作。接着，他又补充道：“请勿见怪，但我的工作就是要增加他们的工作难度。”

在谷歌云漏洞利用事件被曝光后的第二年，格罗斯所带领的团队发布了一个名为“端到端”（End-to-End）的新软件库的源代码。这是一个免费的工具，其他软件开发者可以用它来加密电子邮件。谷歌的安全工程师在嵌入源代码的评论中给美国国家安全局留下了一句直截了当的“浑蛋”，让人想起了有关谷歌云的那张卡通图片中的笑脸。

-- ssl- added- and- removed- here-;-)

斯诺登和美国政府偶尔会进行谈判，试图就斯诺登回国事宜达成协议，但都没有结果。在 2013 年年底和 2014 年年初时，美国情报部门面临的风险最大，因此这类谈判比较密集。那时候，斯诺登所窃取的秘密还都比较新，政府不知道还会有多少秘密可能被曝光。莱杰特认为，斯诺登可以解决这些代价巨大的不确定因素。

“他已经说过，‘如果我得到特赦，我就会回来’。”哥伦比亚广播公司（CBS）新闻记者约翰 · 米勒在 2013 年 12 月 15 日的采访中对莱杰特说，“考虑到对国家安全造成的潜在损害，你对于这场交易持有什么看法？”

“我个人的看法是，这场交易值得一谈。”莱杰特回答道，“但我需要对方能够做出保证，剩余数据是安全无虞的。我对这一保证所要求的标准是非常高的，不能只凭他的一面之词。”

随着时间的推移，政府的损失逐渐减轻。通过相关的刑事侦查工作，斯诺登究竟带走了哪些东西已经越来越明晰。再加上一直有人强烈反对与斯诺登进行谈判。渐渐地，政府进行妥协的意愿日渐减弱。与此同时，斯诺登已经在莫斯科展开了新生活。他的女友林赛也去了那里，与他一起生活。他们于 2017 年完婚。斯诺登在一群讲英语的活动家中建立了一个在线社区。截至本书完稿时，双方已经进入了一场漫长的等待游戏。

“我们中没有任何一方，”斯诺登告诉我，“有动力去主动寻求任何形式的解决方案。”

致　谢

我首先要感谢爱德华·斯诺登，他对我信任有加，而且多亏了他，一场关于自由社会中秘密情报界限的重要公共辩论才得以展开。我还要感谢劳拉·珀特阿斯，是她介绍我与斯诺登认识，并且促成了我们早期的合作。为了处理我们之间存在的复杂关系，斯诺登在美国自由联盟的律师本·维兹纳出了不少力气，为此我欠他很多顿啤酒。

来自美国政府和其他国家政府、军方和情报部门、私营企业、非政府组织、智库和大学的数百人丰富了我对本书中所描述的那个世界的理解。除此之外，我要感谢的人还有很多，其中还有一些不方便透露名字。我对他们所有人都心存感激。针对书中存在的任何事实性内容或解释性内容的错误，一如往常，文责自负。

我为了写作本书，邀请了阿什坎·苏丹尼来帮忙做相关研究，当时他正在收拾自己的面包车，准备进行一次长途旅行。在此之前有一段时间，我们曾共同为《华盛顿邮报》工作，合力破解斯诺登提供的档案中那些难解的谜题。那次合作结束后，苏丹尼如释重负，归还了他的加密密钥，也不必再像之前那样时刻采取防范措施。当我邀请他重回这一领域时，他差一点就直接回绝我。“想象一下，你好不容易彻底摆脱了这一切，摆脱了那种一刻也不敢让自己的电子设备离开自己视线的日子，（然后）又让你回到这种状态。”他在给我的邮件中写道。但令我感到开心的是，他最终还是同意了。特别是针对本书第六章和第八章的内容，苏丹尼贡献了宝贵的见解和专业知识。

研究和写作的工作有时是很孤独的，但好在我得到了很多帮助。在这一过程中，我最常求助也最依赖的就是萨姆·阿德勒–贝尔，他制作了无数的研究备忘录，集思广益地探讨谜题，追查线索，挑战我提出的假设，核查每一章的事实。在第二章中有关斯诺登早期生活的初稿也是由他提供的。特别是在正义与隐私的交叉领域，萨姆影响着我的思考。由他带头，我们共同撰写了有关监控对有色人种的不同影响的长篇报告①。他不光是一位足智多谋的记者，还是一名富有才华的作家和充满激情的评论家。现在，他已经很好地开启了自己的事业，我已经迫不及待地想看到他接下来的作品。

有一群才华横溢的青年在不同阶段为我的研究提供了额外的协助。他们是维多利亚·比厄、埃里卡·波特诺伊、雷切尔·阿德勒、乔丹·拉尔森、哈里森·克拉默、詹姆斯·麦考利、科尔森·林和迪娜·兰达尼。

自 2013 年春天开始，截至美国国家安全局泄密事件爆发，世纪基金会是我的职业归属地。它是位于纽约的一家两党公共政策研究机构，在思想界已经具备极大的影响力。我要感谢已故的贾尼丝·尼托利，是她雇用了我。她的继任者——基金会总裁马克·祖克尔曼在我写作本书过程中为我争取了宝贵的时间。基金会的董事会也对我的工作表示了关心，并提供了实质性支持。在世纪基金会的保护下，马克赞助了一系列关于监控和隐私的政策文献，他还安排基金会协办了斯诺登的第一场公开辩论。我还要感谢我的同事们给我带来的欢乐时光和同志情谊。我在

① Barton Gellman and Sam Adler-Bell, “The Disparate Impact of Surveillance,” Century Foundation, December 21, 2017, at http:// perma.cc/ WV8A- ZMV3.

世纪基金会的工作得到了阿迪基金会（Addy Foundation）、开放社会基金会（Open Society Foundations）和福特基金会（Ford Foundation）的慷慨支持。

在我写作本书之前和写作期间，普林斯顿大学是我的第二个职业归属地。我曾两次在伍德罗·威尔逊公共与国际事务学院开设研讨课程，讲授有关国家安全保密的问题。在那里，我的学生以及他们所提出的问题让我受益匪浅。后来，我有幸成为该校信息技术政策中心的客座研究合作者，那是一个极具创造性的环境，给了我很多启发。我在那里特别感谢艾德·费尔滕、乔纳森·迈耶、滴提·查托帕迪亚雅和劳拉·卡明斯–阿卜杜。约翰·D. 和凯瑟琳·T. 麦克阿瑟基金会与微软基金会对该中心的资助，使我的工作得到了支持。

当我需要一个藏身之处来专注写作时，哥伦比亚法学院慷慨地为我提供了一间办公室，并给予了我杰出访问记者的称号。在那里，由马修·瓦克斯曼、史蒂夫·贝罗文和杰森·希利等人组成的强大团队开设了网络安全的跨系课程，我很高兴能有机会以客座身份参与了该课程的讲授。

我于 2010 年离开《华盛顿邮报》，那里见证了我作为一名记者的成长过程以及我大部分的记者生涯。当我开启关于美国国家安全局泄密事件的调查报道时，我又回到了那里。2013 年，我带着斯诺登提供的档案文件，以自由撰稿人的身份回到《华盛顿邮报》，并在那里遇到了一位非凡的新闻编辑部领导马蒂·巴伦。在这一新闻调查工作中，凡是我所提出的要求，马蒂都尽其一切力量满足我，他有勇气，也有资源，而且从未出错。安妮·科恩布卢特是团队的管理者，她使我时刻保持着清醒的头脑；当我完全陷入困境时，我曾在深夜打电话给她。在美国国家安全局泄密事件的报道中，有许多同事都发挥了重要作用，我在此要感谢编辑凯文·梅里达、杰夫·利恩、卡梅伦·巴尔、杰森·乌克曼、彼得·芬恩，还有记者格雷格·米勒、艾伦·中岛、卡罗尔·莱昂尼格、克雷格·蒂姆伯格、史蒂文·里奇、马克·费舍尔、克雷格·惠特洛克，以及研究人员爱丽丝·克里特斯、珍妮弗·詹金斯，尤其是朱莉·泰特。在我所有作品的合作人员中，朱莉是与我合作最多的人，她对本书的书稿进行了事实核查，使我免于犯下愚蠢的错误，还改进了引文。《华盛顿邮报》在为我的工作提出支持时，离不开杰伊·肯尼迪和詹姆斯·麦克劳克林所提供的清晰的法律建议，威廉姆斯与康诺利律师事务所的凯文·贝恩和巴里·西蒙也给予了相关支持。当我为早期的一些决定而苦恼时，我咨询了两位曾经也在《华盛顿邮报》工作过的杰出人士——鲍勃·凯泽和史蒂夫·科尔，多亏了他们的建议，我才厘清自己的思路。《华盛顿邮报》的前任主编伦纳德·唐尼帮助我解决了后来出现的一个难题。

我的代理人安德鲁·怀利在书稿的成书过程中，以稳健的手腕引导我应对了一段不寻常的境况。我很感激怀利代理公司的詹姆斯·普伦、杰西卡·卡拉吉奥尼、杰奎琳·高和凯蒂·卡库里斯给予的超乎寻常的支持。

能与企鹅出版社合作是我的荣幸，因为它是每一位作家都想要合作的机构。其创始人兼总裁安·戈多夫在很早以前就为企鹅出版社赢得了严肃非虚构小说首选出版社之位。让我感到特别幸运的是，由企鹅出版社的出版人、杰出的斯科特·莫耶斯担任我的编辑。本书的内容真正在纸上成形之前，他已经了解了内容梗概，他引导我做出那些微妙的选择，在我有所动摇的时候鼓励我，一字一句地打磨书稿。斯科特为这本书甘冒风险，我会永远牢记这一点。当我写下这些文字时，企鹅团队正在加紧进行制作、文字编辑、法律审查的工作，以及宣传和营销的准备工作。我要特别感谢布鲁斯·吉福兹、罗兰·奥特维尔、广濑友希、科琳·博伊尔、丹妮尔·普拉夫斯基、米娅·康斯尔在工作中展现的活力和专注。

在撰写本书时，“格尔曼诉国土安全部”一案的诉讼仍在继续，这起关于信息自由的案件引出了书中的问题，同时也给出了答案。出版自由记者委员会的律师自始至终担任了我的法定代理人。在此，我谨向这群敬业且勇猛的律师致敬，他们是凯蒂·汤森、亚当·马歇尔、琳达·穆恩、古妮塔·辛格、塞琳娜·麦克拉伦和汉娜·布洛赫－韦巴。

本书的核心围绕着保密这个话题展开，这是一个复杂的话题。在这个话题上，有一些人的话语或出版作品影响了我的思考，在此要特别感谢玛丽·格雷厄姆、戴维·波曾、杰克·L.戈德史密斯、弗里茨·施瓦茨和史蒂文·阿弗特古德。美国科学家联盟的史蒂文·阿弗特古德发布的名为“秘密新闻”（Secrecy News）的博客网站，为本书中有关《外国情报监控法》和秘密机制的运作提供了重要信息来源。

一般我们都不太容易在朋友中做出选择，但当我因为这本书而面临一切都被吞噬的风险时，有一些朋友为我提供了特别的帮助，使我不致失去平衡。他们是罗宾·米勒、克雷格·斯奈德、黛博拉·卡恩、迈克尔·海勒、弗里达·斯皮拉，还有本·斯莱文。

最后，也是最重要的，我要感谢我的家庭。是我成长所在的那个家庭造就了我，这离不开我的家庭成员：我已故的母亲玛西亚·雅各布斯、我的父亲斯图尔特·格尔曼、我已故的继父亚伯·雅各布斯、我的姐姐谢丽·瑟罗森和谢丽尔·雅各布斯，以及我的哥哥艾伦·格尔曼。艾伦是一位营销主管，后来变成了高管教练。今年，在我需要的时候他赋予了我他的教练超能力。还有我自己的小家庭，是它支撑着我。我的孩子们——阿比盖尔·格尔曼、米迦·格尔曼、莉莉·格尔曼和本杰明·格尔曼，丰富了我的生活，令我倍感自豪。还有我人生的另一半达夫娜·林策，我满怀希望地展望与她在一起的未来几十年。